中传学者文库编委会

主　任： 廖祥忠　张树庭

副主任： 蔺海波　李　众　刘守训　李新军　王　晖
　　　　　杨　懿　柴剑平

成　员（按姓氏笔画排序）：

　　　　王廷信　王栋晗　王晓红　王　雷　文春英
　　　　龙小农　付　龙　叶　龙　刘东建　刘剑波
　　　　任孟山　李怀亮　李　舒　张绍华　张　晶
　　　　张根兴　张毓强　林卫国　郑　月　金　炜
　　　　金雪涛　周建新　庞　亮　赵新利　徐红梅
　　　　贾秀清　高晓虹　隋　岩　喻　梅　熊澄宇

中传学者文库

1954-2024

主编／柴剑平　执行主编／龙小农　副主编／张毓强　周建新

网络文艺的星火燎原

彭文祥自选集

彭文祥 著

中国传媒大学出版社

·北京·

图书在版编目（CIP）数据

网络文艺的星火燎原：彭文祥自选集 / 彭文祥著 . -- 北京：中国传媒大学出版社，2024.8.

（中传学者文库 / 柴剑平主编）.

ISBN 978-7-5657-3743-5

Ⅰ.I0-39

中国国家版本馆 CIP 数据核字第 2024MS7299 号

网络文艺的星火燎原：彭文祥自选集
WANGLUO WENYI DE XINGHUO LIAOYUAN：PENG WENXIANG ZIXUANJI

著　　者	彭文祥
责任编辑	井彩霞
封面设计	锋尚设计
责任印制	李志鹏

出版发行	中国传媒大学出版社		
社　　址	北京市朝阳区定福庄东街1号	邮　编	100024
电　　话	86-10-65450528　65450532	传　真	65779405
网　　址	http://cucp.cuc.edu.cn		
经　　销	全国新华书店		
印　　刷	北京中科印刷有限公司		
开　　本	710mm×1000mm　1/16		
印　　张	20		
字　　数	326千字		
版　　次	2024年8月第1版		
印　　次	2024年8月第1次印刷		
书　　号	ISBN 978-7-5657-3743-5/I · 3743	定　价	99.00元

本社法律顾问：北京嘉润律师事务所　郭建平

总　序

　　媒介是人类社会交流和传播的基本工具。从口语时代到印刷时代，再经电子时代至今天的数智时代，媒介形态加速演变、融合程度深入发展，媒介已然成为现代社会运行的基础设施和操作系统。今天，人类已经迈入媒介社会，万物皆媒、人人皆媒，无媒介不社会、无传播不治理。今天，无论我们怎么用力于信息传播的研究、怎么重视信息传播人才的培养都不为过。

　　中国传媒大学（其前身为北京广播学院）作为新中国第一所信息传播类院校，自1954年创建伊始，即与媒介形态演变合律同拍、与国家发展同频共振，努力探索中国特色信息传播人才培养模式、构建中国信息传播类学科自主知识体系，执信息传播人才培养之牛耳、发信息传播研究之先声，被誉为"中国广播电视及传媒人才摇篮""信息传播领域知名学府"。

　　追溯中传肇始发轫之起源、瞩望中传砥砺跨越之未来，可谓创业维艰而其命维新。昔日中传因广播而起，因电视而兴，因网络而盛，今天和未来必乘风破浪、蓄势而上，因人工智能而强。在这期间，每一种媒介兴起，中传均吸引一批志于学、问于道、勤于术的

学者汇聚于此,切磋学术、传道授业,立时代之潮头,回应社会需求,成为学界翘楚、行业中坚,遂有今日中传学术研究之森然气象,已历七秩而弦歌不断,将传百世亦风华正茂。

自新时代以来,中传坚守为党育人、为国育才初心,励精图治、勠力前行,秉承"系统治理、创新图强、交叉融合、特色发展"的办学理念,牢牢把握高等教育发展大势、传媒业态发展趋势,瞄准"智能传媒"和"国际一流"两大主攻方向,以世界为坐标、以未来为向度,完成了全面布局和系统升级,正在蹄疾步稳、高质量推动学校从传统高等教育向未来高等教育跨越、从传统传媒教育向智能传媒教育跨越、从国内一流向世界一流跨越,全力建设中国特色、世界一流传媒大学。

中国特色、世界一流,在于有大先生扎根中国大地,汇聚古今、融通中外;在于有大先生执教黉门,学高为师、身正为范;在于有大先生躬耕杏坛,敦品积学、启智润心。习近平总书记更强调,高校教师要立志成为大先生,在教书育人和科研创新上不断创造新业绩。中传广大教师素来以做大先生为毕生职志,努力成为新时代"经师"与"人师"的统一者,做真学问、立高品行,践履"立德树人"使命。

2024岁在甲辰,欣逢中传建校 70 华诞,学校特邀约部分学者钩玄勒要、增删批阅,遴选已公开刊发的论文汇编成集,出版"中传学者文库",意在呈现学校在学科建设、科学研究、服务行业实践等方面的最新成果,赓续中传文脉,谱写时代新声。

文库汇聚老中青三代学者,资深学者渊渟岳峙、阐幽抉微;中年学者沉潜蓄势、厚积薄发;青年学者踌躇满志、未来可期。文库与五十周年校庆所出版的"北广学者文库"相承接,大致可勾勒中传知识生产薪火相传、三代辉映之概貌，反映中传在构建中国特色新闻传播类、传媒艺术类、传媒技术类学科体系、学术体系和话语体系方面的耕耘与收获，窥见中国特色信息传播类学科知识体系构建的发展脉络与轨迹。

这一构建过程，虽筚路蓝缕，却步履铿锵；虽垦荒拓野，亦四方辐辏。一批肇始于中传，交叉融合、具有中国特色的学科，如播音主持艺术学、广播电视艺术学、传媒艺术学、数字媒体艺术学、政治传播学等，从涓涓细流汇入滔滔江河，从中传走向全国，展现了中传学者构建中国自主知识体系的学术想象力和创新力。文库展示的虽然是历史，实则是呈现今天；看似是总结过去，实则是召唤未来。与其说这套文库的出版，是对既有学术成果的展示，毋宁说是对未来学术创新的邀约。

回首过往，七秩芳华。我们深知，唯有将马克思主义基本原理与中华优秀传统文化相结合，才能推动中华学术创造性转化和创新性发展，推动中国自主知识体系的构建。我们深知，唯有准确把握媒介形态演变的脉动、深刻认知媒介形态变革所产生的影响，才能推动中国信息传播类学科自主知识体系的构建与时俱进。

展望未来，星辰大海。我们深知，以人工智能为代表的产业和科技革命正迅疾而来，媒介生态正在加速重构，教育形态正在全面重塑，大学之使命与价值正在被重新定义；我们深知，唯有"胸怀国之大者"、面向世界科技前沿、面向经济主战场、面向国家重大需求，才能确保中传始终屹立于中国乃至世界传媒教育发展之潮头。

如何应对人工智能带来的深刻变革，对中传而言是一场要么"冲顶"、要么"灭顶"的"兴亡之战"。我们坚信，不管前方是雄关漫道，还是荆棘满途，唯有勇敢直面"教育强国，中传何为？"这一核

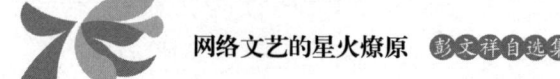

心命题，奋力书写"智能传媒教育，中传师生有为！"的精彩答卷，才能化危为机，奋力开创人工智能时代中传智能传媒教育新纪元。

功不唐捐，芳华七秩；风帆正举，赓续创新。

是为序。

第十四届全国政协委员，中国传媒大学党委书记、教授、博士生导师

前言：因"网"而生，向"网"而盛

> 林乃树林的古名。林中有路。这些路多半突然断绝在杳无人迹处。这些路叫做林中路。每条路各自延展，但却在同一林中。常常看来仿佛彼此相类。然而只是看来仿佛如此而已。林业工和护林人识得这些路。他们懂得什么叫做在林中路上。
>
> ——马丁·海德格尔《林中路》

2024年是我国全功能接入国际互联网30周年，也是"网络文艺"概念提出的第十个年头。2014年，习近平总书记在文艺工作座谈会上指出，"互联网技术和新媒体改变了文艺形态，催生了一大批新的文艺类型，也带来文艺观念和文艺实践的深刻变化"，并强调，"要适应形势发展，抓好网络文艺创作生产，加强正面引导力度。"① 十年来，作为新兴文艺形态，网络文艺形式多样、实践丰富、活力充沛、前景繁盛，迄今已发展成令人瞩目的艺术景观、文艺百花园中的鲜艳花朵。

在艺术实践的维度，"网络文艺"的所指与"网络艺术""互联网艺术""互联网文艺"等存在诸多交集，但其能指带有鲜明的中国特色，特别是，在"传统"与"现代"的历时性比较、"中国"与

---

① 习近平.在文艺工作座谈会上的讲话[N].人民日报，2015-10-15（2）.

"西方"的共时性参照中,网络文艺创作生产呈现丰富、深刻的中国式审美现代性(Chinese Aesthetic Modernity)。当前,网络文艺仍处于发展、变化之中,具有多要素交织渗透、多层次流动生成的特点。尤其是,在内部、外部诸要素的相互作用和影响中,"传统"与"现代"的交融互动、"中国"与"西方"的交流互鉴形成了一种复杂的审美张力场,其间涌动着跨界迁移、接引开新、融通化育的主导性力量,同时还伴有流云飞渡和众声喧哗。这使得人们愈发难以对网络文艺的内涵达成共识。然而,就外延来说,作为"总名"或集合概念的网络文艺日益清晰地呈现三种主要形态。一是"典型形态"。作为与传统文艺中诸多艺术样式相对应的比较性存在,此一形态构成了网络文艺的主体,包括网络文学、网络剧、网络综艺、网络电影、网络纪录片、网络音乐、网络动漫、网络游戏等,以及创新驱动下的诸种艺术新形式和新变种。二是"泛化形态"。其之所以"泛",一方面是因为互联网具有容纳器、熔化炉的特性,并极大销蚀了艺术、新闻、广告等网生内容之间的边界;另一方面是由于传统"艺术"的内部自足性日益走向开放,换言之,在"传统"艺术标准的观照中,此一形态蕴含着丰富的艺术、审美因子,却又不是传统观念中"纯粹"的艺术形态。比如,文艺性短视频、文艺性网络直播,以及云文艺、云展览、传统文化艺术的数字化表征与网络化传播等。三是"前沿形态"。所谓"前沿",就外在表现来说,它具有探索、实验的丰富面相;在内质上,基于互联网时代文艺发展的多样潜能,它具有鲜明的前卫性、先锋性、创新性。比如,虚拟艺术、互动艺术、VR艺术、AI艺术等。当然,透过纷繁复杂的艺术现象,就学理分析的逻辑起点而言,在多维视角的综合考量中,网络文艺的艺术底色和审美本色最终还需还原、指向其存在的基石和生成的"互联网"土壤,一如早期电影艺术、电视艺术所依存、附丽的技术、媒介等。

回到历史深处,就发生、发展来说,半个多世纪前,即使脑洞大开,人们也难以想象:从星星之火到燎原之势,互联网的作用由隐而显、由小而大、由弱而强,并水银泻地般渗透到人们生产、生活的各个领域和层面,其革命性影响已成为一种巨大的塑造性乃至决定性力量。其中,从社会发展史看,"人类经历了农业革命、工业革命,正在经历信息革命"(习近平,2016);在媒介学上,互联网开辟了崭新的"第二媒介时代"(波斯特,1995);在存在论上,人们处于"数字化生存"的状态(尼葛洛庞帝,1995);就社会现实来说,"网络社会"崛起(卡斯特尔,1996)、"数字媒介社会"成型(水越伸,1999);就文化现实而言,如果说,以广播电视为代表的"电子文化"是对以语言文字为代表的"印刷文化"的超越,那么,以互联网为代表的"数字文化"则带来了更剧烈、更深刻的范式转换和嬗变……在文艺和审美的领域,伴随数字化、网络化、智能化的深入发展和社会、文化现实的深刻变革,网络文艺因"网"而生、向"网"而盛,并于丰富实践中凝聚审美特性、于创新发展中彰显艺术地位和影响力。

实践表明,作为新兴的现代文艺形态,网络文艺是技术、艺术、媒介、传播和社会、经济、文化等矢量合力作用的产物。在当代中国文艺场,所谓网络文艺的"十年发展"或"十年之变",它突显、强调的不是计量意义上的"时间",而是历史意义上的"时代"。相比之下,"时间"可以人为地截取、划段,并赋予其主观意图上的想法和愿望,但"时代"像三棱镜,它可以折射丰富、深厚的社会、文化内涵和价值意蕴,并呈现事物发展的历史逻辑和实践逻辑。在学理上,就媒介特性而言,麦克卢汉指出,媒介是"一种'使事情所以然'的动因,而不是'使人知其然'的动因"[①],并对社会形

---

① 麦克卢汉,秦格龙.麦克卢汉精粹[M].何道宽,译.南京:南京大学出版社,2000:175.

态、文化心理等带来深远影响,乃至在伊尼斯的"媒介决定论"那里,"一种新媒介的长处,将导致一种新文明的产生"①。就艺术形式的寓意来说,艾柯认为:每一种艺术形式都可以看作认识论的隐喻,"在每一个世纪,艺术形式构成的方式都反映了——以明喻或暗喻的方式对形象这一概念进行解读——当时的科学或文化看待现实的方式"②。进一步说来,在媒介变革和艺术发展的关系上,伴随两者的互动逻辑历史地、动态地渗透到社会生活和艺术生产的方方面面,波兹曼强调:"每一种媒介都为思考、表达思想和抒发情感的方式提供了新的定位从而创造出独特的话语符号。"③在这种意义上,具体就网络文艺来说,一方面,在互联网时代新的媒介生态、艺术生态和产业生态中,网络文艺形态多样、活力充沛、实践丰富、前景繁盛;另一方面,作为社会、文化变迁的重要后果,网络文艺创作生产在要素、环节、过程、关系等各个方面呈现有别于印刷文化、电子文化范式中艺术实践的鲜明特色和风貌,并逐渐沉淀、生成新的艺术特征和审美特质。

就艺术实践和发展的总体状况来说,网络文艺的"应'网'而生、向'网'而盛"有两个鲜明表征:一是庞大的数量"硬核"蕴含引发质变的强大动能,并促进网络文艺创作生产不断迈上新台阶、开辟新境界。据《中国互联网络发展状况统计报告》:截至2014年12月,我国网民规模6.49亿,互联网普及率47.9%;在网络文艺相关方面,网络文学、网络视频(含网络剧、网络综艺、网络电影、网络动画等)、网络音乐的用户规模/网民使用率分别为

---

① 伊尼斯.传播的偏向[M].何道宽,译.北京:中国人民大学出版社,2003:28.
② 艾柯.开放的作品[M].刘儒庭,译.北京:新星出版社,2005:18.
③ 波兹曼.娱乐至死[M].章艳,译.桂林:广西师范大学出版社,2005:18.

2.94 亿 /45.3%、4.33 亿 /66.7%、4.78 亿 /73.7%。①经过十年发展，截至 2023 年 12 月，我国网民规模达 10.92 亿，互联网普及率达 77.5%；在网络文艺相关方面，网络文学、网络视频、网络音乐的用户规模 / 网民使用率分别为 5.20 亿 /47.6%、10.67 亿 /97.7%、7.15 亿 /65.4%。②十年之变的两相比较，尤其是透过庞大的"数量"观测其底层驱动带来艺术创作、传播、接受等方面的深刻变化，网络文艺快速崛起、蓬勃发展的总体态势一目了然。二是党和国家高度重视，并为网络文艺发展营造了良好氛围和环境。自 2014 年正式提出规范性、普适性的"网络文艺"概念以来，在多个重大场合，一系列重要讲话、意见、规划等持续关注网络文艺、强化高质量发展。比如，2015 年，《中共中央关于繁荣发展社会主义文艺的意见》指出："网络文艺充满活力，发展潜力巨大，"并强调要"大力发展网络文艺"。③2018 年，在全国宣传思想工作会议上，习近平总书记强调：要引导广大文化文艺工作者深入生活、扎根人民，把提高质量作为文艺作品的生命线，用心用情用功抒写伟大时代，"推出更多健康优质的网络文艺作品"。④2021 年，《中华人民共和国国民经济和社会发展第十四个五年规划和 2035 年远景目标纲要》在"社会主义文化繁荣发展工程"中将"网络文艺创作传播"列入"文艺精品创作"重大项目。⑤2022 年，《"十四五"文化发展规划》提出：鼓励

---

① 中国互联网络信息中心 . 第 35 次《中国互联网络发展状况统计报告》[R/OL].（2015–02–03）[2023–09–21].https://www.cnnic.cn/n4/2022/0401/c142–5001.html.
② 中国互联网络信息中心 . 第 53 次《中国互联网络发展状况统计报告》[R/OL].（2024–03–22）[2024–04–21].https://www.cnnic.net.cn/n4/2024/0322/c88–10964.html.
③ 中共中央关于繁荣发展社会主义文艺的意见 [N]. 人民日报，2015–10–20（2）.
④ 举旗帜聚民心育新人兴文化展形象 更好完成新形势下宣传思想工作使命任务 [N]. 人民日报，2018–08–23（2）.
⑤ 中华人民共和国国民经济和社会发展第十四个五年规划和 2035 年远景目标纲要 [N]. 人民日报，2021–03–13（2）.

引导网络文化创作生产，实施"网络文艺创作传播工程"。① 可以说，在新时代社会主义文艺功能发挥的意义上，这一系列讲话、意见、规划等既突显了网络文艺日益提升的艺术地位和影响力，也为其高质量发展提供了指导、指明了方向。

历史和实践都表明，文艺是时代前进的号角，最能代表一个时代的风貌，最能引领一个时代的风气。伴随数字化、网络化、智能化深入发展，居于"网络"和"文艺"交接点上的网络文艺因其独特优势、功能和影响力而尤能体现这种特点。特别是，从时代发展的宏阔背景、社会进步的大视域中看，改革开放40多年来，一种由"中国特色"的经济、政治、文化、社会和生态文明建设所搭建的"中国式现代化"（Chinese Modernization）实践取得了举世瞩目的巨大成就，同时，一种具有鲜明中国风格、中国气派的"中国式现代性"（Chinese Modernity）不断生成、发展，并走上了历史的舞台。其中，一方面，翻天覆地的历史变迁给置身时代生活浪潮中的人们带来新颖、深刻的现代性体验；另一方面，在审美关系与现实关系的紧密关联中，通过审美转换，时代生活中人们的生活方式、生命态度、思想感情等投射、凝聚在网络文艺的审美表意系统之中，并使人们在广阔无垠的赛博空间共享对于自我和现实世界的理解、同情与希望。尤其是，在十年之变的快速发展中，借助高科技的现代传媒及其强大的渗透力和影响力，网络文艺以丰赡、生动的艺术形象表征社会发展的风云际会，书写人们精神历练的诗意轨迹，成为当代中国人社会生活、思想情感嬗变的历史见证，并对当代中国的时代风尚、审美文化、价值理想等带来广泛而深刻的影响。特别是，透过那些优秀作品，我们可以看到，凭借敏锐的艺术感觉和深厚的

---

① 新华社.中共中央办公厅 国务院办公厅印发《"十四五"文化发展规划》[EB/OL].（2022-08-16）[2023-09-21].http://www.gov.cn/zhengce/2022-08/16/content_5705612.htm.

前言：因"网"而生，向"网"而盛

审美潜能，网络文艺迅捷地突入时代生活，敏捷地感知、表现社会发展中人们的情感、需要、意志、愿望，并通过对其间诸多片段、偶然的捕捉，呈现人们生存样态、精神风貌的变化，形成社会想象、集体无意识的形象图谱，彰显那些不断创新的动力所标识的发展脉络和趋向，以至成为时代生活中审美时尚的晴雨表、"精神季风"流转的风向标。

一个时代有一时代之文艺，一个时代有一时代之精神。就一个时代的"精神"来说，习近平指出："古今中外，文艺无不遵循这样一条规律：因时而兴，乘势而变，随时代而行，与时代同频共振。""任何一个时代的经典文艺作品，都是那个时代社会生活和精神的写照，都具有那个时代的烙印和特征。"① 就一个时代的"文艺"而言，刘勰说："时运交移，质文代变"，"歌谣文理，与世推移，风动于上，而波震于下"，故知"文变染乎世情，兴废系乎时序"②。或如王国维所言："凡一代有一代之文学：楚之骚、汉之赋、六代之骈语、唐之诗、宋之词、元之曲，皆所谓一代之文学，而后世莫能继焉者也。"③ 在这种意义上，总体来看，伴随数字化、网络化、智能化深入发展和社会、文化现实深刻变革，网络文艺与时代发展同声相应、与社会进步同气相求，可视为互联网时代具有典型意义的现代文艺形态。

与风生水起、如火如荼的艺术实践相呼应，网络文艺研究蓬勃发展。在学理特性上，一方面，诚如陈寅恪所说："一时代之学术，必有其新材料与新问题。取用此材料，以研求问题，则为此时代学术之新潮流。治学之士，得预于此潮流

---

① 习近平.在中国文联十大、中国作协九大开幕式上的讲话[N].人民日报,2016-12-01(2).
② 范文澜.文心雕龙注[M].北京：人民文学出版社,1958：674-675.
③ 王国维.宋元戏曲史[M].上海：华东师范大学出版社,1995：1.

者，谓之预流。"①另一方面，就文艺理论、评论与创作的关系而言，它们都是"发自同一个普遍的时代精神"，都是对时代生活的认识，只不过"批评是哲学的认识，而艺术是直感的认识"。②在这种意义上，网络文艺研究不仅要随时代而行、与时代同频共振，还要立足实践、登高望远。尤其是，在系统思维和审美观照上，所谓"欲穷千里目，更上一层楼"，在恩格斯那里，就是要"攀登最高点"，即是要拥有马克思主义的立场、观点和方法，以便"把现代社会关系的全部领域看得明白且一览无遗，就像一个观察者站在最高的山巅观察下面的山景那样"。③时至今日，在审美表征与时代生活的紧密关联中，如果说，网络文艺创作生产是一种以艺术形象和审美话语的方式对时代生活所作出的敏捷回应，那么，网络文艺研究则是一种以理论范畴和命题的方式对这一"回应"所作出的回应。在这种意义上，面对纷繁复杂的社会现实和丰富多样的网络文艺现象，中国式现代化和中国式现代性范式中的"中国式审美现代性"必然会成为网络文艺研究的支点和切入点。换言之，伴随奔腾不息的时代洪流，一种与中国式现代化一脉相传、与中国式现代性义理相通的中国式审美现代性指明了网络文艺发展的航标，也成为网络文艺研究中问题意识、学理路径、价值取向等的关捩。诚然，和中国式现代化、中国式现代性一样，作为新兴文艺形态，网络文艺的发展、完善还有一段漫长的过程，但走向"现代"已是一种不可遏止的发展趋向，也是我们可以意识的历史内容。

在《林中路》的扉页题词中，海德格尔诗意盎然地写道："林乃树林的古名。林中有路。这些路多半突然断绝在杳无人迹处。这

---

① 陈寅恪，陈美延.金明馆丛稿二编［M］.北京：生活·读书·新知三联书店，2001：266.
② 别林斯基.别林斯基选集：第3卷［M］.满涛，译.上海：上海译文出版社，1980：575.
③ 马克思，恩格斯.马克思恩格斯选集：第2卷［M］.中共中央马克思恩格斯列宁斯大林著作编译局，译.北京：人民出版社，1995：589.

些路叫做林中路。每条路各自延展,但却在同一林中。常常看来仿佛彼此相类。然而只是看来仿佛如此而已。林业工和护林人识得这些路。他们懂得什么叫做在林中路上。"① 相映成趣的是,在《故乡》的结尾处,鲁迅先生意蕴深刻地说:"希望是本无所谓有,无所谓无的。这正如地上的路,其实地上本没有路,走的人多了,也便成了路。"② 显然,"路"是一个魅力四射、引人入胜的意象;海德格尔的林中"路"和鲁迅的希望"路"具有丰富、深刻的文化寓意。借此"意象"和"寓意",回望网络文艺的简短历程、展望网络文艺的未来前景,我们可以看到,伴随互联网对当代中国文艺场的重塑乃至再造,它由十年前的"小荷才露尖尖角",迄今已于形式多样、活力充沛的丰富实践中呈现"满天星斗"的发展潜能和多样可能。尽管它目前仍处于发展、变化之中,行进在与传统文艺交织渗透、融通化育的中途,但历史性的过渡喻示了"新特性"的凝聚、"新常态"的缔结。就此而论,在原有基础上,本文集将部分选取、修订的文章分为"文艺理论""文艺评论""文艺报告"三个篇章:前者就新兴文艺的特征和规律等进行总结、中者就网络文艺相关现象进行评析、后者着重勾勒网络文艺的发展轨迹。在三者的相互映衬和总体性观照中,本文集意在通过近十年来的感悟和思考,记录网络文艺由小到大、由弱而强的步履,勾勒网络文艺疾步行走的剪影,概括、总结网络文艺创作生产的特点、规律和趋向,进而在连缀成篇中着力揭示新兴文艺丰富、深刻的审美现代性意义,同时也热切瞻望网络文艺的"星火燎原",真切祈望网络文艺在高质量发展中充分发挥其在互联网由"最大变量"向"最大增量"转变中的独特审美功能。

---

① 海德格尔.林中路[M].孙周兴,译.上海:上海译文出版社,2008:题记.
② 鲁迅.鲁迅全集:第1卷[M].广州:花城出版社,2021:199.

目 录

文艺理论篇

媒介：作为艺术研究解释范型中的"第五要素"
　　——基于媒介文化新生态语境的美学思考 ………………… 003
何谓"网络文艺"？ …………………………………………… 019
新时代语境中的网络文艺创作与批评新范式 ………………… 035
理论与阐释：审美现代性研究三题 …………………………… 052
习近平文艺思想探赜 …………………………………………… 066
中国式现代化的美学意蕴 ……………………………………… 083

文艺评论篇

系统观与方法论：网络文艺评论的审美指向和思维展开 …… 091
"中国现代性"的嚆矢与振翮 ………………………………… 115
年轻态：艺术创作生产的风格趋向和价值取向评析 ………… 120
"超空间"视窗：网络视听文艺的审美现代性分析 ………… 133
时尚底色与情感本色：优秀艺术类短视频的特质和潜能 …… 152
让短视频与现实生活同频共振 ………………………………… 167

一个"熟悉的陌生人" …… 169

AI 艺术：科技与审美的接引开新 …… 172

虚拟在场与审美幻象的价值畸变
　　——粉丝文化、"饭圈"乱象的审美文化分析与反思 …… 180

中华优秀传统文化在 VR 艺术创作中的审美转化及表征 …… 189

充分发挥网络文艺在中国式现代化中的审美功能 …… 206

文艺报告篇

2021 中国艺术发展报告之"网络文艺篇" …… 215

2022 中国艺术发展报告之"网络文艺篇" …… 238

2023 中国艺术发展报告之"网络文艺篇" …… 262

后语　辉映时代，表征未来 …… 288

文艺理论篇

参考论文

媒介：作为艺术研究解释范型中的"第五要素"*
——基于媒介文化新生态语境的美学思考

艾布拉姆斯的《镜与灯——浪漫主义文论批评传统》已出版 60 多年，译介到国内也近 30 年了。其理论价值、影响自不待言，尤其是"作品—艺术家—世界—欣赏者"的四要素结构模式。笔者"温故而知新"，意在聚焦媒介文化新生态语境中的艺术实践，借鉴艾氏"四要素"结构模式并明确"媒介"的重要性，进而在所谓艺术研究"五要素"的解释范型中因应艺术实践的新形态、新趋向，同时也检视理论自身并激发其新活力。显然，这种尝试需谨慎为之：首先，"四要素"结构模式有广泛的认同度，其洞见在诸多方面依然是难以逾越的高峰，如要修订，就得明确"四要素"的语境前提、逻辑根据是什么。其次，如果"四要素"结构模式中存有增加新要素的弹性空间，那么，为何选择"媒介"？在传媒艺术学的一定范围内，楔入媒介要素合理性与理论生长的意义何在？最后，最重要的问题是，增加"媒介"这一要素并经合理修订、转换后的"五要素"解释范型具有怎样的美学阐释能力和张力？作为传媒艺术研究的基础理论，它具有怎样的时代适切性与创新性？尤其是在问题意识、方式方法、学理路径等方面可为艺术研究提供哪些有价值的帮助？对此，本文试从三个方面展开论述。

---

* 本文原载于《现代传播（中国传媒大学学报）》2016 年第 6 期，收入本书时略有删改。

一、艾布拉姆斯"四要素"结构模式的逻辑预设

在"导论"中,艾氏简明扼要地阐述了可能是其最广为人知的"四要素"(或四坐标)结构模式,并在历时的维度概述了模仿说、实用说、表现说和客观说。① 就本文的论题而言,有几个人们较少关注却十分重要的问题值得深究,即透过艾氏具有"浑圆"特征的论述表层,深入到一些并非不证自明的可证之物的背后,关注其间的关联与分离、转折与跳跃,以及那些理论链条的边缘和沉默,辨析其见解和运思的内在逻辑与动力。让我们先从几个可视为征候的概念和表述开始。

在艾氏的论述中,"诗歌""文学""艺术"等概念有时具有脱域或超越其语境的含义:当他说"诗歌"时,其内涵可置换或映射、游移为"文学""艺术";当陈述的主语是"文学",亦可将其理解为"艺术"。这种现象不可说是偷换概念,毋宁说是艾氏浑圆论述的一个表征。我们知道,在特定知识谱系或语境中,诗歌可作为文学的"理想类型",文学之于艺术亦如此,这种情况古今中外都存在。但对艾氏来说,这种转换从一个侧面反映了他知识的丰厚性、思维的跨越性和智慧的穿透性。与之相似,艾氏浑圆论述的征候辨析还涉及"理论""批评"等概念。就知识谱系或学科专业来说,理论和批评的所指是有区别的。在语义的表述和限定上,如果说"文学"四要素、"艺术"四要素的限定或为两可,那么,人们不免进一步要问:"四要素"结构模式是"理论"的结构模式,还是"批评"的结构模式呢?艾氏本人的倾向是"批评",至少在其标题表述中是如此(比如"艺术批评的诸种坐标")。但问题是,如果搁置中文翻译的可能原因,仅在"导论"的字里行间,诸如"批评理论""艺术批评""艺术理论",乃至"艺术哲学""美学理论""美学思想"等概念和表述是浑圆杂陈、交替互文使用的!事实上,面对西方文艺发展史

---

① 艾布拉姆斯.镜与灯——浪漫主义文论及批评传统[M].郦稚牛,张照进,童庆生,译.北京:北京大学出版社,2004:校后记2-6.

中诸多的理论家、批评家、艺术家、史学家及其思想资料,"批评"概念难以涵盖其所指!这庶几表明,尽管艾氏名曰"艺术批评"四要素(坐标),但他以深厚的认知、宽广的视野和提纲挈领的概括而跨越了科层的拘囿,并把握了"艺术研究"的基本面和一般面。也许,正因为如此才有王宁所说,《镜与灯——浪漫主义文论及批评传统》"虽然主要讨论的是浪漫主义文学理论,但它对我们今天的文学理论工作者所具有的普遍指导意义和价值却远远超出了他对浪漫主义文论本身的讨论",乃至成为后辈学者"从中受惠的灯塔"。

以两组上元批评式的征候辨析并非可有可无,事实上,明确艾氏"四要素"结构模式的论述特征和适用域,有益于进一步分析其见解和运思的逻辑预设与理论性质。我们不妨同样带着问题前行:第一,他提出四个要素的理据、动因是什么,它们需要一一论证吗?第二,在其三角形结构模式中,各要素的安置(尤其是"作品"居中)的理由是什么?第三,"四要素"结构模式是否具有内在理论的生长性或更宽泛的解释性?

其实,艾氏一开篇就以批评的方式从反面提出了四个要素:"直到几十年以前,现代批评对美学问题的探讨都是依据艺术与艺术家的关系,而不考虑艺术与外界自然、与欣赏者、与作品的内在要求的关系。"随后,在驳立结合中,他分析了"批评理论"的"视角的制约""好的批评理论"的"衡量标准",并指出:"行之有效的理论就不止一种,而是有多种。"因而,一方面,我们不能指望"像在各门精密科学中那样",在一些"根本就不可能相互比较"的理论中"求得某种根本上的一致";另一方面,"当务之急是找出一个既简易又灵活的参照系,在不无端损害任何一种艺术理论的前提下,把尽可能多的艺术理论体系纳入讨论"。最后,他径直提出:"每一件艺术品总要涉及四个要点,几乎所有力求周密的理论总会大体上对这四个要素加以区辨,使人一目了然……"面对如此飞来峰般的四个要素,让人感觉有点像是王阳明的龙场悟道!但逆向推测,我们可以看到,"总结性"是"四要素"结构模式逻辑预设的首个要点,换言之,艾氏以广博厚实的史论知识为基础、以纵横比较为方法、以概括归纳为路径,于多元价值取向中把握统一性,并提炼、总结了西方文艺思想史中的四个最大公约数!

当然，对于这种不详加论证的"总结"所可能面临的质疑，艾氏是有自我意识的。在"导论"中，尽管他强调"四要素"图式"方便实用"，具有"简便性和进行提纲挈领式分类的能力"，可以"使分析更加醒豁"，但同时也指出其构架的"人为性"（人们"能够设想出更为复杂的分析方法，只须经初步分类便能做出更为精细的区别"，并通过"增门添类"加强"辨识力"），而且在行文中，他还显露出些许"暂且为之"的语气。比如，"我们可以用一个方便实用模式安排这四个坐标。就用三角形吧，把艺术品——阐释的对象摆在中间。"因此，他谨慎地提出：对于"斗胆编写美学批评史的人"来说，"一个较为可行的办法是采用一个不把自身哲学强加于人的分析图式，在有待比较的理论中，把尽可能多的理论所共有的主要特征利用起来，然后慎重地运用这一分析图，随时准备将一切有助于眼下目的的特征收纳进来"。由此，我们可以进一步推论："开放性"是"四要素"结构模式逻辑预设的第二个要点。

那么，在这个开放性的三角形结构模式中，为什么艾氏径直把"作品"摆在中间呢？在阐述中，他没有论证，也没有说明，而且除了指出"任何像样的理论多少都考虑到了所有这四个要素"，还进一步指出，可以"把阐释作品本质和价值的种种尝试大体上划为四类"。对此，王宁倒是有个说明："作品"在四要素中"始终占据中心地位"，"反映了作者的批评立场始终是与阅读文学作品密切相关的，这也是他为什么要与解构主义的元批评方法进行论战的原因之所在，而那些形形色色的形式主义批评理论所侧重的也恰恰是其与作品最为密切相关的一个方面"。在某种意义上，这只是突出了艾氏个人的理论旨趣和美学观念。当然，我们也可以解释：作品是艺术活动中连接"世界""艺术家""欣赏者"的中介和纽带，没有它，什么都不存在！但这种解释毫无意义，因为四个要素中缺少任何一个，其他三个也即刻不复存在！因此，联系艾氏在谈及四个要素意义与功能变迁时所强调的变量关系，我们可以推论：在不同的理论家及其理论架构或体系中，居中的要素可以不同，而且四个要素中的任何一个都有居中的可能性和现实性。进一步说来，"四要素"结构模式的"开放性"不仅体现为理论范式、研究方法、理论旨趣、美学观念等的开放性，还体现为"要素"的开放性。

在笔者看来,理解和把握"四要素"结构模式的"总结性""开放性"具有实际的意义。具体而言,由于"四要素"结构模式在性质上是一种总结性、开放性的理论,因此,在借鉴运用时要依据实际对其进行合理的修订。在某种意义上,如果说"解释性"是衡量一种理论效用的标尺,那么,"四要素"结构模式的效用更多地在于它经"修订"而具有的生长性,或更宽泛的解释性。当然,这并不是说它不具有解释的力量,而只是强调合理的修订在一种"归纳总结型"理论向"演绎解释型"位移或转换过程中的重要性。就前一种情形论,比如,有学者运用它对国内长期流行的"艺术家、艺术品和社会(环境)"三要素艺术研究框架进行改造,甚至提出:"文学理论体系中的本质论、创作论、作品论、接受论恰好是与四要素构成的文学活动的结构关系相对应的。"[①] 就后一种情形论,刘若愚、叶维廉都借鉴"四要素"结构模式来阐述中西比较文学和文论,并提出了不少新见解,但相比之下,叶维廉的借鉴和运用更加灵活、有效,比如,在其著名的"模子"理论中,他强调:东西方具有不同的思维、美学和批评模式,不能"以一个体系所得的文化、美学假定和价值判断硬加在另一个体系的文学作品上"。[②] 其中就体现了合理修订的成果,而且在"四要素"结构模式的理论生长和效用创新上也体现了"归纳总结型"向"演绎解释型"的成功转换。

总的来说,通过分析"四要素"结构模式的预设逻辑和理论性质,我们可以看到:"四要素"结构模式具有超越其"总结性"框架而成为"解释性"理论的生长性;与此同时,在充分激发或升华其理论效用的意义上,尤其是直面当前鲜活的艺术实践,又有对其进行适当修订与合理转换的必要性。显然,侧重总结性或侧重解释性会引领理论话语走上不尽相同的道路,看见不尽相同的风景;如下文将要论述的,如果侧重解释性,并依据艺术实践的现实情形而作适当修订与合理转换,"四要素"结构模式将焕发新的理论活力并拓展新的面向。

[①] 童庆炳.文学理论教程[M].4版.北京:高等教育出版社,1998:8.
[②] 叶维廉.叶维廉文集:第1卷[M].合肥:安徽教育出版社,2002:49.

二、媒介：作为"第五要素"的或然与必然

值得注意的是，在艾布拉姆斯的阐述中，要素的同义词有"坐标"，图式的同义词有"参照系""分析图""框架""构架""模式"等。如果我们更明确地将艾氏的总结性图式称为"艺术研究四要素结构模式"，那么，不妨将新的解释性图式命名为"艺术研究'五要素'解释范型"，且将"媒介"置于中间，并按艺术生产动态系统的顺时针顺序图示如下（图1）。

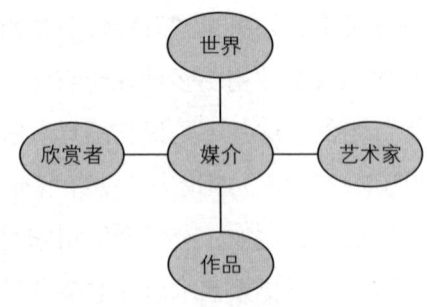

图1　艺术研究"五要素"解释范型

显然，此"解释范型"同样可以引发来自不同方面的诸多质疑。对此，笔者想先强调三点：第一，此范型直面当前鲜活的艺术实践，尤其是传媒艺术实践；① 第二，其性质是一种"解释性"的框架；第三，它建基在艾氏"四要素"结构模式之上，并因充分理据而为"媒介"谋求了跻身其中的生长和发展空间。那么，接下来首当其冲的问题是：新增"媒介"这一要素的必要性、可行性及意义、价值何在？我们不妨将其拆分成三个具体的问题：第一，在艺术活动中，媒介具有怎样的性质和重要性？第二，在艾氏"四要素"结构模式中，媒介为什么缺席，或因何故而长期被忽视？第三，为什么将"媒介"摆在中间，而非作品或其他要素？

为突出主要问题，也为了简明扼要，以免陷入有关媒介自身歧见纷呈的

---

① 所谓"传媒艺术"，简要说来，是指以现代性媒介为载体来表征人们思想感情的艺术样式。在狭义上，其外延包括历史稍久的摄影艺术、电影艺术、广播电视艺术等，随着互联网技术和新媒体的发展，它还包括动画、游戏及新兴交叉的网络文艺、新媒体艺术等。在广义上，那些因"触电""触网"并衍生出新质的传统艺术样式，像电视文学、电视音乐、电视戏曲等，亦在其范围之内。本文着重关注的是狭义的传媒艺术。另可参见胡智锋，刘俊.何谓传媒艺术［J］.现代传播，2014（1）.

纠葛。[①]本文着重关注和讨论"语言文字""广播影视""互联网"三种典型的媒介形态。当然，在更大的范围内，后两者可以合并，同时也能彰显"印刷文化"与"电子文化"的分野。然而，尽管"广播影视"与"互联网"的区隔不如它们与"语言文字"之间的沟壑，但毕竟两者在影响的深度、广度美学属性等方面存在着重要差别，就像现代主义与后现代主义一样。事实上，互联网的当代发展在很大程度上进一步强化了媒介文化新生态之新，也进一步凸显了媒介在艺术活动中的重要地位和作用。

无须赘述，考察"媒介"可以有不同的方式、层次和角度，但如果要在艺术和美学研究的领域突出它与"世界—艺术家—作品—欣赏者"四个要素的多重内在关联，那么，以下四个维度应优先予以关注：

第一，从形态上审视，"语言文字""广播影视""互联网"的历时发展在某种意义上构成了媒介现代性和审美现代性的重要节点。简要说来，如果没有广播影视媒介，就没有电影艺术、广播电视艺术等；如果没有互联网，就没有网络剧、网络文艺，以及目前发展前景尚不明确的艺术形式。此外，媒介发展的现代意义还体现在它对传统艺术的影响，以及对生产传播、营销推广、接受评价等艺术活动各个环节的深度改造和塑造。值得一提的是，媒介发展的形态学还可以部分地解释媒介缺席的原因：在"四要素"结构模式中，由于艾氏所处理的思想资料几乎都是"语言文字"，尽管其中不乏关于语言文字（媒介）的深刻见解和思想，因此，作为缺席的"在场"，媒介也就退隐、消弭了它在其中的存在。从更深广的艺术样式和谱系上看，广播影视、互联网的出现及其与语言文字的巨大分野从另一个侧面强烈呼唤着幕后英雄式的"媒介"要素的出场。

第二，从美学上考察，媒介的现代性对审美的现代性具有重要的作用和深远的意义。比如，在《机械复制时代的艺术作品》中，本雅明揭示了现代

[①] 关于"媒介"，其义指"使双方（人或事物）发生关系的人或事物"（中国社会科学院语言研究所词典编辑室.现代汉语词典[M].5版.上海：商务印书馆，2005:1480）。这种广义的"媒介"有可能被宽泛地理解为"媒介即万物""万物皆媒介"（麦克卢汉），即使是在狭义上，人们对它的理解和运用也不尽相同，且容易与符号、传播形式、渠道、讯息等相混淆。

艺术与古典艺术的区别，并集中描述和分析了"艺术在现代工业社会中命运""新崛起的电影艺术"和"艺术在现代工业社会中的一系列嬗变"，包括"由有韵味的艺术转变成机械复制艺术，由艺术的膜拜价值转向展示价值，由美的艺术转变成后审美艺术，由对艺术品的凝神专注式接受转向消费性接受"等。① 至于"互联网"，它所带来的深刻变革也已充分显现。比如，有研究者指出："新一代信息通信技术（ICT）的飞速发展、创新 2.0 的互动演进与管理制度政策层面的引导，不断推动了'互联网+'格局的形成……也催生了'互联网+'背景下影视转型升级新模式，促发了蔚为壮观的互联网生态影视，这正是影视产业与网络媒体融合发展的未来大趋势"。②

第三，从文化上观照，媒介的现代发展刷新了人们的文化观，也掀起了文化研究的新热潮。比如列维-斯特劳斯指出："一个社会所使用的语言是整个文化的反映"，"语言结构是文化结构和社会结构的'原型'"。③ 在伊尼斯的"媒介决定论"中，媒介对社会形态和社会心理都有着深远的影响，甚至"一种新媒介的长处，将导致一种新文明的产生"。④ 不仅如此，在"媒介即文化"的广泛命题中，自 20 世纪中期以来，随着大众媒介的发展及其影响的日益扩张，人文社会科学中的众多学科纷纷加入媒介与文化研究的行列，比如，法兰克福学派的文化工业批判（霍克海默、阿多诺、马尔库塞等）、伯明翰学派的文化研究（威廉斯、霍尔等）、政治经济学的文化帝国主义批判（席勒、汤林森、萨义德等）、后现代主义的文化理论（杰姆逊、波德里亚等）、媒介环境学的媒介与文化研究（麦克卢汉、波兹曼等）。尽管这些研究在主题、范式、观点等方面各具特色，其中有共鸣生发，也不乏抵牾矛盾，但总体上汇聚成了一股浩浩汤汤的媒介文化研究的洪流。特别值得一提的是，在价值论

---

① 本雅明. 机械复制时代的艺术作品［M］. 王才勇，译. 杭州：浙江摄影出版社，1996：译者前言.

② 杨珺婠. 电商化数据化多屏化："互联网+"模式影视发展新生态透视［N］. 中国艺术报，2015-06-29（12）.

③ 列维-斯特劳斯. 结构人类学［M］. 张祖建，译. 北京：中国人民大学出版社，2006：73-74.

④ 伊尼斯. 传播的偏向［M］. 何道宽，译. 北京：中国人民大学出版社，2003：28.

视角的媒介研究中，像马尔库塞"媒介即意识形态"的文化批判、威廉斯和席勒等关于"媒介即权力"的论述、波兹曼关于赫胥黎式"娱乐至死"的文化预言、波德里亚基于"仿象、超真实、内爆"的后现代媒介文化批评等，这些尖刻却振聋发聩、忧心忡忡但充满人文关怀的见解与思想，庶几从反面警醒人们：媒介的现代发展不仅深远地影响着艺术和美学，也深刻地改变和塑造着世界，人们能否享受它带来的益处正考验着我们运用它的智慧能否与发明它的智慧并驾齐驱！

第四，从哲学上分析，媒介深刻地影响着人们的认知和观念，也深刻地改变着艺术生产的内容和形式。首先，20世纪西方哲学和美学中的"语言学转向"使语言的本体论意义得以"发现"。比如，海德格尔说："存在在思中形成语言。语言是存在的家。人以语言之家为家。思的人们与创作的人们是这个家的看家人。"① 伽达默尔认为：世界不是语言的客观化对象，语言也不是对一种固定即存物的简单反映，"一切认识和陈述的对象都总是已被语言的世界视阈所包围"，而"能被理解的存在就是语言"，因此，"谁拥有语言，谁就'拥有'世界"。② 事实上，随着语言的地位由"工具"上升到"本体"，它也就成为现代艺术和美学的一个核心。换一个论域来观察，在麦克卢汉的敏锐洞察中，"媒介即讯息""媒介即人的延伸"等隽语之所以带来巨大反响，是因为其意义远溢出媒介本身而上达哲学的层级。在现象学的意义上，麦氏指出：媒介是"一种'使事情所以然'的动因，而不是'使人知其然'的动因。"③ 这意味着，媒介构成了我们生存其间的知觉环境，"世界"就是我们能感知到并在直观思维中显现出来的、作为意识体验而存在的现象世界。在波兹曼的"媒介即隐喻""媒介即认识论"中，"我们认识到的自然、智力、人类动机或思想，并不是它们的本来面目，而是它们在语言中的表现形式"。从绘画到象形符号、从字母到电视，"每一种媒介都为思考、表达思想和抒发

---

① 海德格尔. 海德格尔选集 [M]. 北京：生活·读书·新知三联书店，1996：35.
② 伽达默尔. 真理与方法 [M]. 洪汉鼎，译. 上海：上海译文出版社，2004：575-606.
③ 麦克卢汉，秦格龙. 麦克卢汉精粹 [M]. 何道宽，译. 南京：南京大学出版社，2000：175.

情感的方式提供了新的定位从而创造出独特的话语符号"。① 时至今日，艺术实践的深广发展既印证了哲学思考的明敏，也为本体性的美学思考提供着鲜活的材料。比如，电影"使我们超越了机械论，转入了发展和有机联系的世界"，它"表现各种平面的相互作用，表现各种模式、光线、质感的矛盾或剧烈冲突"。② 至于互联网，且不说信息传播的"量"和"质"进入了新阶段，在文学艺术领域，所谓"赛博空间"的"虚拟现实"和动漫、游戏中的"二次元世界"等，已使人们深感媒介的巨大作用和深远影响。

显然，关于媒介重要性的考察远不止以上四个方面（比如，还有技术、经济、政治等维度），但这足以表明其成为艺术研究中第五要素的必要性和可行性。但人们为什么长期以来对此却熟视无睹？简要说来，一是由于语言长期处于"工具"地位，对此海德格尔一边赞赏亚里士多德关于"文字、声音、心灵"之间关系的观点，一边则对语言自泛希腊化（斯多亚）时代以降沦为一种表达工具而表示遗憾；③ 二是由于人们长期浸淫于媒介形式的巨大潜意识之中，而对其深刻而根本的影响浑然无所知，如同在一种自我催眠的"自恋式麻木"中，"把新技术的心理和社会影响维持在无意识的水平，就像鱼对水的存在浑然不觉一样"；三是由于人们往往重视媒介"内容"的价值和意义而忽视了隐而不显的媒介本身，相比之下，前者涉及人的意识层面的思想、观念等而凸显其具体的意义，后者则关系到人的潜意识层面的思维习惯、感知模式等而更具内在性和本质性。然而，诚如麦氏所言："媒介成分和内容的研究绝对不可能揭示媒介影响的动力学，"④ 因为"人类的任何交往模式里都存在着无声的或潜意识的预设，这些预设则是由经验编码和信息流动的媒介决定的"。⑤

---

① 波兹曼.娱乐至死［M］.章艳，译.桂林：广西师范大学出版社，2004：12-18.
② 麦克卢汉.理解媒介［M］.何道宽，译.北京：商务印书馆，2000：38-39.
③ 海德格尔.海德格尔存在哲学［M］.孙周兴，译.北京：九州出版社，2004：382-383.
④ 麦克卢汉，秦格龙.麦克卢汉精粹［M］.何道宽，译.南京：南京大学出版社，2000：276-360.
⑤ 麦克卢汉.麦克卢汉如是说 理解我［M］.何道宽，译.北京：中国人民大学出版社，2006：12.

那么，在"五要素"解释范型中，为什么要把"媒介"摆在图式的中间呢？从媒介与"世界—艺术家—作品—欣赏者"四要素的复杂关系看，简要说来，第一，媒介的功能与作用绝不限于表面的物质材料层，换言之，其内涵涉及艺术最后的物化形态，更涉及艺术符号和艺术活动的行为；第二，在五个要素的相互作用、相互影响中，无论是二元关系，还是三元关系，媒介都有着寓于其中的最显著的美学特质——关系质；第三，在艺术生产论的视阈中，作为艺术生产力的有机组成部分，它始终与艺术活动的各个环节、层面有着内在的共生、互动关系，并于整个活动过程的作用发挥中铸就自己举足轻重的作用和地位。由此观之，媒介之作为"第五要素"在或然中已有必然，尤其是在媒介文化新生态语境中，其"材料质、符号质、关系质"三重属性所铸就的审美现代性使"五要素"解释范型具有了新的美学阐释能力与张力。

三、艺术研究"五要素"解释范型的美学阐释能力与张力

在当前的艺术研究中，媒介的现代发展使一些实践前沿热点凸显为重要课题：一是，在报纸期刊、广播影视、互联网、新媒体等多种力量的作用下，媒介文化形成了新的生态（环境），尽管这不是本文的研究重点，但其所蕴含的丰富内容却构成了语境且具有巨大的制约和影响力，比如，"传播媒介如何影响人的感知、感情、认识和价值""媒介如何给我们所见所为的东西提供结构""文化、科技与人类传播之间的互动共生关系""传播媒介的结构冲击和形式影响""媒介形式的相互关系、媒介形式与社会力量的关系以及这些关系在社会、经济、政治方面的表现"，等等；[①] 二是，在媒介文化新生态语境中，一方面，大致自20世纪90年代以来，传媒艺术和文化的蓬勃发展见证着历史，也创造着历史，现如今，它更是以其丰富性、生动性成为我们时代生活和思想感情的放大器、风向标；另一方面，鲜活的艺术实践呈现出多样的新形态、新趋向，尤其是，当我们透过"互联网+"的大背景、大格局、大趋

[①] 林文刚. 媒介环境学［M］. 何道宽，译. 北京：北京大学出版社，2007：序言.

势来审视和思考诸如 ICT、内容、IP、话题、类型、资本、众筹、娱乐、衍生品、大数据、媒介融合、多屏、电商、网生代、用户，以及生产传播、营销推广、接受评价等新型产业链各环节互动交融、聚变循环中的新业态，"媒介"越来越成为传媒艺术实践和理论中引人注目的焦点。那么，理论话语如何有效地概括艺术实践的新经验、新规律，同时也深入检视自身的内在发展乃至范式的嬗变？

毋庸讳言，在当下鲜活生动的传媒艺术实践面前，艺术研究相对滞后，甚至失语！这一矛盾无疑使理论发展和创新的任务急迫而沉重。显然，这是一项重构性的、系统性的工作。而作为一种探索性的回应或基础性理论建构的尝试，"五要素"解释范型的首要努力即要立足现实并在问题意识、方式方法、学理路径等方面为艺术研究概括当下艺术实践的新经验、新规律，同时也为检视理论自身的内在变迁提供坐标系和思维导图。对此，笔者拟以五要素为坐标而建立一个"理论模型"（图2），并将各要素及其相互作用的多元互动关系总括为以下三大方面、23 个观测点。

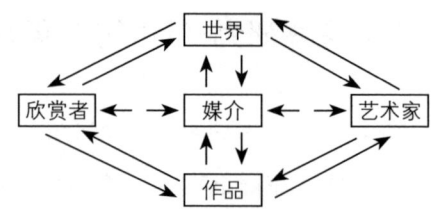

图 2　艺术研究"五要素"间的多元互动关系

第一方面，聚焦一元性的五个要素并对其意义、功能的历时变迁和演化进行重估和说明。在阐述"四要素"结构模式时，艾布拉姆斯强调："把握住一种批评理论的主要倾向，还只是恰当的分析工作的开始。这四个坐标并非一成不变，而是随着各自所处的理论不同而产生不同的意义。"这表明了"要素"本身具有明确的历史性，同时也意味着："五要素"解释范型的理论效用和活力的首要突破点即要依据艺术实践的现实状况而对各要素的历史、美学内涵作出具体的考察和阐释。

首先，就"媒介"来说，从电报的发明到目前互联网、新媒体等的方兴未艾，媒介的发展是令人瞩目的现代性事件，同时也具有深远的审美现代性意义。以"互联网"为例，在艺术和美学的领域，如果说"+互联网"还只是把网络当作技术手段与工具，那么，"互联网+"则带来思维方式、艺术创新、产业链重塑等一系列深刻变革。由此,"五要素"解释范型中的"媒介"考察,不管是经由形态、美学、文化、哲学和技术、经济、政治等维度,还是关注其"材料质、符号质、关系质"(这些学理性的阐释和深描),尤其是审美现代性的阐释和深描,不仅是因应当前艺术实践的一等要务,还是传媒艺术学的基础内容。其次,就"世界—艺术家—作品—欣赏者"而言,它们各有其历时发展中的意义变迁和演化。对此,英国社会学家斯科特·拉什从符号政治经济学视角所作的考察富有启发意义。他认为:现实主义、现代主义、后现代主义可视为不同历史阶段审美表意实践的理想类型,在质的规定性上,"现实主义既不质疑表征,亦不怀疑现实本身,""现代主义认为,种种表征是成问题的,而后现代主义则认为现实本身才是成问题的"。[①] 在笔者看来,其中包含有三个关节点:一是"现实"(艺术再现或表现的对象或世界),二是"表征"(作为能指的文化形式、艺术符号或表意范式等),三是"主体态度"(艺术家、欣赏者对现实与表征两者关系或某一方面的美学立场和评价),而这三个关节点大致涵盖了五个要素并将它们的内在关系和相互作用串联成了一个意义的网络。由此,在问题意识和方法论的借鉴上,"五要素"解释范型中的美学观察可以在逻辑与历史的统一中逐一摊开各要素的具体内涵。简要说来,就艾布拉姆斯称之为"规范作品的首要制约力"的"世界"而言,它大致有"实在世界—精神世界—虚拟世界"的意义演化轨迹,即现实主义的"世界"总体上是一种模仿性或再现性的"实在世界",现代主义的"世界"则因注重表现主观性的内心世界或乌托邦而呈现为一种内在性的"精神世界",而在后现代主义那里,由于能指的自律、符号的自我复制或如波德里亚所说的"模型先行",那些没有本源和客体指涉的虚拟存在和仿真(或类象、仿象)营造了一个巨大的"虚拟世界",这在当前影视、动漫、游戏、互联网等电子媒介创造的数字化影像、虚拟符号或景观中有显著的体现。就"艺术家、作品、欣赏者"来说,"艺术家"大致有"模仿者—创造者—生产

[①] 周宪.审美现代性批判[M].北京:商务印书馆,2005:355-358.另,周宪在一般话语的历史形态学与艺术风格学的结合中考察"审美表意实践"的方式及见解也有独特的借鉴和启发意义。

者"的意义演化轨迹,即由古典表意实践中镜子般的传达者过渡到浪漫主义的天才主体和现代主义个性张扬的自足主体,再发展到当前艺术生产中的集体合作或与欣赏者的互动。"作品"的内涵变迁大致可描述为"可读文本—可写文本—开放文本",即由罗兰·巴特所说的及物到不及物,再到艺术家与欣赏者的合作生产形态。与之相应,"欣赏者"也大致有"受教育者—接受者—合作者"的内涵发展。

特别值得一提的是,在当前的传媒艺术实践中,各要素的意义和功能面临着新的修订,比如,ICT、媒介融合、创新2.0等之于"媒介",IP、内容、话题等之于"世界",众筹、跨界、电商、资本等之于"艺术家",类型、产品、多屏、衍生品等之于"作品",网生代、用户、大数据、娱乐等之于"欣赏者"。可以说,这些多样的变化、新鲜的内容和蕴含其间的新特征、新趋向,都需要我们及时作出解释和归纳。

第二方面,考察二元关系中多要素间的相互作用和意义变量。具体而言,包括图2中的十组二元结构关系,即以"媒介"为视点的(1)媒介—世界、(2)媒介—艺术家、(3)媒介—作品、(4)媒介—欣赏者,以"作品"为视点的(5)作品—世界、(6)作品—艺术家、(7)作品—欣赏者,以及(8)世界—艺术家、(9)世界—欣赏者、(10)艺术家—欣赏者。艾布拉姆斯曾就"作品"与世界、欣赏者、艺术家的内在关系进行了阐述,并概括为模仿说、实用说、表现说。在"五要素"解释范型中,由于五个要素的内涵有着深刻的历时变迁,因此,不仅艾氏不曾涉及的关系要着重加以说明,就连他已阐述的三组关系也要重新评估。比如,在后现代主义表意范式中,诚如拉什所观察到的,由于能指与所指、指涉物的关系越来越游移乃至剥离、断裂,因此,在艺术家与欣赏者的关系中,艺术家已不再是说一不二的主宰,欣赏者也不再是被动的接受者,由分体走向合体是两者意涵的明显趋向。再如,随着"媒介"意义、价值的突显及其渗透、介入艺术生产各要素循环往复的互动对话,艺术活动呈现出新的、复杂的面相和属性,更引发现代艺术在生产方式、存在方式、接受方式和审美价值等方面的巨大变化。

需要指出的是,这十组二元结构关系绝非数学模型上简单的排列组合。

事实上，艺术活动自身的复杂性、丰富性客观上要求我们系统、深入地探究各要素间、艺术活动各环节间隐性、潜在的相互作用，以及双向往复、多向互动的影响和制约。这在三元结构关系中更加突出和明显。

第三方面，分析三元关系中多要素间的相互作用和意义变量。具体说来，包括图2中排列组合形式的八组三角形关系，即以"媒介"为视点的（1）媒介—世界—艺术家、（2）媒介—艺术家—作品、（3）媒介—作品—欣赏者、（4）媒介—欣赏者—世界，以"作品"为视点的（5）作品—世界—艺术家、（6）作品—艺术家—欣赏者、（7）作品—欣赏者—世界，以及（8）世界—艺术家—欣赏者。在艾布拉姆斯的阐述中，三元关系涉及不多，因而，"五要素"解释范型中三元关系蕴含不少新的理论生长点。比如，在以媒介为视点的几组三角形关系中，媒介铸就的世界如何制约着艺术家，并通过他/她呈现为怎样的艺术世界？媒介的进一步发展可能催生哪些新的艺术形式？在审美表征与审美关系（审美意识形态）的辩证统一中，作为艺术生产力的重要组成部分，媒介如何在形象塑造和审美修辞中发挥作用，或基于媒介的内在性特征，艺术家如何选择和创造新的艺术形式，并经个性化的符号、技巧、风格等进行编码和传情达意？在接受环节，艺术品如何成为欣赏主体感性活动的对象，并在作品意蕴与符号解码的双向互动中激发新的期待，乃至对世界的反应有新的调整？可以说，诸如此类的问题提出了新挑战，同时也为艺术研究拓展了新空间。如果我们把当前鲜活的传媒艺术实践放在艺术生产论的视阈中来参照，这一点便会更加明朗。首先，与之前的认识论模式或反映论模式相比，艺术生产论揭示了艺术活动中诸多质素之间相互作用的内在关系，还化解了创作与消费、作品与产品等之间的鸿沟，[①] 比如，马克思指出："没有需要，就没有生产，而消费则把需要再生产出来。""生产不仅为主体生产对象，而且也为对象生产主体"。[②] 其次，在媒介文化新生态语境中，与文学、绘画、雕塑等传统艺术相比，传媒艺术不仅是一种审美意识形

[①] 彭文祥. 电视剧艺术生产及其现代性、民族性刍议[J]. 当代电影, 2014（7）: 119-122.
[②] 马克思, 恩格斯. 马克思恩格斯选集: 第2卷[M]. 北京: 人民出版社, 1972: 94-95.

态,更是一种内涵丰富的艺术生产。比如,麦茨指出:电影"是一种范围广阔而繁复的社会文化现象,一种毛斯意义上的'总体社会事实',""一种涉及许多方面的整体"。伍蒙认为:"电影一词包括一系列不同的对象:一种司法与意识形态意义上的制度,一种企业,一种美学意义上的生产,一种消费实践的总和。"[1] 因此,艺术研究必须"复杂"地看待电影,事实上,其他传媒艺术生产形式亦应作如是观。进一步说来,在三元关系的其他三角形关系中,此等"复杂"皆是其题内应有之义:一方面,当前艺术生产所呈现的复杂情形和多样面相是政治、经济、文化、科技、美学等多种力量相互作用、相互影响并显现于五个要素的结果;另一方面,就理论话语来说,于精拙中明辨真伪、于良莠中臧否美丑,并于复杂中求简单、于变化中求规律,恰是"五要素"解释范型要勉力而为、积极求解的。

综上所述,通过三大方面、23个观测点所搭建的理论模型,"五要素"解释范型有益于在学理上深入、系统地审视传媒艺术实践的新特征、透析传媒艺术理论的范式新变。当然,最重要的是,如何把握、概括和揭示其中的具体内涵,并在价值论的意义上作出积极、中肯的评价,无疑需要进一步的深入探索和创新研究。

---

[1] 李幼蒸.当代西方电影美学思想[M].北京:中国社会科学出版社,1986:1-2.

何谓"网络文艺"？*

从当前中国文艺发展的总体情势看，网络文艺实践丰富多样、活力四射，网络文艺作品深受青年人的欢迎和喜爱，以至"网络文艺"成为艺术活动中活跃的生长性景观，也成为艺术研究须密切关注的重要对象。

2014年，习近平总书记在北京文艺工作座谈会上的重要讲话中提出："互联网技术和新媒体改变了文艺形态，催生了一大批新的文艺类型，也带来文艺观念和文艺实践的深刻变化……要适应形势发展，抓好网络文艺创作生产。"2015年，《中共中央关于繁荣发展社会主义文艺的意见》醒目地强调："网络文艺充满活力，发展潜力巨大，"要"大力发展网络文艺"。[①] 在党的十九大报告中，习近平总书记强调，加强互联网内容建设，建立网络综合治理体系，营造清朗的网络空间。事实上，相比以往电子文化与印刷文化的分野，互联网文化时代的艺术实践和美学正发生着更剧烈、更深刻的嬗变。就网络文艺来说，基于互联网作为一种全新媒介的特质及所带来的革命性影响，它在艺术创作、传播、接受和再生产等各方面都具有了鲜明的特点，并呈现出引人注目的新形态、新特征和新规律。对此，艺术研究（乃至"网络文艺学"的建构）应作出及时的、有效的美学阐释和总结，而其中的"原点"即是要

---

* 本文原载于《现代传播（中国传媒大学学报）》2017年第12期，与付李琢合作，收入本书时略有删改。

① 习近平.在文艺工作座谈会上的讲话[N].人民日报，2015-10-15（2）；中共中央关于繁荣发展社会主义文艺的意见[N].人民日报，2015-10-20（2）.这两个文件正式提出了普适性、规范性的"网络文艺"概念和命名，并对促进其发展提出提纲挈领的意见。

立足实践并于诸多论述、见解的梳理和相关概念的对比、分析中，对"网络文艺"的含义及质的规定性作出界定和说明，以促进理论和实践的进一步发展。

一、见仁见智的"网络文艺"

为什么要将"网络文艺"的含义界定作为艺术研究的"原点"？这是学理研究的内在要求，也关乎艺术实践的发展。首先，陈寅恪先生曾说："一时代之学术，必有其新材料与新问题。取用此材料，以研求问题，则为此时代学术之新潮流。治学之士，得预此潮流者，谓之预流。"① 其次，艾略特指出："在一种新型批评中迫切需要实验，这很大程度上就在于对所使用的术语进行逻辑和辩证的研究……我们始终在使用那些内涵与外延不太相配的术语：从理论上说它们必须相配，但如果它们不能，我们就必须找到某种别的途径来弄清它们，这样我们才能每时每刻都知道自己要表达什么意思。"② 面对蓬勃发展的网络文艺实践，艺术研究显然有必要及时地关注新问题、总结新经验，并于基础性的科学探究中提升和强化美学的阐释能力与理性的指导力量。

就现实情形而言，虽然带有普适性、规范性的"网络文艺"概念和命名在2014年才正式提出，但自互联网进入中国20多年来，已有不少学者就此展开了相关的艺术研究。通过梳理、辨析相关的论述、见解及其得与失，对网络文艺的认知大致可以逻辑地划分为三种情形。第一种情形是强调网络的媒介属性，把网络上"存在"的文艺统称为网络文艺。比如，有学者认为："网络文艺是呈现于网络媒介上的一切文艺样态的作品。"在这种认识中，网络文艺既包含了以网络媒介为载体而产生的特有的文艺形式，也包括经数字化转换、在网络媒介传播的传统文艺形式（比如，数字化的文学、绘画、雕塑等）。当然，这种宽泛的视阈还把"网络"视作网络文艺的基本要素，并

---

① 陈寅恪，陈美延.金明馆丛稿二编［M］.上海：上海古籍出版社，1980：236.
② 卡林内斯库.现代性的五副面孔［M］.顾爱彬，李瑞华，译.北京：商务印书馆，2002：8.

引导人们将目光和思绪投向更广阔的领域："网络文艺依赖网络受众的观赏和阅读，但也会影响到其他媒介的受众；网络文艺生存取决于网络媒体的生产操作模式，但开始规模化地在传统媒体衍生并扩大影响；多种形态的网络产品造就网络文艺多元互渗的景观，但影响着传统媒体的创作和受众。"[1] 然而，这种见解还没有揭示和说明网络文艺区别于传统文艺的特质。毕竟，将一部《红楼梦》或凡·高的《向日葵》发布到网上并不能使之成为网络文艺作品。至于网络文艺接受方式、生产方式等的泛化及作用和影响力的发挥，自然还得以其自身含义的明朗为前提。

第二种情形则从是否表现了网络文化或精神、气质的层面来认知网络文艺。比如，网络文艺是指将人们的网络生存状况或网络文化作为表现对象的作品。[2] 或认为，"网络文艺是指具有网络精神的文艺作品，因此，只要具备一定互联网因素的文艺作品都可以称为网络文艺，其中包括在互联网上传播的传统文艺作品。"[3] 显然，类似波德莱尔对艺术"现代性"一半是"过渡、短暂、偶然"，另一半是"永恒和不变"的感性描述，将网络文化和精神、气质纳入考量是必要的，也触及了网络文艺特质的某些核心层面，可以作为网络文艺媒介属性认知之外的有益补充。然而，就艺术创作与时代生活的关系来说，如果将网络文艺界定为"网络社会人的生存方式的艺术呈现"，[4] 那么，其含义就太笼统，其作品的外延边界也就太宽泛了。

第三种情形是着重突出网络新媒体的技术性。比如，有研究者指出：网络文艺是"电脑网络技术催生出的全新数字艺术形式"；[5] 是"在网络媒体上传播、以数码技术为基础，具有交互特征的多媒体艺术形式"；[6] 是"离开网络便无法存在的文学艺术，其代表形态就是借助网络超链接和多媒体技术创作的

---

[1] 周星，陈伟，等. 中国网络文艺的构成景观与发展问题 [J]. 艺术百家，2016，32（4）.
[2] 马晓翔，卢晓天，房凡. 网络媒体艺术 [M]. 南京：江苏科学技术出版社，2010：3.
[3] 石恒利，王春光，徐明君. 网络艺术教育 [M]. 北京：人民出版社，2008：74.
[4] 石恒利，王春光，徐明君. 网络艺术教育 [M]. 北京：人民出版社，2008：75.
[5] 汪代明. 网络艺术概论 [M]. 成都：四川民族出版社，2006：46.
[6] 王卓斐. 我国网络文艺学研究热点的回顾与反思 [J]. 甘肃理论学刊，2007（2）.

文艺作品"。① 显然,这种认知强化了网络的"技术性"之于网络文艺的基础性和重要性,但窥此一"斑"无益于"知全豹",且就网络文艺蓬勃发展的现状和趋向而言,其内涵还有被简化或弱化的可能。

此外,还有一些研究者采用归纳的方式聚合多种不同的意见。比如,将网络文艺划分为三类:"其一是传统文艺的网络化。借助网络传播技术,许多传统的纸质文艺作品和印刷文艺文本经过电子化和数字化后得以在网上广为生产和传播。其二是新型的网络原创文艺。它是用电脑创作、在网上首发、具有鲜明网络语言特点的原创性文艺作品。其三是利用电脑多媒体技术和互联网交互作用创作的超文本,以及借助特定电脑软件自动生成的'机器之作'。"类似关于"网络艺术"的划分还有:"一类是已经存在的文学艺术作品经过电子扫描技术或人工输入等方式进入互联网络;一类是直接在互联网络上'发表'的文学艺术作品;一类是通过计算机创作或通过有关计算机软件生成艺术作品进入互联网络。"② 可以说,这些论述更多地带有"描述性"特征,但对于一个科学的概念来说,"规定性"不可或缺。

二、相关概念的对比、分析

在研究方法上,本雅明的"星丛"式研究强调了概念、命题之间所具有的非同一性的复杂关系。他认为:关于真理、知识、理念等的反思,往往不能用一个概念加以描述,而须有一组相关概念的"星丛",换言之,观念的思考恰似一个星丛,而思考的对象恰如星星,"理念之于对象正如星丛之于星星","概念的功能就是把现象聚集在一起","理念存在于不可化约的多元性之中"。③ 由此观之,网络文艺与互联网艺术、网络媒体艺术、网络艺术,以及数字艺术、传媒艺术等相关概念相互交织并形成了一个语义丰富的"概念

---

① 王红勇,谭好哲,葛长伟,等.网络文艺论纲[M].济南:山东教育出版社,2014:7.
② 王强.网络艺术的可能:现代科技革命与艺术的变革[M].广州:广东教育出版社,2001:118.
③ 本雅明.德国悲剧的起源[M].陈永国,译.北京:文化艺术出版社,2001:7-15.

丛",而以之为参照并分析它们之间的联系与区别,有益于我们更好地理解和把握网络文艺的含义。

(一)网络文艺与互联网艺术、网络媒体艺术

在相关研究中,与"网络文艺"相似的概念和表述还有"互联网艺术""网络媒体艺术""网络艺术"等。关于"互联网艺术",有学者指出:"尽管互联网与艺术的关系错综复杂,但联姻的结果有一点却很明显,即造就了融二者于一体的互联网艺术。互联网艺术不同于'互联网上的艺术'或'上了网的艺术'。从传播要素的角度看,它具备如下特征:其一,创作者是网民,尤其是那些对互联网作为新媒体所展示的潜力怀有强烈兴趣的人士;其二,欣赏者也是网民,尤其是那些热衷于通过互联网实现远程参与的人士;其三,形态主要是信息流,其传播有赖于互联网的支持;其四,内容虽然丰富多彩,但经常烙有网络生活的鲜明印记;其五,创造性地运用相关网络服务;其六,虽栖身赛博空间,但具备对于现实世界的能动作用。"[①]关于"网络媒体艺术",有学者认为:它是"广泛运用新兴的'网络媒体'进行艺术构思、创造与传播,体现新技术手段与艺术思维的融合,带有交互式、沉浸感与虚拟现实特质,体现科技进步与人文精神互动的艺术形态;它是以多媒体计算机及互联网技术为支撑,在创作、承载、传播、鉴赏与批评等艺术行为方式上全面出新,进而在艺术审美的感觉、体验和思维等方面产生深刻变革的新型艺术形态。"[②]就这些概念和表述的关系来说,它们的"所指"基本上是相同的对象,但"能指"则在突出网络的技术性、媒介性等方面有所差别;至于"文艺(文学艺术)"与"艺术",这两个概念也是语义相似、语用有别,尤其是,前者还有其历史的惯性和约定俗成的内涵。因此,鉴于和传统审美话语及当前艺术实践的接续性和切近性,"网络文艺"的概念和命名在当下语境中具有更高的普适性和规范性。

---

① 黄鸣奋. 互联网艺术 [M]. 北京:文化艺术出版社,2006:17.
② 马晓翔,卢晓天,房凡. 网络媒体艺术 [M]. 南京:江苏科学技术出版社,2010:3.

(二)网络文艺与数字艺术

在发生学上,数字艺术与网络文艺同根同源,两者共同的基础是计算机数字技术。所谓"数字艺术",我们大致可以概括为:利用以计算机为核心的各类数字信息处理设备来表达一定的社会生活、思想感情,并通过与数字技术相关的传播媒介来实现审美接受与互动的艺术形式。从外延上看,数字艺术包括网络文艺,但还包括数字图像、多媒体艺术、电子游戏、数字设计、数字摄影等。在这种意义上,所有网络文艺必然是数字化的,属于数字艺术的范围,但数字艺术则不必然是网络文艺,或者说,"数字艺术"强调一种技术的特征。因此,就网络文艺的界定而言,"数字化"仅揭示了其部分特质,而还有一些要旨需要进一步揭示和说明。尤其是,尽管"艺术"和"技术"有着千丝万缕的紧密联系(包括人们对现代科学技术抱有多种不同的态度),①但作为一种掌握世界的方式和审美的意识形态,艺术有着浓厚的人文色彩并由此而突显其独特的存在。在当代艺术实践中,借助"艺术世界"或"艺术场"的理论观照,这种"人文色彩"得以更充分地显现。比如,在乔治·迪基看来,"艺术世界"是若干系统的集合,每一个系统都形成一种"制度环境",赋予作品艺术地位的活动就在其中进行;其"中坚力量"是一批组织松散却又相互联系的人,包括艺术家、记者、批评家、艺术史家、文艺理论家等,"就是这些人,使艺术世界的机器不停地运转,并得以继续生存"②。在这

---

① 在审美现代性的意义上,人们对现代科学技术有着复杂乃至矛盾的态度:一面是欢欣鼓舞;另一面是反思警醒。比如,莱温认为:"现代艺术是科学的。它建立在这样的一些信念之上:相信未来是一个技术时代,信仰进步和客观真理。它是实验性的:它的使命就是创造新的形式。从印象主义开始探索光学知识一直到现在,现代艺术共同分享了科学的方法和逻辑。"(参见鲍曼.立法者与阐释者[M].洪涛,译.上海:上海人民出版社,2000:177.)但在此外,泰勒指出:"到了二十世纪,工具理性的侵占变得无与伦比的明显,而且,我们发现,现代主义的作家和艺术家在反抗一个被技术统治的世界,反抗标准化,反抗社区的退化,反抗大众社会,反抗粗俗化。的确也有像未来主义那样的少数派,他们对技术采取了一种肯定的立场,想要赞颂技术的创造性的能量;但他们也在大规模的工业社会的实际后果中显示出来的被动性和丑陋面前惊骇不已。"(泰勒.自我的根源:现代认同的形成[M].韩震,王成兵,乔春霞,译.南京:译林出版社,2001:712-713.)

② 迪基.何谓艺术[M]//李普曼.当代美学.北京:光明日报出版社,1986:109-111.

之中有两个要素：一是合作性的诸多人参与其中而构成的复杂网络；二是在这些人的活动中，惯例性地理解或惯例本身是艺术活动的基本规则。在布迪厄的分析中，这些要素的意义得到了进一步的提升，以至于他指出：在艺术领域，真正的艺术价值并不是直接由艺术家创造出来的，而是由种种体制所创造的，换言之，艺术场乃是一个信仰的空间，它不只是生产出特定的艺术作品，更重要的是它通过种种体制来生产艺术观念、艺术信仰、艺术崇拜和价值观。[①] 由此观之，就进一步说明和揭示网络文艺的含义及质的规定性来说，"技术"的维度诚然不可或缺，但"艺术世界"或"艺术场"的观念则从另一个制高点上铺开了一种新视野，并给予我们方法论的启迪。

（三）网络文艺与传媒艺术

顾名思义，"传媒艺术"突出的重点是"传媒"。所谓"传媒艺术"，"在狭义上，是指自摄影术诞生以来，借助工业革命之后的科技进步、大众传媒发展和现代社会环境变化，在艺术创作、传播与接受中具有鲜明的科技性、媒介性和大众参与性的艺术形式与品类。"[②] 在互联网迅猛发展、作用和影响力越来越大的趋势下，"传媒艺术"概念的提出标示了一种与时俱进的、概括性的努力和创新，即，以媒介的更新迭代为主轴，意图实现对摄影艺术、电影艺术、广播艺术、电视艺术、新媒体艺术等概念的超越和新总结。在这种意义上，网络文艺自然可视为传媒艺术的一种，然而，其艺术生产方式的特殊性及巨大的变革力量所带来的革命性和生长性，迫切需要艺术研究对其含义有更清晰的揭示和把握，就像摄影艺术、电影艺术、广播艺术、电视艺术等"传统"艺术形式和概念已有相对明确的内涵一样。其次，在传媒艺术的范畴内，"传统"的艺术形式与"新兴"的网络文艺存在越来越明显的双向影响或相互规定的动态关系：一方面，目前几乎所有的网络文艺表现形态都有其孕育和生长的土壤、基础和温床，所以，无论是网络

---

① 布尔迪厄. 艺术的法则 [M]. 刘晖, 译. 北京：中央编译出版社, 2000：276–277.
② 胡智锋, 刘俊. 何谓传媒艺术 [J]. 现代传播, 2014, 36 (1)：72–76.

剧、网络电影,还是网络综艺,其艺术生产和再生产都剪不断、过滤不掉与电视剧、电影、电视综艺相联系的脐带与基因,而相应地,鉴于网络文艺是一种"对比性"的存在,网络文艺美学也就是一种"对比性"的美学,即除了要揭示网络文艺的含义,其不同表现形态的含义也应逐一说明;另一方面,网络文艺极大地拓展了传媒艺术的边界,使得文学、音乐、动画等艺术形式因互联网的作用和影响而衍生出网络文学、网络音乐、网络动画等表现形态并具有"传媒"艺术的性质和品质(至于在网络文艺的迅猛发展中,还有哪些传统艺术形式会衍生出新的形态尚不得而知),更重要的是,当前活跃的网络文艺发展越来越显示出一种倾向,即,网络文艺生产和再生产的范式(生产方式、接受方式、审美趣味等)因多要素聚集、交织而成的活力和影响力对传统艺术形式越来越具有渗透、示范、引领乃至同化的作用和效应,因此,"传统"的艺术形式及其概念内涵必然不会故步自封,换言之,嬗变已经发生,如果说网络文艺美学需要建构,那么,传统艺术美学则需要重构。

通过以上对比、分析,我们可以看到,在新的媒介生态和艺术生态中,网络文艺与数字艺术、传媒艺术等概念存在既相互交织又相互独立的关系。其简略关系见图1。

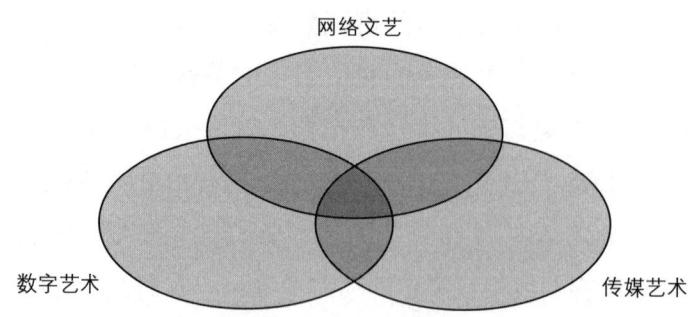

图1 网络文艺与相关概念简略关系图

三、网络文艺的内涵、外延与质的规定性

当前,透过"互联网+"的大背景、大格局来审视和思考诸如 ICT、创新 2.0、内容、IP、话题、类型、资本、众筹、大数据、多屏、媒介融合、移动互联、O2O(线上到线下)、电商、衍生品、网生代、粉丝、用户、互动体验、娱乐、"萌"、快感,以及生产传播、营销推广、接受评价等艺术活动中的新概念、新元素和新型产业链各环节间的互动交融、聚变循环,我们可以看到,网络文艺实践不仅呈现出丰富多样、活力四射的态势,还呈现出新的经验、新的特征和新的规律。那么,如何尽可能有效地揭示和说明网络文艺的内涵、外延与质的规定性呢?

从新的媒介生态和艺术生态的大视域中审视互联网对艺术活动的作用和影响,有多方面、多层次的表现。择要说来,首先,互联网正史无前例地影响、改变着我们的生活方式、思维方式和存在方式,以及价值观念、审美趣味等;其次,在艺术活动的领域,互联网的作用和影响渗透到艺术生产与再生产的各个环节和层面,逻辑地划分,大致有三种情形:一是一些传统艺术样式在传播、接受等方面搭上了"+互联网"的快车,比如,绘画、雕塑、书法、摄影、戏曲等;二是"互联网+"改变着一些传统艺术形式的创作、传播、接受、批评和再生产等机制,比如,电影、电视剧、电视综艺、纪录片等;三是在"网络文艺"的统称下,一些新的艺术表现形态得到诞生且方兴未艾,比如,网络文学、网络剧、网络综艺、网络电影、网络音乐、网络动漫、网络游戏、网络演出等(在某种意义上,这些表现形态也成为识别"网络文艺"的显著标志)。可以说,此一大视域是我们进一步考察"网络文艺"的前提。

然而,相比之下,识别当前网络文艺的不同表现形态比揭示其内涵容易得多,原因在于:一是网络文艺牵涉到诸多方面而变得纷繁复杂;二是网络文艺是一种新生事物且仍处于发展、变化之中。但基于互联网作为一种全新媒介及其所带来的革命性影响,并依据一些典型文本所形成的特征和意义,我们仍可以在已有相关研究的基础上,按形式逻辑"种差+属"与辩证逻辑"实然+应然"相结合的方法,探索性地将网络文艺界定为:受网络技术、新媒体和社

会变迁作用与影响而被赋以互联网艺术思维，并以新型艺术生产方式表征时代生活、表达现代性体验和思想感情的审美艺术形式；其外延包括网络文学、网络剧、网络综艺、网络电影、网络音乐、网络动漫、网络游戏、网络演出等；其质的规定性有"互联网艺术思维""新型艺术生产方式""审美艺术"三个主要方面。对此，我们可以作如下进一步的阐释和说明。

1. 互联网艺术思维

作为一种艺术形式，网络文艺在创作中自然离不开一般性的形象思维，或者说，要遵循艺术思维的一般规律，但从艺术生产与再生产的全过程来作整体的观照，其思维方式具有鲜明的特点且已溢出"形象思维"的表意框架。我们不妨将其概括、命名为"互联艺术思维"或"网艺思维"。择要来说，它有四个方面的主要表现。

一是以数字技术为基础。首先，所有的网络文艺形态都是数字化的，且艺术与技术的思维融合渗透到创作、传播、接受和再生产等艺术生产的各个环节与层面。其次，从"新媒体"（准确地说，应是"数字化新媒体"）的角度看，尽管互联网只是新媒体的典型代表，但因为有了数字技术、网络技术的"公约数"，网络文艺便拥有了一种无远弗届的广阔环境和空间，或者说，网络文艺由此而得以联系到互联网、宽带局域网、无线通信网、卫星等渠道和计算机、数字电视机、手机等终端，蔓延到数字化的传统媒体、网络媒体、移动端媒体、数字电视、数字报刊等多种媒体形式领域。

二是以互联网为媒介。对社会发展来说，媒介往往具有根本性的深远影响；对一种艺术形式的发生、发展而言，媒介在某种程度上决定着艺术创作、传播、接受等的方式和性质。在宽泛的背景上，伊尼斯认为：媒介对社会形态和社会心理都有着深远的影响，甚至"一种新媒介的长处，将导致一种新文明的产生"。[1] 在现象学的意义上，麦克卢汉指出：媒介是"一种'使事情所以然'的动因，而不是'使人知其然'的动因"。[2] 波兹曼则指出："每一种

---

[1] 伊尼斯.传播的偏向[M].何道宽，译.北京：中国人民大学出版社，2003：28.
[2] 麦克卢汉，秦格龙.麦克卢汉精粹[M].何道宽，译.南京：南京大学出版社，2000：175.

媒介都为思考、表达思想和抒发情感的方式提供了新的定位从而创造出独特的话语符号。"① 具体就电影艺术而论，麦克卢汉认为：电影"使我们超越了机械论，转入了发展和有机联系的世界，"它"表现各种平面的相互作用，表现各种模式、光线、质感的矛盾或剧烈冲突"。② 本雅明则从当时新崛起的电影艺术中揭示出"艺术在现代工业社会中的一系列替变"，包括"由有韵味的艺术转变成机械复制艺术，由艺术的膜拜价值转向展示价值，由美的艺术转变成后审美艺术，由对艺术品的凝神专注式接受转向消费性接受"等。③ 就网络文艺来说，如同电影艺术或广播艺术、电视艺术一样，它也是由其媒介命名的，但相比之下，互联网媒介带来的作用和影响更具深刻性、深远性。如果从"媒介决定论"（伊尼斯）、"媒介即讯息"（麦克卢汉）、"媒介即认识论"（尼尔·波兹曼）的意义上来审视，互联网媒介不仅深刻地影响着我们的思维方式、塑造着我们的文化、改变着我们的审美化生存，还带来了艺术生产方式变革、产业链重塑、艺术创新等一系列嬗变，以至于在美学上，我们可以在艾布拉姆斯"世界—艺术家—作品—欣赏者"四要素之外，将"媒介"强化并增列为影响和制约艺术活动的"第五要素"。④

三是以表征时代生活中的网络文化与精神、气质为显著标志。随着互联网的迅猛发展，网民数量的急剧增长⑤，网络文化的影响力日益强盛并波及社会生活的方方面面。大体上，网络文艺可视为一种大众文艺，网络文化可视为

---

① 波兹曼.娱乐至死［M］.章艳，译.桂林：广西师范大学出版社，2004：18.
② 麦克卢汉.理解媒介［M］.何道宽，译.北京：商务印书馆 2000：38-39.
③ 本雅明.机械复制时代的艺术作品［M］.王才勇，译.杭州：浙江摄影出版社，1996：译者前言.
④ 彭文祥.媒介：作为艺术研究解释范型中的"第五要素"［J］.现代传播，2016（6）：72-76.
⑤ 据中国互联网络信息中心发布的第 40 次《中国互联网络发展状况统计报告》：截至 2017 年 6 月，中国网民规模 7.51 亿，普及率 54.3%；手机网民规模 7.24 亿，使用比例 96.3%。其中，与网络文艺相关的网络视频、网络音乐、网络游戏、网络文学的各类互联网应用、各类手机互联网应用网民规模分别为 5.6482/5.2523、5.2413/4.8929、4.2164/3.8546、3.5255/3.2668 亿。此外，在年龄结构上，以 10-39 岁群体为主，占 72.1%，其中，20-29 岁年龄段的网民占 29.7%，10-19 岁、30-39 岁群体分别为 19.4%、23.0%。在某种意义上，数量上的庞大具有引发质变的足够动能。
数据来源：http://www.cnnic.net.cn/hlwfzyj/hlwxzbg/hlwtjbg/201708/t20170803_69444.htm.

一种大众文化。其中有亚文化、草根文化与其他文化形态的冲突和协调，也有当下体验与人文关怀的龃龉和展望，还体现出鲜明的时尚、流行、娱乐、大众化等特征和风格。就艺术与生活的现实关系而言，在审美现代性（Aesthetic Modernity）的意义上，可以说，网络文艺是当今表征时代生活的最新艺术形式。之所以"新"（包括司空图《二十四诗品》中所说的"如将不尽，与古为新"），是因为它切合了"精神季风"的一些重要流变：首先，文变染乎世情，兴废系乎时序，"凡一代有一代之文学：楚之骚，汉之赋，六代之骈语，唐之诗，宋之词，元之曲，皆所谓一代之文学"。[①] 不仅如此，如果从斯科特·拉什关于现实主义、现代主义、后现代主义作为不同历史阶段审美表意实践理想类型的考察，以及"现实""表征""主体态度"三个关节点的启发意义上来看，[②] 作为一种复杂的精神活动和情感表达形式，网络文艺已成为当今时代一种由多种叙事话语编织而成的"精神地形图"，借此我们可以描述和辨析当代中国社会生活的性状，并从中观测那些发展的脉络，那些不断更新的动力所标示的趋向。其次，一时代有一时代之文艺，一时代还有一时代之精神，或者说，任何一个时代的文艺作品都是那个时代社会生活和审美精神的写照，都具有那个时代的鲜明烙印和特征。尤其是，改革开放的时代大潮带来了人们整个生活方式的转变，而作为现代性转型中比思想认识更为重要的基本面或"始基"，现代性体验是人们对自身生存境遇或生存价值的深层体会，是感性与理性、情感与理智、想象与幻想、意识与无意识等的复合交织，它涉及日常生活方式、心理状态、审美趣味、价值规范和审美表现等诸多方面，并可以折射人们的心理、精神、气质或性格结构等的深刻变迁。因此，在审美思维上，深刻

---

① 王国维. 宋元戏曲史 [M]. 北京：东方出版社，1996：自序.
② 英国社会学家斯科特·拉什认为：现实主义、现代主义、后现代主义可视为不同历史阶段审美表意实践的理想类型，在质的规定性上，"现实主义既不质疑表征，亦不怀疑现实本身"，"现代主义认为，种种表征是成问题的，而后现代主义则认为现实本身才是成问题的"。在笔者看来，这其中包含有三个关节点：一是"现实（艺术再现或表现的对象或世界）"，二是"表征（作为能指的文化形式、艺术符号或表意范式等）"，三是"主体态度（艺术家、欣赏者对现实与表征两者关系或某一方面的美学立场和评价）"。这种观察为我们审视网络文艺提供了一种富有启发意义的视野和思路。

地把握个体、民族、国家的命运,艺术地传达人们在时代生活中所真切感受和体会的痛感或快感、沮丧或幸福、困顿或超然、彷徨或希望等,无疑是网络文艺艺术思维的重要表征。进一步来说,就网络文艺的繁荣发展而言,反映时代精神的风貌、引领时代发展的风气亦是其题中应有之义。

四是以参与、分享、互动和个性化为驱动。相比之下,互联网让人们(尤其是青年人)充分表达、表现自己变得更加便捷而有效,同时,在网络文艺的艺术信息交换中,人们参与的可能、分享的意愿、互动的需求和个性化的满足在交互、沉浸的网络世界里,以及由此而生的新的审美感觉、体验、趣味、思维和文化取向、价值选择等之中,变得更加强烈而实在。在一篇关于时下二三线卫视收视率问题的观察文章中,作者谈及了网络剧与电视剧的关系、"先网后台"模式、广告营收等,还特别提到了电视媒体与互联网媒体思维方式的差别:"互联网思维是一种用户体验至上的思维;电视人却仍然停留在'受众思维'。可问题是,谁还是单向的信息'接受者'?谁还是围在一起看电视的那群'众'呢?"如此一来,"英雄老去和美人迟暮总让人伤感,但没有办法改变事实,"以至于"电视台正在走向死亡"。① 对此,且不问该观察令人惊异的措辞是否真实地表明了媒介的更新换代正在上演着"三十年河东、三十年河西"、风水轮流转的戏码,但有一点可以确定,那就是"参与、分享、互动和个性化"是网络文艺艺术思维的显著特点,如果将其视为一种"优势",那么,它还使网络文艺获得了强大的成长动力和广阔的发展空间。

2. 新型艺术生产方式

相比以往的或传统的艺术形式,网络文艺最引人注目的也许是其艺术生产方式的嬗变。美国马克思主义文艺理论家弗雷德里克·詹姆逊曾提出"文学生产方式"(literary mode of production)的概念,并就其理论规定阐述了两点:一是文学生产方式是把文学作品中不同因素统一起来,凝聚为一个有机整体的机制;二是任何文学生产方式中都包含和残留着以往几种生产方式的痕迹

---

① 罗伯特. 居然有80%的二三线卫视"零收视"! 电视台正在走向死亡[EB/OL].(2017-11-04)[2024-02-03].https://www.sohu.com/a/202324507_603727.

和"系统变异体",在一定的生产方式中,甚至可以包含未来的因素,可以据此实现文学阅读中视点的游移。① 在网络文艺实践中,"艺术生产方式"的这些特性更加突出。这包括新的艺术生产力和艺术生产关系,尤其是网络文艺生产从创作、作品、传播、营销、接受到再生产机制等各环节、各层面的重新评估,乃至再造。比如,艺术创作中某些题材类型的优先性、制作接受中的同步交流与反馈、艺术信息流动中的多屏互动,以及创作方法上现实主义的深化与发展、现代主义乃至后现代主义的借鉴与杂糅等。特别值得一提的是,本应是经济学术语的"用户"在网络文艺中所具有的举足轻重的地位,已远非文学的"读者"、影视剧的"观众"、传播学的"受众"等可相提并论的。

相应地,就艺术特质的美学提炼来说,从马克思主义艺术生产论的视域中来观照,我们可以看到,网络文艺实践不仅重新诠释着"世界—艺术家—作品—欣赏者"四要素的内涵,而且,随着互联网这一"媒介"第五要素的加入,各要素之间的二元、三元关系也呈现出新的审美现代性意义。首先,就单个要素来说,互联网"媒介"在当代语境中呈现出美学、文化、技术、经济、政治、心理、哲学等多维度的丰富面相。比如,艾布拉姆斯称之为"规范作品的首要制约力"的"世界"大致有了"实在世界—精神世界—虚拟世界"的意义演化轨迹;"艺术家""作品""欣赏者"也大致有"模仿者—创造者—生产者""可读文本—可写文本—开放文本""受教育者—接受者—合作者"的内涵变迁。其次,就各要素之间的二元、三元关系及其意义和功能来说,比如,在"艺术家—欣赏者"的二元关系中,网络文艺的创作者已不再是说一不二的主宰,欣赏者也不再是被动的接受者,换言之,由分体走向合体是两者意蕴互动的明显趋向;在以"媒介"为视点组成的"媒介—世界—艺术家""媒介—艺术家—作品""媒介—作品—欣赏者""媒介—欣赏者—世界"几组三元关系中,互联网媒介铸就的世界如何制约创作者,并通过他/她呈现为怎样的文艺世界?互联网的进一步发展可能会催生哪些网络文艺新形态?在审美表征与审

---

① 詹姆逊.快感:文化与政治[M].王逢振,等译.北京:中国社会科学出版社,1998:79;詹姆逊.马克思主义与历史主义[M]//晚期资本主义的文化逻辑.陈清桥,严锋,译.北京:生活·读书·新知三联书店,1999:188-189.

美关系（审美意识形态）的辩证统一中，媒介作为艺术生产力的重要组成部分，如何在形象塑造和审美修辞中发挥作用，或基于互联网的内在性，创作者如何选择和创造新的艺术形式，并经个性化的符号、技巧、风格等进行编码和传情达意？在接受环节，网络文艺作品如何成为网生代用户主体感性活动的对象，并在作品意蕴与符号解码的双向互动中激发新的期待，乃至对世界的反应有新的调整？可以说，诸如此类的问题无不显示出网络文艺具有了区别于传统艺术形式的新型艺术生产方式。①

3. 审美艺术

从艺术观念的维度来考量，经过多年的实践"网络文艺"可以有多种方式，比如，它可以是艺术、文化，也可以是商业、工业，还可以是政治、意识形态等，不一而足。在论及"电影"的观念时，克里斯丁·麦茨指出："人们通常称作'电影'的东西，在我看来实际上是一种范围广阔而繁复的社会文化现象，一种毛斯意义上的'总体社会事实'……它是一种涉及许多方面的整体。"②可以说，电影观念如此，网络文艺观念亦如是。然而，既然是"文艺"，那么，归根结底，"审美艺术"应是规定网络文艺的基本面，尽管在新的媒介生态和艺术生态中，像商业、政治等其他面意义重大，也不可或缺。进一步来说，在艺术实践中，为网络文艺发展确立此一美学定力或"定海神针"显然具有重要的现实意义和深远的历史意义。择要说来，它可以规避以下六方面的误区。一是资本逻辑的误区。"资本"的重要性不言自明，但商品拜物教及其资本逻辑的水银泻地会深深地伤害诚信、伦理、思想和理想，乃至与精神生产领域的艺术、诗歌相敌对。二是娱乐主义的误区。"娱乐"诚然是现代生活不可或缺的，但娱乐至死，以至使文化成为赫胥黎式的滑稽戏，则如同使文化成为奥威尔式的监狱一样，会让文化精神枯萎、凋零。三是神话技术主义的误区。在某种意义上，没有技术上的进步就没有网络文艺，但技术实在无法格式化人们真切的经验和丰富的情感，遑论自现代以来在不绝

---

① 彭文祥. 媒介：作为艺术研究解释范型中的"第五要素"[J]. 现代传播，2016（6）：72-76.
② 李幼蒸. 当代西方电影美学思想[M]. 北京：中国社会科学出版社，1986：1-2.

如缕的文化批判和反思中，像"异化"（马克思）、"工具理性"（韦伯）、"诗意栖居"（海德格尔）、"文化工业"（法兰克福学派）、"类像"（詹姆逊）、"景观"（德波）等所蕴含的丰富意义，依然具有深刻的思想张力和启迪、警示作用。四是窄化"主旋律"的误区。"主旋律"不是指表现红色历史、革命战争和英雄人物、时代楷模等的题材。事实上，它是一种精神，是一种反映社会主流的价值取向，因此，不论什么样的题材创作，只要有了这种精神和价值取向，就都可以体现、反映主旋律，都可以奏响主旋律的时代乐章。五是"为艺术而艺术"的误区。艺术贵在创新，同时，在社会变迁和历史转型时期，人们也需要在宏大的历史叙事中分享创作者个体的境遇、体验和感悟，进而共享对于现实世界和自我的理解、同情与希望，但脱离大众、脱离现实地只表现一己悲欢、杯水风波，显然与艺术的初衷背道而驰，也与审美的意旨南辕北辙了。六是保守主义的误区。网络文艺通常是深受青年人的喜爱乃至追捧，而美学趣味的"代沟"或风格话语的"OUT"则常常尴尬地呈现在年老一辈的面前，对此，后者不必也不能杞人忧天、一味保守地"向后看"或情绪化地愤慨"一代不如一代"。事实上，时移世易，变化亦宜，尽管我们恰巧生活在一个复杂纠结而又磅礴恣肆的时代，但终究历史绵延，生活继续，年轻辈自有年轻辈的趣味，后来者也有后来者的精彩。

　　综上所述，作为一种新兴的审美艺术形式，网络文艺经过多年的、丰富的实践，已具有了鲜明的内在规定性。当然，随着实践的发展，网络文艺的内涵和外延免不了会有所修订和完善。事实上，从电影艺术、电视艺术等的经验来看，一种新的艺术形式的成熟和独立必然要经历时间的打磨和实践的检验，但可以说，"互联网艺术思维""新型艺术生产方式""审美艺术"大体上概括塑造了网络文艺的基本品质。基于此，有两点可进一步补充说明：一是借助深入的学理性阐释和深描，尤其是审美现代性的阐释和深描，网络文艺的这三种"基本品质"有可能成为支撑和充实网络文艺学的基础内容；二是关于"网络文艺"的思考与界定不仅是一种抽象的分析和说明，对促进优秀网络文艺作品生产来说，它还是一种急需集思广益并达成广泛共识的理性认知和实践自觉。

新时代语境中的网络文艺创作与批评新范式 *

在当前中国文艺发展的总体格局中,网络文艺形态多样、实践丰富、活力充沛,是艺术研究须密切关注的重要对象。2014 年,习近平总书记在文艺工作座谈会上说:"互联网技术和新媒体改变了文艺形态,催生了一大批新的文艺类型,也带来文艺观念和文艺实践的深刻变化。由于文字数码化、书籍图像化、阅读网络化等发展,文艺乃至社会文化面临着重大变革。要适应形势发展,抓好网络文艺创作生产,加强正面引导力度。"①2015 年,《中共中央关于繁荣发展社会主义文艺的意见》强调:"网络文艺充满活力,发展潜力巨大。"要"大力发展网络文艺"。②2017 年,在党的十九大报告中,习近平总书记指出:"加强互联网内容建设,建立网络综合治理体系,营造清朗的网络空间。"③这些论述立足时代发展前沿,蕴蕴丰富、内容深刻,不仅提出了规范性的"网络文艺"概念和命名,还对促进其发展提出了提纲挈领的意见。特别是随着中国特色社会主义进入新时代,新的历史方位必然带来新的文化方位和文艺方位,而新时代语境中的网络文艺创作与批评相应地必然会面临新情形和新要求,也必然要呈现新格局和新气象。

---

* 本文原载于《现代传播(中国传媒大学学报)》2016 年第 6 期,收入本书时略有删改。
① 习近平.在文艺工作座谈会上的讲话[N].人民日报,2015–10–15(2).
② 中共中央关于繁荣发展社会主义文艺的意见[N].人民日报,2015–10–20(2).
③ 习近平.决胜全面建成小康社会 夺取新时代中国特色社会主义伟大胜利[M].北京:人民出版社,2017:42.

一、网络文艺发展状况与基本特征

据中国互联网络信息中心统计：截至 2017 年 12 月，中国网民规模达 7.72 亿，普及率达 55.8%，超过全球平均水平 4.1 个百分点，超过亚洲平均水平 9.1 个百分点，其中，手机网民规模达 7.53 亿，网民中使用手机上网人群的占比达 97.5%；在各类互联网应用的使用率和各类手机互联网应用的使用率方面，与网络文艺相关的网络视频、网络音乐、网络游戏、网络文学，其网民规模分别达 5.7892/5.4857、5.4809/5.1173、4.4161/4.0710、3.7774/3.4352 亿。① 在制作量和播放量上，以网络剧为例，自 2014 "网络剧元年" 以来，其创作生产呈现出一片火热的状况。据统计：2015—2017 年全网分别有 379、349、296 部作品上线；在数量稳中有降的情况下，年度前台播放量却呈线性上升的趋势，从 2015 年的 274.4 亿，猛增至 2016 年的 892.5 亿，再猛增至 2017 年的 1631.5 亿，三年间翻了六倍。② 无疑，庞大的数量具有引发质变的足够动能。当然，就艺术研究来说，首要的问题是：我们如何尽可能有效地分析和把握网络文艺的内涵、外延与基本特征？

相比之下，识别网络文艺的不同表现形态比揭示其内涵容易得多，原因在于：一是网络文艺牵涉到诸多方面而变得纷繁复杂；二是网络文艺是一种新生事物且仍处于变化、发展之中，或者说，网络文艺的创新变化、融合发展仍在路上。但是，基于互联网作为一种全新媒介的特质及其所带来的革命性影响，并依据一些典型文本所形成的特征和经验，我们仍可以在相关研究的基础上，采用形式逻辑 "种差＋属" 与辩证逻辑 "实然＋应然" 相结合的方法，探索性地将其界定为："受网络技术、新媒体和社会变迁作用与影响而

---

① 中国互联网络信息中心. 第 41 次《中国互联网络发展状况统计报告》[R/OL].（2018-03-05）[2023-12-10]. https://www.cnnic.net.cn/n4/2022/0401/c88-1127.html.

② 骨朵传媒.2017 年网络剧产业发展研究白皮书 [R/OL].（2018-03-15）[2023-12-10]. https://www.sohu.com/a/225650619_436725. 此外，与电视剧相比，网络剧在数量上差不多可与之比肩。据统计：2015 年、2016 年全国生产完成并获发行许可证的电视剧分别为 394/16540、334/14912 部 / 集，http://www.chinasarft.gov.cn/col/col38/index.html.

秉赋互联网艺术思维,并以新型艺术生产方式表征时代生活、表达现代性体验和思想感情的审美艺术形式。"① 其外延包括网络文学、网络剧、网络电影、网络综艺、网络音乐、网络动漫、网络游戏、网络演出等不同表现形态,其基本特征主要表现在"互联网艺术思维""新型艺术生产方式""审美艺术"三个方面。

第一,互联网艺术思维。作为一种新兴的艺术形式,网络文艺的创作生产自然离不开一般性的艺术思维,或者说,要遵循艺术思维的一般规律,但从艺术生产的全过程来作整体的观照,其思维方式已溢出一般艺术思维的表意框架。概括说来,它有四个方面的鲜明特点。一是以数字技术为基础。所有的网络文艺形态都是数字化的,且艺术与技术的思维融合渗透到创作、传播、接受和再生产等各个环节和层面。二是以互联网为媒介。和广播艺术、电影艺术、电视艺术等一样,网络文艺也是由其附丽的媒介而命名的。二十多年前,尼葛洛庞帝就曾预言:在"比特和原子"的关系中,"信息的DNA"正在迅速取代原子而成为人类生活中的基本交换物,以至于"计算不再只和计算机有关,它决定我们的生存"。② 事实上,互联网媒介的特质及其所带来的深刻作用和深远影响在某种程度上决定着网络文艺创作、传播、接受等的方式和性质。三是以表征时代生活中的精神文化、网络气质和审美趣味、审美爱好等为显著标志。网络文艺本质上可视为一种大众文艺,在审美现代性的意义上,它还可视为表征时代生活的最新艺术形式。之所以"新",因为"文变染乎世情,兴废系乎时序",即一时代有一时代之文艺,一时代有一时代之精神,换言之,网络文艺的兴起和繁盛契合了时代生活中精神季风的一些重要流变。借用西班牙哲学家奥尔特加的话来说:艺术是时代变迁的"风向标",它最先敏捷地感受到社会文化中"精神季风"的变化征兆。③ 而这些"变化征兆"往往蕴含着种种集体无意识,创作者一旦表现了这些"集体无意识",那就会像诗人一样,很有可能"为千万人道出了心声,为其时代意识观

---

① 彭文祥,付李琢.何谓"网络文艺"?[J].现代传播,2017(12):79.
② 尼葛洛庞帝.数字化生存[M].胡泳,范海燕,译.海口:海南出版社,1997:前言.
③ 加塞特.艺术的非人化[J].周宪.译.文艺理论研究,1996(3):95.

的变化说出了预言"。①事实上,从网络文艺当前所显现的活力、规模、成效、影响和潜能、前景等来看,反映时代精神风貌、引领社会发展潮流既是其艺术思维的必然趋向,又是其繁荣发展的重要内容和内在动力。四是以参与、分享、互动和个性化为驱动。相比之下,互联网让人们充分表达、表现自我变得更加便捷、有效,同时,在艺术信息的交换、交流中,人们参与的想法、分享的意愿、互动的需求和个性化的满足也变得愈加强烈、实在。有学者在一篇关于二三线卫视收视率问题的文章中谈及网络剧与电视剧的关系、"先网后台"模式、广告营收等,还特别提到"电视"媒介与"互联网"媒介在思维方式上的显著差别:"互联网思维是一种用户体验至上的思维;电视人却仍然停留在'受众思维'。可问题是,谁还是单向的信息'接受者'?谁还是围在一起看电视的那群'众'呢?"②对此,我们不能简单地说,媒介的变迁正在带动上演"三十年河东、三十年河西"、风水轮流转的戏码,但有一点却可以肯定,那就是"参与、分享、互动和个性化"是网络文艺艺术思维的显著特点。事实上,恰是此一特性在某种程度上使网络文艺获得了强大的成长动力和广阔的发展空间。

第二,新型艺术生产方式。从历时的维度看,相较以广播、电视为代表的电子文化对印刷文化的超越,互联网文化语境中的网络文艺实践呈现出更剧烈、更深刻的嬗变,而最引人注目的莫过于艺术生产方式的嬗变。在马克思主义艺术生产论中,"艺术生产方式"是一个活跃的、能动的要素。美国文艺理论家弗雷德里克·詹姆逊曾提出"文学生产方式"的概念,并就其理论规定阐述了两点:一是文学生产方式是把文学作品中不同因素统一起来,凝聚为一个有机整体的机制;③二是任何文学生产方式中都包含和残留着以往几种生产方式的痕迹和"系统变异体",在一定的生产方式中,甚至可以包含未

---

① 荣格.现代灵魂的自我拯救[M].黄奇铭,译.北京:工人出版社,1987:253.
② 罗伯特.居然有80%的二三线卫视"零收视"!电视台正在走向死亡[EB/OL].(2017-11-04)[2024-02-03].https://www.sohu.com/a/202324507_603727.
③ 詹姆逊.快感:文化与政治[M].王逢振,等译.北京:中国社会科学出版社,1998:79.

来的因素，可以据此实现文学阅读中视点的游移。① 在网络文艺实践中，"艺术生产方式"的这些特性更加突出。而所谓"新型"，其突出的变化和发展集中体现在新的艺术生产力与艺术生产关系，或艺术表现能力（包括技术、媒介、语言、修辞等）与审美转换之间关系的转变上。总体说来，互联网深刻地影响着我们的思维方式、塑造着我们的文化、改变着我们的审美化生存，比如，从一个借助艾布拉姆斯"四要素"结构模式并经合理修订而搭建的"五要素"解释范型来审视，随着"媒介"的地位和作用由"工具"而"本体"，互联网"媒介"在美学、文化、技术、经济、政治、心理、哲学等多个维度呈现出丰富的面相和影响，而就"世界""艺术家""作品""欣赏者"四要素来说，其内涵、意义和功能等也更加明显地呈现出"实在世界—精神世界—虚拟世界""模仿者—创造者—生产者""可读文本—可写文本—开放文本""受教育者—接受者—合作者"的历时性演化轨迹和变迁趋向。② 具体说来，互联网带来了网络文艺从创作、作品、传播、营销、接受到再生产机制等各环节、各层面的一系列变化、调整，乃至再造，比如，在网络文艺实践中，像创作上某些题材类型的优先性、制作与接受中的同步交流与反馈、艺术信息流动中的多屏互动、"读者/听众/观众/接受者/受众"等的"用户"化，③ 以及创作方法上现实主义的深化与发展、现代主义乃至后现代主义的借鉴与杂糅，还有创作与消费、作品与产品之间鸿沟的消弭等，诸如此类的变化和特点无不表明网络文艺因其新型艺术生产方式而带来了区别于传统艺术形式的新经验和新特征。当然，在"传统"和"现代"的张力结构中，新兴网络文艺的不同表现形态与其相应的传统艺术形式（小说、电视剧、电影、电视综艺等）之间始终存在着密切的关联，且越来越呈现出一种双向影响、相互规定的

---

① 詹姆逊. 马克思主义与历史主义 [M]// 晚期资本主义的文化逻辑. 北京：生活·读书·新知三联书店，1999：188-189.
② 彭文祥. 媒介：作为艺术研究解释范型中的"第五要素"[J]. 现代传播，2016（6）：76-78.
③ 在互联网文化语境中，本是经济学术语的"用户"在网络文艺中具有举足轻重的地位，其作用和影响已远非文学的"读者"、音乐的"听众"、影视艺术的"观众"和美学、传播学的"受众"等可以相提并论的。

动态关系：一方面，不论是在艺术原理、创作生产特性，还是在艺术语言、审美特征等方面，网络文艺都是一种对比性的存在，换言之，目前所有的网络文艺表现形态都有其孕育和生长的土壤、基础和温床，都有其与传统艺术形式剪不断的脐带、过滤不掉的基因；另一方面，网络文艺的生产和再生产范式（创作方式、接受方式、审美趣味等），因其令人瞩目的活力、成效、影响等而对传统艺术形式越来越具有渗透、辐射乃至同化、示范、引领的作用。这庶几从另一个侧面进一步表明网络文艺实践中新型艺术生产方式的艺术张力。

第三，审美艺术。从"观念"的维度来考量，如同苏轼诗歌所咏"横看成岭侧成峰，远近高低各不同。不识庐山真面目，只缘身在此山中"。在当今时代，我们看"网络文艺"可以有多种角度和多种方式。事实上，经过近年来丰富多样的艺术实践，我们可以看到的、经由不同观念创作生产出来的网络文艺作品大大增加了，同时，随着生产范式的逐渐成型和自身特性的逐步彰显，网络文艺也经得起多种学科知识的解释介入，进而使得我们可以用"复杂"的眼光来打量它，并从中概括出多样的艺术观念和美学观点。比如，网络文艺可以是艺术、文化，也可以是工业、商业，还可以是政治、意识形态等，不一而足。在论及"电影"观念时，克里斯丁·麦茨认为："电影（cinema）是一个内容范围广阔的专题，接近它的途径远不止于一种"，"人们通常称作'电影'的东西，在我看来实际上是一种范围广阔而繁复的社会文化现象，一种毛斯意义上的'总体社会事实'，有如人们所说，它包括有重要的经济与财力问题。它是一种涉及许多方面的整体"。①可以说，电影观念如此，网络文艺观念亦如是。然而，就性质和基本特征而言，既然是"文艺"，那么，不管是在艺术创作的逻辑起点上，还是在艺术批评的逻辑起点上，规定"网络文艺"的基本面和主轴均是"审美艺术"，并同时兼顾文化、工业、商业、政治、意识形态等其他面，而不是相反。事实上，来自艺术实践正、反两方面的影响均表明，为网络文艺的创作生产和未来发展确立此一美学定力或"定海神针"，具有重要的现实意义和深远的价值影响。

---

① 李幼蒸.当代西方电影美学思想[M].北京：中国社会科学出版社，1986：1-12.

无疑，随着艺术实践的发展，网络文艺的内涵、外延和基本特征免不了会有所变化和修订，就像电影艺术、电视艺术等一样，一种新的艺术形式的发展和完善必然要经历时间的打磨和经验的积累。同时，在另一个发展方向上，它也许还会像20世纪初社会转型时期出现的白话文、新文学或新文化一样，是一种过渡性的、历史性的现象和形态，会随着"互联网+文艺"的深度转型而使其一些基本特征和规律沉淀、凝结为未来文艺场域的基本要素。但就未来发展而论，在趋向成熟或再造新常态、缔结新共鸣的历程中，基于新时代语境中网络文艺实践面临的新情势和新要求，深入分析、总结其创作、批评上的新特点是其自身发展的内在要求，甚至还可以对当代中国审美文化的美学特征、内在结构、精神风貌和发展趋向等作出积极的回应，并为进一步的艺术实践开拓新视野、带来新活力。

二、网络文艺创作生产的"矢量合力模式"

在当前的艺术和审美活动中，互联网的作用和影响是全方位、深层次的。尽管难以作出泾渭分明的辨析，但大致可以逻辑地划分三种情形：一是一些传统艺术样式在传播、接受等方面搭上了"+互联网"的快车，比如，书法、摄影、绘画、雕塑、建筑等；二是"互联网+"改变着一些传统艺术样式的创作、传播、接受、批评和再生产等机制，像电影、电视剧、电视综艺、文学、音乐等；三是在"网络文艺"的总名下，诸种新兴的艺术表现形态呈现出新的艺术特征。其中，不同于"+互联网"在"形式"上的影响，也不同于"互联网+"的影响性力量，在网络文艺实践中，互联网的"重塑性"或"再造性"作用已深入"内容"或"质"的层面。那么，在新时代语境中，影响、制约网络文艺创作生产的要素有哪些？或者说，循着新时代文艺发展的价值引领和趋向，我们如何在问题意识、学理路径、发展走向等方面找到适切的观测点和分析其新经验、新特征的思维导图？

在学理上，马克思主义艺术生产论视域中的"艺术生产"蕴含着深刻的现代美学意义：它消弭了艺术活动中创作与消费、作品与产品等之间的鸿沟，揭示了艺术活动中诸要素间相互作用的辩证关系，强化了渗透于艺术活动全过程的、可贵的"生产性"："不仅艺术传达具有生产性，而且艺术构思也具有生产性；不仅艺术创作具有生产性，而且艺术消费也具有生产性。"① 当然，最值得称道的还有经由这种"生产性"而带来的"能产性"（Productivity）。所谓"能产性"，安德烈·巴赞在分析好莱坞类型电影时指出：美国电影那最值得钦佩的不是电影制作者的才能，而是"那个系统的天才，它那始终充满活力的传统的丰富多彩，以及当它遇到新因素时的那种能产性"，② 即隐含在一系列生产规范之下，能以一种动态的方式将观众、生产者、产品等艺术生产诸要素有机整合起来，并表征、传达社会心理和大众审美文化需求的创新能力。对于这种"生产性"和"能产性"，借用乔治·迪基的"艺术世界"观念，我们可以看得更清楚。在迪基看来："艺术世界是若干系统的集合，它包括戏剧、绘画、雕塑、文学、音乐等。每一个系统都形成一种制度环境，赋予物品艺术地位的活动就在其中进行。""艺术世界的中坚力量是一批组织松散却又互相联系的人，这批人包括艺术家（画家、作家、作曲家之类）、报纸记者、各种刊物上的批评家、艺术史学家、文艺理论家、美学家等，就是这些人，使艺术世界的机器不停地运转，并得以继续生存。"③ 其中，艺术世界的"制度"结构和在这个制度中活动着的"互相联系的人"是两个核心要素，或者说，关于艺术的一切判断、标准和活动都依赖这两个要素的交互作用而运转。进一步说来，布迪厄的"场域理论"（Field Theory）指出：在艺术领域，真正的艺术价值并不是直接由艺术家创造出来的，而是由种种体制所创造的，换言之，作为一种内含力量、有生气、有潜力的存在，"艺术场"乃是一个"信仰"的生产空间，它不只生产出特定的艺术作品，更重要的是它通过种种体制来生产艺术观念、艺术信仰、艺术崇拜和价值观。④ 由此观之，在艺术生

---

① 李中一.马克思恩格斯文艺学体系［M］.武汉：华中师范大学出版社，1999：69.
② 沙兹.旧好莱坞/新好莱坞：仪式、艺术与工业［M］.周传基，周欢，译.北京：中国广播电视出版社，1992：15.
③ 迪基.何谓艺术［M］//李普曼.当代美学.邓鹏，译.北京：光明日报出版社，1986：109-111.
④ 布迪厄.艺术的法则［M］.刘晖，译.北京：中央编译出版社，2000：276-277.

产中，不同时期的"艺术世界"和"艺术场域"会呈现不同的"生产性"和"能产性"，同时还会孕育、塑造与特定时代和文化需求相适应的艺术生产新范式。

就当前网络文艺的创作生产来说，一方面，它活力充沛、潜力巨大，特别是透过现实状况来审视和思考诸如ICT、IP、话题、类型、资本、大数据、多屏、媒介融合、移动互联、众筹、电商、衍生品、网生代、粉丝、用户、互动体验、娱乐、萌、快感，以及生产传播、营销推广、接受评价等艺术活动中的新概念、新元素和新型产业链各环节间的聚变循环、互动交融，我们可以看到，网络文艺创作生产是一片活力四射、繁荣兴旺的领域；另一方面，在新时代语境中，基于其在媒介性质、受众特征、题材选择、艺术表现、制作水准、生长态势、粉丝经济、审美趣味等方面所呈现的新现象、新问题，以及它在意识形态、社会心理、时代风尚、价值观念等方面的深广影响，我们可以看到，网络文艺创作生产又是一片错综复杂、急需规范的领域。诚然，促进网络文艺发展涉及诸多方面，比如，要"坚持'重在建设和发展、管理、引导并重'的方针，实施网络文艺精品创作和传播计划，鼓励推出优秀网络原创作品"；"促进传统文艺与网络文艺创新性融合，鼓励作家艺术家积极运用网络创作传播优秀作品"；"充分发挥新媒体的独特优势，把握传播规律，加强重点文艺网站建设，善于运用微博、微信、移动客户端等载体，促进优秀作品多渠道传输、多平台展示、多终端推送"；"加强内容管理，创新管理方式，规范传播秩序，让正能量引领网络文艺发展"。① 但具体就网络文艺的创作生产来说，诚如上文所述，随着互联网的作用、意义、价值等渗透到艺术生产的各环节、各层面，也随着新型的"艺术世界""艺术场域"的逐渐形成，影响和制约其创作生产的要素也发生了新的变化。简要说来，如果以艺术生产方式各环节和各层面的嬗变为经、以艺术世界和艺术场域诸因素的变化为纬，那么，我们可以在描述与规范、自律与他律相统一的意义上将影响、制约网络文艺创作生产的要素大致分为内部、外部两大方面，并尝试性地搭建一个

---

① 中共中央关于繁荣发展社会主义文艺的意见［N］.人民日报，2015-10-20（2）.

"矢量合力模式",并透过其间多元交织、复杂深刻的互动,进一步勾勒网络文艺创作生产由多种审美话语编织而成的精神地形图,以及那些不断更新的动力所标示的发展趋向。具体说来,主要有"主流价值审美化、技术制作精良化、题材选择类型化、艺术表现精致化、大众接受互动化、资本运作有序化、文化传统涵濡化、国际传播通约化"八个方面(见图1)。

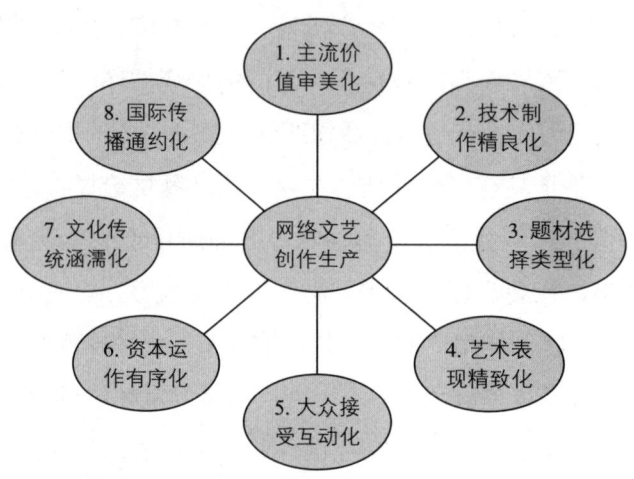

图1 网络文艺创作生产的"矢量合力模式"

当然,影响和制约网络文艺创作生产的要素不止于此,同时,在发展趋向上还存在与上述发展相左的情形,但唯其如此并由于这些要素和趋向占有某种意义上的主导性,它们可视为网络文艺创作生产中的关键,并可预见,它们将在很大程度上影响、制约网络文艺乃至当代中国文艺的进一步发展。

三、网络文艺批评的新范式

在库恩的科学哲学中,所谓"范式",是指"代表着一个特定的共同体成员所共有的信念、价值、技术等构成的整体"。① 而所谓范式的"嬗变",即意

---

① 库恩.科学革命的结构[M].金吾伦,胡新和,译.北京:北京大学出版社,2003:157.

味着原有的一整套关于特定科学理论的概念、命题、方法、价值等发生了显著变化，并呈现出新范式代替旧范式的历史过程。

就网络文艺批评来说，首先，在创作与批评的关系上，诚如别林斯基所说："批评总是要跟它所判断的现象相适应的，因此，它是对现实的认识……说不上是艺术促成批评，或者是批评促成艺术，而是两者都发自同一个普遍的时代精神，都是对于时代的认识，不过批评是哲学的认识，而艺术是直感的认识。"① 由此而论，如果网络文艺创作生产诸多方面的嬗变已经发生，那么，审美批评话语的演变也将成为必然，换言之，伴随着网络文艺创作生产的重构，网络文艺批评则急需建构。而就"建构"来说，以上"矢量合力模型"的八个主要趋向可视为观测网络文艺批评范式新变化的基本点。其次，在新时代语境中，审美批评话语的建构或网络文艺批评新范式的确立，其意蕴不限于学院派狭义的"批评学"，即习近平总书记在一系列重要讲话中阐述的"文艺精神论""文艺传承论""文艺创作论""文艺传播论""文艺批评论""文艺产业论""文艺管理论""文艺人才论""文艺价值论""文艺创新论"等深刻、系统的文艺思想，就智慧的高瞻性、思维的辩证性、价值的实践性而言，习近平新时代文艺思想对审美批评话语的精神引领和价值导向是总体性的，且具有全方位的统筹性和渗透性。最后，在网络文艺创作与批评相辅相成、相得益彰的意义上，与网络文艺创作生产的"矢量合力模型"相呼应，在问题意识、艺术观念和审美趣味等层面，批评话语应着重针对现实存在的问题展现其甄别褒贬、引领示范的力量。特别是，如果说当代中国文艺曾突显了"宣传"的维度和"经济"的维度，那么在浩浩荡荡的时代潮流中，新型的网络文艺批评要自觉地高扬"价值"的维度。简要说来，主要有以下八个方面的误区。

一是窄化"主旋律"的误区。"主旋律"不是指表现红色历史、革命战争和英雄人物、时代楷模等的题材。事实上，它是一种精神，是一种反映社会主流价值的审美取向和趋向，因此，不论选取什么样的题材进行艺术创作，

---

① 别林斯基.别林斯基选集：第三卷[M].满涛,译.上海：上海译文出版社，1980：575.

只要有了这种精神和价值取向、趋向，就都可以体现、反映"主旋律"，就都可以奏响时代生活的"主旋律"乐章。特别是在以人民为中心的创作导向中，"文艺作品不是神秘灵感的产物，它的艺术性、思想性、价值取向总是通过文学家、艺术家对历史、时代、社会、生活、人物等方方面面的把握来体现。面对生活之树，我们既要像小鸟一样在每个枝丫上跳跃鸣叫，也要像雄鹰一样从高空翱翔俯视"。同时，"经典之所以能够成为经典，其中必然含有隽永的美、永恒的情、浩荡的气。经典通过主题内蕴、人物塑造、情感建构、意境营造、语言修辞等，容纳了深刻流动的心灵世界和鲜活丰满的本真生命，包含了历史、文化、人性的内涵，具有思想的穿透力、审美的洞察力、形式的创造力，因此才能成为不会过时的作品"。①

二是神话技术主义的误区。在某种意义上，没有技术上的进步就没有网络文艺，但技术实在无法格式化人们真切、丰富的经验和深邃的情感，遑论自现代以来在不绝如缕的文化批判和反思中，像"异化"（马克思）、"工具理性"（韦伯）、"文化工业"（法兰克福学派）、"仿像"（鲍德里亚）等所蕴含的丰富意义，依然具有深刻的思想张力和启迪、警示作用。事实上，在审美现代性的维度，人们对现代科学技术一直有着"欢欣鼓舞"与"反思警醒"矛盾交织的态度。比如，莱温指出："现代艺术是科学的。它建立在这样的一些信念之上：相信未来是一个技术时代，信仰进步和客观真理。它是实验性的：它的使命就是创造新的形式。从印象主义开始探索光学知识一直到现在，现代艺术共同分享了科学的方法和逻辑。"② 泰勒则说："到了20世纪，工具理性的侵占变得无与伦比的明显，而且，我们发现，现代主义的作家和艺术家在反抗一个被技术统治的世界，反抗标准化，反抗社区的退化，反抗大众社会，反抗粗俗化。的确也有像未来主义那样的少数派，他们对技术采取了一种肯定的立场，想要赞颂技术的创造性的能量，但他们也在大规模的工业社会的

---

① 习近平.在中国文联十大、中国作协九大开幕式上的讲话[N].人民日报，2016-12-01（2）.
② 鲍曼.立法者与阐释者[M].洪涛，译.上海：上海人民出版社，2000：177.

实际后果中显示出来的被动性和丑陋面前惊骇不已。"①

三是"娱乐至死"的误区。"娱乐"诚然是现代生活不可或缺的,但娱乐风潮的漫天飞舞,悦目不赏心、感性有余、理性不足,乃至钝化思想的敏锐、黯淡心灵的灯火,或在不知不觉中跌入布热津斯基式的"陷阱"——任凭消遣娱乐和充满感官刺激的产品堆满我们的生活,并像婴儿一般含着发泄性娱乐、满足性游戏的"奶头"沉溺于享乐和安逸之中,这必然会使人丧失弥足珍贵的思考能力。对此,诚如尼尔·波兹曼所尖锐警醒和批评的:"娱乐至死",致使文化成为赫胥黎式的滑稽戏,如同使文化成为奥威尔式的监狱一样,让文化精神在一地鸡毛中枯萎、凋零。②

四是"为艺术而艺术"的误区。艺术贵在创新,同时,在社会变迁和历史转型时期,人们也需要在宏大的历史叙事中分享创作者个体的境遇、体验和感悟,进而共享对于现实世界和自我的理解、同情与希望,但脱离大众、脱离现实地只表现一己悲欢、杯水风波,显然与艺术的初衷背道而驰,也与审美的意旨南辕北辙。诚如习近平总书记所说:人民需要文艺,文艺需要人民,文艺要热爱人民,"历史变化如此深刻,社会进步如此巨大,人们的精神世界如此活跃,为文艺发展提供了无尽的矿藏。社会是一本大书,只有真正读懂、读透了这本大书,才能创作出优秀作品。读懂社会、读透社会,决定着艺术创作的视野广度、精神力度、思想深度"。③

五是因循守旧的误区。网络文艺通常深受青年人的喜爱乃至追捧,同时,审美趣味、爱好的"代沟"或风格话语的"OUT"则常常尴尬地呈现在老一辈的面前。对此,后者不必也不能杞人忧天、一味保守地"向后看"或情绪化地愤慨"一代不如一代"。事实上,时移世易,变化亦宜,尽管我们恰巧生活在一个复杂纠结而又磅礴恣肆的时代,但终究历史绵延,生活继续,年轻辈自有年轻辈的爱好,后来者也有后来者的精彩。

---

① 泰勒.自我的根源:现代认同的形成[M].韩震,等译.南京:译林出版社,2001:712-713.
② 波兹曼.娱乐至死[M].章艳,译.桂林:广西师范大学出版社,2004:201.
③ 习近平.在中国文联十大、中国作协九大开幕式上的讲话[N].人民日报,2016-12-01(2).

六是资本逻辑的误区。无论是对网络文艺创作,还是对网络文艺批评来说,"资本"的重要性不言自明,但商品拜物教及其资本逻辑的水银泻地会深深地伤害诚信、伦理、思想和艺术的价值、审美的理想,乃至与精神生产领域的艺术活动相敌对。诚如习近平总书记所批评的:在有些作品中,"有的搜奇猎艳、一味媚俗、低级趣味,把作品当作追逐利益的'摇钱树',当作感官刺激的'摇头丸';有的胡编乱写、粗制滥造、牵强附会,制造了一些文化'垃圾';有的追求奢华、过度包装、炫富摆阔,形式大于内容……凡此种种都警示我们,文艺不能在市场经济大潮中迷失方向,不能在为什么人的问题上发生偏差,否则文艺就没有生命力","文艺批评要的就是批评,不能都是表扬甚至庸俗吹捧、阿谀奉承,不能套用西方理论来剪裁中国人的审美,更不能用简单的商业标准取代艺术标准,把文艺作品完全等同于普通商品,信奉'红包厚度等于评论高度'"。①事实上,随着改革开放的深广开展,在社会主义市场经济条件下,文化艺术与经济资本之间"目的"与"手段"的辩证关系是明确的,种种急功近利、缘木求鱼的想法和"伐根而求木茂、塞源而欲流长"的做法都是虚妄的,换言之,如果脱离了"为人生"的价值基准,那么,形形色色的以"挣钱"为唯一目的的时尚、娱乐、电商、用户、收视率、点击率、流量,以及从生产传播、营销推广、传播接受到鉴赏批评等各环节的"金钱"渗透,都需要我们三思而后行,都需要我们在"历史理性"与"人文关怀"的二律背反中张扬人文关怀的思想光束,以免网络文艺创作和网络批评在各种各样冠冕堂皇的、舍本逐末的借口和夹击中陷入商品拜物教的泥淖。

七是消费中华传统文化的误区。在当前的网络文艺创作生产中,传统文化因其几千年文明积淀的优势和特色成为资源开发的宝库,甚至成为培养优质 IP 的温床,但在题材选择、主题开掘、审美趣味和思维导向等方面,存在假"后现代"之名戏说历史、虚化事实、淡化思想、稀释精神的情形。存在"能指"与"所指"油水分离的现象,特别是在一些网络小说、网络剧、网络

---

① 习近平. 在文艺工作座谈会上的讲话[N]. 人民日报, 2015-10-15(2).

电影等作品中，尽管它们贴有"穿越""玄幻""仙侠""悬疑"等不同的标签，但对历史故事和人物的"消费"不可避免会带来审美观念上的鱼龙混杂和良莠不齐、艺术表现上的情景仿真和碎片拼贴、命运结局上的"先有输赢，后有对错"或"成王败寇"等。在某种意义上，这显然不能达到传承、弘扬优秀传统文化的目的，反而使传统文化沦为了"娱乐"或"资本"这些表面光鲜的"蛋糕"上的酥皮。诚然，借用新兴的、富有活力和生长力的网络文艺来传承、弘扬博大精深的中华优秀传统文化，会广受人们尤其是年轻人的欢迎，也是展现文化自信、彰显"中国特色、中国风格、中国气派"的有效方式，但诚如雅斯贝尔斯所说："从历史中我们可以看到自己，就好像站在时间的一点，惊奇地注视着过去和未来，对过去我们看得愈清晰，未来发展的可能性就愈多。"① 因此，在创作和批评中，"历史是一面镜子，从历史中，我们能够更好看清世界、参透生活、认识自己；历史也是一位智者，同历史对话，我们能够更好认识过去、把握当下、面向未来……历史给了文学家、艺术家无穷的滋养和无限的想象空间，但文学家、艺术家不能用无端的想象去描写历史，更不能使历史虚无化。文学家、艺术家不可能完全还原历史的真实，但有责任告诉人们真实的历史，告诉人们历史中最有价值的东西。戏弄历史的作品，不仅是对历史的不尊重，而且是对自己创作的不尊重，最终必将被历史戏弄……中华文化既是历史的、也是当代的，既是民族的、也是世界的……我们要坚持不忘本来、吸收外来、面向未来，在继承中转化，在学习中超越，创作更多体现中华文化精髓、反映中国人审美追求、传播当代中国价值观念、符合世界进步潮流的优秀作品，让我国文艺以鲜明的中国特色、中国风格、中国气派屹立于世。"② 这意味着，崇尚"真""实""新""美"、树立正确历史观、实现中华文化的创造性转化和创新性发展、培育和弘扬社会主义核心价值观是网络文艺创作生产和传播批评不可或缺的价值向度和引领。

---

① 雅斯贝尔斯.什么是教育［M］.邹进，译.北京：生活·读书·新知三联书店，1991：58.
② 习近平.在中国文联十大、中国作协九大开幕式上的讲话［N］.人民日报，2016-12-01（2）.

八是迎合西方趣味的误区。在当代跨文化国际传播与交流中，网络文艺具有新的特点和优势，像一些武侠类网络小说目前就广受欧美读者的欢迎，但在创作生产、批评导向和国际竞争中迎合所谓的"西方趣味"或"国际趣味"，既不符合中国特色社会主义文化"面向现代化、面向世界、面向未来"的意旨，也不符合文化交流、文明互鉴的基本原则。事实上，在中华文化中，"和而不同"是古今一贯的理念；在西方美学和思想文化中，像巴赫金的"对话理论"、韦恩·布斯的"共导理论"和"倾听修辞学"、哈贝马斯的"交往理论"与"交往理性"，以及主体间性理论、复调理论等也都强调文化交流、审美趣味等的互补、互益，甚至在近二百年前，歌德就指出"民族文学"与"世界文学"的关系是特殊与一般的辩证关系，他强调：一方面，杰出的民族作家要直面民族历史中的"伟大事件"、抓住民族文化思想的"深刻处"，并在民族精神的渗透中激发对过去和现在的"同情共鸣"；另一方面，各民族文艺创作的"问题"不在于"应按照一个方式去思想，而在于他们应该互相认识，互相了解"。① 因此，在网络文艺的跨文化传播、国际竞争和批评导向中，正如习近平总书记所说："我们强调弘扬社会主义核心价值观，继承和发扬中华民族优秀传统文化，坚持和弘扬中国精神，并不排斥学习借鉴世界优秀文化成果。我们社会主义文艺要繁荣发展起来，必须认真学习借鉴世界各国人民创造的优秀文艺。只有坚持洋为中用、开拓创新，做到中西合璧、融会贯通，我国文艺才能更好地发展繁荣起来。""文艺工作者要讲好中国故事、传播好中国声音、阐发中国精神、展现中国风貌，让外国民众通过欣赏中国作家艺术家的作品来深化对中国的认识、增进对中国的了解。要向世界宣传推介我国优秀文化艺术，让国外民众在审美过程中感受魅力，加深对中华文化的认识和理解。"相反，"如果'以洋为尊'、'以洋为美'、'唯洋是从'，把作品在国外获奖作为最高追求，跟在别人后面亦步亦趋、东施效颦，热衷于'去思想化''去价值化''去历史化''去中国化''去主流化'那一套，绝对

---

① 朱光潜.西方美学史[M].北京：人民文学出版社，2004：423-425.

是没有前途的！"①

综上所述，随着"互联网+文艺"的深广发展，网络文艺在丰富的实践中逐渐形成了自身的显著特点和基本特征，同时，也深刻地影响和带动着当代中国文艺的整体转型和发展。在新时代语境中，就艺术实践来说，网络文艺正处在如火如荼、迅猛发展的阶段，且从其所显现的活力、规模、成效、影响、潜能、前景等来综合考量，它所具有的辐射乃至引领作用和意义将进一步释放、扩大；相应地，就艺术研究而言，鉴于创作中的新动因、批评中的新范式，考察网络文艺的新实践与新美学不仅具有个案上的典型意义，还具有学理上的价值，或者说，借助深入的学理性阐释和深描，尤其是审美现代性的阐释和深描，有关网络文艺创作与批评的深入思考有益于审美话语在"传统—现代"的交汇、冲突、过渡中改变某种"失语"或"理论空转"的尴尬、错位和焦虑，并激发、重建其美学阐释能力与活力，同时，也有益于在积极回应诸多"嬗变"的过程中丰富、完善当代中国文艺理论，乃至有别于传统而开启文艺美学的新视野、新维度。

---

① 习近平.在文艺工作座谈会上的讲话[N].人民日报，2015-10-15（2）.

理论与阐释：审美现代性研究三题*

在当代语境中，中国文学艺术的审美现代性研究是一个重要的理论课题。然而，新时期中国文学艺术的审美现代性研究有其阐释的基本前提。

就审美现代性研究而言，人们对"审美现代性"的思考是和对"现代性"的思考并进的。在西方，伴随其现代化的历史进程，以工具理性为核心的启蒙现代性及其对立面——审美现代性，受到了韦伯、马克思、恩格斯、海德格尔、霍克海默、阿多诺、马尔库塞、波德莱尔、福柯、吉登斯、鲍曼、哈贝马斯、卡林内斯库等一大批思想家、哲学家、美学家和艺术家不断的思考和探索。这些思考和探索不管是基于理论/抽象形态的层面，还是基于艺术/具象形态的层面，都为我们提供了丰富的"思想资料"。在国内，刘小枫、周宪、王一川、杨春时等许多学者也对审美现代性进行了深入的研究。特别是，自20世纪90年代以来，受中国特色现代化进程总体事实的激荡，以及西方现代性话语的促发，"审美现代性"阐释视角的引入给新时期中国文学艺术的研究带来了一种新语境、新视野和新立场。它既使文学艺术的研究在命题、范围、方法等方面进行着新调整，又使一些重要的美学问题得到新异而有效的阐释。这在文学研究的领域尤其有着突出的表现，并取得了丰硕的成果。

在这里，令人瞩目的问题是，"审美现代性"何以成为人们切入新时期中国文学艺术的学理路径？在我看来，主要原因有两个：一是文学艺术创作的自身特性；二是审美现代性范畴的美学阐释能力。就前者而言，新时期中国

---

* 本文原载于《河南大学学报（社会科学版）》2008年第2期，收入本书时略有删改。

文学艺术的"艺术叙事"和中国社会改革的"历史叙事"是同声相应、同气相求的。其中，作为一种宏大的历史叙事，新时期的中国改革具有革故鼎新、与时俱进等现代性特质。和西方相比，尽管中国的现代化呈现出"后发外生"的特点，但经过几十年的社会主义现代化建设，一种由"中国特色"的政治、经济、文化而搭建起来的"中国现代性"已展现在历史的舞台上。比如，有学者指出，作为"中国现代性"理论形态的集中体现，"科学发展观"是一种"将后现代导入中国现代化过程、改造现代化的内容、方向、目标及其结构和机制的现代性，即一种新现代性"。[①] 与之相应，经过艺术生产的审美转换，诸如新与旧、传统与现代等矛盾关系的激荡、冲突、融合与生成，铸就了新时期中国文学艺术的基本审美特质。就后者来说，"审美现代性"的直观含义是相对于"审美传统性"而言的，因此，通过清理"传统/现代"之间的能量互动和交流关系，审美现代性范畴可以准确地表征文学艺术从传统转向现代的递嬗内容和逻辑。因此，如果"现代性"是描述新时期社会现代化进程的总体性概念的话，那么，"审美现代性"是描述新时期中国文学艺术的发展情景，阐释其发展中的问题，总结其发展规律的总体性概念。这样一来，一方面，伴随着中国改革的现代化进程，中国文学艺术中一种可称为"现代"的审美新质在不断生长发育；另一方面，审美现代性又为阐释这种"新质"而提供了一个广阔的空间。于是，审美现代性研究历史性地被推到了新时期中国文学艺术研究的前台。

那么，作为新时期中国文学艺术审美现代性研究的前提，审美现代性的理论规定如何？其历史具体性怎样？又可以表现在哪些层面？本文的论述一则力图澄清当前审美现代性研究中的一些混乱现象；二则着力梳理和确立艺术/具象形态审美现代性研究中的一些基本学理范式。

---

① 任平，陆树程. 走向新现代性的科学发展观 [J]. 苏州大学学报，2004（3）：6.

一、审美现代性的理论规定

从字面上理解,"审美现代性"是指美学或审美上的现代性,或者说,是现代性在美学或审美上的表现形式。然而,实际的情形远非如此简单。

首先,考察审美现代性可以有不同的角度,而不同的角度就会看到不同的意蕴。比如,在《现代性的五副面孔》中,卡林内斯库认为,审美现代性是与社会现代化进程相对立的文化现代性。哈贝马斯在《现代性——一个未完成的规划》中则认为,审美现代性是文化现代性的一部分。刘小枫指出,审美现代性有三项基本诉求:以感性为本体论归依;赋予艺术以宗教式的拯救功能;对世界采取一种审美的态度。① 而王一川认为,"审美现代性,是审美-艺术现代性的简称","它既代表审美体验上的现代性,也代表艺术表现上的现代性。"② 其次,依据威廉斯的"词丛",或本雅明的"星丛"理论,"现代""现代化""现代性""审美现代性"等构成了一个语义相关的概念丛。其中,"现代"是一个相对于"传统"而言的历史学时间概念;"现代化"侧重物质方面的因素,指由传统走向现代的发展过程;而"现代性"侧重于精神文化层面,意指"现代"这一历史意识和"现代化"这一历史进程的总体性特征。伊夫·瓦岱指出,"现代性"是一个充满着歧义、矛盾和对抗的"杂音异符混合体",以至于"这个词总是需要一个限定词来伴随它"。③ "审美现代性"恰恰就是寄身其间,却又有着自己独特身份的概念。最后,考察审美现代性有两种方式:一种是描述的,另一种是规范的。前者表明审美现代性"是什么",后者则关心审美现代性"怎么样";前者指出发展变化的种种趋向和可能性,后者则对这些发展变化作出价值论的分析和评判。在这里,综合以上三点所标明的路向,并立足于艺术实践和艺术文本,我们就可以从以下三个方面来把握审美现代性的理论规定。

---

① 刘小枫. 现代性社会理论绪论[M]. 上海:三联书店,1998:307.
② 王一川. 现代性文学:中国文学的新传统[J]. 文学评论,1998(2):98.
③ 瓦岱. 文学与现代性[M]. 田庆生,译. 北京:北京大学出版社,2001:17.

第一，从时间的维度来考察，审美现代性意指一种建立在"现代"时间意识之上的"现时性"。在《乔厂长上任记》中，一开头就说："时间和数字是冷酷无情的，像两条鞭子，悬在我们的背上。""如果说国家实现现代化的时间是二十三年（指到2000年——引注），那么咱们这个给国家提供机电设备的厂子，自身的现代化必须在八到十年内完成。"在电视剧《世纪之约》中，诚如其剧名所标示的，强烈的时间意识渗透于文本的深层结构。在这里，不同的文本庶几让我们看到，"时间"是考察审美现代性的理论原点。在《文学与现代性》中，伊夫·瓦岱对文学现代性的精彩分析正是建立在现代性时间这一基础之上的。在《现代性的五副面孔》中，卡林内斯库指出：现代性"是一个时间/历史概念，我们用它来指在独一无二的历史现时性中对于现时的理解，也就是说，在把现时同过去及其各种残余或幸存物区别开来的那些特性中去理解它，在现时对未来的种种允诺中去理解它——在现时允许我们或对或错地去猜测未来及其趋势、求索与发现的可能性中去理解它"。① 实际上，在西文中，"现代"一词的拉丁文词根"modo"意指"当前的""最近的"。这就标明了现代与传统的对应关系。这就意味着，作为与审美传统性相对的新属性，审美现代性即是一种建立在"现代"时间意识之上的"现时性"。对此，波德莱尔诗意而深刻地指出："现代性就是过渡、短暂、偶然，就是艺术的一半，另一半是永恒和不变。"② 当然，"现时性"并不意味着一种纯粹的时间意识，在其背后蕴含着深刻的历史意义：其一，现时性有着时代与永恒的双亲血缘关系。在波德莱尔的诗意表述中，"人们往往以对时间的非连续性的意识——与传统的断裂，对新颖事物的感情和对逝去之物的眩晕——来表示现代性的特征"。但是，"成为现代的，并非指承认和接受这种恒常的运动，恰恰相反，是指针对这种运动持某种态度。这种自愿的、艰难的态度在于重新把握某种永恒的东西，它既不超越现时，也不在现时之后，而在现时之中。现代性有别于时髦，后者只是追随时光的流逝。现代性是一种态度，

---

① 卡林内斯库.现代性的五副面孔［M］.顾爱彬，李瑞华，译.北京：商务印书馆，2002：363.
② 波德莱尔.波德莱尔美学论文选［M］.郭宏安，译.北京：人民文学出版社，1987：484.

它使人得以把握现时中的'英雄'的东西"。① 其二，对这种"'英雄'的东西"的追求使人们产生了"英雄化"的意愿。伊夫·瓦岱指出："这个时代要求人们进行斗争，这种斗争无疑比不上昔日显赫一时的战士所进行的战斗那么享有盛名，但它并不比后者缺乏英雄气概。"② 其三，现时性往往意味着一种直线向前、不可重复的历史时间意识，一种与循环的、轮回的或神话式的时间意识完全相反的历史观。因此，在本质上，它趋向于未来而不是过去，并且，这种未来指向构造了现代自身的开放性和发展的无限可能性。"这是时－空'延伸'的一个重要方面。现代性的种种条件使得这种时－空延伸既有可能，也有必要。"③ 由此观之，现时性不仅标明了它和传统性相对应的存在，更重要的是它还意味着一种思维方式、认识态度和价值立场，意味着某些与创新、进步、变化等概念相关的意义。

第二，从审美意识与艺术表现的维度来考察，审美现代性意指"审美创新性"。在"现时性"的历史意识新模式中，"现代"往往就意味着"新"，而"新"的就是"好"的，换言之，"现在"是通向未来的进步连续体中的一个关键环节，而把握住了"现在"的时代潮流并积极投身于这一时代潮流，就意味着创造美好的未来。因此，基于这种时间观念和价值立场，在艺术生产中，人们总是相信历史是向前发展的、社会是不断进步的，于是，在艺术表现上，求新、求变也就成了人们持之以恒的美学追求。在这种意义上，"审美创新性"表征和反映的就是艺术和审美在现代社会中的新形式、新特征。卡林内斯库指出："'现代'主要指的是'新'，更重要的是，它指的是'求新意志'——基于对传统的彻底批判来进行革新和提高的计划，以及以一种较过去更严格更有效的方式来满足审美的雄心。"④ 比如，在一些改革题材电视剧的艺术叙事中，传统与现代的历史分野往往显示出人们"告别过去"的决绝。而改革者的出场也常常带有一种终结过往历史的意味——他们将引领历史由

---

① 福柯.什么是启蒙？[J].天涯，1996（4）：115.
② 瓦岱.文学与现代性[M].田庆生，译.北京：北京大学出版社，2001：58.
③ 吉登斯.现代性的后果[M].田禾，译.南京：译林出版社，2000：45.
④ 卡林内斯库.现代性的五副面孔[M].顾爱彬，李瑞华，译.北京：商务印书馆，2002：2.

传统步入现代，其行为也将打破历史的循环并使"现代"的意义凸显：在《新星》中，李向南的出场将改写古陵县漫长的文明史；在《人间正道》中，郭怀秋未竟的事业一旦为吴明雄所接替，那么，平川市的面貌便会发生翻天覆地的变化。于是，在这种"结束过去，面向未来"的历史意义中，势不可当的改革在历史的进程中拥有了价值，具有了鲜明的现代性，而其艺术表现在确立改革合法性的同时也使自身成为一种现代叙事。在波德莱尔看来，"过渡、短暂、偶然"的诗意表述也体现了现代艺术变动不居的创新特性和人们永无止境的创新追求。他把热切渴望现代性的现代人比作"富有活跃的想象力的孤独者"和"片刻不停地穿越浩瀚的人性荒漠的游历者"。他们"把从时尚中抽取隐含在历史中的诗性的要素作为他的工作"。① 康拉德则直接宣称："我是现代人，我宁愿做音乐家瓦格纳和雕塑家罗丹……为了'新'……必须忍受痛苦。"② 当然，创新也有其辩证法，一如豪泽尔所说："促使艺术发展的一种最有效的力量，一方面来自自发情感与传统形式的矛盾，另一方面来自创新形式与习俗情感的矛盾。这两对矛盾决定了艺术史辩证法的生命力。"③ 这要求我们对具体的文本进行具体的分析。

第三，从审美价值与审美功能的维度来考察，审美现代性意指"审美反思性"。洛克曾将心灵内部活动的知觉称为反思。在西方语境中，审美反思性往往是以批判、否定和超越"启蒙现代性"的极端形式表现出来的。现代主义艺术就是这一极端形式的集中体现者。甚至，经过现代主义艺术的典型折射，批判性、否定性和超越性成了审美现代性的主要规定。在这里，由于这一规定有着广泛的影响，认真分析它的性质便成为我们准确把握审美现代性的重点。在价值和功能的维度上，西方学者大多将现代性这一"杂音异符混

---

① 波德莱尔. 波德莱尔美学论文选 [M]. 郭宏安，译. 北京：人民文学出版社，1987：485.
② 卡尔. 现代与现代主义 [M]. 陈永国，傅景川，译. 长春：吉林教育出版社，1995：1-2.
③ 豪泽尔. 艺术社会学 [M]. 居延安，译. 上海：学林出版社，1987：19.

合体"分为启蒙现代性和审美现代性。① 其中,后者以批判前者的姿态出现。那么,在现代性的内部为什么会出现这种"本是同根生,相煎何太急"的情形呢?要言之,其原因就在于启蒙现代性的僭越,即启蒙现代性在其发展过程中导致了极度膨胀的工具理性与技术理性,导致了资本主义的官僚机构、粗俗的实用主义和市侩主义。对此,一大批思想家、哲学家、美学家、艺术家都有充分的揭示。比如,马克思指出,现代社会"一方面产生了以往人类历史上任何一个时代都不能想象的'工业和科学的力量',而另一方面却显露出'衰颓的征象',这种衰颓远远超过罗马帝国末期那一切载诸史册的可怕情景"。② 这"和启蒙学者的华美约言比起来,由'理性的胜利'建立起来的社会制度和政治制度竟是一幅令人极度失望的讽刺画"。③ 韦伯指出:"合理化"在促进西方社会现代化的同时,又使现代生活变成了工具理性统治的"铁笼"。④ 其中,"理性成了用来制造一切其他工具的一般的工具。⑤"技术逻各斯被转化为持续下来的奴役的逻各斯。技术的解放力量——物的工具化——成为解放的桎梏;这就是人的工具化。"⑥ 因此,面对工具理性与价值理性、社会-经济系统与文化系统、企业家的经济冲动与艺术家的文化冲动之间的价值对立,一种"对资产阶级现代性的公开拒斥,以及它强烈的否定激情"规定了审美现代性,⑦ 进而使审美现代性的感性成为启蒙现代性的理性的反拨和纠偏,使"审美"成为"救赎"之途。海德格尔极力强调"诗意栖居"的生存论价值,波德莱尔则告诫资产者,"宁可三日无面包,但决不可三日无诗",以便借助

---

① 在这种对应关系的不同的语境中,"审美现代性"又被表述为"美学现代性""艺术现代性""浪漫现代性""文化现代性"等;"启蒙现代性"也被表述为"历史现代性""社会现代性""技术现代性""庸俗现代性""资产阶级现代性"等。
② 马克思,恩格斯.马克思恩格斯选集:第1卷[M].北京:人民出版社,1995:78.
③ 马克思,恩格斯.马克思恩格斯选集:第3卷[M].北京:人民出版社,1995:408.
④ 韦伯.新教伦理与资本主义精神[M].林南,译.北京:生活·读书·新知三联书店,1987:143.
⑤ 阿多诺.启蒙的辩证法[M].洪佩郁,蔺月峰,译.重庆:重庆出版社,1990:26.
⑥ 马尔库塞.单面人:发达工业社会意识形态研究[M].左晓斯,译.长沙:湖南人民出版社,1988:136.
⑦ 卡林内斯库.现代性的五副面孔[M].顾爱彬,李瑞华,译.北京:商务印书馆,2002:48.

艺术和审美而使"灵魂之力的平衡建立起来"。① 当然，在西方社会，启蒙现代性和审美现代性的这种矛盾和冲突是必需的。一如鲍曼所说，"这种不和谐正是现代性需要的和谐"。② 然而，如果将审美反思性局限为"批判性、否定性和超越性"，甚至将批判、否定和超越泛化为审美现代性的普适性理论规定，那就既不符合历史，也不符合逻辑：其一，在主体性原则上，尽管理性主体和感性主体存在着难以化解的矛盾，但审美现代性并非一味地拒绝和否定"主体性"。实际上，它只是通过倡导"感性主体"而实施对现代性的"重写"，企图"以审美之力重新激起对生命的直接存在和快乐幸福的渴望，从而使人再次回到主观性和个体性"。③ 其二，对启蒙现代性的批判并非否定其自身，而是否定其因"僭越"而带来的消极成分。实际上，启蒙现代性的基本原则和精神是一个社会正常发展所必需的。哈贝马斯曾指出，现代性是一项未竟的事业。对那些发展中国家来说，这尤其具有重要的现实意义。其三，反思"传统性"是审美现代性的题内之义。这意味着，审美反思性具有双重的视域：它既反思传统性，又反思现代性，而且，正是这一点使"审美反思"具有了广阔的延伸空间和幽远的绵延时间。其四，审美现代性是一个随社会发展而不断更新其内涵的历史范畴。在价值和功能上，它不仅具有对抗性，也具有协同性。在西方，现代主义艺术的批判特质也是在19世纪下半叶以后才日益彰显的，而此前的协同性特征也很明显。其五，在不同的历史文化语境中，审美现代性具有无可辩驳的历史具体性。比如，在新时期中国文学艺术中，审美现代性和启蒙现代性往往呈现出和谐的一体化状态，因此，其价值与功能就绝非表现为简单的批判性、否定性和超越性。对此，在下文的论述中，我们还将涉及这方面的内容。

---

① 波德莱尔. 波德莱尔美学论文选 [M]. 郭宏安，译. 北京：人民文学出版社，1987：213.
② 鲍曼. 对秩序的追求 [J]. 南京大学学报，1999（3）：40.
③ 吴予敏. 美学与现代性 [M]. 北京：人民出版社，2001：226.

二、当代中国语境中"审美现代性"的历史具体性

在理论形态层面，审美现代性是一个来自西方的美学术语，因此，探讨新时期中国文学艺术的审美现代性，存在一个西方话语与中国言说的语境关系问题。实际上，这一语境又客观上促使了探讨"历史具体性"的紧要性。因为这种探讨，尤其是审美价值与审美功能维度上的探讨，关系到我们的研究在方法论和价值论上是否拥有一个正确的方向和科学的基础。

在讨论"20 世纪中国文学"时，有论者指出，20 世纪中国文学"只具有近代性，而不具备现代性"。[①] 在论者看来，"近代性"这一"全新命题"的提出基于这样的"事实"：20 世纪中国文学一直在呼唤启蒙，在肯定理性，在维护意识形态；而这与反启蒙、反理性、反意识形态的"现代性"标准是不相符的。然而，这一"全新命题"显然与历史事实不符。那么，问题出在哪里呢？在我看来，问题就出在论者的逻辑出发点，即用西方的审美现代性标准来衡量 20 世纪中国文学。在这里，这种经验促使我们自问："西方话语"与"中国言说"究竟是一种怎样的关系？总体来说，新时期中国文学艺术的审美现代性研究应该既要重视西方话语的参照作用，以便为我们的思考提供一个更为广阔的参照空间和更加深厚的文化语境；同时，又要保持清醒的中国问题意识，强调历史具体性，以便为我们的研究奠定坚实的现实基础，进而达成逻辑分析与历史分析的统一。具体说来，一方面，随着全球化进程的加快，现代性问题已具有世界范围的普遍性。这就意味着，新时期中国文学艺术的审美现代性研究不能漠视西方话语的存在，以及它所具有的经验对于我们的借鉴作用。此外，西方话语的"他者"存在也可以为审视、确立新时期中国文学艺术审美现代性的独特性和价值提供一把量尺。另一方面，西方话语毕竟是西方人在其特定语境中所作的发言，因此，当它被用来阐释新时期中国文学艺术的审美现代性问题时，它就必须加上"中国的"这一限定语才能发

---

① 杨春时，宋剑华.论二十世纪中国文学的近代性 [J].学术月刊，1996（12）：85.

挥其有效作用，不然，一味用西方的审美现代性来覆盖新时期中国文学艺术的审美现代性，或依照西方艺术的某些特征来检视新时期中国文学艺术的审美事实，甚至为寻找与西方相一致的特征而削足适履，那就会陷入语境的错位，甚至"不是以西方的箭来寻找中国的靶子，便是以西方的视角来有意无意地遮蔽中国问题"。① 由此观之，西方话语与中国言说"双重视域"的展开，以及入乎其内、出乎其外的视界融合是新时期中国文学艺术审美现代性研究在方法论上的必然取向。

在这里，借助这一双重视域的整体观照，我们就可以看到新时期中国文学艺术审美现代性的复杂情形：第一，中国的社会主义性质使新时期中国文学艺术的审美现代性具有了一种"反现代性的现代性"性质，也就是说，反思和批判资本主义及其现代化进程中的种种弊端是新时期中国文学艺术的主题之一。在这种意义上，其审美现代性就如同鲍曼所说的后现代性一样，它从"一段距离之外而非从内部"，以现代精神来"专注地、严肃地注视"现代性，并成为一种"监控的"现代性。② 第二，新时期伊始，中国文学艺术就积极参与着启蒙现代性的重建。它反思和批判传统（包括新中国成立以来的新传统），呼唤失落已久的人道主义精神以及自由、民主、科学等。在这种"重建"的过程中，西方从文艺复兴到启蒙运动的思想文化成果成为新时期中国文学艺术现代性追求的资源，西方现代化过程中所创造的某些普遍的价值原则也得到了历史的确认。在这种意义上，新时期中国文学艺术的审美现代性和启蒙现代性呈现出和谐的一体化状态。第三，随着社会主义市场经济的发展，一些和西方相似的负面现象也开始显山露水，比如，拜金主义与市侩主义的泛起、历史理性与人文关怀的龃龉以及人性的背离、人情的冷漠和道德滑坡等。这使得新时期中国文学艺术的审美现代性又体现出鲜明的批判性审美精神。由此可见，在新时期中国文学艺术的审美现代性中，西方几百年内历时性完成的现代性被共时性地压缩在同一个平面上了。然而，尽管如此，

---

① 周宪. 现代性与本土问题[J]. 文艺研究，2000（2）：14.
② 鲍曼. 现代性与矛盾性[M]. 邵迎生，译. 北京：商务印书馆，2003：410.

新时期中国文学艺术的审美现代性还是有其自身的特质，换言之，新时期中国文学艺术的审美现代性有其自身的发生原因和发展轨迹，是扎根于当代中国现实土壤中的一种文化生长物。

那么，是什么铸就了新时期中国文学艺术审美现代性的特质呢？要言之，当代语境中的新型现实关系和新型审美关系是两个重要因素：第一，从当代中国新型的现实关系上看，在中国社会主义现代化建设的历史进程中，尤其是自20世纪90年代以来，农业文明向工业文明的过渡，社会主义市场经济的开创性实践，以及新型的工业化道路、中国特色的城镇化发展等都表明一种"中国现代性"或"新现代性"已渐渐展现在历史的舞台。在思想观念的层面，诸如新的理性精神与启蒙精神、新的科学精神和人文精神、新的政治理念和文化观念等，就是这种新现代性之"新"的具体表现。而中国共产党创造性提出的"三个代表""科学发展观""社会主义民主政治""社会主义先进文化""社会主义和谐社会"等进一步指明了这一新现代性的发展方向。对此，有学者指出，"中国经验"将"会改写现代化和全球化理论，会改写社会科学各门学科的一些既有规则"。① 当然，这种"中国经验"无疑也会甚至已经"改写"了新时期中国文学艺术的审美现代性。第二，从当代中国新型的审美关系上看，在学理上，审美意识形态是现实生活关系在审美维度上的存在形式，换言之，审美意识形态就是现实的审美关系。而作为一种审美意识形态，社会主义条件下的艺术生产，其最基本的要求就是维护和促进社会主义经济基础的发展。这样一来，新时期中国文学艺术的审美现代性必然会被赋予全新的内涵，即新时期中国文学艺术的审美现代性就是一种自改革开放以来所独创的有中国特色、中国风格、中国气派的现代性。

基于以上分析，我们可以进一步看到，新时期中国文学艺术审美现代性的"历史具体性"具有如下内涵：第一，在内容上，它要求反映时代的主旋律，并把弘扬实现现代化的时代精神和批判阻碍现代化历史进程的种种陈腐

---

① 李培林.科学发展观的"中国经验基础"[J].中国社会科学，2004（6）：36.

思想意识结合起来。第二，在社会功能和价值取向上，它要求着眼于提高人民群众奋发向上的精神境界，推动社会主义现代化的历史创造活动，并为培养社会主义新人服务。第三，在题材、体裁和艺术表现上，它"弘扬主旋律，提倡多样化"，倡导"百花齐放，百家争鸣"。凡是有利于提高人民群众精神境界的题材都可以用来表现新时期中国文学艺术的主题；凡是符合艺术规律的创作方法和表现形式都可以"拿来"。第四，在批判性的审美精神上，和西方相比，它既有相通之处，但异质性也很明显：其一，在揭露和批判社会现代化进程中出现的种种弊端时，西方现代主义艺术与新时期中国文学艺术所表现出来的思想意识存在着性质上的差别。其中，前者的审美批判，由于审美主体往往是从非理性或反理性的世界观和人生观出发，它往往流露出一种看不清社会发展前景的悲观主义和虚无主义；而后者以历史唯物主义为指导，把科学理性与人文理性统一起来，在批判现实的不合理性时，又总是"从未来汲取自己的诗情"（马克思语）。其二，在处理审美现代性与启蒙现代性的关系上，前者往往以二元对立的思想模式表现出审美现代性对启蒙现代性的批判、否定和超越；而后者以对立统一的辩证思维模式显现出"诗意裁判"（恩格斯语）。如果说前者以其否定性而获得了现代性的审美品格，那么，后者则以其促进性获得了现代性的审美品格。其三，在审美观上，前者往往片面强调审美的自律性，并以期实现对现存文化规范和价值的反叛与否定；而后者坚持自律性与他律性的辩证统一。[①] 由此观之，新时期中国文学艺术的审美现代性不仅体现为一种扎根于中国现实土壤中的开放性的审美现代性，而且是对西方审美现代性的超越和发展。

三、审美现代性的表现层面

在上文中，我们分析和论述了新时期中国文学艺术审美现代性的理论规

---

① 林宝全.关于中国当代文学审美现代性的一点思考[J].河池师范专科学校学报（社会科学版），2001（1）：9.

定和历史具体性。然而,理论/抽象形态的审美现代性与艺术/具象形态的审美现代性之间有很大差距。周宪指出:"审美现代性是一个抽象的概念,它是通过具体的文化实践来实现的。因此,对审美现代性的考察必须落到实处。"①在这种意义上,确立新时期中国文学艺术审美现代性的表现层面就成了重要的任务。因为,"表现层面"是通向和接近新时期中国文学艺术审美现代性内涵和特质的桥梁与路径。那么,新时期中国文学艺术的审美现代性可以从哪些层面来加以把握呢?

在不同的理论范式中,人们往往容易突显审美现代性的某些表现层面。比如,在认识论美学的视域中,审美现代性的"思想/内容"层面往往容易被突显出来,但是,它对"思想/内容"的过分强调往往也导致了重思想而轻体验,重内容而轻形式的弊端。诚然,思想/内容层面上的研究是重要的,但它也有其适用域,超出了这个"适用域",它就不能完整地回答文学艺术的审美现代性问题,甚至还会出现"思想"的僭越。又如,在诸如符号学、叙事学、心理分析学等语言论美学的视域中,审美现代性的"形式"层面往往容易被突显出来。这打破了认识论美学比较单一的"思想/内容"分析,但是,当语言论美学执着于形式、语言或模型方面的研究时,它往往也易于遗忘为认识论美学所擅长的"历史化"。因此,我们庶几可以说,只有认识论美学与语言论美学的有机叠合,才能使审美现代性的表现层面完整地突显出来。在这里,从认识论美学与语言论美学的有机叠合出发,我们可以借助艾布拉姆斯的"艺术四要素图式"(见图1)来具体说明审美现代性的表现层面。

在《镜与灯》中,艾布拉姆斯指出:"每一件艺术品总要涉及四个要点,几乎所有力求周密的理论总会在大体上对这四个要素加以区别,使人一目了然。"其中,"第一个要素是作品,即艺术产品本身",其他三个分别是"艺术家""世界""欣赏者",这四要素相互联系、相互作用构成了统一的艺术活动整体。②

可以说,"艺术四要素"理论已被世界范围内的广大学者所认同,并在

---

① 周宪.审美现代性批判[M].北京:商务印书馆,2005:72.
② 艾布拉姆斯.镜与灯[M].郦稚牛,张照进,童庆生,译.北京:北京大学出版社,1989:5.

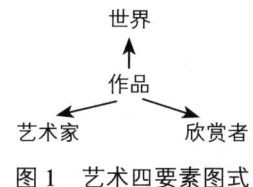

图 1　艺术四要素图式

理论批评和艺术史研究中得到了不同程度的运用。在这里，借助这个"艺术四要素图式"，我们可以看到文学艺术的审美现代性具有以下多重表现层面：第一，就居于中心位置的"作品"而言，它是文学艺术以其语言符号所建构起来的感性形象系统，其中，诸如主题、人物、叙事等无疑是审美现代性的重要表现层面。第二，依照艾布拉姆斯的解释，艺术的四要素构成了"世界－作品""作品－欣赏者""艺术家－作品"三组关系。对这三组关系的分析和阐释构成了审美现代性研究的重要维度。第三，对"艺术四要素图式"作进一步的分析，我们可以发现，四要素间还存在着"世界－作品－艺术家""世界－作品－欣赏者""作品－艺术家－欣赏者"三组更为复杂的关系，这三组关系无疑也是文学艺术审美现代性的重要表现层面。在这里，由于这些表现层面所内含的复杂关系交织、渗透到文学艺术的感性形象系统及其审美表达机制的每个环节，因此，我们无法在一般的逻辑上具体呈现出一种固定的模式，而只好依赖研究者在对具体艺术形态的审美现代性研究中选取、设定相应的表现层面了。

综上所述，一方面，如果说新时期的中国文学艺术研究不再是以必然性的结构去推演历史的行程，而是多种叙事话语组合而成的精神地形图，那么，审美现代性则使这一"精神地形图"具有了可描述的形状和可辨析的性状，使它在具有了历史连续性和完整性的同时，又包含分离与关联、转折与断裂。另一方面，审美现代性又并非一台搅拌机，使我们可以将与之相关的一系列问题一股脑儿搅拌完事。在这种意义上，新时期中国文学艺术的审美现代性研究就有必要切实回到历史变动的实际过程，回到审美话语发生、发展的具体环节和文本的内在结构，以便从中透视那些发展的脉络，那些不断更新的动力所标示的趋向。

习近平文艺思想探赜*

在《二十四诗品》中，司空图用感性诗意的文字来表述"纤秾"："采采流水，蓬蓬远春。窈窕深谷，时见美人。碧桃满树，风日水滨。柳阴路曲，流莺比邻。乘之愈往，识之愈真。如将不尽，与古为新。"所谓"如将不尽，与古为新"，大意是指：大自然蕴藏着发掘不尽的诗境，诗人越是深入地体察自然美景，就越能领略诗境的澄明、把握诗美的真谛；即使古人写过的题材，也能诗情泉涌，意境常新。从马克思主义文艺理论发展的历时维度看，习近平总书记关于文艺的系列讲话中蕴含着博大精深的思想，展现出与时代精神同频共振的新意境。就思想的总体性、思维的辩证性、价值的实践性等来说，习近平文艺思想是"习近平新时代中国特色社会主义思想"这块"整钢"的有机组成部分，[①]是新时代中国特色社会主义文艺实践的美学结晶，是继承和发展马克思主义文艺理论的最新成果，是繁荣发展社会主义文艺的精神引领与价值导向。

时代是思想之母，实践是理论之源。在一系列重要讲话中，习近平总书记关于"文艺"的论述有"专论"，也有"散论"，其论述既有强烈的问题意识和

---

* 本文原载于《现代传播（中国传媒大学学报）》2018 年第 7 期，收入本书时略有删改。
① "整钢"喻指紧密联系、不可分割的有机整体。列宁曾说："马克思主义理论体系是一个整体，犹如一整块钢铁，是肢解不了的。""它完备而严密，它给人们提供了……完整的世界观。"（列宁. 列宁选集：第 2 卷 [M]. 北京：人民出版社，1995：309.）在致恩格斯的信中，马克思自己谈及《资本论》时也说："不论我的著作有什么缺点，它们却有一个长处，即它们是一个艺术的整体。"（马克思，恩格斯. 马克思恩格斯文集：第 10 卷 [M]. 北京：人民出版社，2009：231.）

问题导向，又渗透着历史思维、辩证思维、系统思维、战略思维和创新思维，并以思想的高瞻性、审美的反思性共同铸就了其文艺思想的深刻性和系统性。那么，从艺术活动的特性和发展的维度来观照，如何深入、系统地分析和领会习近平文艺思想的丰富内涵和精神实质呢？对此，我们可以探索性地将其概括为"文艺精神论、文艺传承论、文艺创作论、文艺批评论、文艺传播论、文艺产业论、文艺人才论、文艺价值论、文艺管理论、文艺创新论"十大部分。

一、文艺精神论

文艺作为一种复杂的情感表达形式和精神象征行为。一方面，精神是文艺之魂，精神的特质、精神的追求是文艺薪火相传、生生不息、繁荣发展的根脉；另一方面，"举精神旗帜、立精神支柱、建精神家园，是当代中国文艺的崇高使命。弘扬中国精神、传播中国价值、凝聚中国力量，是文艺工作者的神圣职责"。①在这种意义上，对文艺理论来说，"文艺精神论"具有首要的、根本性的统摄意义。

在习近平总书记关于文艺的论述中，"文艺精神论"首先是从民族复兴、人民需求的大视域中来彰显物质力量、精神力量的"双轮驱动"。他说，"一个民族的复兴需要强大的物质力量，也需要强大的精神力量"，"实现'两个一百年'奋斗目标、实现中华民族伟大复兴的中国梦是长期而艰巨的伟大事业。伟大事业需要伟大精神。实现这个伟大事业，文艺的作用不可替代，文艺工作者大有可为"。其次，在"文化观"上，习近平总书记指出，"文化是民族生存和发展的重要力量""没有先进文化的积极引领，没有人民精神世界的极大丰富，没有民族精神力量的不断增强，一个国家、一个民族不可能屹立于世界民族之林"，"中华民族有着强大的文化创造力。每到重大历史关头，文化都能感国运之变化、立时代之潮头、发时代之先声，为亿万人民、为伟大祖国鼓与呼"。在此基础上，习近平强调，"文艺事业是党和人民的重要事

---

① 中共中央关于繁荣发展社会主义文艺的意见［N］.人民日报，2015-10-20（2）.

业，文艺战线是党和人民的重要战线"，"中国精神是社会主义文艺的灵魂"，并由此辐射到坚持以人民为中心、聚焦中国梦的时代主题、培育和弘扬社会主义核心价值观，以及爱国主义精神、民族精神、时代精神、中华文化精神、中华美学精神、现实主义精神等诸多重要的领域，同时，在这些精神的贯穿和渗透中他还强调："我国作家艺术家应该成为时代风气的先觉者、先行者、先倡者，通过更多有筋骨、有道德、有温度的文艺作品，书写和记录人民的伟大实践、时代的进步要求，彰显信仰之美、崇高之美，弘扬中国精神、凝聚中国力量，鼓舞全国各族人民朝气蓬勃迈向未来。"①

二、文艺传承论

雅斯贝尔斯曾说："从历史中我们可以看到自己，就好像站在时间的一点，惊奇地注视着过去和未来，对过去我们看得愈清晰，未来发展的可能性就愈多。"②事实上，面对历史或传统的馈赠，"每一世代对科学和对精神方面的创造所产生的成绩，都是全部过去的世代所积累起来的遗产"，"接受这份遗产，同时就是掌握这份遗产，它就构成了每个下一代的灵魂"。③"真正的传统并不是一去不复返的过去的遗迹，它是一种生气勃勃的力量，给现在增添着生机与活力。"④在习近平文艺思想中，"文艺传承论"突出强调了马克思主义文艺观的一脉相承、中华优秀传统文化的薪火相传和对世界各民族优秀文艺的借鉴汲取。

习近平总书记在纪念马克思诞辰200周年大会上的讲话中指出，马克思主义是科学的理论、人民的理论、实践的理论和不断发展的开放的理论，"始终是我们党和国家的指导思想，是我们认识世界、把握规律、追求真理、改

---

① 习近平. 在文艺工作座谈会上的讲话［N］. 人民日报，2015-10-15（2）.
② 雅斯贝尔斯. 什么是教育［M］. 邹进，译. 北京：生活·读书·新知三联书店，1991：58.
③ 黑格尔. 哲学史讲演录：第1卷［M］. 贺麟，王太庆，译. 北京：商务印书馆，1981：9.
④ 斯特拉文斯基. 艺术创造［M］// 李普曼. 当代美学. 邓鹏，译. 北京：光明日报出版社，1986：407.

造世界的强大思想武器"。① 在文艺的领域,就马克思主义最鲜明的品格——"人民性"来说,"人民历来就是作家'够资格'和'不够资格'的唯一判断者"。② 在本质上,社会主义文艺是人民的文艺。习近平总书记指出,"人民需要文艺""文艺需要人民""文艺要热爱人民";"一旦离开人民,文艺就会变成无根的浮萍、无病的呻吟、无魂的躯壳";"文艺只有植根现实生活、紧跟时代潮流,才能发展繁荣;只有顺应人民意愿、反映人民关切,才能充满活力"。③ 习近平总书记强调,文艺发展不仅要有当代生活的底蕴,还要有文化传统的血脉。他说,"中华优秀传统文化是中华民族的精神命脉,是涵养社会主义核心价值观的重要源泉,也是我们在世界文化激荡中站稳脚跟的坚实根基";"中华优秀传统文化中很多思想理念和道德规范,不论过去还是现在,都有其永不褪色的价值";"文艺工作者要善于从中华文化宝库中萃取精华、汲取能量"。④ 反之,"如果'以洋为尊''以洋为美''唯洋是从',把作品在国外获奖作为最高追求,跟在别人后面亦步亦趋、东施效颦,热衷于'去思想化''去价值化''去历史化''去中国化''去主流化'那一套,绝对是没有前途的!"当然,传承和弘扬中华文化要结合新的时代条件,辩证取舍、推陈出新,"实现中华文化的创造性转化和创新性发展"。繁荣发展社会主义文艺,还必须认真学习借鉴世界各国人民创造的优秀文艺。习近平总书记指出:在文艺实践中,"只有坚持洋为中用、开拓创新,做到中西合璧、融会贯通,我国文艺才能更好发展繁荣起来"。⑤ 为此,文艺工作者要"坚持不忘本来、吸收外来、面向未来,在继承中转化,在学习中超越","让我国文艺以鲜明的中国特色、中国风格、中国气派屹立于世"。⑥

---

① 习近平.在纪念马克思诞辰200周年大会上的讲话[N].人民日报,2018-05-05(2).
② 马克思,恩格斯.马克思恩格斯文集:第1卷[M].人民出版社,2009:195-196.
③ 习近平.在文艺工作座谈会上的讲话[N].人民日报,2015-10-15(2).
④ 习近平.在中国文联十大、中国作协九大开幕式上的讲话[N].人民日报,2016-12-01(2).
⑤ 习近平.在文艺工作座谈会上的讲话[N].人民日报,2015-10-15(2).
⑥ 习近平.在中国文联十大、中国作协九大开幕式上的讲话[N].人民日报,2016-12-01(2).

三、文艺创作论

在习近平文艺思想中，创作"优秀作品"地位突出、意义重大。"优秀文艺作品反映着一个国家、一个民族的文化创造能力和水平"，因此，"文艺工作者应该牢记，创作是自己的中心任务，作品是自己的立身之本"。为此，他就如何创作生产优秀文艺作品作了浓墨重彩的阐述。

其一，人民是文艺创作的源头活水，"坚持以人民为中心的创作导向"即是要深入生活、扎根人民，为人民抒写、为人民抒情、为人民抒怀。习近平总书记指出："艺术可以放飞想象的翅膀，但一定要脚踩坚实的大地。文艺创作方法有一百条、一千条，但最根本、最关键、最牢靠的办法是扎根人民、扎根生活。"[①] 事实表明，为人民而创作是放之四海而皆准的真理。比如，巴尔扎克指出："活在民族之中的大诗人，就应该总括这些民族的思想，一言以蔽之，就应该成为他们的时代化身才是。"[②] 罗曼·罗兰呼吁作家做社会公众的喉舌，"当他们听到你们说话时，他们就会意识到自己。你们在表达自己的性灵时，就会创造你们民族的性灵"。[③] 诚然，艺术创作是个性化的劳动，但优秀的作品同时又必然是民族精神、情感、审美方式等的生动呈现，诚如丹纳所说，莎士比亚不是外星球飞来的陨石，在他的背后有一个民族合唱队。[④]

其二，在艺术创作与时代生活的关系上，习近平总书记指出："任何一个时代的经典文艺作品，都是那个时代社会生活和精神的写照，都具有那个时代的烙印和特征。任何一个时代的文艺，只有同国家和民族紧紧维系、休戚与共，才能发出振聋发聩的声音。""古今中外，文艺无不遵循这样一条规律：因时而兴，乘势而变，随时代而行，与时代同频共振。""离开火热的社会实践，

---

① 习近平.在文艺工作座谈会上的讲话[N].人民日报，2015-10-15（2）.
② 巴尔扎克.巴尔扎克论文选[M].李健吾，译.北京：新文艺出版社，1958：104-105.
③ 罗兰.罗曼·罗兰文钞[M].孙梁，译.桂林：广西师范大学出，2004：86.
④ 丹纳.艺术哲学[M].傅雷，译.北京：人民文学出版社，1997：5.

在恢宏的时代主旋律之外茕茕孑立、喃喃自语,只能被时代淘汰。"① 在这种意义上,创作生产无愧于伟大民族的优秀作品既是伟大时代的必然要求,也是社会主义文艺繁荣发展的鲜明标志。其三,在艺术创作的态度上,习近平总书记强调:"有没有感情,对谁有感情,决定着文艺创作的命运。如果不爱人民,那就谈不上为人民创作。"因此,"文艺工作者要想有成就,就必须自觉与人民同呼吸、共命运、心连心"。② 其四,就艺术创作规律来说,习近平总书记十分重视要"按照美的规律来塑造"。比如,在艺术思维上,"文艺反映社会,不是通过概念对社会进行抽象,而是通过文字、颜色、声音、情感、情节、画面、图像等进行艺术再现"。在人物塑造方面:"典型人物所达到的高度,就是文艺作品的高度,也是时代的艺术高度。只有创作出典型人物,文艺作品才能有吸引力、感染力、生命力。"在创作方法上,"广大文艺工作者要坚持以强烈的现实主义精神和浪漫主义情怀,观照人民的生活、命运、情感,表达人民的心愿、心情、心声。"③ 此外,习近平总书记还就艺术形式与内容的关系、传承中华美学、发扬艺术民主等作了深刻的阐述。其五,针对当前文艺创作中的缺陷和不足,习近平总书记提出了尖锐的批评,特别是:在文艺创作方面,"存在着有数量缺质量、有'高原'缺'高峰'的现象,存在着抄袭模仿、千篇一律的问题,存在着机械化生产、快餐式消费的问题。在有些作品中,有的调侃崇高、扭曲经典、颠覆历史,丑化人民群众和英雄人物;有的是非不分、善恶不辨、以丑为美,过度渲染社会阴暗面;有的搜奇猎艳、一味媚俗、低级趣味,把作品当作追逐利益的'摇钱树',当作感官刺激的'摇头丸';有的胡编乱写、粗制滥造、牵强附会,制造了一些文化'垃圾';有的追求奢华、过度包装、炫富摆阔,形式大于内容;还有的热衷于所谓'为艺术而艺术',只写一己悲欢、杯水风波,脱离大众、脱离现实。凡此种种都警示我们,文艺不能在市场经济大潮中迷失方向,不能在为什么人的问题上发生偏差,否则文艺就没有生命力"。关于"浮躁",习近平总书记指

---

① 习近平.在中国文联十大、中国作协九大开幕式上的讲话[N].人民日报,2016-12-01(2).
② 习近平.在文艺工作座谈会上的讲话[N].人民日报,2015-10-15(2).
③ 习近平.在中国文联十大、中国作协九大开幕式上的讲话[N].人民日报,2016-12-01(2).

出,"人类文艺发展史表明,急功近利,竭泽而渔,粗制滥造,不仅是对文艺的一种伤害,也是对社会精神生活的一种伤害";"凡是传世之作、千古名篇,必然是笃定恒心、倾注心血的作品"。①

四、文艺批评论

在批评与创作的关系上,别林斯基曾说:"两者都发自同一个普遍的时代精神。二者都是对于时代的认识,不过批评是哲学的认识,而艺术是直感的认识。"② 在习近平总书记看来,"文艺批评是文艺创作的一面镜子、一剂良药,是引导创作、多出精品、提高审美、引领风尚的重要力量",并就文艺批评工作提出了诸多新论述。

其一,在批评理论上,习近平总书记指出,"要以马克思主义文艺理论为指导,继承创新中国古代文艺批评理论优秀遗产,批判借鉴现代西方文艺理论,打磨好批评这把'利器',把好文艺批评的方向盘"。其二,在经得起人民检验的评价标准上,"真理越辩越明","有了真正的批评,我们的文艺作品才能越来越好",因此,要"运用历史的、人民的、艺术的、美学的观点评判和鉴赏作品",并提出了"优秀作品""文艺精品""经典作品""伟大作品"的"四品"说。其中,"优秀作品"即是"有正能量、有感染力,能够温润心灵、启迪心智,传得开、留得下,为人民群众所喜爱"的作品,是"传播当代中国价值观念、体现中华文化精神、反映中国人审美追求,思想性、艺术性、观赏性有机统一"的作品;而"精品之所以'精',就在于其思想精深、艺术精湛、制作精良";③ 就"经典而言","经典之所以能够成为经典,其中必然含有隽永的美、永恒的情、浩荡的气",是"通过主题内蕴、人物塑造、情感建构、意境营造、语言修辞等,容纳了深刻流动的心灵世界和鲜活丰满的本真生命,包含了历史、文化、人性的内涵,具有思想的穿透力、审美的洞

---

① 习近平.在文艺工作座谈会上的讲话[N].人民日报,2015-10-15(2).
② 别林斯基.别林斯基选集:第3卷[M].满涛,译.上海:上海译文出版社,1980:575.
③ 习近平.在文艺工作座谈会上的讲话[N].人民日报,2015-10-15(2).

察力、形式的创造力"；至于"伟大作品"，"伟大的作品一定是对个体、民族、国家命运最深刻把握的作品"。①其三，在批评实践中，文艺批评要"褒优贬劣、激浊扬清"，特别是，要以最广大人民的根本利益为出发点和落脚点，坚持把社会效益放在首位，努力实现社会效益和经济效益、社会价值和市场价值相统一，绝不让文艺成为市场的奴隶。其中，批评家要"在艺术质量和水平上敢于实事求是，对各种不良文艺作品、现象、思潮敢于表明态度，在大是大非问题上敢于表明立场，倡导说真话、讲道理，营造开展文艺批评的良好氛围"。同时，"作家艺术家要敢于面对批评自己作品短处的批评家，以敬重之心待之，乐于接受批评"。②此外，习近平总书记指出：文艺批评还要进一步建立健全反映文艺作品质量的综合评价体系，要把服务群众和引领群众结合起来，坚决抵制趋利媚俗之风，推动美德、美学、美文相结合，展现当代中国审美风范。

五、文艺传播论

文艺作为掌握世界的一种特殊方式，马克思说："艺术对象创造出懂得艺术和能够欣赏美的大众""生产不仅为主体生产对象，也为对象生产主体"。③在新的历史条件下，习近平总书记指出："文艺是时代前进的号角，最能代表一个时代的风貌，最能引领一个时代的风气。"这既强调了文艺的功能，又突出了文艺传播的重要性。在中国古典美学中，"兴观群怨"（《论语·阳货》）、"文以载道"（周敦颐《通书·文辞》）等蕴含着深刻的含义；在鲁迅那里，"文艺是国民精神所发的火光，同时也是引导国民精神的前途的灯火"，④其中的"火光""灯火"也具有丰富的寓意。在习近平总书记关于文艺的论述中，他说："文艺深深融入人民生活，事业和生活、顺境和逆境、梦想和期望、爱

---

① 习近平.在中国文联十大、中国作协九大开幕式上的讲话[N].人民日报，2016–12–01（2）.
② 习近平.在文艺工作座谈会上的讲话[N].人民日报，2015–10–15（2）.
③ 马克思，恩格斯.马克思恩格斯选集：第2卷[M].北京：人民出版社，2012：692.
④ 鲁迅.鲁迅经典全集（上）[M].北京：北京理工大学出版社，2016：64.

和恨、存在和死亡，人类生活的一切方面，都可以在文艺作品中找到启迪。"特别是，对年轻人来说，文艺吸引力最大，影响也最大。因此，就文艺传播而言，一方面，"好的文艺作品就应该像蓝天上的阳光、春季里的清风一样，能够启迪思想、温润心灵、陶冶人生，能够扫除颓废萎靡之风"①、另一方面，文艺"应该用独到的思想启迪、润物无声的艺术熏陶启迪人的心灵，传递向善向上的价值观。"②不仅如此，习近平总书记强调，文艺传播要立足中国，还要放眼世界。在当代跨文化传播与交流中，文艺具有独特的优势："文艺是世界语言，谈文艺，其实就是谈社会、谈人生，最容易相互理解、沟通心灵"，"文艺也是不同国家和民族相互了解和沟通的最好方式"。因此，当代中国的文艺传播要突出两个要点：第一，文艺要为外国人了解中国的历史传承、风俗习惯、民族特性，以及中国人的世界观、人生观、价值观、喜怒哀乐和中国人对自然、对世界、对历史、对未来的看法等提供一个独特的视角和重要途径。为此，"文艺工作者要讲好中国故事、传播好中国声音、阐发中国精神、展现中国风貌，让外国民众通过欣赏中国作家艺术家的作品来深化对中国的认识、增进对中国的了解。要向世界宣传推介我国优秀文化艺术，让国外民众在审美过程中感受魅力，加深对中华文化的认识和理解。"③第二，随着人类交往的世界性比过去任何时候都更深入、更广泛，各国相互联系和彼此依存比过去任何时候都更频繁、更紧密，马克思、恩格斯当年所预言的"世界历史"或"一体化的世界"已成为现实。④为此，文艺工作者应站在世界历史的高度，同各国人民一道运用文艺的形式努力促进人类命运共同体的构建。事实上，在中国传统文化中，"和而不同"（《论语·子路》）、"万物并育而不相害，道并行而不相悖"（《礼记·中庸》）等是一以贯之的理念；在西方美学和思想文化中，像巴赫金的"对话理论"、韦恩·布斯的"共导理论"和"倾听修辞学"、哈贝马斯的"交往理性"与"交往理论"，以及主体间性理论等

---

① 习近平.在文艺工作座谈会上的讲话[N].人民日报，2015-10-15（2）.
② 习近平.在中国文联十大、中国作协九大开幕式上的讲话[N].人民日报，2016-12-01（2）.
③ 习近平.在文艺工作座谈会上的讲话[N].人民日报，2015-10-15（2）.
④ 习近平.在纪念马克思诞辰200周年大会上的讲话[N].人民日报，2018-05-05（2）.

都强调艺术交流、审美趣味等的互补、互益。在这种意义上，习近平总书记的"文艺传播论"突出面向世界、面向未来，强调文化互动、文明互鉴，既体现了跨文化传播的深刻意旨，也折射出文艺发展的新使命和新气象。

六、文艺产业论

文艺是"事业"，也是"产业"。在马克思主义艺术生产论看来，"宗教、家庭、国家、法、道德、科学、艺术等，都不过是生产的一些特殊的方式，并且受生产的普遍规律的支配"。① 在西方马克思主义文艺理论家本雅明、阿尔都塞、马谢雷、伊格尔顿、杰姆逊等那里，他们继承、发扬了马克思、恩格斯的"艺术生产"思想，并在"艺术生产论"与"艺术反映论"相比较的意义上展开了深入的研究。比如，本雅明把艺术生产看作与物质生产有共同规律的一种特殊的生产活动和过程，② 伊格尔顿提出了"文学是意识形态的生产"的观点。③ 在我国，改革开放 40 多年来，随着文艺"生产"特性的彰显，以生产实践为基础的艺术生产论因其有别于反映论的独创性和超越性而越来越呈现其思想张力和美学阐释能力。

在习近平文艺思想中，"文艺产业论"首先表现在作为思维、思想等鲜明表征的"概念"表述中。在一系列讲话中，习近平总书记充分表达了艺术"生产"的重要性，仅在文艺工作座谈会上的讲话中，他就八次提到"生产"，比如，"必须把创作生产优秀作品作为文艺工作的中心环节""要把创新精神贯穿文艺创作生产全过程""要适应形势发展，抓好网络文艺创作生产"等。其次将"产业"与"事业"并举，强调文艺事业与文艺产业相辅相成、相得益彰。在党的十九大报告中，习近平总书记指出：要"推动文化事业和文化产业发展"，并强调要"深化文化体制改革，完善文化管理体制"；"健全现代文化产业体系和市场体系，创新生产经营机制，完善文化经济政策，培育新

---

① 马克思.1844年经济学哲学手稿［M］.北京：人民出版社，1985：78.
② 朱立元.西方现代美学史［M］.上海：上海文艺出版社，1993：734.
③ 伊格尔顿.马克思主义与文学批评［M］.文宝，译.北京：人民文学出版社，1980：80-81.

型文化业态"等。① 再次深刻阐明了"社会效益"和"经济效益"、"审美价值"和"市场价值"的辩证关系。习近平总书记强调,"一部好的作品,应该是经得起人民评价、专家评价、市场检验的作品,应该是把社会效益放在首位,同时也应该是社会效益和经济效益相统一的作品","当两个效益、两种价值发生矛盾时,经济效益要服从社会效益,市场价值要服从社会价值"。最后以开阔的视野、深远的眼光阐述了艺术的国际市场竞争与发展。习近平总书记指出,在当今开放的世界,"艺术也要在国际市场上竞争,没有竞争就没有生命力",同时,竞争还是艺术重要的发展动力。实践表明,正是在国际竞争和生命力迸发的基础上,中国文艺才能更好地讲好中国故事,展现真实、立体、全面的中国,进而更有效地推进国际传播能力建设、提高国家文化软实力。

七、文艺人才论

作为铸造灵魂的工程,文艺承担着以文化人、以文育人的职责,其功能在于给人以价值引导、精神引领、审美启迪,因而,艺术家自身的思想水平、业务水平、道德水平具有根本性的决定作用,换言之,优秀人才是文艺生存之基、发展之要。对此,习近平总书记提出了多方面的要求和期待。

"盖有非常之功,必待非常之人"。首先,繁荣文艺创作、推动文艺创新必须有大批德艺双馨的文艺名家。习近平总书记指出:"要把文艺队伍建设摆在更加突出的重要位置,努力造就一批有影响的各领域文艺领军人物,建设一支宏大的文艺人才队伍。"其次,文艺要塑造人心,创作者先要塑造自己。"文艺工作者要自觉坚守艺术理想,不断提高学养、涵养、修养,加强思想积累、知识储备、文化修养、艺术训练","还要有高尚的人格修为,有'铁肩担道义'的社会责任感",努力追求真才学、好德行、高品位,做到德艺双馨。② 在这种意义上,习近平总书记给乌兰牧骑队员和电影表演艺术家牛犇的

---

① 习近平.决胜全面建成小康社会 夺取新时代中国特色社会主义伟大胜利[M].北京:人民出版社,2017:41.
② 习近平.在文艺工作座谈会上的讲话[N].人民日报,2015-10-15(2).

回信具有深刻的意义。诚然，文艺创作生产是个性化的创造性劳动，但就艺术规律和当前的形势而言，习近平总书记强调：在发展社会主义市场经济条件下，文艺工作者要处理好义利关系，认真严肃地考虑作品的社会效果，讲品位，重艺德，为历史存正气，为世人弘美德，为自身留清名，要"把崇高的价值、美好的情感融入自己的作品，引导人们向高尚的道德聚拢"，要"自觉抵制不分是非、颠倒黑白的错误倾向，自觉摒弃低俗、庸俗、媚俗的低级趣味，自觉反对拜金主义、享乐主义、极端个人主义的腐朽思想。"[①] 总之，文艺工作者要以深厚的文化修养、高尚的职业操守、良好的社会形象、文质兼美的优秀作品赢得人民喜爱、尊重和欢迎。

八、文艺价值论

纵览当今国内外文艺发展，"价值"问题越来越显示出其重要性。在一般的意义上，马克思指出："'价值'这个普遍的概念是从人们对待满足他们需要的外界物的关系中产生的。"[②] 无疑，文艺在培育和弘扬社会主义核心价值观方面具有独特的作用，同时，作为中国精神的集中体现，社会主义核心价值观又贯穿、融入文艺创作生产全过程的各个环节和层面。从"现代性"的维度中来审视，在某种意义上，社会主义核心价值观是"中国现代性"（Chinese Modernity）的时代表达，而习近平的"文艺价值论"又集中体现了与中国现代性相匹配的审美现代性（Aesthetic Modernity）。

历史地看，和西方的现代化相比，中国的现代化具有"后发外生"的特点，但经过新中国成立70多年来，特别是改革开放40多年来的中国特色社会主义现代化建设实践，一种由"中国特色"的政治、经济、文化、社会、生态建设搭建起来的"中国现代性"已赫然展现在历史的舞台。21世纪初，季羡林先生说："21世纪是东方文化的时代。21世纪，三十年河西的西方文

[①] 习近平. 在中国文联十大、中国作协九大开幕式上的讲话［N］. 人民日报，2016-12-01（2）.
[②] 马克思，恩格斯. 马克思恩格斯全集：第19卷［M］. 北京：人民出版社，1965：406.

化将逐步让位于三十年河东的东方文化,人类文化的发展将进入一个新的时期。"张岱年先生也说:"21世纪是中国新文化建设成功的世纪,也将是中国文化与西方文化的交流进一步发展的世纪";"21世纪,中华文明将作出'十大创新',以实现其现代复兴并为创造新世界文明作出自己的特殊的贡献"。①从逻辑与历史相统一的维度看,中国现代性经历了"激发模仿、创生发展、生成完善"的过程,在"全球视野、双重视阈、文化自觉"的解释框架中,呈现出"实践驱动、融合生成、创新发展"的内质建构。②在新时代,我们大致可以说,当代中国文艺的审美现代性建立在由"核心价值观""经济价值观""政治价值观""文化价值观""社会价值观""生态价值观""审美价值观"等组成的价值圈层之上,并在各要素相互联系、相互作用的价值体系中确立其性质、内涵和发展趋向,同时,其功能也有别于西方现代性的"反思对抗性"而呈现为一种"发展协同性"。

习近平"文艺价值论"思想渗透到文艺活动的方方面面。择要说来,他指出:"中国精神是社会主义文艺的灵魂","实现中国梦必须走中国道路、弘扬中国精神、凝聚中国力量",③"社会主义核心价值观是当代中国精神的集中体现,是凝聚中国力量的思想道德基础",因此,"广大文艺工作者要把培育和弘扬社会主义核心价值观作为根本任务,坚定不移用中国人独特的思想、情感、审美去创作属于这个时代、又有鲜明中国风格的优秀作品"。他还指出:"追求真善美是文艺的永恒价值。艺术的最高境界就是让人动心,让人们的灵魂经受洗礼,让人们发现自然的美、生活的美、心灵的美。"针对当前思想大活跃、观念大碰撞、文化大交融时代一些人出现的价值观缺失,以及"不讲对错,不问是非,不知美丑,不辨香臭"等多种错误现象,他提出了尖锐的批评并强调"文艺创作的目的是引导人们找到思想的源泉、力量的源泉、快乐的源泉。清泉永远比淤泥更值得拥有,光明永远比黑暗更值得歌颂。"④可

---

① 张岱年,季羡林,等.21世纪中华文化专家谈[J].精神文明建设,2001(1):16—17.
② 彭文祥.中国现代性的影像书写[M].北京:中国传媒大学出版社,2009:38—51.
③ 习近平.在文艺工作座谈会上的讲话[N].人民日报,2015-10-15(2).
④ 习近平.在中国文联十大、中国作协九大开幕式上的讲话[N].人民日报,2016-12-01(2).

以说，这些深刻的论述对促进文艺的健康发展具有举足轻重的价值论意义。

九、文艺管理论

在传统的艺术观念中，文艺管理似乎与文艺活动关系不大，但实际上，管理牵涉到政治、经济、文化和历史传统、现实诉求、未来发展等诸多方面。特别是，纵览当今世界文艺发展的新情势，阿瑟·丹托、乔治·迪基、霍华德·贝克尔等人在"艺术观念"这一基本问题上提出的"艺术界""艺术场"等概念，强调了"艺术体制"（Institutions of Art）这一重要范畴，并在当代艺术社会学的意义上突出了"观念"和"机构"一软一硬两个层面，以及"制度"结构和在这个结构中活动着的"互相联系的人"两个要素。[①] 尤为重要的是，在艺术活动的领域，诚如布迪厄所说：真正的艺术价值并不是直接由艺术家创造出来的，而是由种种体制所创造的，换言之，"艺术场"乃是一个"信仰"的生产空间，它不只是生产出特定的艺术作品，更重要的是它通过种种体制来生产艺术观念、艺术信仰、艺术崇拜和价值观。[②] 由此说来，在某种意义上，管理是激发、挖掘、释放艺术生产力的重要因素。

基于社会主义文艺的性质、地位和功能，习近平总书记高度重视文艺管理的重要性，并就管理的原则、方法、创新等作出了精要的论述。在管理原则上，他说："党的领导是社会主义文艺发展的根本保证"，并且，"把握了这个立足点，党和文艺的关系就能得到正确处理，就能准确把握党性和人民性的关系、政治立场和创作自由的关系"。在管理方法上，习近平总书记指出："加强和改进党对文艺工作的领导，要把握住两条：一是要紧紧依靠广大文艺工作者，二是要尊重和遵循文艺规律。"在管理创新上，他强调："现在，文艺工作的对象、方式、手段、机制出现了许多新情况、新特点，文艺创作生产的格局、人民群众的审美要求发生了很大变化，文艺产品传播方式和群众接

---

① 迪基.何谓艺术[M]//李普曼.当代美学.邓鹏，译.北京：光明日报出版社，1986：109-111.
② 布迪厄.艺术的法则[M].刘晖，译.北京：中央编译出版社，2001：276-277.

受欣赏习惯发生了很大变化。"因此，我们既要继承传统文艺创作生产和传播中相对成熟有效的体制机制和管理措施，又要与时俱进，通过深化改革、完善政策、健全体制，建立健全对新的文艺形态的有效管理方式方法，形成不断出精品、出人才的良好局面。

十、文艺创新论

"周虽旧邦，其命维新"（《诗经》）、"终日乾乾，与时偕行"（《周易》）、"文律运周，日新其业。变则可久，通则不乏"（刘勰《文心雕龙》）、"诗文随世运，无日不趋新"（赵翼《论诗》）……中华文化蕴含着丰富的"创新"智慧。在新时代，习近平总书记的"文艺创新论"是其"创新"理念的有机组成部分。他强调："创新是文艺的生命"，"要把创新精神贯穿文艺创作生产全过程，增强文艺原创能力"，① 并就创新与继承的关系，以及文艺创新的现实基础、历史滋养、方式方法和标准要求等作出了深刻的阐述。

就创新与继承的关系来说，不同于"进步主义"将传统与现代、新与旧等割裂、对立起来的思维和做法，习近平总书记既强调继承的重要性，又指出创新的必要性，其中蕴含着深刻的文化自信、文化自省与文化自新的辩证动态关系：自信使人们富有定力，不忘本来；自省令人们辩证反思，吸收外来；自新让人们凝聚力量，创造未来。在某种意义上，正是在这种"辩证动态关系"中，习近平总书记的"文艺创新论"呈现出深刻的文化自觉动力学。第一，当代中国的文艺创新有深厚的现实基础。"当代中国正经历着我国历史上最为广泛而深刻的社会变革，也正在进行着人类历史上最为宏大而独特的实践创新。这种伟大实践必将给文化创新创造提供强大动力和广阔空间。"第二，当代中国的文艺创新有丰厚的历史滋养。习近平总书记强调："中华文化延续着我们国家和民族的精神血脉，既需要薪火相传、代代守护，也需要与时俱进、推陈出新。要加强对中华优秀传统文化的挖掘和阐发，使中华民族

---

① 习近平.在文艺工作座谈会上的讲话［N］.人民日报，2015-10-15（2）.

最基本的文化基因同当代中国文化相适应、同现代社会相协调",要"激活其内在的强大生命力,让中华文化同各国人民创造的多彩文化一道,为人类提供正确精神指引。"第三,关于文艺创新的方式方法,习近平指出:"要把创新精神贯穿文艺创作全过程,大胆探索,锐意进取,在提高原创力上下功夫,在拓展题材、内容、形式、手法上下功夫,推动观念和手段相结合、内容和形式相融合、各种艺术要素和技术要素相辉映,让作品更加精彩纷呈,引人入胜。"第四,在文艺创新的标准和要求上,他说:艺术家要随着时代生活创新,以自己的艺术个性进行创新,但"创新"要以创作生产优秀作品为目标、以提高文艺创作质量为准绳,"创新贵在独辟蹊径、不拘一格,但一味标新立异、追求怪诞,不可能成为上品,而很可能流于下品"。此外,习近平还特别提出:中国人民不仅将为人类贡献新的发展模式、发展道路,而且将把自己在文化创新创造中取得的成果奉献给世界,为此,文艺工作者"要把提高作品的精神高度、文化内涵、艺术价值作为追求,让目光再广大一些、再深远一些,向着人类最先进的方面注目,向着人类精神世界的最深处探寻,同时直面当下中国人民的生存现实,创造出丰富多样的中国故事、中国形象、中国旋律,为世界贡献特殊的声响和色彩、展现特殊的诗情和意境"。①

综上所述,面对博大精深的习近平文艺思想,"十论"无疑难以精准、全面地概括其深刻、系统的丰富内涵,但思想的作用和价值关键在于指导行动、开创未来。马克思、恩格斯曾说,"一个民族要想站在科学的最高峰,就一刻也不能没有理论思维",②"理论一经掌握群众,也会变成物质力量"。③习近平总书记也说过:"先进的思想文化一旦被群众掌握,就会转化为强大的物质力量;反之,落后的、错误的观念如果不破除,就会成为社会发展进步的桎梏。理论自觉、文化自信,是一个民族进步的力量;价值先进、思想解放,是一个社会活力的来源。"④无疑,作为一种特殊的精神生产形式,文艺的繁荣发

---

① 习近平.在中国文联十大、中国作协九大开幕式上的讲话[N].人民日报,2016-12-01(2).
② 马克思,恩格斯.马克思恩格斯选集:第3卷[M].北京:人民出版社,2012:875.
③ 马克思,恩格斯.马克思恩格斯选集:第1卷[M].北京:人民出版社,2012:9.
④ 习近平.在纪念马克思诞辰200周年大会上的讲话[N].人民日报,2018-05-05(2).

展同样一刻也不能没有理论思维。特别是,随着中国特色社会主义进入新时代,新的历史方位必然带来新的文化方位和文艺方位。在谈到文艺复兴运动时,恩格斯曾说:那"是一个需要巨人而且产生了巨人——在思维能力、热情和性格方面,在多才多艺和学识渊博方面的巨人的时代"。[①] 穿越时间的隧道,历史总有相似的一面。在习近平文艺思想的指导和引领下,文艺工作者大有可为,中国特色社会主义文艺在面临新形势、新任务的同时也必将呈现新的格局和新的气象!

---

① 马克思,恩格斯.马克思恩格斯选集:第3卷[M].北京:人民出版社,2012:847.

中国式现代化的美学意蕴[*]

在党的二十大报告中，习近平总书记指出："在新中国成立特别是改革开放以来长期探索和实践基础上，经过十八大以来在理论和实践上的创新突破，我们党成功推进和拓展了中国式现代化。"并就中国式现代化的鲜明特色、本质要求、价值目标和世界意义等进行了深刻阐述。时代是思想之母，实践是理论之源。作为"时代的精神上的精华"，中国式现代化是社会主义现代化实践的思想结晶，蕴含着经济、政治、文化、社会、生态等多方面的丰富内容，充分体现了马克思主义现代化理论的当代发展和新飞跃。在文艺和审美的领域，伴随实践的不断推进和拓展，中国式现代化所蕴含的特性、要求、价值等渗透在现实生活的各个方面，并通过审美转换，投射、凝聚在文学艺术的审美表意系统之中，给人们的生产生活、情感体验、思想观念、审美趣味、价值理想等带来了巨大影响。与此同时，在审美关系与现实生活关系的紧密关联中，中国式现代化日益显现丰富、深刻的美学意蕴，对社会主义文艺的创作生产和繁荣发展具有重大而深远的意义。

中国式现代化铸就中国式审美现代性的价值规定。在现代化理论的知识谱系中，以"现代"为中心形成了一个语义紧密相关、意义错综复杂的词丛，包括现代化、现代性、社会现代性、审美现代性等。实践表明，作为历史性范畴，现代化、现代性之类的概念在不同语境中有不尽相同的意义。在文艺和审美的领域，审美现代性（或艺术现代性、文化现代性）意味着一种"现

---

* 本文原载于《中国艺术报》2023年6月30日第3版，收入本书时略有删改。

代"的特征和属性，是现代化这一历史进程及其结果在审美维度的表征。显然，不同的现代化带来不同的审美现代性。特别是在价值、功能上，西方现代化语境中的审美现代性多指一种与社会现代性（或工具现代性、资产阶级现代性）相对的张力性存在，具有鲜明的批判、否定色彩，其功能突出表现为"反思—批判性"。事实上，此一特性体现在一大批西方美学家、思想家的论述之中，也体现在现代主义、后现代主义富于批判性的艺术创作和美学精神之中。然而，中国式审美现代性的意蕴、价值规定性与中国式现代化一脉相传、义理相通，维护、促进社会主义经济基础发展是其基本要求，其功能突出表现为"反思—协同性"：一方面，它既反思传统性，又反思现代性，并使审美表意在这双重维度获得绵延的时间和广阔的空间上；另一方面，在历史理性与人文关怀的双重烛照中，它辩证对待现代化的过程和结果，并突显审美表意的社会协同功能。可以说，中国式现代化从马克思主义中国化时代化的美学维度切入当代文艺实践和发展的核心，使中国式审美现代性成为社会主义文艺的鲜明标志，既体现了审美观照的统摄性，又表明了自身意义的丰富性和深刻性。

中国式现代化突显新时代社会主义文艺的使命和任务。文运同国运相牵，文脉同国脉相连；文化兴则国家兴，文化强则民族强。实践表明，一个时代的文艺经典是社会生活和时代精神的生动写照，带有鲜明的时代烙印和特征；一个时代的文艺只有同国家和民族紧紧维系、休戚与共，才能发出振聋发聩的声音。在社会主义现代化实践中，一方面，文艺事业是党和人民的重要事业，文艺战线是党和人民的重要战线；另一方面，文艺是时代前进的号角，最能代表一个时代的风貌，最能引领一个时代的风气。时至今日，我们比历史上任何时期都更接近中华民族伟大复兴的目标，都更有信心、有能力实现这个目标，在以中国式现代化全面推进中华民族伟大复兴的历史进程中，文艺必然要自觉肩负起历史的使命、发挥其审美的巨大作用。作为中国共产党领导的社会主义现代化，中国式现代化的精神意旨、主流意识形态的审美要求渊源有自、一脉相传。新时代新征程，社会主义文艺必然要充分表征中国式现代化的深刻意蕴，并在新的高度展现新的气象和新的境界。

中国式现代化蕴含社会主义文艺创作生产的特征和规律。党的十八大以来，习近平总书记着眼历史使命、立足新的时代、秉持人民立场、坚定文化自信、突出问题导向、揭示文艺规律，提出了一系列关于文艺的重要论述，涉及文艺精神、文艺价值、文艺创作、文艺批评、文艺传播、文艺产业、文艺传承、文艺创新、文艺管理、文艺人才等诸多方面。从创新发展的维度看，这些重要论述是新时代文艺实践的美学结晶，是传承和发展马克思主义文艺理论的最新成果。从习近平新时代中国特色社会主义思想这块"整钢"的系统性、总体性上看，这些重要论述与中国式现代化的本质要求同声相应、同气相求，与中国式现代化的价值目标相辅相成、相得益彰，蕴含着文艺创作生产的丰富内容。比如，时代性、人民中心论、传承说、创新论、中外文艺互鉴观等。可以说，在丰富实践中，中国式现代化如同串珠红线，其蕴含的精神意旨渗透、贯穿在文艺创作生产的全过程，并为文艺的现代发展奠定了实践基础、提供了思想指导、指明了价值方向。

中国式现代化彰显社会主义文艺表征未来的能力。一个时代有一个时代的文艺，一个时代有一个时代的精神。作为"被把握在思想中的它的时代"，中国式现代化开辟了现代化的新路，同时，还以特色鲜明的中国式审美现代性开创了文艺发展的新境界。相比之下，如果说，以往的美学多关注美是什么、美从何处来等问题，那么，中国式现代化的美学范式强调美有何用处，或审美意识形态的现代作用这一核心议题。其中，有别于资本主义生产方式与艺术等精神生产部门的"相敌对"，社会主义生产方式中的文艺与经济基础、文艺与意识形态的关系是促进、协同的关系。特别是，基于中国式现代化的历史逻辑和实践逻辑，社会主义文艺从历史发展的总体观来理解、把握现实生活，来探索、揭示社会发展的本质和方向，并将较大的思想深度与艺术表现的生动性、丰富性结合起来，呈现历史深处那些不断创新的动力所标识的发展脉络和趋向。诚然，中国式现代化仍处于发展、完善之中，社会主义文艺表征未来的能力也处于增强、提升之中，但走向中国的"现代"已是一种不可遏止的必然，也是我们可以意识的历史内容。在这种意义上，中国式现代化为观察文艺的现代发展提供了一扇窗口，同时，社会主义文艺表征未来的能力也成为衡量中国式现代化独特性、创造性和未来性发展程度与水平的审美标志。

中国式现代化重塑中外文艺交流互鉴的价值基础。作为富有创造力的原创性命题，中国式现代化有独特的历史脉络、推进路径、评价指标和发展规律，同时，也呈现人类文明新形态、全人类共同价值、人类命运共同体的世界意义。在实践进程中，它打破了"现代化"等于"西方化"的迷思，表明了世界上不存在定于一尊的现代化模式、放之四海而皆准的现代化标准，为人类的现代化发展提供了新选择，为解决人类的共同问题提供了中国智慧和中国方案。在文艺和审美的领域，一方面，伴随世界多极化、经济全球化、社会信息化、文化多元化深入发展，价值观日益成为现代化、现代性相关思考中的核心议题，甚至可以说，在比较的维度，现代化、现代性问题的本质就是价值观；另一方面，作为一种复杂的精神象征行为和情感表达形式，文艺的焦点是人生的"意义"，其"掌握世界的方式"的特殊性更多地寓于价值论，而不是认识论之中。由此观之，在价值论的哲学基座上并鉴于以上两个方面的耦合关系，中国式现代化在中外文艺交流互鉴中日益扮演着重塑乃至再造价值基础的重要角色，并激发、生成价值判断、价值选择的多样可能性。这体现在观念上，更寓于实践中：一是唯西方马首是瞻的价值标准已是陈年往事；二是中国式现代化蕴含的价值内容必然要纳入考量。特别是，"和平、发展、公平、正义、民主、自由"的全人类共同价值因契合时代发展的要求和趋势而成为新的价值共识，并于实践的两个向度中呈现"各美其美、美人之美、美美与共、天下大同"四个梯度的现实意义和历史价值。实践表明，在价值基础的重塑和再造中，一方面，中国文艺既用情用力讲好中国故事，向世界展现可信、可爱、可敬的中国形象，又不忘本来、吸收外来、面向未来，认真学习借鉴世界各国人民创造的优秀文艺，为世界贡献蕴含中国经验的诗情画意；另一方面，文艺作为"世界语言"的特殊意义，作为不同国家、民族和文化间相互理解、沟通心灵的纽带作用得到极大彰显，并因审美的无功利性而呈现普遍、深刻的典型意义，为其他领域的交流互鉴提供了启示和借鉴。在这种意义上可以说，通过对价值基础的重塑和再造，中国式现代化搭建了中外文艺交流互鉴的新桥梁、开创了中外文艺交流互鉴的新局面，同时，伴随中外交流互鉴的有效展开，中国式现代化的"充分意义"也得到有效展现，并成为中国自主的现代化知识体系的核心概念和逻辑起点。

习近平总书记指出，中国特色社会主义新时代是中国人民在新的考验和挑战中创造光明未来的时代，也是中国人民拼搏奋斗创造美好生活的时代，广大文艺工作者要紧跟时代步伐，从时代的脉搏中感悟艺术的脉动，把艺术创造向着亿万人民的伟大奋斗敞开，向着丰富多彩的社会生活敞开，从时代之变、中国之进、人民之呼中提炼主题、萃取题材，展现中华历史之美、山河之美、文化之美，抒写中国人民奋斗之志、创造之力、发展之果，全方位全景式展现新时代的精神气象。这充分体现了中国式现代化丰富、深刻的美学意蕴，不仅为新时代社会主义文艺的创作生产提供了价值引领，还为新时代社会主义文艺的繁荣发展指明了方向。

文艺评论篇

NOTES

系统观与方法论：网络文艺评论的审美指向和思维展开 *

伴随互联网技术、新媒体和文艺事业、产业等的深入发展，当代中国的文艺形态、文艺观念、文艺实践和审美文化等发生了深刻变化。特别是，自 2014 年 "网络文艺" 概念提出以来，经过十年显著的、全方位的快速生长，网络文艺已发展成令人瞩目的新兴艺术形态、文艺百花园中的亮丽风景。之所以 "令人瞩目"，突出的观感、显在的理据在于网络文艺形态多样、活力充沛，并在丰富实践中取得了可圈可点的创作实绩，尤其是，网络文学、网络剧、网络综艺、网络电影、网络纪录片、网络音乐、网络动漫、网络游戏等网络文艺典型形态在创新发展中涌现一批优秀作品。不仅如此，"云文艺" 的丰富化与常态化、文艺性短视频和网络直播等 "泛" 网络文艺的风行，以及互动艺术、VR 艺术、AI 艺术的前沿探索等，它们共同突显了新兴文艺之 "新" 的诸多特征、品质、能产性（Productivity）和良好发展前景。当前，与风生水起、如火如荼的文艺创作生产相呼应，网络文艺评论蓬勃发展，并在评论内容、标准、方法、主体、风格、效果等方面呈现有别于传统文艺评论的新特点和新风貌。

"文艺批评是文艺创作的一面镜子、一剂良药，是引导创作、多出精品、提高审美、引领风尚的重要力量。"[1] 要言之，优秀的文艺评论促进文艺创作

---

* 本文原载于《广西师范大学学报（哲学社会科学版）》2024 年第 2 期，与袁芳合作，收入本书时略有删改。

[1] 习近平.在文艺工作座谈会上的讲话［N］.人民日报，2015-10-15（2）.

生产良性循环和发展。唯其如此，网络文艺评论要着力提高针对性、增强有效性，特别是，要基于网络文艺的新实践和新特性，积极适应数字文化范式转换带来的新变化，突出和强化三个维度的审美指向与思维展开：一是传统与现代的历时性比较；二是中国与西方的共时性参照；三是加强与修正的反身性（Reflexivity）透视。这意味着，网络文艺评论要有系统性的审美观照，即，面对"相互作用的诸要素的复合"，①审视网络文艺创作生产中诸要素的相互作用和影响，并于视点游移、视域融合的整体考察中更好把握网络文艺的特点和规律。与此同时，网络文艺评论还要有思维的纲举目张，并于内部因素与外部因素紧密关联的动态生成中，更好阐明网络文艺所表征的社会生活、思想情感、时代精神等。可以说，这种"三维"指向的审美观照吻合网络文艺创作生产的实际，或者说，是网络文艺新实践和新特性在文艺评论上的客观反映和逻辑展开，因而是网络文艺评论发挥积极性、展现有效性不可或缺的审美之维。

当前，在技术、艺术、媒介、传播和社会、经济、文化等矢量合力作用营造的审美新语境中，相比单一学科视角的文艺评论（如艺术学、美学、传播学、经济学等），或传统的文艺评论（如社会历史分析、形式主义批评、文本分析等），这种系统观照的视野和思维展开的方式具有优先性。其间，尽管它突显的是方法论，但在数字文化范式转换的大背景中，"方法论"无疑与艺术实践、美学观念、评价标准、艺术创新、价值评判等系统性要件建立了新的关联，并于内生性的平面上折射其内涵、关系的新变化，以及那些不断创新的动力所标识的发展脉络和趋向。当然，基于网络文艺创作生产实际，这种"优先性"还有更切近的现实思考，或者说，它反映了当前的网络文艺评论尚存一些问题与不足。比如，运用传统艺术学的观点、方法来探讨网络文艺的新实践，往往带来浅表性分析，或囿于"前理解"的美学惰性，导致错位批评乃至无效批评。又如，文艺评论往往突出了网络的赋能及其激发、放大作用，但对数字媒介革命的整体性意义关注不够，以致难以认知、把握网

---

① 贝塔兰菲. 一般系统论［M］. 秋同, 袁嘉新, 译. 北京：社会科学文献出版社，1987：31.

络文艺创作生产的深层次变革及其世界范围内创新发展的前沿动向。如此说来，在互联网时代新的媒介生态、艺术生态和产业生态中，对网络文艺评论而言，尤其是对专业性的网络文艺评论来说，明确倡导、积极推进"三维"指向的审美观照具有学理的必要性和现实的紧迫性。

一、传统与现代：历时性维度的比较

艺术发展史表明，后发艺术总是以前发艺术为基础，并在传承、创新的交织叠合、融会生成中前行。就内在机理来说，这种"交织叠合""融会生成"可视为三大要素、环节动态往复的过程：一是过去的"传统"；二是冲击传统并刺激其变化的"新元素"；三是冲击带来的结果和变化后的"现代"。曾经的电影艺术、电视艺术等是如此，如今新兴的网络文艺也是这样。

在当代中国审美文化语境中，作为一种规范性概念，"网络文艺"的命名始于2014年的文艺工作座谈会。其间，习近平总书记指出："互联网技术和新媒体改变了文艺形态，催生了一大批新的文艺类型，也带来文艺观念和文艺实践的深刻变化……要适应形势发展，抓好网络文艺创作生产，加强正面引导力度。"①2015年，《中共中央关于繁荣发展社会主义文艺的意见》强调："网络文艺充满活力，发展潜力巨大，"要"大力发展网络文艺"。② 在当前的丰富实践中，作为一种"总名"或"集合概念"，网络文艺大多体现为与传统文艺形态相对应的存在，比如，网络文学、网络剧、网络综艺、网络电影分别对应于文学、电视剧、电视综艺、院线电影。在十年的快速发展中，一方面，网络文艺不断从传统文艺中汲取丰厚滋养；另一方面，网络文艺逐渐凝聚、形成了有别于传统文艺的艺术特征和审美特性，并反过来给传统文艺创作生产带来示范、引领和影响。当前，就两者的创新性融合而言，于外在形

---

① 习近平.在文艺工作座谈会上的讲话［N］.人民日报，2015-10-15（2）.
② 中共中央关于繁荣发展社会主义文艺的意见［N］.人民日报，2015-10-20（2）.

态上,它们犹如大河奔涌,行进在汇流的中途;于内在实质上,伴随数字文化的范式转换,它们的交汇而行呈现为一种凝聚"新共识"、缔结"新常态"的进程。

时至今日,以互联网为代表的数字媒介革命带来一系列深刻影响与后果。在媒介生态学(Media Ecology)的意义上,麦克卢汉说:媒介是"一种'使事情所以然'的动因,而不是'使人知其然'的动因"。① 这意味着,媒介不只是工具,它还构成了人的环境;人使用媒介,媒介也塑造人、建构文化。在媒介与艺术的关系上,波兹曼指出:"每一种媒介都为思考、表达思想和抒发情感的方式提供了新的定位,从而创造出独特的话语符号。"② 就数字媒介的特性而言,相比原子形态的传统媒介,它以"比特"为基本构成单位,"没有颜色、尺寸和重量,能以光速传播";③ 相比原子媒介的静态性、凝固性,它具有鲜明的动态性和生成性。就其影响来说,伴随"网络社会"崛起、"数字媒介社会"成形,④ 互联网不仅带来社会现实的深刻变革,还带来文化现实的巨大变迁。由此,如果说,以广播电视为代表的"电子文化"是对以语言文字为代表的"印刷文化"的超越,那么,以互联网为代表的"数字文化"则带来了更剧烈、更深刻的范式嬗变和转换。⑤ 事实上,正是在数字化、网络化和智能化奠定的坚实基础上,并与互联网时代的社会、文化现实变迁相表里,网络文艺因"网"而生、向"网"而盛……在这种意义上,网络文艺评论必然要在传统与现代的比较中正视技术、媒介、传播、社会、经济、文化等变化带来的深刻影响,并切实回到审美话语发生、发展的具体环节,回到文本的内在结构,既考察历史的连续性和完整性,又分析其间的分离与关联、转折与断裂,进而分析、说明数字媒介变革、文化范式转换、文艺创新发展

---

① 麦克卢汉,秦格龙.麦克卢汉精粹[M].何道宽,译.南京:南京大学出版社,2000:175.
② 波兹曼.娱乐至死[M].章艳,译.桂林:广西师范大学出版社,2004:18.
③ 尼葛洛庞帝.数字化生存[M].胡泳,范海燕,译.海口:海南出版社,1997:24.
④ 卡斯特.网络社会[M].周凯,译.北京:社会科学文献出版社,2009;水越伸.数字媒介社会[M].冉华,于小川,译.武汉:武汉大学出版社,2009.
⑤ 彭文祥.实践丰富、活力充沛、前景繁盛的网络文艺[M]//中国文联网络文艺传播中心.中国网络文艺发展研究报告(2018—2019).北京:社会科学文献出版社,2019:3.

等呈现的新变化与新情境,揭示、阐释新兴文艺丰富、深刻的审美现代性意义。

(一)突出数字文化范式转换的先在性

面对风生水起的网络文艺实践,作为前提和基础,数字文化方式转换的"先在性"意味着文艺评论要契合创作生产的实际,以免偏离实践的主流和方向,或出现观念、方法上的裹足不前乃至削足适履。在学理上,"范式"是"一个成熟的科学共同体在某段时间内所认可的研究方法、问题领域和解题标准的源头活水";①所谓范式"转换",它意味着在一些基本问题的研究中,观念、体例、价值标准等的根本性转变。在网络文艺的发生、发展中,互联网的巨大作用毋庸置疑,并以其开放、综合、交互、虚拟等特性促使文艺创作生产发生革命性变化。若以艾布拉姆斯的"四要素"为参照,我们可以从诸要素内涵、意义的演进中看到这种变化带来的深刻影响。

其一,网络空间和虚拟现实极大丰富、拓展了我们的"世界"观。其中,"网络空间表示一种再现的或人工的世界,一个由我们的系统所产生的信息和我们反馈到系统中的信息所构成的世界"。②虚拟现实则呈现和实物一样的仿真图像,并作为一种"本身存在的现实"与我们的日常经验交叠、缠绕,由此我们"进入一个世界,那里不是有一种而是有两种存在:现实与虚拟"。③显然,与艾布拉姆斯"规范作品的首要制约力"相比,④"世界"的意蕴已发生了显著变化。其二,艺术家由"创造者"转变为"生产者"。长期以来,艺术家的创造者地位不证自明,但在数字文化范式中,伴随艺术的"生产"特性日益凸显,其作为生产者的身份愈加明晰。不仅如此,伴随计算机和网络升格为艺术家的"助手",出现了人与机器相结合的"赛博格作者"(Cyborg Author)。超文本(Hypertext)即是这种"人—机"一体新型作者的产物。其

---

① 库恩.科学革命的结构[M].金吾伦,胡新和,译.北京:北京大学出版社,2012:88.
② 海姆.从界面到网络空间[M].金吾伦,刘钢,译.上海:上海科技教育出版社,2000:79.
③ 拉什.新媒体艺术[M].俞青,译.上海:上海人民美术出版社,2015:181.
④ 艾布拉姆斯.镜与灯[M].郦稚牛,张照进,童庆生,译.北京:北京大学出版社,2004:3.

三，欣赏者由"受众"向"合作者"演变。在传统文艺中，欣赏者有多种称呼，比如，读者、听众、观众等，在接受美学中，他们可统称为"受众"，但在数字文化范式中，他们有了一个新共名——合作者。在超文本创作中，乔伊斯（Michael Joyce）、兰道（George Landow）甚至还提出了"读者即作者"（Read-as-Writer）、"作为作者的读者"（the Reader as Author）等观点。① 其四，作品由"单一符号"文本发展为"复合符号"文本。在艾布拉姆斯的艺术批评诸坐标中，"作品"居于中间位置，但经过俄国形式主义、英美新批评、法国结构主义与后结构主义等理论的洗礼，其内涵发生了显著变化。而伴随数字文化的范式转换，新的变化再次出现。简言之，文本更多的不是由单一符号构成，而是呈现文字、图片、视频、音乐、音响、动画、漫画等多种表意符号有机融合的状态。对此，阿斯科特指出：艺术品不是某种固定的成品，而是艺术家和欣赏者互动行为的"矩阵"和提供多重意义的场域，其中，通过多种符号的审美表意，"意义"在互动和对话中往复抛掷，并生成"处在流动状态，连续变化与转换"的文本内容。② 就变化原因来说，要点在于，作为超媒体的数字化网络几乎熔铸、糅合了所有传统媒介的类型与特性，诚如穆尔所说，"作为一种表现媒介，万维网模糊了形形色色的艺术形式之间的区别，还抹掉了五花八门的传统媒介类型如广告、新闻、娱乐和艺术之间的边界"，在广袤无垠与异质丛生并行不悖的网络空间，数字特性使"它所用的一切媒介都共享着数字编码"。③ 综合以上四个方面的情形，可以说，面对互联网的革命性作用、影响日益渗透到网络文艺创作生产的深层，文艺评论自然要突出和强化数字文化范式转型的先在性。

值得一提的是，数字文化范式转换的先在性还涉及"数字现代主义"（Digimodernism）的文化逻辑。对此，阿兰·科比认为：自 20 世纪 90 年代后半期以来，受快速发展的网络信息技术的影响，数字现代主义正取代后现

---

① 考斯基马.数字文学：从文本到超文本及其超越[M].单小曦，陈后亮，聂春华，译.桂林：广西师范大学出版社，2011：7-104.
② 阿斯科特.未来就是现在[M].周凌，任爱凡，译.北京：金城出版社，2012：49.
③ 穆尔.赛博空间的奥德赛[M].麦永雄，译.桂林：广西师范大学出版社，2007：179.

代主义，并成为当代文化中新的主导范式；它不仅带来了全新的文本形式、内容和价值，还带来了全新的文化结构、行为与意义。就突出表征来说，其"新形式的文本性"包括前向性、无序性、短暂易逝性、流动边界的文本、电子数字性、文本角色的重新界定及其中介化，以及匿名、多人参与及社会性的作者身份等。① 当然，在当代中国语境中，数字现代主义的这些特征不明显，尤其是在网络文艺各典型形态的创作生产中表现不突出，但作为"文化逻辑"，它隐伏于数字文化范式之中，因而，网络文艺评论不可忽视其深藏的潜能和深远的影响。

（二）强化传统文艺历史纵深的重要性

实践表明，不熟知传统文艺的艺术特征和审美特性常常使网络文艺评论缺乏历史感，并失之于浅显、现时和静态。比如，不熟悉电视剧就难以充分认知网络剧的特点和创新性。就突出表现来说，在题材、类型上，近年来，古装、都市、青春等网络剧创作表现出色、成绩突出，出现了《长安十二时辰》《庆余年》《长相思》《没有秘密的你》《独家记忆》《夜空中最闪亮的星》《致我们暖暖的小时光》《全职高手》《青春正好》等作品。这些作品反映了互联网时代人们的审美趣味和爱好，尤其是年轻人推崇的青春、时尚、网感，以及参与、分享、代入等特点。但倘若没有同类电视剧的映照，或脱离网络剧与电视剧差异化发展的参照，这些特点就难以得到深入、有效的说明。在叙事创新上，2019年爱奇艺上线的《他的微笑》是一部青春偶像题材网络剧，但在其互动叙事中，作品从女主人公的视角添加了多个选择节点，并呈现多样的剧情走向和开放的故事结局，带给人们与众不同的审美体验；2022年腾讯视频上线的《开端》是一部悬疑题材网络剧，但与传统的悬疑、侦破叙事方式大异其趣，其"时间循环"让故事发展层层递进、叙事动能层层叠加，给观众带来了耳目一新的审美感受。当然，以上只是简要分析了理解电视剧之于网络剧评论的积极意义，但这种分析不失典型意义，换言之，在网络文

---

① 科比.数字现代主义导论［J］.陈后亮，译.国外理论动态，2011（9）：77-80.

学、网络电影、网络综艺、网络纪录片、网络音乐等的评论中，传统文艺的历史纵深和审美参照同样不可或缺。

进一步说来，伴随数字文化的范式转换，诸多网络文艺泛化形态的创作生产在呈现繁盛景观的同时，还折射"传统"与"现代"张力结构的新意。相比网络文艺的典型形态，作为一种外在性的描述，所谓"泛"，它突显了传统文艺与新兴网络文艺的创新性融合，以及互联网在此一融合进程中的作用和影响。其中，三种情形引人瞩目：一是诸多传统文艺样式搭上了"+互联网"的快车，比如，戏曲、书法、戏剧、摄影、绘画、雕塑等的数字化、网络化编码与传播；二是云演出、云展览等"云文艺"日益丰富化和常态化；三是得益于传统文化艺术内容及优势的外溢和辐射，文艺性短视频、网络直播等大众文艺形态蓬勃发展。就文艺评论来说，通过考察传统与现代的张力关系，我们可以看到传统文艺富含的历史感，还可以更好地阐述技术赋能带来的力量、分析传统文艺"老树发新芽"的可能与潜质，以及文艺繁盛景观背后的发展逻辑。由此观之，不论是网络文艺的典型形态，还是泛化形态，传统文艺及其历史纵深之必要不仅在于网络文艺不断从中汲取丰厚滋养，还在于网络文艺评论本质上即是对基于传统文艺的数字增值、网络赋能、艺术分蘖（Tiller）等所作的分析、阐述和评判。

（三）彰显网络文艺的相对独立性

在比较之维，如果没有"传统"的映照，新兴网络文艺之"新"往往会流于表面成为漂流的浮萍，那么，忽视其"现代"发展或故步自封会隐没其内在的生长性，因为在发生、发展中，网络文艺天然携带现代基因、具有鲜明现代品格。比如，相比传统的线性叙事、闭环结构和"传播—接受"模式，互动艺术（互动剧、互动电影、互动综艺、互动纪录片等）采用参与式多线程叙事，让观众通过行动体验叙事情景、参与叙事进程、创造叙事意义。在爱奇艺2019年发布的全球首个"互动视频标准"（IVG）中，内容生产者可以使用其互动视频平台（IVP），赋予作品"分支剧情""视角切换""画面信息探索""X 因子"四种互动功能。① 在审美接受中，这些功能不仅增强了观众参与的主动性，还带给观众更多的沉浸感、代入感和新异趣味。诚然，作为一种审美特征，广义的"互动"是一个历史悠久的宽泛命题，体现在艺术创作、传播、接等诸多环节和层面，但在互联网时代，借助基于信息技术的交互方式、手段和机制，"互动"呈现具体、精准的含义，或者说，在狭义上，互联网充分激活、释放了其"审美分享"与"价值共享"的特性和潜能，并呈现为经由文本的中介而使审美主体在思想、情感上发生积极变化的过程。对此，在认知和评价上，洛佩斯指出，"交互艺术作品是一种通过我们与它们之间的交互而产生记号的艺术作品类型"，其突出的潜力和意义在于"没有人告诉任何人该做什么，但结果都很完美"。② 事实上，通过对互动艺术代表性作品的分析，我们可以看到，互动叙事极富现代品格，其蕴含的丰富想象力意味着接受即创作的开始，并把多种选择和可能性留给观众。由此观之，面对新实践带来的新特性，文艺评论必然要充分关注网络文艺的内在生长性，并彰显其相对独立性。

当然，对形态多样、实践丰富的网络文艺来说，互动艺术及其互动特性只是其相对独立性的一种突出表征。事实上，自诞生之日起，网络文艺的相对独立性就在与传统文艺的相互作用中潜滋暗长，并作为新实践、新特性的反映和凝结，成为考察网络文艺发展、成熟程度的显著标识。时至今日，伴随网络文学、网络剧、网络电影、网络纪录片等典型形态创作生产的蓬勃发展，这种独立性日益明显，并体现在人物塑造、艺术叙事、风格特征、艺术传播与接受等诸多方面。此外，就前沿探索、发展来说，除了互动艺术，VR 艺术中的虚拟现实叙事，AI 艺术中的诗歌、绘画创作和影视编剧，NFT 艺术中的区块链技术应用和虚拟空间展示与交易等，其间蕴含的先锋性、创新性等已远远超出传统艺术学理论观点、评价标准等的适用域。由此，文艺评论不仅要彰显网络文艺的相对独立性，还要在此基础上进一步分析、阐释其丰

---

① 爱奇艺. 互动视频标准［EB/OL］.（2001-12-19）［2024-02-03］. https://www.iqiyi.com/ivg/02-part.html.
② 洛佩斯. 交互艺术的本体论［J］. 田传悦，黎萌，译. 电影艺术，2021（6）：113-120.

富、深刻的审美现代性。

综合以上三个方面，我们可以看到，在传统与现代的辩证关系中，"传统"不意味着过去留下来的遗产，它总是活的东西；"现代"不是外在的表象，而是诸多作为中介的"新元素"冲击、刺激"传统"带来的后果。卡林内斯库曾说："在重构现代性历史的过程中，有趣的是探讨那些对立面之间无穷无尽的平行对应关系——新/旧、更新/革新、模仿/创造、连续/断裂、进化/革命等。它们出现，被推翻，又一再地出现……过去与现在互相阐明。"① 伊夫·瓦岱强调：我们应像波德莱尔曾经要求的那样，"试着把现代性（它在不断变化并将我们带向没有确定方向的地方）与永恒性（它使我们与所有的时代保持联系）放在一起来考虑"。② 在这种意义上，就网络文艺评论来说，传统与现代的历时性比较意味着在两极之间保持必要的张力，并在数字文化的范式转换中，通过细致分析文艺创作生产中诸要素、话语、关系、环节、机制等的变化，把握其间演变的特点和规律，进而有效促进网络文艺创作生产的繁荣与发展。

二、中国与西方：共时性维度的参照

半个多世纪前，即使脑洞大开，人们也难以想象，从星星之火到燎原之势，互联网的作用和影响呈指数级增长，并水银泻地般渗透到艺术创作、传播、接受和再生产等各个环节和层面，业已成为一种巨大的塑造性力量。当前，在数字文化快速发展、艺术创作生产深刻变革的国际大环境中，国内网络文艺与国外（尤其是西方）类似文艺实践异中有同、同中有异。就"异"而言，在概念命名和实践内涵上，我们称为"网络文艺"的艺术新形态，西方相近的表述和实践有网络艺术、互联网艺术、数字艺术等，其英文翻译有 Network Arts、Internet Arts、Online Arts、Web Arts 等；在具体的艺术表现

---

① 卡林内斯库.现代性的五副面孔 [M].顾爱彬，李瑞华，译.北京：商务印书馆，2002：2.
② 瓦岱.文学与现代性 [M].田庆生，译.北京：北京大学出版社，2001：113.

形态和形式上，两者的差异更明显。比如，我们所说的"网络文学"，西方类似的概念和实践有超文本文学（Hypertext Literature）、在线文学（Online Literature）、互联网文学（Internet Literature）、数字文学（Digital Literature）等。就"同"来说，在发展进程上，从20世纪80年代数字革命浪潮和全球互联网博兴中的艺术创新发展，到21世纪以来新型文艺形态的不断涌现，中西类似文艺实践与互联网时代的社会、文化变迁相表里，在共享"数字文化范式"的同时，将当代艺术创新发展的"新赛道"呈现在世人面前。其中，新赛道之"新"蕴含多层含义：其一，数字文化范式奠定、铺就了当代艺术发展的新基础和新路面；其二，在当代审美文化的新语境中，中西类似文艺实践站在同一起跑线上；其三，基于发展时间短、实践丰富、形式多样、活力充沛等共同特征，中西类似文艺的交流互鉴具有现实的启发、激励、促进意义和价值。进一步说来，在间性哲学的视域中，"文艺间性"是主体间性（Intersubjectivity）、文化间性（Interculturality）的合理延伸，强调不同文化主体、文艺主体及文本之间交互作用、意义生成的对话关系。在文化艺术交流互鉴日益频繁、深入的今天，就网络文艺评论而言，一方面，"任何文化要立得住、行得远，要有引领力、凝聚力、塑造力、辐射力，就必须有自己的主体性"；[①] 另一方面，"社会主义文艺要繁荣发展起来，必须认真学习借鉴世界各国人民创造的优秀文艺"。[②] 在这种意义上，"中国"与"西方"的共时性参照需着重关注和强化如下三个主要方面。

（一）明确中西类似文艺实践的同步性和差异性

实践表明，伴随数字化、网络化、智能化深入发展，数字文化范式为中西类似文艺实践带来了大同。这种"大同"可通过"艺术生产方式"得以揭示和说明。在马克思主义艺术生产论的意义上，所谓"艺术生产方式"，它是艺术生产力与艺术生产关系的统一，或艺术表现能力与审美关系的统一。相

[①] 习近平. 在文化传承发展座谈会上的讲话[J]. 求是, 2023（17）: 9.
[②] 习近平. 在文艺工作座谈会上的讲话[N]. 人民日报, 2015-10-15（2）.

比传统文艺，数字文化范式为新兴文艺的生产方式注入了新内涵，并给中西类似文艺实践带来新变化。在丰富实践中，其"新"体现在艺术创作、传播、接受和再生产等各个环节和层面，并带来其间诸要素、话语的新变和生产机制、关系的重塑乃至再造。比如，作为显著表征，互联网思维以数字技术为基础，以参与、分享、互动为驱动，突出和强化了发散思维、多元表意、多向传播与接受。显然，这与传统文艺的单向传播、被动接受等形成了鲜明对比。对此，在关于"电视"特性的思考中，莫利指出："它唯一的功能就是从一个中心点对外传送节目，为大众提供消费。"① 费德勒甚至认为：图文电视系统"失败的致命错误"在于"人们忽视了人际传播领域的特点——双向、参与、无须预定、无须中介"。② 与之不同，互联网带来了新的景观。对此，波斯特宣称：以互联网为代表的"第二媒介时代"呈现了"双向去中心化交流"的显著特征，它的崛起意味着以"信息制作者极少而信息消费者众多"的播放型模式的退场。③ 这些论述表明了不同的媒介特性带来不同的思维方式，并使我们进一步认识到，数字文化范式及其带来的"大同"之于新兴文艺发展的重要意义。

当然，在共时性参照的思维架构中，中西类似文艺实践的"差异性"也不可忽视。事实上，由于技术应用、实践基础、艺术传统、文化特性、产业发展等方面的不同，加之发展有早晚、快慢，中西类似文艺实践必然存在多方面的差异。这意味着，网络文艺评论不仅要关注数字文化范式带来的大同，还要细致分析中西类似文艺实践在社会、经济、文化、政治等方面的不同，以及审美旨趣、风格特征、价值取向等方面的分野，并进一步结合实际，具体分析和阐释不同语境中的文本在内容、形式和艺术特征、审美特性等方面的差别。

---

① 莫利.电视、受众与文化研究［M］.史安斌，译.北京：新华出版社，2005：298.
② 费德勒.媒介形态变化［M］.明安香，译.北京：华夏出版社，2000：138.
③ 波斯特.第二媒介时代［M］.范静哗，译.南京：南京大学出版社，2000：6-22.

(二)强化中国网络文艺实践的主体性和自觉性

与西方类似文艺实践相比,我国起步晚,但发展快,特别是近十年来,网络文艺不仅以日益提升的艺术质量、社会文化影响力而跻身当代中国文艺的主流行列,还以网民规模、题材类型、风格特征、创作实绩、产业发展,以及文艺属性、价值取向等方面鲜明的中国特色而彰显中国实践、中国经验的存在意义和价值。辩证地看,差异客观存在,但差异不是差距。尤其是,面对当代艺术创新发展的新赛道,在中国语境与国际环境的视域融合中,网络文艺评论要考察、鉴别、阐释中西类似文艺实践的"同"和"异",更要细致分析、充分肯定熔铸在"中国特色"之中的文化主体性和艺术创造性,诚如习近平总书记所说:"有了文化主体性,就有了文化意义上坚定的自我,文化自信就有了根本依托……中华文明就有了和世界其他文明交流互鉴的鲜明文化特性。"①

特别值得一提的是,在借鉴西方审美话语来分析、阐释中国网络文艺现象时,文艺评论须避免其间的"剪刀差"和误区。简要说来,一方面,西方审美话语无疑是西方艺术实践的概括和总结,具有鲜明的西方本土性或地方性(Localness);另一方面,在西方审美话语中,中国实践、中国经验总体上是缺席的,因此,西方审美话语的机械搬用容易导致水土不服、目标错位,或因强制阐释、过度阐释而导致评判上的偏差、结论上的偏误。如此说来,在立足中国语境、增强主体意识的同时,网络文艺评论还需着力强化自觉意识。事实上,这不仅关乎中西类似文艺交流互鉴的有效性,还关乎中国网络文艺的未来发展,以及渗透、贯穿其中的艺术自觉和文化自信。

(三)重视西方类似文艺实践的先锋性和创新性

在比较的意义上,宏观地看,中国网络文艺因更多关注网络的赋能及其激发、放大作用而呈现较强的传统性和大众性,西方类似文艺实践则因更多强调数字革命的整体性意义而具有鲜明的前卫性色彩,甚至在浓厚的后现代

---

① 习近平.在文艺工作座谈会上的讲话[N].人民日报,2015-10-15(2).

主义文化氛围中屡屡呈现先锋艺术的面相。比如，超文本文学与传统文学迥然有别，也与我国的网络文学存在明显差异。就前者来说，作为"非序列性写作"或"互相关联的语言比特"，超文本文学体现了语言表达、文本交互并允许受众自由选择的一般性。它犹如赫尔博斯"小径分岔的花园"，是数字文化迷宫中的思想情感编织物。就后者而言，中西参照视域中的"网络文学"存在同名异质的情形：在西方语境中，网络文学多指"运用那些只有在互联网上才能实现特性的超文本文学"，并与"印刷文学的数字化""原创文学的数字出版""应用由数字格式带来的新技术的文学创作"一道构成了"数字文学"的四个分支。① 在这种意义上，我国网络文学有些类似西方数字文学中的第二类——"原创文学的数字出版"。当然，这只是基于中西实践差异的描述性比对，而不涉及审美表达、艺术发展等的价值判断。但作为个案，超文本文学的典型意义在于：它突显了西方类似文艺实践的前卫性和先锋性，同时也反衬出中国网络文艺的传统性和大众性。

当然，在西方类似文艺的丰富实践中，值得称道的是附丽在先锋性之上的创新性。这从以下三类艺术实践中可见一斑。一是互动艺术。比如，作为互动电影的代表性文本，2018年Netflix上线的《黑镜：潘达斯奈基》因叙事创新而引发类似创作的热潮，且这股热潮迅速从国外波及国内，吸引爱奇艺、腾讯视频、优酷、芒果TV等平台纷纷入局，推出了《古董局中局之佛头起源》《拳拳四重奏》《他的微笑》《大唐女法医》《破事精英》等互动剧。此外，还有《隐形守护者》《完蛋！我被美女包围了！》等真人互动游戏。又如，作为"超文本型"交互网络纪录片的代表性文本，2010年《纽约时报》和加拿大国家电影局联合出品的《高层建筑简史》通过超链接技术将图像、视频、音频、文字等组合成数据库，展现了有别于传统纪录片的新面貌。当前，尽管因技术运用、商业模式等原因，互动艺术仍处于探索阶段，但它具有叙事分支、结构开放、结局多元等鲜明特征，以至于其审美分享和价值共享的本

---

① 考斯基马.数字文学：从文本到超文本及其超越[M].单小曦，陈后亮，聂春华，译.桂林：广西师范大学出版社，2011：3-6.

体性因契合互联网时代的艺术精神和文化逻辑，而具有强大的创新动能、深刻的美学意义和广阔的发展前景。二是 VR 艺术。作为一种叙事新媒介，虚拟现实叙事如同早期电影，具有丰富的艺术潜能。比如，在《希德拉》《小人物的艰难世界》《亨利》《恩典潮涌》《变形记》等作品中，那些特定情境带来的"如其所似"的感觉及其蕴含的"可供性"（Affordance）不仅凝聚着叙事的可能性，而且呈现了"叙事的本质"。① 对此，穆尔甚至认为："也许虚拟现实的本质不在于技术而在于艺术，它也许是最高级的艺术。虚拟现实不是去掌控、逃避、娱乐或者交流，它的终极承载，或许是要改变和补救我们的现实感——这是最高级的艺术曾经尝试去做的事情。"② 三是 AI 艺术。比如，2016 年出现了世界上第一部由人工智能 Benjamin 撰写剧本、谱写音乐的电影 *Sunspring*。就近期发展来说，作为生成式人工智能的代表，ChatGPT 在艺术领域的应用和作为备受关注。此外，就"元宇宙"（Metaverse）而言，在技术上，它"整合了互联网发展的全要素，让个体能够实现物理现实和数字社会的联结，实现社会交流的无远弗届"；③ 在艺术上，尽管它目前以"矩阵"（《黑客帝国》）、"绿洲"（《头号玩家》）、"自由城"（《失控玩家》）等形式呈现出来，但随着技术标签（沉浸感、低延迟、跨越空间、内容多样性等）和社会标签（身份、朋友、虚拟经济、文明等）的日益明晰，元宇宙势必会展现更多的艺术场景和令人惊异的新面目。

当然，西方类似文艺实践的先锋性、创新性无疑是当代西方审美文化语境中的产物，蕴含着深层的后现代文化逻辑。对此，阿斯科特指出："远程通信技术"带来了意识与网络紧密关联的行为方式，同时，此一"行为方式"的出现与艺术从"现代"向"后现代"的转变进程存在某种一致性。④ 穆尔说：万维网可视为 20 世纪"学院中的先锋派运动的延续，以及造型艺术的

---

① 瑞安.虚拟现实叙事：一个重生之梦？[J].李轩,译.北京电影学院学报,2021（5）：4-14.
② 穆尔.赛博空间的奥德赛[M].麦永雄,译.桂林：广西师范大学出版社,2007：138.
③ 喻国明,陈雪娇.元宇宙视域下传播行为的路径模型与拓展机理[J].新疆师范大学学报（哲学社会科学版）,2022（6）：137.
④ 阿斯科特.未来就是现在[M].周凌,任爱凡,译.北京：金城出版社,2012：42.

蒙太奇和音乐中的先锋派的延续,只不过在某种程度上,万维网吸引了更多的受众"。① 这些论述表明了西方类似文艺实践有其具体的社会、文化基础和价值规定性,但同时也突显了互联网时代技术、艺术、意识等之间的内在关联。由此而论,就中国网络文艺的发展来说,在认真分析、细致鉴别的基础上,西方类似文艺的先锋性、创新性实践经验无疑具有启发、借鉴意义。简要说来,一是它先发性、多样性的探索有益于拓展、深化我们对网络文艺的认知,并在深入了解其审美特性、潜力潜能、发展趋向的基础上,更好促进网络文艺的创作生产;二是它对互联网时代的艺术特征、功能、精神,乃至人类心智结构的变化等进行了可贵的思考,有益于我们在比较、借鉴中取长补短,提升网络文艺的审美品质;三是在数字文化范式的转换中,它为当代艺术发展积累了新经验、开辟了新路径,有益于我们在交流互鉴中更新艺术观念,推动网络文艺创作生产创新发展。

综合来看,就网络文艺评论来说,中西类似文艺实践的共时性参照拓宽了视野、更新了观念。其中,文艺间性的交互作用与审美张力意味着中国语境和国际环境的视域融合与开放蓄能,其要义在于通过交流互鉴、潜能激发和创造性转化,促进网络文艺创作生产在自我与他者、内部与外部、传承与创新等的辩证关联中始终保持一种生成性的活跃态,并不断攀升艺术水准和质量的新高度。

三、加强与修正:反身性维度的透视

如果以上"传统"与"现代"的比较、"中国"与"西方"的参照更多的是时间和空间维度的审美展开,那么,"加强"与"修正"的视点则聚焦网络文艺自身,分析其间诸要素、话语、关系、环节等的内在关联及其相互作用和影响,进而深入揭示、阐述网络文艺创作生产的特点、规律和质的规定性。其核心议题在于系统考量、综合处理网络文艺"创新发展"的问题。

---

① 穆尔.赛博空间的奥德赛[M].麦永雄,译.桂林:广西师范大学出版社,2007:179.

一般说来，事物在发生、发展进程中具有自组织、自控制、自调节的特性。对新兴的网络文艺来说，这种特性因其仍处于变化发展之中而得到加强，更因创新发展的强力驱动而被放大。与之相应，网络文艺评论就需对其间的变量因素、驱动力量及其所带来的作用、效能等进行细致分析。概言之，即要有反身性观念、思维的积极介入和运用。关于"反身性"，自20世纪70年代以来，此一概念因有效的阐释能力而愈显重要性。当然，作为一个内涵丰富的概念，它在不同学科和语境中有不同的含义。首先，在自然科学中，面对"思维"与"实在"这一古老的哲学问题，思维命题是对实在事实的客观认知，在社会科学和人文学科中，两者的关系则不是认识论的单向反映。换言之，在一定的社会、文化情境中，人们的思想指导行动，而人们的行动又影响将发生的事件。"在这种情况下，虽然结果也是事实，但它却不能作为判断参与者的思想是否正确的独立标准，因为它依赖参与者想什么和做什么。"①其次，在社会科学和人文学科内部，不同语境中的"反身性"有不尽相同的意义。对此，米切尔·林奇指出："一些社会理论视之为人类的一种基本能力，而另一些社会理论将之界定为一种系统性能，还有的理论称它为一种批判或自我批判的行动。""一些研究纲领把反身性当成提升客观性的方法论基础，另一些则视之为削弱客观主义、揭露方法论'诡计'的批判性武器。"②但就一般性内涵来说，反身性彰显了主观因素的重要性，并拒斥任何一成不变的静态显现，或者说，在反思的基础上，它通过自回归系统中的正、负反馈，强化相关要素间的相互作用和影响，突显不断变化、流转的动态生成。如此说来，就网络文艺评论而言，在方法论的意义上，反身性的思维指向与审美观照不因对象仍身处变化发展之中而陷于凌乱、失效，相反，多要素矛盾交织的复杂性、矢量合力作用的动态性、多环节叠合累积的建构性更需反身性观念、思维的介入和运用。这意味着，聚焦"创新发展"，文艺评论要细致考察网络文艺自我加强与修正的内在状况，并于流转、生成中辨识、把握正偏

---

① 索罗斯. 开放社会 [M]. 王宇, 译. 北京: 商务印书馆, 2001: 28.
② LYNCH M. Against Reflexivity as an Academic Virtue and Source of Privileged Knowledge [J]. In Theory, Culture & Society, 2000, 17 (3): 26.

向与负偏向相互作用、积极因素与消极因素博弈中的主流趋向，以及那些富有生长性的分蘖所蕴含的发展活力与创造力。

（一）适应艺术实践与艺术观念的发展变化，增强审美观照的综合性和层次性

伴随实践的发展，人们对艺术的认知发生了深刻变化，尤其是传统观念中将"艺术"混同"艺术品"的做法受到了极大挑战。比如，麦茨指出：在早期批评家看来，"对个别影片作出的电影批评似乎是最重要的事"，因为通过对个别影片的思考，人们可以得到关于电影的一般认识，但实际上，电影是"一种范围广阔而繁复的社会文化现象，一种毛斯意义上的'总体社会事实'"，"一种涉及许多方面的整体"。① 可以说，电影如此，网络文艺也是这样。事实上，诚如贝塔兰菲所说，"复杂现象大于因果链孤立属性的简单总和"，"有联系的事物的总和可以看成具有特殊的整体水平的功能和属性的系统"。② 因此，面对"整体"的网络文艺，文艺评论自然要突显审美观照的综合性。

第一，文艺评论要分析、阐释网络文艺蕴含的丰富内容。无疑，作为"整体"的网络文艺不仅涉及艺术，还涉及技术、媒介、传播和社会、经济、文化等诸多要素。简要说来，这些要素大致可分为两类：一是网络文艺之"内"的要素，涉及内容和形式，包括主题、题材、人物、叙事、文体、语言、风格等；二是网络文艺之"外"的要素，涉及政治、经济、文化、技术等，包括制片/发行/播出机构、文化传统、风俗习惯、产业发展、法律法规、价值导向等。诚然，在具体实践中，网络文艺评论可突出其中某些方面，但更多的是要突出整体性、强化综合性。比如，就网络文艺"出海"来说，近年来，伴随跨文化交流日益频繁、深入，网络文艺"从以往单纯的内容'出海'逐步演变为平台、模式、文化等的综合'出海'，并在内容输出、海外版权出授、平台搭建、海外原创内容上线、IP内容联动等方面进入新阶

---

① 李幼蒸.当代西方电影美学思想［M］.北京：中国社会科学出版社，1986：1-12.
② 贝塔兰菲.一般系统论［M］.秋同，袁嘉新，译.北京：社会科学文献出版社，1987：31.

段、呈现新格局"。① 显然，网络文艺"出海"不是单一性的活动，而是集艺术、技术、传播、产业等于一体的综合性行为，因而无疑要增强审美观照的综合性。第二，文艺评论要突出、强化多学科、跨学科知识和阐释的介入与应用。实践表明，网络文艺作品可视为具有审美功能的艺术品，也可视为具有娱乐功能的消费品；网络文艺创作生产不只关乎艺术和美学，还关乎媒介、传播、社会、经济、文化等。与之相应，网络文艺评论必然要有艺术学、美学、媒介学、传播学、社会学、经济学、文化学等多样的视角和方法。事实上，多学科、跨学科知识和阐释的介入与应用不仅有益于网络文艺评论将对象置于系统考察的开阔地，还常常带来新的视野、呈现新的意义。比如，在社会学与艺术学的联姻中，艺术社会学的审美观照呈现别样的境界。其中，在"艺术品"的维度，传统艺术理论视域中的文艺评论往往更多关注作品"本身"，并突出思想情感、艺术形式等方面的分析，艺术社会学视域中的文艺评论则涉及民族、种族、性别等其它重要内容。在"艺术家"的维度，传统的文艺评论往往更多地突出和强调艺术家的独特经历、文化心理、创作意图等之于作品的重要意义，但艺术社会学视域中的文艺评论则突显"艺术世界"（Art Worlds），以及其中作为"中坚力量"的"一批组织松散却又互相联系的人"，因为"就是这些人，使艺术世界的机器不停地运转，并得以继续生存"。② 甚至如贝克尔所说：不是艺术家，而是"艺术世界"创造了艺术品。③ 在某种程度上，可以说，这种审美观照因切近网络文艺创作生产实际而更具针对性和有效性。第三，文艺评论要倡导、促进文艺评论主体的多元化。伴随实践的蓬勃发展，网络文艺评论主体日益呈现多元化态势。其突出表现是，除了学院派专业评论，还有媒体评论、数字自媒体评论、民间大众评论

---

① 彭文祥. 在调整中进步 在创新中发展：2020年以来网络文艺发展综述［M］//中国文联网络文艺传播中心. 中国网络文艺发展研究报告（2020—2021）. 北京：社会科学文献出版社，2021：20.
② 迪基. 何谓艺术［M］//李普曼. 当代美学. 邓鹏，译. 北京：光明日报出版社，1986：111.
③ HOWARD S.Art Worlds［M］.Berkeley, Los Angeles & London: The University of California Press, 2008: 198.

等，其范围甚至涉及"艺术世界"中的所有角色和成员。不仅如此，在主流导向、市场导向、个人导向等的交织中，多元评论主体不仅促进了文艺评论的蓬勃发展，还因不尽相同的审美角度、立场而呈现丰富多样的景观。比如，面对同一网络剧文本，对一位制片人来说，它更多地意味着有流量价值的财产；对一位类型评论家而言，它是可以分类的叙事形式；对一位社会学家来说，它是大众情感的一种标志；对一位观众而言，它是一种审美趣味和爱好的载体……正所谓"横看成岭侧成峰，远近高低各不同。不识庐山真面目，只缘身在此山中"。如果审美观照的综合性是网络文艺实践的客观反映，那么，评论主体的多元化则充分体现了审美观照的综合性并使其在评论实践中具体化。

在综合性的基础上，网络文艺评论还需进一步指向对象内在的层次性。事实上，任何复杂系统都有多个层次，且每个层次又有其子系统。其中，因交织、互动而生成的多维间性不仅可以呈现事物发展的不同阶段和层面，还可以在相互作用、影响中实现多样的转化。由此观之，在反身性观念和思维中，聚焦网络文艺创作生产或网络文艺"存在"本身，诸如传统、现代、中国、西方等可视为反身性的内在要素。在这种意义上，以上"传统"与"现代"的比较维度、"中国"与"西方"的参照维度便叠合、融入了网络文艺自我"加强"与"修正"的维度，其间的流转和生成则实质地呈现了网络文艺的创新发展。

（二）明晰网络文艺创作生产的发展脉络与轨迹，增强审美观照的历史性和前瞻性

综观近十年快速发展的状况，网络文艺创作生产在多要素矢量合力的作用下呈现风生水起、如火如荼的态势，并呈现一些突出特点和鲜明特征。概括说来，有如下五个主要方面。

一是互联网的作用和影响渗透到创作生产的各个环节和层面。宏观地看，互联网快速发展改变了人们的生活方式、思维方式和存在方式，以及审美趣味、思想观念、价值理想等。具体说来，伴随"互联网＋文艺"深入发展，

互联网对文艺形态及发展格局的塑造日益增强。逻辑地划分,大致有三种主要情形:其一,一些传统文艺样式搭上了互联网的快车,或者说,"+互联网"为传统文艺发"电",比如,书法、戏剧、摄影、绘画、建筑等的数字化、网络化编码与传播,以及云演出、云展览等"云文艺"的丰富化和常态化;其二,"互联网+"改变乃至重塑一些传统文艺样式创作、传播、接受和再生产的机制和环节,比如,电影、电视剧、电视文艺、纪录片、音乐等;其三,在"网络文艺"的总名下,一些新的艺术形态应运而生,并于丰富实践中呈现生机勃勃、蓬勃发展的新风貌。

二是文艺发展中"特殊"和"一般"相辅相成。当前,网络文艺以一种"总名"或"集合概念"的面目出现:一方面,它大体可分为典型形态(网络文学、网络剧、网络综艺、网络电影、网络纪录片、网络音乐、网络动漫、网络游戏等)、泛化形态(文艺性短视频、网络直播等),以及前沿形态(互动艺术、VR艺术、AI艺术等);另一方面,多样形态的丰富实践共同推动网络文艺创作生产不断迈上新台阶,并在数字文化的范式转换中凝聚、生成新的审美特性。

三是不同网络文艺形态之间交织渗透、融通化育,并呈现开放互动、相辅相成、相得益彰的局面。其主要表现有三:其一,形式兼容与叠加。比如,在迅猛发展中,短视频日益成为具有强大搭载能力和表现潜力的"基础设施",由此而涌现短视频+音乐、短视频+舞蹈、短视频+文学,乃至短视频+文化等多种亚文艺形态。其二,跨媒介叙事(Transmedia Storytelling)。其突出表现是网络文学、网络剧、网络电影、网络动漫、网络游戏等之间的多样IP改编和全产业链开发。其三,功能交叉与融合。比如,在强互动中,多人参与网络游戏兼具审美与社交的功能;在小众的安科(あんこスレ)创作中,文本的主要创作者被称为"导游",故事的剧情走向则由全体参与者决定,其创作与接受过程具有显著的"社交+审美"一体化特征。

四是多种形式、形态的艺术创生蓬勃发展。概括说来,有"基础性创生"和"原始性创生"两大类。就"基础性创生"来说,它是在原有基础之上的创新发展。这在互动艺术中有突出的表现。比如,在网络剧的基础上发展出互动剧,代表性作品有《他的微笑》《大唐女法医》《拳拳四重奏》等;在网络综艺的基础上发展出互动综艺,比如,《奇艺剧本鲨》《乐队的夏天》《偶像练习生》《中国新说唱》《这!就是街舞》等。就发展潜能和趋向而言,尽管互动艺术仍处于探索阶段,但作为极具分蘖性的创造因子,"互动"的形式已在多个艺术领域扩散开来。比如,在原有网络小说的基础上,互动视频小说将线性文字转化成图文并茂的文本,这在"中文在线"海外互动视觉阅读平台 Chapters 上有典型的表征。又如,网络游戏本就具有强互动性,而像《隐形守护者》之类的作品由于有了真人扮演,其互动性得到了显著增强。就"原始性创生"而言,它体现了网络文艺创新发展的前沿动态。比如,在 AI 艺术中,有"微软小冰"的诗集《阳光失了玻璃窗》(2017)、画作《山水精神》(2021),有"AI 孙燕姿"及其歌曲(2023)等,以及 AIGC 中百度的"文心大模型"、腾讯的"混元大模型"、阿里的"通义千问"等;在 VR 艺术中,有数字化、VR 化的《千里江山图》《清明上河图》《星月夜》以及《拾梦老人》《烈山氏》《寻境敦煌》等。此外,还有虚拟艺人洛天依和夏南屿、虚拟偶像"寄生熊猫"、QQ 音乐与元宇宙游戏企业罗布乐思联合举办的虚拟音乐会等。

五是西方类似文艺实践的经验借鉴与中国化。比如,互动电影《黑镜:潘达斯奈基》带来了叙事形式和方式的创新,吸引爱奇艺、腾讯、优酷等平台纷纷入局,并推出多部互动视频艺术作品。这些作品的诞生体现了学习、借鉴的意义,但又不止于此。实际上,在探索实践中,爱奇艺、腾讯视频、优酷不仅积极跟进,还发布了具有创新意义的"互动视频标准"。[①]2020 年 10 月,为推进互动视频行业的规范化,国家广播电视总局发布了《互联网互动视频数据格式规范》(GY/T 332—2020)并将其作为广播电视、网络视听领域

[①] 爱奇艺.互动视频标准[EB/OL].(2001-12-19)[2024-02-03].https://www.iqiyi.com/ivg/02-part.html;腾讯视频.腾讯视频互动视频 | 创作指南[EB/OL].(2001-12-19)[2024-02-03].https://m.v.qq.com/txi/;优酷.优创作,酷互动[EB/OL].(2001-12-19)[2024-02-03].https://icp.youku.com/guideline/index.html.

的行业性推荐标准。①

当然，作为新兴艺术形态，网络文艺仍处于发展变化之中，我们很难断定当它发展成熟时会以何种面目出现，尤其是，全球范围的媒体融合、互动叙事、沉浸体验、虚拟现实、人工智能等创新性力量无疑会给它带来持续、深远的影响。但基于当前创作生产的状况，网络文艺评论仍可以作出一些谨慎的分析和探讨，并通过明晰网络文艺创作生产的发展脉络与轨迹，增强审美观照的历史性和前瞻性，进而有效促进艺术观念的转变、创作与接受关系的调整，以及艺术传播、艺术消费的转型升级。

（三）检视网络文艺发展中的负面情形，增强审美观照的反思性和批判性

在快速发展中，网络文艺有朝气蓬勃、生机盎然的一面，但也存在不少负面情形。就反身性思维的内在张力来说，发现问题、分析问题，及至提出解决问题的意见、建议是网络文艺评论不可或缺的内容。在这种意义上，反身性的"修正"可视为另一种形式的自我"加强"。

当前，针对网络文艺创作生产中存在的不足，网络文艺评论需着重关注如下主要问题：一是大而不强、多而不优的现象尚未改观；二是内容同质化、跟风复制等误区仍未破解；三是艺术与经济的辩证关系有待进一步自觉；四是技术优势转化为艺术优势的能力需进一步增强；五是"浅"审美带来的弊端需引起足够的警醒。此外，还有"信息茧房"的束缚、"架空世界"的迷惘、"加速社会"的困惑，以及大众文化消费、流行娱乐时尚中存在的诸多乱象等。特别是，在网络文艺快速发展、优化发展和高质量发展的辩证关系中，资本逻辑的僭越、娱乐至上的迷思、技术主义的神话等尚未引起足够的警觉，也未得到深入的反思和修正，以致在某些场合，网络文艺评论表面上热闹、实则虚华，看似在场、实为缺席，以至于这种"虚华"和"缺席"使得艺术审美、人文关怀、价值理想等屡屡被边缘化，或沦为蛋糕上的酥皮。凡此种

---

① 国家广播电视总局关于发布《互联网互动视频数据格式规范》一项广播电视和网络视听行业标准的通知［EB/OL］.（2020-10-12）［2024-02-03］.https://www.gov.cn/zhengce/zhengceku/2020-10/15/content_5551511.htm.

种都需要我们立足现实、放眼未来,牢固树立"质量为王"意识,强调一切创作技巧和手段为内容服务,并通过符合艺术规律、市场规律和传播规律的精品化生产,促进网络文艺健康、可持续发展。

综上所述,与蓬勃发展的网络文艺创作生产相适应,网络文艺评论的"三维"指向和审美观照蕴含着历史、现实、未来三方面的综合考量,同时,基于文艺评论作为"镜子""良药"的功能和经验总结的任务,这种"指向"和"观照"还是网络文艺评论自身发展和效用发挥的客观要求。时至今日,看待"网络文艺"已有多种方式,但也只有等到今天,这种"三维"指向的审美观照才展现其充分的意义:一是我们可见的、经由不同艺术观念创作出来的文本极大增加了,也空前多样化了;二是随着多学科、跨学科知识和阐释的介入与应用,我们可以用不同的眼光来观察、分析网络文艺的不同方面和层面;三是在丰富实践中,网络文艺呈现了发展变化的诸多可能性,以及凝结其间的诸多新特性,以至于我们可以从中概括、总结一些从创作生产实际出发的艺术、美学观点。当然,在具体实践中,网络文艺评论的审美指向和思维展开不强求包罗以上三个宏观维度,换言之,它可以有艺术、技术、媒介、传播和社会、经济、文化等具体的切入点,但在现代存在论的意义上,不论是宏观的维度还是具体的切入点,其评论对象是网络文艺"存在"本身,其评论展开是"存在"在理性思维上的反映,抑或艺术诸要素、审美话语、审美关系等动态性生成的显现方式,而其最终目的都在于发挥文艺评论的积极作用,促进网络文艺创作生产繁荣发展。

"中国现代性"的嚆矢与振翮 *

将十本厚实的《中国艺术发展报告》(以下简称《报告》)摆在面前,阅读中我最大的感想是艺术创作生产与时代发展、社会进步的紧密关联和价值律动。

从历史变迁或艺术发展的维度看,十年时间短暂、易逝,但生活时间与价值时间的辩证法常常会突显,敞开那些"高光时刻"的丰富面向和深刻意蕴,乃至精神季风的运势流转、社会文化的历史走向。作为年度总结的历史性书写,《报告》分门别类就诸艺术发展形态的状况、实绩、问题、趋向,以及理论、评论等作简要梳理和归纳,一年一部,一步一个脚印,积极呼应当代中国社会文化发展和艺术发展的主旋律。《报告》作为艺术创作生产的概括性总结,既系统检视、整体观照,又突出"创作""作品"的主体地位,并以典型文本、艺象等为支点,从多维视角考察审美话语的现代表意实践,分析其中现代性体验、社会心理、思想情感、审美风尚、价值观念等,深描新时代社会文化发展与人们精神历练的诗意轨迹,着力彰显艺术形象和"意识到的历史内容"所蕴含的思想先声与未来气象。

在实践存在论的意义上,如果说事物的运动是完整的、绵延的,那么时间的"切片"和刻度则突显了其间持续不断的变化和生生不息的创造,以及不断更新的发展脉络和趋向。概言之,作为完整的、全体的"中国艺术",其十年发展可视为当代中国社会文化的审美表征,而《报告》可视为对艺术

---

* 本文原载于《中国艺术报》2022 年 6 月 15 日第 3 版,收入本书时略有删改。

"表征"的理论性回应。综观"时代生活""艺术创作""发展报告"三个梯度的内在关联，作为源头活水的时代生活和禀赋历史的实践品格，精神价值特性显然是一条深嵌其间、贯穿始终的伏脉主线。

关于艺术创作与时代生活的关系，一方面，"文变染乎世情，兴废系乎时序""诗文随世运，无日不趋新"；另一方面，文艺是时代前进的号角，最能代表一个时代的风貌，最能引领一个时代的风气。实践表明，作为社会文化变迁的审美表征，十年间艺术创作生产与时代发展、社会进步存在广泛而深入的关联与互动。其中，生机蓬勃的中国特色社会主义现代化实践给身处新时代生活浪潮中的人们带来了丰富、真切的现代性体验和生活感悟；艺术创作生产则以丰赡的、契合时代情感的审美形象，映现社会文化发展，表现人们的现实体验、思想观念、审美需求、价值理想等，并使人们共享对于自我与现实世界的理解、同情和希望。与之相应，在《报告》的历史性书写中，时代生活及其审美表征所蕴含的品格、特性得到了有效的反映和呈现，其特征有以下四个方面的突出表现。

第一，就体例结构和信息容量来说，《报告》涉及的艺术门类多样，蕴含的艺术信息丰富。目前，艺术门类和领域包括戏剧、电影、音乐、美术、曲艺、舞蹈、民间文艺、摄影、书法、杂技、电视、文艺评论、网络文艺、文艺志愿服务以及总论。诚然，不同的艺术形态有其独特的语言系统和话语方式，或者说，诸艺术形态以各自富有特色的内容和形式展现，但整体意义的生成需要通过对各艺术形态具体创作生产状况进行综合。《报告》在横向的维度呈现时代样貌的蓬勃态势，汇聚艺术精神的"星丛"。不仅如此，回到历史的深处并寻觅其间的关联和转折、传承与创新，十年间，十部《报告》在纵向的维度叠合、描绘中国艺术发展由多种叙事话语组合而成的"精神地形图"，并于可描述的形状、可辨析的性状，窥见时代生活中的精神季风。《报告》蕴含着艺术形态结构与时间发展结构的耦合，其中，外在开放结构蕴含着内在密实的意义格式塔，并为丰富艺术信息的承载、隐含风向变化的辨识奠定了基础。

第二，在各艺术形态的内容构成和呈现方面，《报告》注重分析的立体化、阐述的系统性。在时代发展、社会进步的历史潮流中，所谓"歌谣文理，与世推移，风动于上，而波震于下者"，不仅揭示了艺术创作生产与时代发展的紧密关联，还涉及艺术观念自身的变化。在诸艺术形态独立成篇的历史性书写和概括性总结中，尽管各篇章内容呈现的体例、结构不尽一致，但均突出重点、统筹兼顾。换言之，既重视创作与作品本体的重要性，又关注技术、媒介、传播、评论、产业、政策、管理等生产性要素，还彰显实践存在本体的生成性。在艺术观念的维度，这种分析和阐述强化了对艺术及艺术活动的现代认知。作为一种复杂的精神象征行为和情感表达形式，艺术是审美、产业、文化、政治等多元因素矢量合力作用的产物，乃至一种范围广阔而繁复的"总体社会事实"。进一步说来，在现代艺术体制论的意义上，"艺术世界"是展现艺术多重身份、属性、功能的舞台。更重要的是，在由众多合作性人员和制度、惯例、规则等组成的复杂网络中，"艺术场"不仅生产出特定的文本，还生产出审美的价值、规范和需求。如此说来，诸艺术形态面向时代生活的创作生产，敞开、呈现的不只是诗情和画意，还有更为深层的价值与信仰。

第三，就艺术发展的格局和走向而言，《报告》突出了创作生产的时代性与创新性。十年来，伴随信息化、数字化、网络化、智能化深入发展，艺术创作生产发生了重大变革，特别是以互联网为代表的媒介革命带来一系列深刻影响。"数字文化"范式的强势崛起不仅催生了一大批新文艺类型，极大拓展了文艺发展的空间，还带来文艺形态、文艺观念、文艺实践和社会文化的深刻变革。其中，"互联网+文艺"深度转型不仅改变着传统艺术样式创作、传播、接受、再生产等机制，还重塑着艺术的思维方式与存在方式，尤其是，在网络文艺范畴下，网络文学、网络视听文艺、网络音乐、网络动漫、虚拟艺术、AI艺术等因"网"而生、向"网"而盛，并以新兴文艺的巨大活力、影响力带动和促进各种艺术门类、各种表现形式的交叉融合。在《报告》中，对诸如新技术和新手段的运用、网络文艺作品的原创、传统文艺与网络文艺的交融，优秀作品的多渠道、多平台、多终端传播等，均有明确的反映和阐述。由此，基于时代生活中技术、媒介、社会文化等的发展变化，以及

艺术生产要素、流程的重构和媒介生态、艺术生态、产业生态的再造,"时代性""创新性"成为当代中国艺术发展格局和走向的显著标志。

第四,在艺术精神的基调和彰显方面,《报告》强化了现实主义的力量和价值。立足新时代中国特色社会主义现代化实践,艺术创作生产中现实主义精神的高扬有其深刻的历史、美学原因。简要说来,相比当今西方"晚期资本主义"的后现代文化,当代中国的历史实践和文化品格熔铸、突显了现实主义的特性与地位,同时也揭示了其稳健中创新、平实中突破的方向。不仅如此,扎根时代生活的现实主义创作,还有其中国实践、中国价值的"历史化"诉求,自觉地将"现实"与"历史"内在关联,并把思想深度、历史内容与艺术性、审美性有机融合,使艺术创作富有走向未来的能力。实践表明,现实主义精神的高扬是这十年间诸艺术形态创作生产共有的鲜明特征。在新兴的网络文艺中,现实题材创作的整体性崛起更是突出地体现了这一特征,审美表意实践贴近现实地面。现实主义抒写不仅注重思想观念,还强化现代性体验,并借助敏锐的感觉和整体的观照,捕捉社会心理的变迁、洞察时代生活的主题,使生活表层的偶然现象折射社会文化发展的内在光辉。

习近平总书记在中国文联十大、中国作协九大开幕式上的讲话中指出:"一个时代有一个时代的文艺,一个时代有一个时代的精神。""古今中外,文艺无不遵循这样一条规律:因时而兴,乘势而变,随时代而行,与时代同频共振。"从以上四个方面的简要分析中,我们可以看到,近十年来中国艺术的创作生产为时代画像、为时代立传、为时代明德,充分体现了与时代发展、社会进步的紧密关联。同时,《报告》还呈现出艺术创作生产的精神实质和价值律动。以新时代十年发展为视点,联系更宏阔的历史发展背景和脉络,我们可以看到,在新中国成立以来,特别是改革开放以来的社会主义现代化实践中,一种由中国特色的经济、政治、文化、社会、生态文明建设而搭建起来的"中国现代性"已赫然展现在历史的舞台。显然,相比西方现代性,作为多元现代性之一,"中国现代性"具有鲜明的中国特色、中国风格、中国气派。尽管其发展、完善仍有一段漫长的历史过程,但走向中国的"现代"已是一种不可遏止的发展趋向,也是我们可以意识到的历史内容。进一步说来,基于审美现代性与中国现代性的耦合关系，社会主义文艺的繁荣发展必然要以饱含历史诗情的艺术形象表现中国式现代化新道路、人类文明新形态的恢宏气象，必然要以全球视野的历史理性和人文关怀展现全人类共同价值的中国智慧、中国风范和中国力量。在这种意义上，十年间中国艺术的创作生产不仅因其生动形象的时代抒写而发出了中国现代性生成、发展的嚆矢之声，还将因其契合新时代新征程的价值目标而迎向开启全面建设社会主义现代化国家振翮高飞的时代。

年轻态：艺术创作生产的风格趋向和价值取向评析[*]

在艺术活动中，"接受者"（读者、听众、观众、欣赏者等）向来备受关注，具有重要的意义。早在春秋战国时期，伯牙、子期的高山流水遇"知音"留下了一段千古佳话；古希腊时期，亚里士多德曾提醒创作者，要"透懂听众的性格和心理，以便对不同的人说不同的话，才能产生好的说服效果"。[①]在《舆论》一书中，李普曼强调："若想通过演讲、口号、戏剧、电影、漫画、小说、雕塑、绘画等手段将公共事务广而告之，就必须首先引起人们的兴趣。"[②]在当今互联网时代的审美文化语境中，"接受者"的作用和地位得到极大彰显、提升，使创作者必须高度关注其审美趣味、爱好、心理和习惯。尤其是，基于庞大的数量、强劲的消费能力和巨大的影响力，"年轻受众"日益扮演着重要的角色，其作用和影响已渗透到艺术创作、传播、接受和再生产等各个环节，以及题材选择、人物塑造、叙事方式、价值取向等各个层面，成为艺术创作生产中举足轻重的因素，以至"年轻态"渐成一种风格基调和鲜明的发展趋向。唯其如此，就现实状况和未来前景而言，"年轻态"艺术创作生产更需守正创新、风行示范，以便更好促进和带动文艺事业、文艺产业的繁荣发展。

---

[*] 本文原载于《中国文艺评论》2021年第4期，与王万玲合作，收入本书时略有删改。
[①] 朱光潜.西方美学史（下）[M].北京：人民文学出版社，2004：681.
[②] 李普曼.舆论[M].常江，肖寒，译.北京：北京大学出版社，2018：128.

一、"年轻态"：一种风格基调或审美现代性剪影

在审美表意实践与艺术风格学相结合的意义上，所谓"年轻态"，意指以年轻受众为中心，并受其审美趣味、爱好等影响而在创作生产中呈现出来的综合性特点和风貌。作为一种总体特征的风格化描述，"年轻态"关联着"艺术世界"（Artworld）、"艺术场"（Artfield）等的深厚背景，并涉及一系列关系性概念，因而，其内涵和意义还有别于时下流行的"年轻向"，换言之，"年轻态"不仅意味着年轻受众的趣味牵引和爱好导引，还涉及艺术创作生产诸环节、要素、关系等的意义转换和结构塑形。在当前艺术创作生产的总体格局中，概括说来，"年轻态"作为一种风格基调有如下三方面的突出表现。

第一，在新兴网络文艺的创作生产中，"年轻态"是一种主导话语。近十年来，伴随互联网技术、新媒体等的迅猛发展，文艺形态、文艺观念和文艺实践都发生了深刻变化。网络文学、网络剧、网络综艺、网络音乐等网络文艺典型表现形态，以及数字艺术、新媒介艺术、文艺性短视频等的创作生产如火如荼、蓬勃发展，不仅作品数量巨大，而且质量逐年提升，并呈现出新兴文艺锐不可当的发展动能和独特风景。其中，作为审美接受和艺术消费的主体，年轻受众渐成内容生产的主导者，尤其是，网生代或Z世代握有充分的话语权。他们乐于接受新事物，更喜欢新奇、新颖的内容，多年的网络媒介素养也使他们具有强劲的消费意愿与能力。比如，言情、灵异、科幻、奇幻、都市、武侠等年轻向小说，竞技、冒险、魔幻、休闲、美少女等年轻向游戏。特别是，在爱奇艺、腾讯视频、优酷视频、芒果TV、搜狐视频、哔哩哔哩等的网络视听文艺创作生产中，年轻化、时尚化、个性化是其共同特点，并涌现出一批"爆款"作品，像青春偶像、励志唯美、强情节动作、悬疑烧脑、游戏改编等所体现的"年轻态"，不只是一种潮流，还呈现为一种趋向。尽管互联网时代的多元化、个性化使年轻受众青睐、追捧的诸"新"（新热点、新趣味、新调性等）飘忽不定、难以捕捉，尽管如何做一部"好"作

品和做"好"一部作品是横亘在创作者面前的严峻挑战和集体性焦虑,但契合年轻受众的审美趣味、爱好是新兴网络文艺创作生产内在涌动的真切渴望,也是推动艺术创作生产创新发展的主旋律、主色调。

第二,在传统文艺的创作生产中,"年轻态"是一种泛在特性。在传统文艺与新兴文艺的关系中,一方面,前者为后者提供了发展支撑和丰厚滋养;另一方面,后者又给前者带来反向影响乃至引领、示范作用。在"互联网+文艺"深入转型、发展的意义上,"年轻态"可视为此一"影响"和"作用"的显著表征,并作为一种泛在特性弥散于传统文艺的创作生产之中。概括说来,其突出表现有两个层面:一是像戏曲、绘画、摄影、音乐等传统文艺样式借助"+互联网"的东风扬帆出海、扩大影响力,并在艺术传播、接受等方面彰显鲜明的"年轻态"特征与面向;二是"年轻态"的调性和诉求渗透到传统文艺创作生产的诸多环节和层面,比如,向来"老成持重"的历史题材电视剧在演员、人设、情节、叙事、节奏等方面呼应"年轻态"而作出较大改变,《经典咏流传》《声临其境》等电视综艺用时尚的创新表达拉近与年轻受众的距离,《我在故宫修文物》《如果国宝会说话》等纪录片激发年轻人的好奇心与探索欲并让大众化内容更好渗透年轻受众圈层……特别值得一提的是,在新冠疫情影响下,诸多传统文艺样式纷纷开启"云"模式,云直播、云演出、云展览等形式多样的"云文艺"不仅展现了传统文艺与新兴文艺创新性融合发展的多种可能性,还相互借力、取长补短、破壁出圈,使传统文艺赢得了年轻受众的广泛好评。

第三,在新型艺术生产方式的形成、发展中,"年轻态"是一种建构力量。半个多世纪以来,互联网极大地改变着人们的生活方式、思维方式、存在方式和思想观念。就艺术创作生产来说,互联网的巨大作用和深刻影响集中体现为新型艺术生产方式的形成和发展。所谓"艺术生产方式",简要说来,它是艺术生产力和艺术生产关系的有机统一,其中包括技术、媒介、艺术表现能力、审美关系等要素的交互作用,以及相应审美、创美机制的生成。在这种意义上,基于互联网时代年轻受众的主导性、能动性和创造性,"年轻态"恰是一种重要的建构力量,同时,也可视为新型艺术生产方式之"新"

的显著表征。特别是，从产业发展的维度来考察，在艺术创作生产中，从投资、制作到内容品质、特色，从营销、平台到管理方式和盈利模式，"受众中心"或"用户至上"的观念和实践得到极大彰显，而"年轻态"不仅意味着产业经济的主要增长点，还体现为市场竞争的主要"战场"。具体而言，一是精准、有效的"年轻向"输出可以带来丰厚经济收益；二是年轻受众的消费特点具有代际漫溢功能，或者说，富有网感和网络气质、契合年轻受众需求和调性的内容可以影响乃至改变其他受众群体的喜好；三是实施年轻化策略、借助年轻化内容，平台和企业可以打造品牌、强化优势，进而形成更高层次的良性循环。尽管"年轻态"的这一表现形式没有醒目的外在标识，但作为一种内在的建构力量却发挥着牵一发而动全身的作用和功能。

由以上三个方面的突出表现可见，"年轻态"已渐成当前艺术创作生产的风格基调和发展趋向。这种"基调""趋向"的生成和发展不仅体现了互联网对艺术活动由表及里的深刻影响，还以其醒目的"创新"特质体现出鲜明的审美现代性（Aesthetic modernity）。简要说来，"年轻态"艺术创作生产以年轻受众为关注点，以求新、求变为侧重点，其审美内涵既有社会变革、文化变迁中现代性体验的审美表达，也有艺术表现形式的创新发展，集中体现了当代中国审美现代性的风格特征，乃至成为当代中国精神季风、社会风尚的显著标识。当然，在急剧变化的审美文化环境和日益激烈的市场竞争中，"年轻态"艺术创作生产远不止于流行、时尚、多彩、炫目的显在外表，还有内涵、质量、品位、价值、理想的深层底色。就此而论，如果"年轻态"是多元要素和话语有机组合而成的"精神地形图"，那么，审美现代性则使其具有了深度描述、理性辨析的可能，并进一步促使艺术创作生产以创新的力量去捕捉、表现那些不断更新的动力所标识的发展脉络和趋向。

二、矢量合力场中"年轻态"风格基调的现实动因和历史生成

在当今互联网时代的审美文化语境中，"年轻态"风格基调的形成是内在关联的多元要素和话语相互作用、相互强化的产物。在关于"艺术世界"的

论述中，迪基指出，"艺术世界是若干系统的集合"，"每一个系统都形成一种制度环境，赋予物品艺术地位的活动就在其中进行"，"艺术世界的中坚力量是一批组织松散却又互相联系的人"。① 在布迪厄那里，"场域"是内蕴力量、生气、潜力的存在，"在场域中活跃的力量是那些用来定义各种'资本'的东西"，② 包括经济资本、社会资本、文化资本和象征资本；"艺术场"是一个信仰的空间，它不只生产特定的作品，还通过种种体制生产艺术观念、信仰，以及艺术崇拜和价值观。③ 基于当前艺术创作生产的实际情形，概括说来，"年轻态"风格基调的形成大致有如下矢量合力场中六个方面的主要因素。

第一，互联网发展中的受众因素。随着互联网技术、新媒体等的迅猛发展，代际转换、身份变革极大加剧了受众结构的变化。据统计：截至2020年12月，我国网民规模达9.89亿，普及率70.4%，手机网民规模达9.86亿，手机上网比例99.7%；在网络娱乐类应用方面，网络视频（含短视频）、网络文学、网络音乐、网络游戏的用户规模/使用率分别为9.27亿/93.7%、4.6亿/46.5%、6.58亿/66.6%、5.18亿/52.4%。其中，10-19岁网民占比13.5%，20-29岁网民占比17.8%，30-39岁网民占比20.5%，40-49岁网民占比18.8%。④ 面对高达60%以上的年轻受众，庞大的数量"硬核"无疑具有引发一系列质变的足够动能，同时，也预示着"年轻态"艺术创作生产拥有巨大的发展空间、深厚的发展潜质、繁盛的发展前景。

第二，产业繁荣中的经济因素。没有生产就没有消费，没有消费也就没有生产；"生产不仅为主体生产对象，而且也为对象生产主体"。⑤ 在社会主义

---

① 迪基.何谓艺术［M］//李普曼.当代美学.邓鹏，译.北京：光明日报出版社，1986：109-111.

② P BOURDIEU, L D WACQUANT.An invitation to reflexive sociology［M］.Chicago: The University of Chicago Press, 1992: 98.

③ 布迪厄.艺术的法则：文学场的生成和结构［M］.刘晖，译.北京：中央编译出版社，2001：276-277.

④ 中国互联网络信息中心.第47次《中国互联网络发展状况统计报告》［R/OL］.（2021-02-03）［2023-12-10］.http://www.cac.gov.cn/2021-02/03/c_1613923423079314.htm.

⑤ 马克思.《政治经济学批判》导言［M］//马克思，恩格斯.马克思恩格斯选集：第2卷.北京：人民出版社，1995：10.

市场经济条件下，文艺是事业，也是产业；文艺作品具有审美属性，也具有商品属性。推进文艺事业、产业齐头并进，要把社会效益放在首位，也要大力促进经济效益与社会效益的相辅相成、相得益彰。特别是，从产业发展的角度看，面对市场竞争中最能动且数量庞大的年轻受众，票房、收视率、收听率、点击率、发行量等量化指标显然不可小觑，因为尊重年轻受众的审美趣味、爱好不仅意味着经济的面向和考量，还有艺术再生产的内在需要和驱动。

第三，媒介革命中的传播因素。互联网引发的媒介革命在很大程度上铸就了当前艺术"传播—接受"的新格局。首先，依据施拉姆的信息选择或然率公式（选择的或然率＝报偿的保证/费力的程度），①互联网因其迅捷、便利、移动、高效等特性和优势而占据了传播高地，而年轻受众是网上最活跃、最能动的群体，并且，在实践中他们还逐渐弥合了传播者与接受者的分野，掌握了艺术传播—接受和信息、舆论的的话语主导权。其次，在媒体融合的大潮流中，报纸、广播、电视等传统媒体加速演进，而"互联网+"是媒体向纵深融合、建设全媒体传播格局的纽带和关键。因此，在"传播—接受"的维度，抓住年轻群体这一最大公约数，实施年轻化策略，乃至突破大众与圈层的壁垒成为全媒体时代艺术传播—接受的重要环节。不仅如此，就国际传播来说，文艺是"不同国家和民族相互了解和沟通的最好方式"，②互联网时代的跨文化传播与交流更加频繁、更加全面、更加深入，而鲜活、生动、新颖的"年轻态"传播无疑可以更好地展现中国文化艺术之美。

第四，数智赋能中的技术因素。当前，基于大数据、云计算、人工智能、区块链、5G、物联网等新技术的综合应用，数智赋能已渗透到艺术创作生产中，并在增值应用中进一步突显年轻受众和"年轻态"在文艺新形态、新业态中的作用和影响。就其要义来说，建立在数字化、网络化、移动化、智能化之上的"数智化"进一步使艺术创作生产由"作品/产品"中心向"受众/

---

① 施拉姆，波特.传播学概论[M].陈亮，周立方，李启，译.北京：新华出版社，1984：114.
② 习近平.在文艺工作座谈会上的讲话[N].人民日报，2015-10-15（2）.

用户"中心迁移，并引发创作方式、生产机制、传播形式、经营管理模式等一系列的深刻变革，以及其间诸多要素、关系等的意义重估和价值重构。

第五，文化变迁中的范式因素。在媒介生态学（Media ecology）的意义上，媒介不只是工具，还构成了人的环境；人使用媒介，媒介也塑造人、建构文化。就互联网的革命性影响而言，在文化现实上，与"网络社会"崛起、"数字媒介社会"成形相呼应，如果说，以广播电视为代表的"电子文化"是对以语言文字为代表的"印刷文化"的超越，那么，以互联网为代表的"数字文化"则带来了更剧烈、更深刻的范式转换和嬗变。① 其中，相较以往大众文化视域中的"青年亚文化"，现今的"年轻态"大有脱"亚"入"主"的趋向，换言之，"年轻态"顺应了数字文化范式转换和嬗变的逻辑，它在呈现出显著特征、鲜明特性和发展趋向的同时，还极大彰显了年轻化、时尚化、个性化等在艺术创作生产中的意义和价值。

第六，社会进步中的结构因素。相比之下，如果说，以上五个方面的考察更多的是侧重"共时"的维度，那么，回到历史的深处，我们不难发现，当前艺术创作生产中"年轻态"风格基调的生成还有中国现代性（Chinese modernity）的深层次结构性影响。事实上，自1840年以来，"后发外生"的中国现代化和中国现代性一直有一种"青春中国"的精神和梦想在，特别是，经过新中国以来尤其是改革开放40多年来的社会主义现代化建设实践，一种由"中国特色"的经济、政治、文化、社会、生态文明建设而搭建起来的、有别于西方现代性的"新现代性"或"中国现代性"已赫然展现在历史的舞台。② 其中，从陷入谷底的沉沦彷徨到奋发图强的凤凰涅槃，近代以来的中国一路爬坡、继往开来，而其现代特征、品性、精神、气质必然会积淀、凝聚、渗透于艺术的特性、风格和发展之中……在这种意义上，"年轻态"庶几可视为当代中国精神的审美投射，乃至全面建设社会主义现代化的文化隐喻。

---

① 彭文祥.新媒介生态和艺术生态中的"网络文艺"刍议［J］.广西师范学院学报（哲学社会科学版），2018（1）：3.
② 彭文祥.中国现代性的影像书写［M］.北京：中国传媒大学出版社，2009：21-22.

"文艺是民族精神的火炬,是时代前进的号角,最能代表一个民族的风貌,最能引领一个时代的风气。"①当代中国文艺"年轻态"风格基调的形成有诸种现实因素的动因,还有当代中国审美现代性的历史底色和结构性因由,是社会文化变迁与历史意识的审美表征,其重要意义体现在当下,更指向未来。

三、"年轻态"艺术创作生产的审美迷误与价值复位

近年来的实践表明,重视"年轻化"、突出"年轻态"往往是艺术创作生产取得成功的重要前提。于是,在观念、思维、方式、方法等方面的诸多创新举措也应运而生。比如,契合年轻人的审美特点和习惯,强化用户画像;重视年轻人的情感诉求,增强代入感;适应年轻人的求新求变心理,突出艺术创新;关注年轻人的网络聚集,加强社交传播;针对年轻人的消费特点,实施精准营销……其目的都在于锚定年轻受众并期望获得良好效益。然而,说起来容易,做起来难,其"难"就难在审美需求的个性化、多元化带来了审美趣味、爱好的分众化、多样化,而且,现代性体验本身具有偶然、非连贯、游移不定等特征,更"难"的是,在价值辨析和判断上,"年轻化"的审美趣味、爱好往往存在正与负"一体两面",以及界限模糊、似是而非等复杂情形。因此,若非富有创造性的独特本领,创作者则难以捕捉年轻受众审美趣味、爱好的真实情形和发展变迁,遑论借助对现代生活的敏锐感觉,洞察社会进步、时代发展的深刻主题。这意味着,若要使"年轻态"真正落地或使其由必要条件成为充分必要条件,艺术创作生产须切实做到不驰于空想、不骛于虚声,尤其要遵循创作生产的内在规律和审美判断的价值标准,避免种种似是而非的审美迷误和"媚青"陷阱。

就现实情形而言,当前艺术创作生产中"年轻化"的趋向日益明朗、"年轻态"的调色板绚丽多姿,但其间的真真假假良莠杂陈。特别是,在一些抗

---

① 中共中央关于繁荣发展社会主义文艺的意见[N].人民日报,2015-10-20(2).

日、革命历史等严肃题材的影视剧创作生产中，那种将青春偶像剧的叙事逻辑普泛化、模式化，乃至假"年轻态"之名、行"媚青"娱乐之实的做法，不仅没有提升作品的吸引力，反而带来诸多额外的负面影响。作为典型案例，其中的种种审美迷误值得我们深入分析、认真总结。

客观说来，在抗日、革命历史等题材的影视剧创作生产中，贴近年轻人的审美趣味、创新艺术表现方式无可厚非，也理所当然。事实上，合适、得体的"年轻态"不仅可以促进主流价值及其艺术叙事的创新发展，还可以带给人们新颖的艺术认知和审美体验。比如，电视剧《隐秘而伟大》将人物置于乱世变局之中，让主人公在正义与非正义的激烈较量中作出忠于自己信仰的选择，也让年轻观众真切感知到艰难时世中人物命运与时代变迁、历史趋向的内在关联；电视剧《风声》则在险象环生、惊心动魄的谍战对决中展现主人公将家国情怀置于个人安危之上的信仰与情操，并以跌宕起伏、环环相扣的故事情节、悬念引起了年轻观众的广泛关注。然而，相比之下，《向着炮火前进》《雷霆战将》《抗日奇侠》《神枪》《敌后便衣队传奇》《一起打鬼子》等作品却观感殊异、反差强烈，其号称"年轻态"，却被观众斥为"雷剧""神剧"。那么，这些作品缘何遭致多方诟病，乃至"下架"？

具体而言，在抗日战争的烽火硝烟和苦难辉煌中，如果说，小鲜肉、手撕鬼子、裤裆藏雷、飞侠神功、抹发胶、住别墅等是人们将这些作品视为"雷剧""神剧"的外在标签，那么，审美判断和价值取向的偏颇和迷失则是其突出的失误。通过对典型案例的分析，检视其外在症状、揭示其内在逻辑，我们可以看到如下六方面的显著问题和注意事项，并同时生发、展开一些具有普适意义的对策性思考。

第一，避免对年轻受众审美趣味、爱好的浅表性误判，强化现代性体验的真切表达。首先，青春靓丽、时尚炫目、感性直观等是互联网时代审美文化的显著特征，创作者依凭这些特征而创造赏心悦目的艺术形象，既吻合艺术规律，也符合市场规律。不仅如此，鉴于激烈的市场竞争，创作者极力把握年轻受众的审美趣味、爱好乃至用户画像，都具有存在的合理性。但对年轻受众审美趣味、爱好的判断不可想当然，也不可将青春元素和符号迎合式粘贴、投机性杂糅。其次,"年轻态"还有其题材的适用域和表达的得体度。具体说来,在艰难困苦的特殊历史环境中,青春偶像剧套路的机械挪移,或把革命历史的"红色"当作偶像剧的口红来涂抹,必然会东施效颦,也必然会南辕北辙。事实上,一切历史都是当代史,审美时尚的当代性植根于对时代生活、现代性体验的真切感受和表达,或如塞缪尔·厄尔曼在《青春》中所说:竖起青春的"天线",接收和体会的是"勇锐""进取""理想""热忱""自信""美好""希望""欢乐""力量""乐观",因为"青春不是桃面、丹唇、柔膝,而是深沉的意志、宏伟的想象、炽热的感情;青春是生命的深泉在涌流"。

第二,避免对历史真实、艺术真实的悬浮式误读,厚植审美表达的现实土壤。就抗日、革命历史等严肃题材的影视剧创作生产来说,其历史真实、艺术真实的审美表达必然要扎根深厚的现实生活土壤,并借由艺术创新来反映斗争的艰巨性、复杂性、严肃性,来表现严酷环境中人的血性、智慧和刚勇,来突显历史精神的深厚底蕴。如果作品脑洞大开,脱离史实,违背常理,或过度娱乐,故事、情节、动作等夸张离奇,服、化、道等漏洞百出,那必然会使艺术创作悬浮于历史真实,也必然会使艺术真实因虚情假意、貌合神离而成为无根基的、虚无缥缈的海市蜃楼。事实上,成功的案例表明,展现历史真实的前提是正确认识历史,呈现艺术真实的基础是尊重历史真实。如此说来,"年轻态"之正成长恰是势之所至、气之所然,是"事、理、情之所为用,气为之用"(叶燮《原诗》),以使作品灌注、充盈历史精神和时代精神的浩瀚之气、朝阳之气。

第三,避免资本逻辑的僭越性误导,恪守"美"的规定性。毋庸讳言,近年来的"年轻态"之惑有诸多外在表现,比如,追逐高人气流量明星、小鲜肉胜过老戏骨,攀附热门题材和类型、青春恋爱与现代甜宠充斥市场,迎合受众需求并为之订制娱乐消费品,粉丝只看偶像番位、不看作品质量……以致严肃的抗日、革命历史题材创作生产也被套上了青春偶像剧的模板,并以看似华丽、时尚的外表遮掩内在意蕴的匮乏与缺失……尽管其中的原因多种多样,但资本逻辑的僭越难辞其咎。诚然,艺术创作生产离不开资本,但

资本逻辑的水银泻地,乃至文化、无意识领域中的商品化逻辑无处不在,显然是对艺术的一种伤害,乃至与艺术创作生产相敌对。对此,习近平总书记指出:在一些艺术创作中,"有的搜奇猎艳、一味媚俗、低级趣味,把作品当作追逐利益的'摇钱树',当作感官刺激的'摇头丸'","有的追求奢华、过度包装、炫富摆阔,形式大于内容","凡此种种都警示我们,文艺不能在市场经济大潮中迷失方向,不能在为什么人的问题上发生偏差,否则文艺就没有生命力"。① 事实上,"年轻态"艺术创作生产越是渐成主流、越具有深厚的发展潜能,就越需要创作者恪守"美"的规定性,以免创作生产陷入急功近利的消费主义泥淖,也以免艺术在冠冕堂皇的理由中沦为所谓"经济效益"的附庸。

第四,避免主流价值的概念化误用,彰显"小正大"的时代之美。首先,细致说来,抗日"神剧"和"雷剧"有区别:前者往往因子弹拐弯、飞侠神功、手撕鬼子、裤裆藏雷等而令人讶异;后者则会因"扛着沙发前进"、住别墅、抹发胶、频繁更换服装犹如时装模特等有辱智商、有违常理的内容令人无语。但两者有一个共同点,即,表面上看是突出、张扬抗日战士的神勇和英雄气概,实则却类似"捧杀"或"高级黑"。就此而论,马克思、恩格斯早就指出,艺术创作"不应该为了观念的东西而忘掉现实主义的东西","倾向应当从场面和情节中自然而然地流露出来";② 或如艾布拉姆斯所说,"诗乃是真实的表现,这种真实受到虚构和修辞的装饰……单纯表现真实而不顾及其他,则不是诗;所运用的装饰如果带有欺骗性或用得不得体,则是劣诗"。③ 其次,主流价值的审美表达不是缺乏生气的、机械单调的歌颂和赞扬,更不是投机性的表面文章或假时代精神的"传声筒"来遮掩艺术才能和创新力的贫瘠与匮乏。事实上,主流价值的审美表达需要创作者既充分关注当今时代年轻受众真切、丰富的审美需求,又着力提升对主流价值的审美认知和把握

---

① 习近平.在文艺工作座谈会上的讲话[N].人民日报,2015-10-15(2).
② 马克思,恩格斯.马克思恩格斯选集:第4卷[M].北京:人民出版社,1972:340-454.
③ 艾布拉姆斯.镜与灯[M].郦稚牛,张照进,童庆生,译.北京:北京大学出版社,2003:375.

能力，尤其是，要克服艺术和美学上的遗留惰性，顺应艺术叙事"小正大"（小人物、正能量、大情怀）的发展趋向，在提升审美洞察力、艺术创造力的同时，更好彰显"年轻态"艺术创作生产应有的时代之美。

第五，避免艺术接受的娱乐化误植，突出审美之乐和文化之思。事实表明，人们对历史的关注和兴趣更多的是基于对过往岁月中人和事的崇敬、缅怀，其意义在于鉴古知今，在于让历史映照现实、启示未来。这在某种意义上强化了抗日、革命历史等影视剧创作生产的"严肃性"，但就艺术的功能来说，"娱乐"是其题内应有之义，所谓"寓教于乐"亦是一种娱乐。因此，关于"娱乐"的价值辨析和判断，问题不在娱乐本身，而在远离审美之乐、文化之思的"娱乐化"。事实上，就当今的审美文化特性和风尚来说，"娱乐"无疑是艺术功能的有机组成部分，但不可感性有余、理性不足，悦目不赏心，更不可为娱乐而娱乐，乃至因过度"娱乐化"走向事物的对立面。倘若娱乐成为吸睛卖点，以致娱乐风潮漫天飞舞，无疑会使娱乐变质、贬值，沦为消费主义的廉价标签，乃至钝化思想的敏锐、黯淡心灵的灯火，或如波兹曼所说：在"美丽新世界"，"人们感到痛苦的不是他们用笑声代替了思考，而是他们不知道自己为什么笑以及为什么不再思考，"以至"娱乐至死"的负面影响使文化沦为赫胥黎式的滑稽戏，让文化精神在一地鸡毛中枯萎、凋零。①

第六，避免审美创新的偏倚化误解，提高原创力和艺术质量。"诗文随世运，无日不趋新。"在创新的方式方法上，习近平总书记指出："要把创新精神贯穿文艺创作全过程，大胆探索，锐意进取，在提高原创力上下功夫，在拓展题材、内容、形式、手法上下功夫，推动观念和手段相结合、内容和形式相融合、各种艺术要素和技术要素相辉映，让作品更加精彩纷呈、引人入胜。"② 对"年轻态"艺术创作生产来说，一方面，抗日题材、革命历史题材等影视剧创作生产在叙事方式、艺术语言等方面存在创新发展的客观要求；另一方面，当今时代的创作者"有个人创造性和个人爱好的广阔天地，有思想

---

① 波兹曼.娱乐至死［M］.章艳，译.桂林：广西师范大学出版社，2004：201-211.
② 习近平.在中国文联十大、中国作协九大开幕式上的讲话［N］.人民日报，2016-12-01（2）.

和幻想、形式和内容的广阔天地"。① 因此，其间不仅具有创新的多样可能性，还具有取得多样创新成果的可能性。但"创新"自然是要聚焦"原创力"，以创作生产优秀作品、提高艺术质量为目标和准绳，一味追求年轻时尚、青春炫目的"标新立异"或为创新而创新显然会误入歧途、适得其反。这意味着，唯有通过贴近时代、贴近生活、贴近青年的审美表达呈现丰富的生活体验、展现多样的心灵感悟，并追求思想的精深、艺术的精湛、制作的精良，才能真正推动"年轻态"艺术创作生产的创新发展。

当然，作为典型案例分析，一些抗日、革命历史题材等影视剧在"年轻态"创作生产方面存在的审美迷误还有其他的表现，但以上六个方面大致勾勒了其负面情形或"症候"的突出轮廓。进一步说来，依据"症候阅读"（Symptomatic reading）的目的不止于描述外在的症状，更在于通过"深描"（Thick description）揭示其内在的逻辑，并进一步反思、概括、提炼典型案例所折射的普遍意义。尤其是，在当今互联网时代的审美文化语境中，着眼于"年轻态"艺术创作生产的健康、可持续发展，无论人们把艺术当作产业、商业，还是娱乐、消费品，"美"的规定性、审美价值始终是艺术创作生产的出发点和落脚点。庶几可以说，唯有确立此一美学定力，"年轻态"艺术创作生产方能破除迷障、守正创新，更好讲述丰富多彩的青春故事；唯有矢志不移提高作品的艺术质量、文化内涵、精神高度，"年轻态"艺术创作生产方能行稳致远、风行示范，更好展现时代生活和现代性体验的诗情画意。

---

① 列宁.党的组织和党的出版物［M］//列宁选集：第 1 卷.北京：人民出版社，1995：663.

"超空间"视窗：网络视听文艺的审美现代性分析*

　　严格说来，诸如"网络视听文艺""网络视听作品""网络视听节目"等之类的说法和概念具有较多的应用性而欠缺严谨的学理性，尤其是，"视听"一词的表意具有较大的不确定性，只是说的人多了、应用的场景丰富了，于是它便"约定俗成"地具有了相对明确的指向。比如，"网络视听文艺"所指的对象大致包括网络剧、网络综艺、网络电影、网络纪录片、网络动画片及文艺性短视频、网络直播、网络音频和数字文化产品，以及伴随数字化、网络化、智能化深入发展而不断涌现的虚拟现实艺术、互动艺术、AI艺术等。在《批评中的实验》一文里，艾略特指出："在一种新型批评中迫切需要实验，这很大程度上就在于对所使用的术语进行逻辑和辩证的研究……我们始终在使用那些内涵与外延不太相配的术语：从理论上说它们必须相配；但如果它们不能，我们就必须找到某种别的途径来弄清它们，这样我们才能每时每刻都知道自己要表达什么意思。"[①]对艺术理论和艺术批评来说，"内涵"与"外延"相匹配无疑是必需的，但具体就新兴的网络视听文艺而言，这种"匹配"却遇到了实际的困难。其中，相较传统文艺形式，所谓"新兴"，一是意味着网络视听文艺的发展历程短、经典作品少；二是表明网络视听文艺仍处于发展变化之中，其质的规定性如何或未来状况怎样目前尚无定论。由此说

---

* 本文原载于《当代电视》2023年第8期，与晚月合作，收入本书时略有删改。
① 卡林内斯库.现代性的五副面孔[M].顾爱彬，李瑞华，译.北京：商务印书馆，2002：8.

来，若是将网络视听文艺概念的"匹配"问题搁置，或不像传统的做法那样对这一术语的内涵细加检视，而将视点投诸其短暂历史中的蓬勃发展及其所呈现的影响力，那么，我们就可以看到它别样的面相。在本文的分析中，我们把论题置于"视觉转向"和"空间转向"的大背景中，着重通过新型"超空间"的棱镜折射来考察网络视听文艺的"典型"意义，并由此进一步分析、阐述其所蕴含的审美现代性。

一、网络文艺的重要子类：网络视听文艺的蓬勃发展和影响力彰显

半个多世纪前，即使脑洞大开，人们也难以想象，从星星之火到燎原之势，互联网的作用和影响呈指数级增长，并水银泻地般渗透到生产、生活的各个领域和层面，迄今已成为巨大的塑造性力量。其中，在文化现实上，数字文化的范式转换具有分水岭式的意义：如果说，以广播电视为代表的"电子文化"是对以语言文字为代表的"印刷文化"的超越，那么，以互联网为代表的"数字文化"则带来了更剧烈、更深刻的范式嬗变。[①]在艺术和审美的领域，伴随数字化、网络化、智能化的深入发展，网络文艺因"网"而生、向"网"而盛。时至今日，回顾简短的历史，我们可以看到，经过近十多年来显著的、全方位的快速生长，网络文艺已发展成为令人瞩目的新兴艺术形态、文艺百花园中的靓丽风景，而网络视听文艺即是网络文艺的一个重要子类。

所谓"网络文艺"，简要说来，在广义上，它泛指适应互联网的技术特点和媒介特性而于网络空间开展生产、传播、接受等活动的文艺形态和文艺现象；在狭义上，它可指"受网络技术、新媒体和社会变迁作用与影响而秉赋互联网艺术思维，并以新型艺术生产方式表征时代生活、表达现代性体验和思想感情的审美艺术形式"，其质的规定性有"互联网艺术思维""新型艺

[①] 彭文祥.实践丰富、活力充沛、前景繁盛的网络文艺［M］//中国文联网络文艺传播中心.中国网络文艺发展研究报告（2018—2019）.北京：社会科学文献出版社，2019：3.

术生产方式""审美艺术"三个主要方面。① 当然，就目前创作生产的实际状况而言，说明网络文艺的"外延"比揭示其"内涵"要容易得多。简要说来，它大致可分为三类或三种形态：一是典型形态，主要有网络文学、网络剧、网络综艺、网络电影、网络纪录片、网络音乐、网络动漫、网络游戏等；二是前沿形态，主要有虚拟现实艺术、互动艺术、NFT 艺术、AI 艺术、新媒介艺术等；三是泛化形态，主要有文艺性短视频、网络直播、网络音频，以及云化的传统文艺形式和数字化的文化艺术产品等。由此说来，作为网络文艺的重要子类，网络视听文艺与以上三种形态多有交集，这使得"视听"一词呈现复杂的意蕴：一方面，网络视听文艺有一种自我化的排他性，尤其是在典型形态中，它将网络文学、网络音乐、网络游戏排除在外，尽管它实际上的创作生产与此三者有紧密的关联；另一方面，网络视听文艺在用"视听"一词来划定边界的同时，其宽泛性、不确定性却又增强了其实用性，以至"网络视听文艺"的命名可大容量涵盖当前诸多影响深远、潜质深厚、前景繁盛的网络文艺品类和形式。

　　回顾网络文艺简短的发展历史，我们可以看到，恰是最近十多年来网络视听文艺的蓬勃发展，才使"网络文艺"广泛、有效地呈现于广大用户面前、蜚声于大众文化之中。那么，何以见得？事实表明，影响力与传播力成正比。相比起步早、资历老、作品多的网络文学，尽管网络剧、网络综艺、网络电影等的快速发展只是 21 世纪第二个十年以来的事，但它们因视听传播的优势及所带来的成效却极大提升、突显了网络文艺的地位和影响力。虽然其间存在诸多因野蛮生长而衍生的乱象，但在技术、艺术、媒介、传播、经济、社会、文化等矢量合力的综合作用下，网络视听文艺创作生产日益活跃、"质量为王"的意识不断深入，不仅有力彰显了新兴文艺之"新"的诸多特征、品质和能产性，还有效促进网络文艺凝聚、形成了有别于传统文艺的艺术特征和审美特性。那么，在丰富多样、活力充沛的艺术实践中，网络视听文艺的

---

① 彭文祥，付李琢. 何谓"网络文艺"？[J]. 现代传播（中国传媒大学学报），2017（12）：79.

蓬勃发展和影响力提升有哪些突出表现？

首先是数量可观且持续增长的网民规模和使用率。据中国互联网络信息中心发布的第 51 次《中国互联网络发展状况统计报告》：截至 2022 年 12 月，我国网民规模达 10.67 亿，手机网民规模达 10.65 亿，其中，与"网络视听文艺"大致对应，网络视频的用户规模则高达 10.31 亿，使用率达 96.5%。① 由此上溯，近十年来，在网络文艺各形态中，网络视听文艺的用户规模、使用率一直居于首位，且总体呈水涨船高之势（如表 1、图 1）。② 无疑，庞大的数量硬核具有引发质变的足够动能，换言之，庞大的网民规模和高企的使用率不仅给艺术创作、传播、接受和再生产等带来一系列深刻影响，还在深层次促进艺术生产方式的转变。在丰富实践中，网络视听文艺的创作生产充分表明了这一点。

表 1 2013—2022 年网络视频用户规模（万）与使用率

年份	用户规模（万）	使用率（%）
2013	42820	69.3
2014	43298	66.7
2015	50391	73.2
2016	54455	74.5
2017	57892	75.0
2018	61201	73.9
2019	85044	94.1
2020	92677	93.7
2021	97471	94.5
2022	103057	96.5

其次是丰富多样的艺术实践、可圈可点的创作实绩。事实表明，"衡量一个时代的文艺成就最终要看作品"，"没有优秀作品，其他事情搞得再热闹、

---

① 中国互联网络信息中心. 第 51 次《中国互联网络发展状况统计报告》[R/OL].（2023-03-02）[2023-12-10].https://www.cnnic.net.cn/n4/2023/0303/c88-10757.html.
② 根据中国互联网络信息中心发布的第 33、35、37、39、41、43、45、47、49、51 次《中国互联网络发展状况统计报告》相关数据整理。

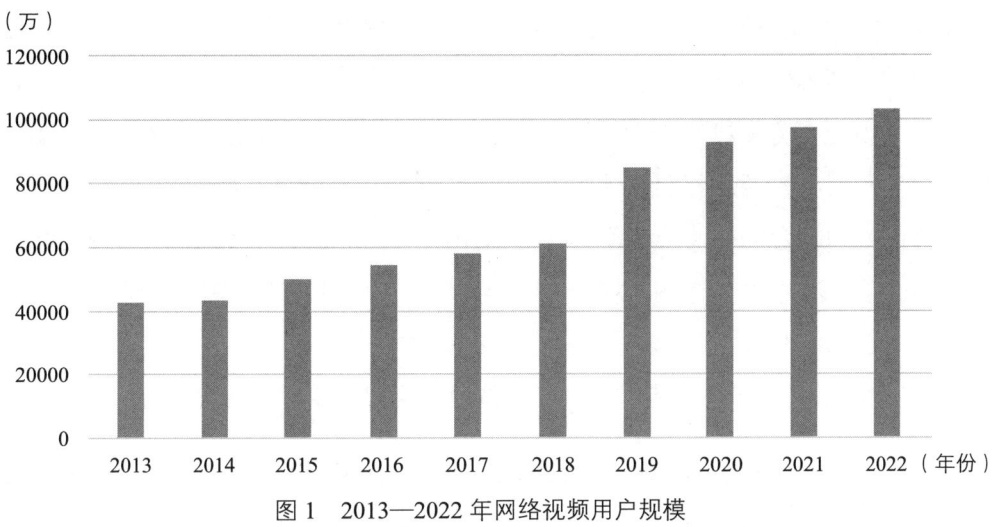

图 1 2013—2022 年网络视频用户规模

再花哨，那也只是表面文章"。① 就网络视听文艺的五种主要形态来说，近年来，网络剧、网络综艺、网络电影、网络纪录片、网络动画片的创作生产风生水起，其中，题材、类型多样，数量上总体趋稳（如表 2），② 质量上则随着"稳量提质"成为常态，优秀作品不断涌现。比如，2018—2022 年度，优秀网络剧作品有《白夜追凶》《你好，旧时光》《忽而今夏》《虎啸龙吟》《致我们暖暖的小时光》《破冰行动》《重生》《我是余欢水》《沉默的真相》《风起洛阳》《启航：当风起时》《爱很美味》《司藤》《赘婿》《隐秘的角落》《开端》《重生之门》《苍兰诀》《江照黎明》《猎罪图鉴》等，网络综艺有《变形计之平行世界》《博物奇妙夜》《见字如面（第二季）》《益起追光吧》《邻家诗话》《乐队的夏天》《冲呀，蓝朋友》《忘不了餐厅（第二季）》《一年一度喜剧大赛》《花好月圆会》《指尖上的非遗》《这十年·追光者》《中国梦·我的梦》《声生不息·港乐季》《我在岛屿读书》等，网络电影有《那年 1987》《罪途》《狂战》《毛驴上树》《大地震》《暴雨救援》《中国飞侠》《春来怒江》《藏草青青》《扫黑英雄》《我们的新生活》《勇士连》《排爆手》《狙击英雄》等，网络

---

① 习近平. 在文艺工作座谈会上的讲话 [N]. 人民日报，2015-10-15（2）.
② 根据国家广电总局监管中心发布的《网络原创节目发展分析报告》相关数据整理。

纪录片有《极地》《三日之见》《西北孔道》《守护解放西》《功夫学徒》《冬去春归》《柴米油盐之上》《敦煌：生而传奇》《劳生不悔》《一路象北》《这十年》《国医有方》《闪耀吧！中华文明》等，网络动画片有《春困》《无敌小鹿》《万国志》《四海鲸骑》《中国好故事》《破风之翼》《大理寺日志》《雾山五行》《动物合唱团（第二季）》《故宫里的大怪兽之洞光宝石的秘密》《我的祖国》《上海故事》《狐桃桃和老神仙》《动物王国的故事》等。① 这些优秀作品不仅在题材、类型上多有创新，还在艺术性、思想性上达到了新的高度，突出体现了网络视听文艺创作生产的蓬勃发展和日益增长的影响力。

表2 2018—2022年网络视听文艺主要形态上线作品数量　　　单位：部

年份	网络剧	网络综艺	网络电影	网络纪录片	网络动画片
2018	218	385	1526	—	—
2019	202	221	638	107	253
2020	230	229	659	259	396
2021	200	452	531	377	359
2022	171	431	380	318	220

当然，就地位和影响力而言，除了以上用户规模、创作实绩的外在表征，网络视听文艺还有一种深层次的内在特性，即，建立在信息接收基础上的未来性。艺术心理学表明，在人的五官感觉所接收的外来信息中，视觉最多、听觉次之，两者合计占比达90%。对此，美学家阿奎那早就指出：视觉和听觉"是与认识关系最为密切的器官"。② 进一步说来，相比语言文字符号，视听符号的形象性、直观性、生动性带来了审美接受的通俗性、大众性和愉悦性。由此说来，在当代审美文化语境中，基于视听表意的网络视听文艺不仅契合互联网时代人们审美趣味、爱好、习惯等的时尚要求，还以其表征社会生活的广度与深度而顺应当代艺术的发展潮流和趋向。在这种意义上，所谓

---

① 详见国家广播电视总局发布的2018—2022年度"优秀网络视听作品推选活动优秀作品目录"，http://www.nrta.gov.cn/col/col113/index.html。
② 马奇.西方美学史资料选编（上卷）[M].上海：上海人民出版社，1987：216.

"未来性",它意味着网络视听文艺在发展潜能、前景上有"未来"。当然,从艺术实践的维度考察,网络视听文艺仍处于发展变化之中,因此,关于其未来性的描述难免带有预测的成分和瞻望的色彩。这就需要我们对其未来性的内在机理与文化逻辑作进一步的深入分析和阐释。

二、"超空间"视窗:视觉转向和空间转向中网络视听文艺的"典型"意义

在互联网时代的审美文化语境中,网络视听文艺的"未来性"与"典型性"紧密相关。实际上,在上文的分析中,"用户规模""创作实绩"就蕴含了典型意义的可能性,或者说,数量可观且持续增长的网民规模、使用率为网络视听文艺典型意义的彰显奠定了基础,而丰富多样的艺术实践、可圈可点的创作实绩为其典型意义的彰显提供了条件。那么,在形式多样的网络文艺中,网络视听文艺何以具有典型意义?就内在机理与文化逻辑而言,绕不开两个关节点——视觉转向和空间转向。简要说来,所谓"视觉转向",它意味着由"语言"主因向"图像"主因转变,"空间转向"则表明了由关注"时间"向关注"空间"过渡,且两者内在关联,蕴藏着丰富的理论意义和深刻的话语指向。在这种审美话语转向的理论背景和文化视域中,"超空间"视窗——一种展示、观测对象特点、性质等的比喻性说法——可视为进一步分析和阐释的切入点,而"幻想类"文本(相对于"现实类"文本)则是网络视听文艺审美表意实践和新型"超空间"视窗特点的显在表征。

在关于"世界图像时代"的思考中,海德格尔指出:"从本质上看来,世界图像并非意指一幅关于世界的图像,而是指世界被把握为图像了。"[①] "世界被把握为图像"的说法具有深刻的意蕴,它表明了当代文化及其发展的一个重要特征——视觉转向。就审美话语的发生、发展来说,"视觉转向"(the Visual Turn)或"图像转向"(the Pictorial Turn)兴起于 20 世纪 60 年代,到了 80 年

---

① 海德格尔. 世界图像时代 [M] // 海德格尔选集. 上海:上海三联书店,1996:899.

代已清晰可见。就内涵而言，相比以往以语言文字为主因的认知、交流方式，它意味着以视觉性的形象、图像或影像来传递信息、理解和解释世界的方式变得越来越重要、越来越被倚重，以至伴随形象、图像或影像的生产、传播、接受更加普泛化，当代文化成为由视觉性占据主导地位的文化。其显著表征有四：一是视觉性已成为当代文化的主导因素；二是当代文化呈现明显的图像压倒文字的发展趋向；三是当代视觉文化对外观形态的过度关注；四是随着视觉技术的进步，人的视觉在不断地延伸，可视性要求与视觉快感欲望不断攀升，新的视觉花样层出不穷。① 在艺术和审美的领域，有学者指出："今天的文学艺术可能正在发生深刻的变革"乃至"革命"，即，"视听艺术已经开始占据当代文化的主流"。其中，相对"书写文明"，"视听文明"时代的到来呈现四个方面的显著特征：一是视听艺术构成了人们感知世界的主导形式；二是视听艺术与科技前沿思维、成果联系在一起，表达了时代最具探索性的前沿美学和哲学；三是伴随着科技的发展，视听艺术建构起来的虚拟世界可能会构成人们的现实世界，或者说，现实世界已为虚拟世界所重新规划和建构；四是如果视听艺术可以起到如此作用，那么，视听文明时代的社会管理、人类的交往方式、人类感知世界的方式都会发生根本变化。② 由此说来，在视觉转向的潮流中，作为一种视听艺术，网络视听文艺的未来性、典型性逐渐明朗，只是作为互联网时代的视听艺术，它不仅具有视觉文化、视听艺术的一般性，还有其自身的特殊性。这就涉及问题的另一个关节点——空间转向。

那么，"空间转向"与"视觉转向"存在何种关联？"空间转向"又何以将网络视听文艺托举为"超空间"视窗？其中有两个关键因素：一是"日常生活"重要性的日益凸显，并以其隐喻意义的流转而释放新的阐释能力；二是伴随互联网快速发展，"网络空间"（或赛博空间）改变、修订了人们原有的感觉、认知结构，并给网络视听文艺创作生产带来了一系列深刻影响。对此，我们援引几位理论家的观点，简要梳理一下其间的理路。

---

① 周宪. 视觉文化的转向［J］. 学术研究，2004（2）：111-115.
② 陈晓明. 视听文明时代的到来［J］. 文艺研究，2015（6）：16-17.

在西方马克思主义诸理论家中,列斐伏尔通过对马克思主义的原创性解读(包含某种程度上的误读),打破了"哲学与非哲学""意义与无意义""知识与无知"之间坚不可摧的森严壁垒,突出和强化了一个新的研究领域——日常生活。在列斐伏尔那里,"日常生活"有别于现象学家眼中本真、永恒的"生活世界",也有别于法兰克福学派现代性社会批判理论中令人绝望、无可反抗的异化世界,它是"人类的本性欲望的所在地与入口处","日常生活与一切活动有着深层次的联系,并将它们之间的种种区别与冲突一并囊括其中",或者说,它是"一切活动的汇聚处,是它们的纽带,它们共同的根基。也只有在日常生活中,造成人类的和每一个人的存在的社会关系总和,才能以完整的形态与方式体现出来"。不仅如此,它还是"我们辩证地批判进入到最深刻的最直接的外部世界与社会世界的汇聚地"。① 然而,正是这个无比重要的日常生活领域,在后现代社会,晚期资本主义的商品逻辑和文化逻辑却使其呈现一种特异的面相,或给其涂抹了一层厚厚的"形象化"油彩。对此,詹姆逊指出:消费社会打破了传统所有的界限,文化从过去那种特定的"文化圈层"中扩张出来,进入了人们的日常生活,尤其是,当后现代主义将时间的深度模式转化为空间的平面模式时,形象便被"物化",并成为人们日常生活中的必需品,使我们处于"一个如此众多地由视觉和我们自己的影像所主宰的文化中"。② 在居伊·德波那里,后现代社会是一个"景观"无所不在的社会,"景观的弥撒形式与商品的丰裕联系在一起",使商品成为实在的幻觉,而"景观是幻觉的最普遍形式",致使"生活本身展现为景观的庞大堆积,直接存在的一切全都转化为表象"。③

进一步说来,相比时间模式与语言、理性的密切关系(时间的线性结构、逻辑关联与语言的结构或逻各斯相符合),空间对应人的眼睛和视觉、关联人的感性和愉悦,并释放其能产性。由此,在空间的隐喻性意义上,晚年列斐伏尔由"日常生活批判"突进到"日常生活空间批判"或"空间的生产",

---

① 刘怀玉.现代性的平庸与神奇[M].北京:中央编译出版社,2006:103.
② 詹姆逊.文化转向[M].胡亚敏,译.北京:中国社会科学出版社,2000:98.
③ 德波.景观社会[M].王昭凤,译.南京:南京大学出版社,2005:3-36.

即，强化特定历史条件下生产关系、社会关系的"生产"，并强调，"如果未曾生产一个合适的空间，那么'改变生活方式''改变社会'等都是空话"。①循着列斐伏尔"空间转向"的问题域，鲍德里亚指出：后现代社会的文化已被商品化，而商品又已符码化了，在这一由符号、传媒建构起来的世界中，社会与所有的一切都按照模拟和仿像的原则展现出来，致使"那些通常被认为是完全真实的东西——政治的、社会的、历史的以及经济的——都将带上超真实主义的类像特征"。由此，他提出了"超空间"的概念——在超现实的拟像时代，"模拟的环境比真实的更为真实，变成'超空间'"。②詹姆逊则进一步指出：在一个商品化的社会里，新的文化逻辑以空间而非时间作为感知基础，而且，一种"真实的内爆"使图像和符号取代了在场的真，以致面对文化中出现的"超空间"，"我们的主体却未能演化出足够的视觉设备以应变，因为大家的视觉感官习惯始终无法摆脱昔日传统的空间感——始终无法摆脱现代主义高峰期空间感设计的规范"。③

显而易见，以上关于日常生活、空间等的论述带有鲜明的反思和批判色彩。事实上，面对晚期资本主义的文化逻辑，"反思""批判"是西方马克思主义现代性社会批判理论、文化研究等的共同特征。不必赘述，就理论观点而言，这些思想犀利深刻、鞭辟入里，但就看问题和思考问题的方式来说，其新的描述方式和解释方式更具启发意义。具体在"空间"问题上，伴随现代传媒和信息通信技术的迅猛发展及作用、影响的日益凸显，"空间"呈现多种、多层叠加的含义。简要说来，首先是笛卡儿意义上包含广延实体及性质的"物理空间"。其中，"空间与广延性是同一的，而广延性是与物体相联系的，因此，没有物体的空间是不存在的，亦即一无所有

---

① 列斐伏尔.空间：社会产物与使用价值［M］//包亚明.现代性与空间的生产.上海：上海教育出版社，2003：47.
② 鲍德里亚.类像与仿真［M］//包亚明.后现代性与地理学的政治.张志扬，译.上海：上海教育出版社，2001：98.
③ 詹明信.晚期资本主义的文化逻辑［M］.陈清桥，严锋，译.北京：生活·读书·新知三联书店，2013：401.

的空间是不存在的"。① 这是我们经验感知上熟悉的空间,亦可作为理解其他"空间"的基础和参照系。其次是列斐伏尔式的"隐喻空间",即具有强烈生产关系、社会关系性质的空间。此一"空间里弥漫着社会关系,它不仅被社会关系支持,也生产社会关系和被社会关系所生产"。② 就隐喻性而言,它可视为"社会"的代名词,或可直接称为"社会空间"。其实,不只列斐伏尔的"空间"是隐喻性的,米歇尔·德赛都、爱德华·索亚、霍米·巴巴、大卫·哈维等的"空间",以及鲍德里亚、詹姆逊等的"超空间"都带有隐喻性色彩。再次,在互联网时代,一个重要空间——网络空间——不可或缺。在内涵上,它"表示一种再现的或人工的世界,一个由我们的系统所产生的信息和我们反馈到系统中的信息所构成的世界……当我们觉得正穿过界面转移到一种有其自身维度和规则、相对独立的世界的时候,我们便是住在网络空间里了。我们越是使自己习惯于界面,我们越是在网络空间住得惯,这便是吉布森所谓的'自愿的幻觉'"。③ 与之相似,有别于物理空间或现实空间,赛博空间是一种数字化、主观性的概念空间,它"通常被归属于电脑软件、因特网和虚拟世界中那些超距离或零距离存在"。④ 在吉尔·德勒兹的数字媒介诗学中,所谓"光滑空间"就充分体现了其中的旨趣。⑤ 时至今日,伴随互联网特别是无线网络对生活世界的全面渗透,人类社会已深陷"真实虚拟的文化"(Culture of Real Virtuality)之中。⑥ 这无疑带来了新型的空间,还给人们带来了新的感知方式和生存体验。

由此看来,在当代审美文化语境中,物理空间、隐喻空间、网络空间的三者叠加营构了一个新型的"超空间"——它包含了上述"超空间"的思维张力和合理因子,同时又更具普遍意义。其实,詹姆逊的"超空间"本已

---

① 爱因斯坦.狭义与广义相对论浅说[M].杨润殷,译.上海:上海科学技术出版社,1964:109.
② 列斐伏尔.空间:社会产物与使用价值[M]//包亚明.现代性与空间的生产.上海:上海教育出版社,2003:48.
③ 海姆.从界面到网络空间[M].金吾伦,刘钢,译.上海:上海科技教育出版社,1997:79.
④ 张之沧."赛博空间"释义[J].洛阳师范学院学报,2004(3):21.
⑤ 麦永雄.光滑空间与块茎思维:德勒兹的数字媒介诗学[J].文艺研究,2007(12):76-78.
⑥ 卡斯特.认同的力量[M].夏铸九,黄丽玲,译.北京:社会科学文献出版社,2003:2.

蕴含类似的意旨，尤其是，在"认知图绘"（Cognitive Mapping）的意义上，"超空间"离不开人的审美感知和判断。比如，在对后现代迷宫般建筑——鸿运大饭店（the Bonaventure Hotel）——的文本分析中，他说："置身其中，我们无法以感官系统组织围绕我们四周的一切，也不能透过认知系统为自己在外界事物的总体设计中找到确定自己的位置方向。"而面对诸如此类新潮文化产品所呈现的"超空间"，"当下就仿佛刺激着我们去发展新的感官机能，扩充我们的感觉中枢，驱使我们的身体迈向一个全新的（至今依然是既难以言喻又难以想象的、甚至最终是难以实现的）感官层次"。① 此外，就"物理空间、隐喻空间、网络空间"三者之间的关系来说，由物理空间生发出隐喻空间自不待说，网络空间显然也具有隐喻空间的性质。比如，关于"构建网络空间命运共同体"，习近平总书记指出，"网络空间是人类共同的活动空间，网络空间前途命运应由世界各国共同掌握"，要"发挥政府、国际组织、互联网企业、技术社群、民间机构、公民个人等各个主体作用"。② 由此说来，在"典型性"的意义上，网络视听文艺可视为此一新型"超空间"的突出表征，或者说，作为"超空间"视窗，网络视听文艺清晰、明确地展现了物理空间、隐喻空间、网络空间"三位一体"的内在关联和结构特征（见图2）。

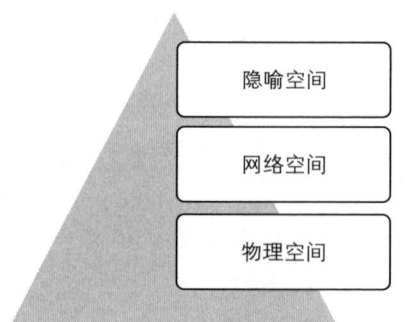

图 2　网络视听文艺新型"超空间"结构示意图

---

① 詹明信.晚期资本主义的文化逻辑［M］.陈清桥，严锋，译.北京：生活·读书·新知三联书店，2013：401-407.
② 习近平.在第二届世界互联网大会开幕式上的讲话［N］.人民日报，2015-12-17（2）.

在网络视听文艺的审美表意实践中,"幻想类"文本突出体现了这种"三位一体"新型"超空间"的视窗功能。比如,在网络剧的创作生产中,"幻想"(玄幻、奇幻、魔幻、科幻)一直是热门题材和产出较多的品类,像《灵魂摆渡》《无心法师》《我的奇妙男友》《超少年密码》《我与你的光年距离》《颤抖吧,阿部!》《端脑》《结爱·千岁大人的初恋》《天意》《同学两亿岁》《来自海洋的你》《镇魂》《盛唐幻夜》《将夜》《大唐魔道团》《诡使神差》《黄金瞳》等一系列作品,不仅体现了"幻想性"与网络视听文艺审美特性的内在耦合,还呈现出新型"超空间"的一些显著特点。比如,就"虚拟生存体验"来说,幻想类文本不仅展现社会现实,还表现虚拟现实,更重要的是,在审美表意实践中,新的审美感觉和意识得以产生,尤其是在网生一代那里,"虚拟生存体验"是一种"实在"的生存体验。① 就"虚拟"而言,与"虚构"不同,虚构是将现实作为存在的依据和参照,虚拟不以反映现实为己任,而是在现实之外再造一个世界。在书写文明时代,虚构总是受到现实经验及其逻辑的制约,或者说,不管如何虚构,它总是在现实的实在性上获得现实投射的所有意义,因而"真实性构成了它的审美要义",但虚拟的世界不需要现实的投射来建立起实在性,它属于另一种存在机制,一种属于科技的、想象的机制,因而,在视听文明时代,"虚拟"成为"视听艺术的审美本质的概念"。② 就"网络空间"的特性呈现而言,作为一个人造世界,它是基于现实和想象模拟或虚拟的世界,但作为一个人们可直接参与的世界,它又不能脱离人的认识和实践,以及计算机、网络等具体物质而独立存在。当然,幻想类文本所呈现的新型"超空间"特点还有其他,比如,丰富想象力、审美互动、沉浸体验、前卫形式等,对此就不一一赘述。

总的说来,通过视觉转向和空间转向的审美观照和新型"超空间"的棱镜折射,我们可以看到,作为互联网时代的视听艺术,网络视听文艺具有"超空间"视窗的功能。透过这扇视窗,我们可以观测其"未来性"和"典型性",亦可以进一步分析、阐释其蕴含的审美现代性。

---

① 黎杨全. 虚拟体验与文学想象 [J]. 中国社会科学, 2018 (1): 161.
② 陈晓明. 视听文明时代的到来 [J]. 文艺研究, 2015 (6): 23.

三、技术、艺术和意识：网络视听文艺的审美现代性表征

在艺术创作生产中，所谓"审美现代性"，简要说来，它意指在作品的形式和内容，以及技术、传播、社会、文化、生产方式等方面所呈现的、有别于传统的特征、品质和属性。综观最近十多年来网络视听文艺的创作生产，作为网络文艺的重要子类和新型"超空间"的典型表征，网络视听文艺蕴含多样、深刻的审美现代性。对此，我们试从技术、艺术、意识三个方面作简要分析和阐述。

其一是技术赋能。时至今日，以互联网为代表的数字革命带来一系列深刻影响，并在新形式、新场景、新形态、新业态等方面极大推动了网络视听文艺的发展。总体上看，诚如莱温所说："现代艺术是科学的。它建立在这样的一些信念之上：相信未来是一个技术时代，信仰进步和客观真理。它是实验性的：它的使命就是创造新的形式。从印象主义开始探索光学知识一直到现在，现代艺术共同分享了科学的方法和逻辑。"① 比如，在媒介变革的意义上，麦克卢汉指出：电视"为人类打开了通向感知和新型活动领域的大门"，而"电脑之类的技术没有它固有的无能为力的事情。这种技术使我们的意识延伸，成为一种普世一体的环境。人们有一种感觉，我们受到电力技术信息的包围，这种环境就是我们意识的延伸"。② 具体说来，在传统中受时间、空间限制的种种障碍得到消解，或者说，"时空压缩"（Time-Space Compression）带来一种可以超越限制的眼光和观念、感受上的"人的延伸"的新能力。又如，就"视觉技术"发展来说，自 20 世纪 60 年代以来，计算机、数码影像、虚拟空间等的出现展现了视觉技术进步带来的某种实质性变革，即"从实在论（美学上的模仿论、再现论或现实主义）向超实在论的转变"。其中，无论是古代的模仿论，还是文艺复兴时期的透视学说，抑或现代

---

① 鲍曼.立法者与阐释者[M].洪涛，译.上海：上海人民出版社，2000：177.
② 麦克卢汉，秦格龙.麦克卢汉精粹[M].何道宽，译.南京：南京大学出版社，2000：421，410.

的影像复制，形象符号总是在追求与实在世界的相似性，但虚拟现实技术的出现导致了传统观念的深刻变革——"'虚拟现实'提供一个全新的视觉世界，它意在创造一种体验，使人们在感官水平上感到自己好像真的处于一个所呈现的世界之中。"① 不仅如此，穆尔指出："也许虚拟现实的本质不在于技术而在于艺术，它也许是最高级的艺术。虚拟现实不是去掌控、逃避、娱乐或者交流，它的终极承载，或许是要改变和补救我们的现实感——这是最高级的艺术曾经尝试去做的事情。"② 比如，以中国传统经典为基础，VR 艺术作品《山海经》营造了一个光怪陆离的世界，其中的奇珍异兽凝聚着天马行空的想象，"刑天""鯈鱼"等一个个艺术形象、符号等"跃然纸上"；在《清明上河图》的 VR 演绎中，熙熙攘攘的街道车水马龙，桥下的水面上荡漾着涟漪，牧者牵着牛行进在山间……动态的效果使影像更加生动形象、更添艺术感染力，带给人们新的审美感知和体验，其中，现代技术与传统文化的相互激发、相互成就，使体验者更加直观地感受和体会到传统文化艺术的底蕴和魅力。当然，在审美现代性的意义上，技术赋能有其辩证含义：一方面，"互联网、大数据、人工智能等催生了文艺形式创新，拓宽了文艺空间"；另一方面，"我们必须明白一个道理，一切创作技巧和手段都是为内容服务的。科技发展、技术革新可以带来新的艺术表达和渲染方式，但艺术的丰盈始终有赖于生活"。因此，"要正确运用新的技术、新的手段，激发创意灵感、丰富文化内涵、表达思想情感，使文艺创作呈现更有内涵、更有潜力的新境界"。③

其二是艺术创新。在网络视听文艺的创作生产中，有三种情形引人瞩目：一是新的艺术形式不断涌现。比如，近年来，在 AI 艺术中，有"微软小冰"的诗歌创作及其诗集《阳光失了玻璃窗》(2017)；在虚拟艺术中，有虚拟艺人洛天依和夏南屿、虚拟偶像"寄生熊猫"，以及 QQ 音乐与元宇宙游戏企业罗布乐思联合举办的虚拟音乐会等。二是"单一符号"文本向"复合符号"文本转化。当前，伴随数字文化的范式转换，文本更多的不是由单一符

---

① 周宪. 视觉文化的转向 [J]. 学术研究，2004（2）：115.
② 穆尔. 赛博空间的奥德赛 [M]. 麦永雄，译. 桂林：广西师范大学出版社，2007：138.
③ 习近平. 在中国文联十一大、中国作协十大开幕式上的讲话 [N]. 人民日报，2021-12-15(2).

号构成,而是呈现文字、图片、视频、音乐、音响、动画、漫画等多种表意符号有机融合的状态。其间,作为超媒体的数字化网络几乎熔铸、糅合了所有传统媒介的特性,诚如穆尔所说:"作为一种表现媒介,万维网模糊了形形色色的艺术形式之间的区别",在广袤无垠与异质丛生并行不悖的网络空间,数字特性使"一切媒介都共享着数字编码"。① 不仅如此,在阿兰·科比那里,"一种新形式的文本性"是形容数字现代主义(Digimodernism)的最直接方式,或者说,伴随网络信息技术的快速发展,文本的电脑化所导致的新形式的文本性不仅是"一些新的、有确定风格的文本的标志,也显示了数字现代主义的属性"。② 在网络视听文艺的创作生产中,尽管这种数字现代主义的"文本性"表现不突出,但它隐伏于数字文化范式之中,因而具有不可忽视的潜能和影响。三是艺术叙事的新突破。这在《他的微笑》《大唐女法医》《拳拳四重奏》等互动剧及《奇艺剧本鲨》《乐队的夏天》《偶像练习生》《中国新说唱》《这!就是街舞》等互动综艺中有突出的体现。比如,在《他的微笑》中,作品从女主人公的视角添加了多个选择节点,并呈现多样的剧情走向和开放的故事结局,给观众带来耳目一新的代入感、沉浸感和新异趣味。其间,相比传统的线性叙事、闭环结构和"传播—接受"模式,互动剧采用参与式多线程叙事,让观众通过行动体验叙事情景、参与叙事进程、创造叙事意义。就美学意义来说,借助基于信息通信技术的交互方式、手段和机制,使互动叙事富含"审美分享"与"价值共享"的特性和潜能,具体良好的发展前景。

其三是意识转变。在网络视听文艺的创作生产中,这一审美现代性表征深深地蕴含、嵌入在视觉转向和空间转向之中。

首先,从"视觉转向"的维度看,当代视觉文化在改变人们时空观念和感受的同时,还改变了人们的认知方式。事实上,相较语言文字,形象、图像或影像也是一种人们借以认知、塑造世界的重要途径和中介,甚至更有影响力的方式。对此,米歇尔指出:"种种看的状态(观看、注视、瞥见、发现

---

① 穆尔.赛博空间的奥德赛[M].麦永雄,译.桂林:广西师范大学出版社,2007:179.
② 科比.数字现代主义导论[J].陈后亮,译.国外理论动态,2011(9):77-78.

的实践、监视和视觉快感），也许是一个和种种阅读形式（解读、解码、解释等）一样深刻的问题"，然而，"视觉体验或视觉修养并没有在文本形式中得到充分的解释"。这意味着"看"不同于"阅读"，视觉文化的兴起不仅表明了一种新文化的出现，还要求有一种新的思维范式。①不仅如此，在关于"视觉"和"视觉性"的讨论中，哈尔·福斯特指出："虽然视觉意味着视线（sight），是一种身体运作，视觉性则意味着视线是一种社会事实，两者并不像自然和文化那样对立：视觉也是社会的和历史的，视觉性也包括身体和心理。然而，它们并不一样。此处，术语之间的差异标志着视觉内部的差异——视线的机制和它的历史技巧之间的差异、视觉的资料和它的话语决定之间的差异——我们如何看见，我们如何能够看见，我们如何被允许看见，如何让我们看见，我们如何看见这个看见过程或看不见的东西。"②这意味着"视觉转向"不仅改变了人们的认知方式，还需要新的世界观和价值观。事实上，伴随当代文化从"语言"主因向"图像"主因转变，各种各样复杂的图像或影像形式给当代主体的意识形态和认知方式带来越来越大的影响，或者说，无数新的视觉形式和视觉技术深刻塑造着当代人关于生活的世界及其意义的理解和解释。举例说来，近些年，短视频、网络直播的迅猛发展：截至2022年12月，我国短视频用户规模10.12亿，使用率94.8%；网络直播用户规模7.51亿，占网民整体的70.3%，其中，游戏、演唱会、真人秀直播的用户规模/使用率分别为2.66亿/24.9%、2.07亿/19.4%、1.87亿/17.5%。③显而易见，就日常生活审美化和审美的日常生活化来说，文艺性短视频、网络直播的迅猛发展具有多方面不可小觑的深远影响。

其次，从"空间转向"的维度看，在反思现代以来"时间"与"空间"的关系时，福柯说："空间以往被当作是僵死的、刻板的、非辩证的和静止的东西。相反，时间却是丰富的、多产的、有生命力的、辩证的。"这意味着，

---

① 周宪.视觉文化的转向[J].学术研究，2004（2）：112.
② 杰伊.文化相对主义和视觉转向[J].文化研究，2013（3）：108.
③ 中国互联网络信息中心.第51次《中国互联网络发展状况统计报告》[R/OL].（2023-03-02）[2023-12-10].https://www.cnnic.net.cn/n4/2023/0303/c88-10757.html.

在人们的认知中，时间向度得到了充分的重视，空间则显得若有若无、无足轻重，或如大卫·哈维所说，"许多社会理论忽视了空间"，"它们假设了一种稳定不变的实体和永恒的空间结构"。① 然而，随着"空间"地位的突显，两个要点也得以显山露水：一是以往习而不察、熟视无睹、其貌不扬的"日常生活"，如今呈现为一片生机勃勃的领域——它把那些处于相互隔绝分裂与碎片状态的社会活动领域重新组合起来；二是伴随现代性问题日益凸显，以及人们反思意识的不断增强，在理论研究中，空间问题越来越显现其基础性与重要性，概言之，"空间"成为审视社会结构与社会发展的基本维度。在这种意义上，就网络视听文艺的创作生产来说，"网络空间"的意义日益清晰，尤其是，"虚拟现实"可以呈现和实物一样的仿真图像，并作为一种"本身存在的现实"与我们的日常经验交叠、缠绕，由此我们"进入一个世界，那里不是有一种而是有两种存在：现实与虚拟"。② 在当代西方艺术实践中，穆尔指出：万维网可视为20世纪"学院中的先锋派运动的延续，以及造型艺术的蒙太奇和音乐中的先锋派的延续，只不过在某种程度上，万维网吸引了更多的受众"。③ 尽管中、西艺术实践有其各自的具体特点，但在互联网时代的空间转向中，艺术与技术、艺术与意识、技术与意识等之间的关系具有相似。

当然，除了以上表现，网络视听文艺的审美现代性还可以从别的维度和更细致的层面考察，比如，文化的维度、社会的维度、经济的维度和时间的维度，以及现代性体验的层面、思想观念变革的层面等，并且，在新型"超空间"的意义上，这些审美现代性在诸多方面吻合当代艺术发展的特点和趋向。在此，特别值得一提的是，有新型"超空间"就有新型的时间，尤其是"赛博空间"与"赛博时间"，且像现实中的时空一样，两者不可分割。尽管赛博空间与赛博时间关系复杂，且已是另外一个论题，但基于数字化、观念化的赛博时空与其背后具有认识、实践能力的"人"的紧密关联，我们试简要说明马克思关于古希腊艺术具有"永久魅力"的评价所蕴含的深刻启示意

---

① 庄友刚.空间生产的历史唯物主义阐释［M］.苏州：苏州大学出版社，2017：5.
② 拉什.新媒体艺术［M］.俞青，译.上海：上海人民美术出版社，2015：181.
③ 穆尔.赛博空间的奥德赛［M］.麦永雄，译.桂林：广西师范大学出版社，2007：179.

义。在《〈政治经济学批判〉导言》中,马克思以儿童的天真、纯真、天性为喻,认为:"希腊人是正常的儿童",以至"历史上的人类童年时代,在它发展得最完美的地方","作为永不复返的阶段而显示出永久的魅力"。① 时至今日,古希腊艺术的时代已一去不复返,但在审美现代性的意义上,"古希腊艺术的特殊魅力不在于它的古典性,而恰恰在于它的'现代性',即,在于它在现代社会生活中的意义。已经转化为艺术作品的古希腊神话,已经不是一种意识形态,而是一种凝固的意识形式,只有当它与现实生活经验建立某种联系时候,它才呈现出具体的意义,这个'意义'的根源在于现实经验和现实关系"。② 由此说来,就网络视听文艺(乃至当代艺术)发展来说,其深刻的启示意义在于:从历史发展的维度看,"永久魅力"之说打破了线性时间的"进步"神话,强化了一种内在的契合性;从艺术创作生产的维度考察,它表明,重要的不是从现实到艺术的审美转换阶段,而是从艺术作品到现实体验的审美转换过程;从审美价值的维度审视,它强调,要将"人"的自由、全面发展置于审美现代性的核心。进一步说来,在当代中国审美文化语境中,这三点启示亦可视为中国式审美现代性自主知识体系建构的重要内容和规定性。

---

① 马克思.《政治经济学批判》导言[M]//马克思,恩格斯.马克思恩格斯选集:第2卷.北京:人民出版社,1995:28.
② 王杰.审美现代性:马克思主义的提问方式与当代文学实践[J].文艺研究,2000(4):9.

时尚底色与情感本色：优秀艺术类短视频的特质和潜能*

近年来，基于形式、题材、功能和技术、传播、接受等方面的特点与优势，短视频快速发展，成为一种广受欢迎的网生内容形态、令人瞩目的网络文化景观。不仅如此，凭借强大的搭载能力和灵活多变、动态生成的审美张力，"短视频+"具有孵化器的功能，以至成为优质网生内容的催化剂、放大器。其中，所谓"艺术类短视频"，意指蕴含丰富艺术和审美因子的短视频，其突出表现形态除以丰富多样的文化艺术内容为题材的短视频外，便是以"短视频+文艺"形式呈现的短视频。在流行时尚的意义上，面对当前琳琅满目的艺术类短视频，尽管其间的热点、潮流存在"长江后浪推前浪""流水前波让后波"的特点，但任一火爆现象的背后终归有社会、文化和思想情感等方面的深层次因由。特别是，从流行时尚的生成和娱乐、审美或社交功能发挥的维度看，但凡优秀的艺术类短视频，它们大多根于民、源于情、兴于网，其"火爆"蕴含着当今时代审美趣味、社会心理、思想情感、文化价值等方面的丰富信息。通过对一些典型文本的分析，并透过"时尚"与"情感"的三棱镜，我们可以概括、总结优秀艺术类短视频之"优"的特质和潜能，并进一步深入揭示、阐述其间蕴含的内在机理和文化逻辑。

---

* 本文原载于《中国电视》2024年第5期，与刘瑞轩合作，收入本书时略有删改。

时尚底色与情感本色：优秀艺术类短视频的特质和潜能

一、"短视频+文艺"：流行时尚的晴雨表、文化影响的倍增器

在当前丰富多彩的网络文化中，作为一种风生水起、蓬勃发展的网生内容新形态，短视频一骑绝尘，其题材之丰富、品类之多样、情境之繁复、数量之庞大，恐怕唯有互联网时代才能出现如此蔚为大观的景象。据《中国互联网络发展状况统计报告》：2018—2023年，我国网民规模分别为8.29、9.04、9.89、10.32、10.67、10.92亿，短视频用户规模分别达6.48、7.73、8.73、9.34、10.12、10.53亿（见图1）。在接入环境方面，2018—2023年，我国手机网民规模/使用手机上网的比例分别为8.17亿/98.6%、8.97亿/99.3%、9.86亿/99.7%、10.29亿/99.7%、10.65亿/99.8%、10.91亿/99.9%。这反映了移动互联时代"一机在手、走遍神州"的新风貌，还意味着短视频这种短小精干的内容拥有便捷的接受终端、深厚的发展土壤和广阔的发展空间。在年龄结构上，2018—2023年，我国10-49岁网民合计占比分别为83.4%、79.2%、70.1%、69.0%、64.8%、63.6%（图2）。[1]这表明：年轻用户群体在网生内容创作生产中具有重要地位和影响力，并将"年轻态"突显为用户画像的鲜明特征。[2]具体就短视频创作生产来说，显然，庞大的数量"硬核"具有引发质变的强劲动能，换言之，庞大的数量及其底层驱动逻辑渗透到短视频创作、传播、接受的各个环节和层面，并带来一系列深刻影响。当前，尽管目不暇接的短视频内容中存在良莠不齐、鱼龙混杂的情形，但伴随场景、功能的进一步拓展和释放，它总体上呈现为一种实践丰富、活力充沛的网生内容形态，并以强大的搭载能力、灵活多变的审美张力成为当今文化艺术发展的重要推手。

历史地看，近年来短视频的强势崛起有新技术、新媒介迅猛发展及其巨大影响带来的深厚社会、文化背景，以及数字文化范式转换和视觉文化主导

---

[1] 相关数据依中国互联网络信息中心发布的第43、45、47、49、51、53次《中国互联网络发展状况统计报告》整理。

[2] 彭文祥，王万玲.年轻态：艺术创作生产的风格趋向和价值取向评析[J].中国文艺评论，2021（4）：75.

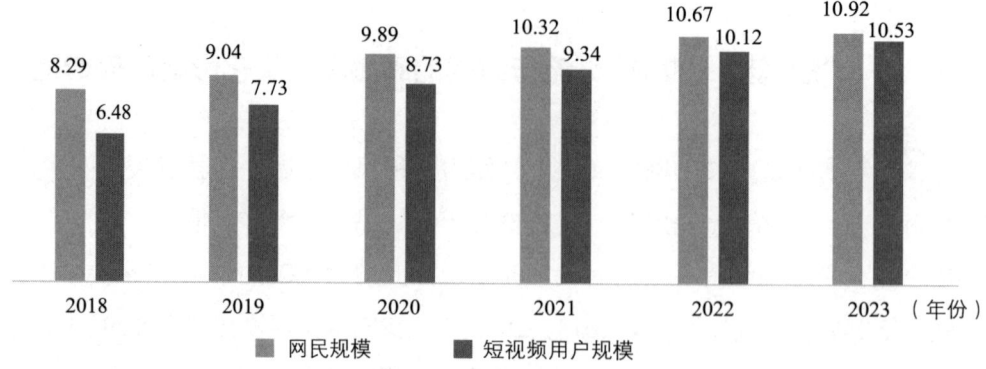

图1　2018—2023年我国网民规模、短视频用户规模（亿）

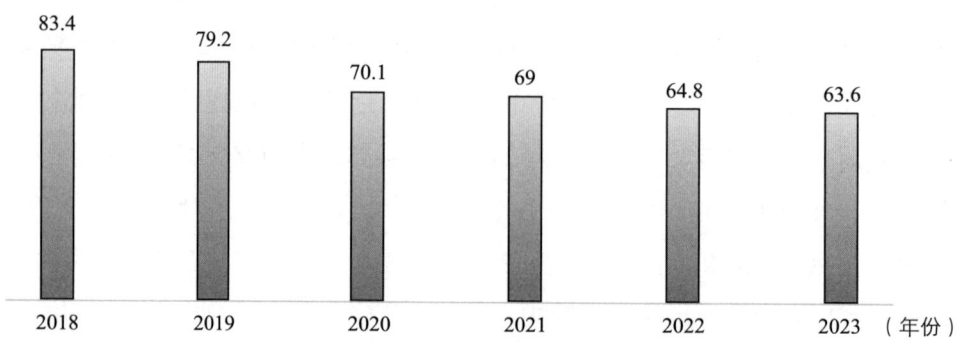

图2　2018—2023年我国10–49岁网民合计占比（%）

地位突显的内在逻辑。在媒介生态学的意义上，媒介不只是工具，它还构成了人的环境，或者说，人使用媒介，媒介同时也塑造人、建构文化。具体说来，伴随数字化、网络化、智能化深入发展，以互联网为代表的数字媒介革命带来一系列重要后果：在社会现实上，"网络社会"崛起（卡斯特，1996），"数字媒介社会"成形（水越伸，1999）；在文化现实上，互联网开创了"第二媒介时代"（波斯特，1995）。[①] 在范式嬗变的意义上，如果说，以广播电视为代表的"电子文化"是对以语言文字为代表的"印刷文化"的超越，那么，

[①] 卡斯特.网络社会[M].周凯，译.北京：社会科学文献出版社，2009；水越伸.数字媒介社会[M].冉华，于小川，译.武汉：武汉大学出版社，2009；波斯特.第二媒介时代[M].范静哗，译.南京：南京大学出版社，2005.

以互联网为代表的"数字文化"则带来了更剧烈、更深刻的范式转换。[①] 进一步说来,就文化性质和图景来说,自20世纪60年代以来的视觉转向使当代文化成为由视觉性占主导地位的文化。对此,波兹曼指出:"我们的文化正处于以文字为中心向以形象为中心转换的过程中",且"某个文化中交流的媒介对与这个文化精神重心和物质重心的形成有着决定性的影响。"[②] 相比之下,如果说,印刷文化是一种语言文字主因型文化,那么,数字文化则是一种视觉图像主因型文化。[③] 在艺术和审美的领域,视觉转向带来一些显著变化,并呈现如下四方面的突出特征:其一,视听艺术构成了人们感知世界的主导形式;其二,视听艺术与科技前沿思维、成果联系在一起,表达了当今时代最具探索性的前沿美学和哲学;其三,伴随科技发展,视听艺术建构起来的虚拟世界可能会构成人们的现实世界,或者说,现实世界已为虚拟世界所重新规划和建构;其四,如果视听艺术可以起到如此作用,那么,视听文明时代的社会管理、人类的交往方式、人类感知世界的方式都会发生根本变化。[④] 由此观之,鉴于近年来迅猛发展的态势和与日俱增的影响力,短视频(尤其是艺术类短视频)可视为数字文化范式转换和视觉文化主导地位突显的必然结果和典型表征。

在互联网时代的社会文化语境中,就审美表意来说,一方面,"电脑之类的技术没有它固有的无能为力的事情,这种技术使我们的意识延伸,成为一种普世一体的环境";[⑤] 另一方面,"每一种媒介都为思考、表达思想和抒发情感的方式提供了新的定位,从而创造出独特的话语符号",[⑥] 或如艾柯所说:"在每一个世纪,艺术形式构成的方式都反映了——以明喻或暗喻的方式对形象这

---

① 彭文祥. 实践丰富、活力充沛、前景繁盛的网络文艺 [M] // 中国文联网络文艺传播中心. 中国网络文艺发展研究报告(2018—2019). 北京:社会科学文献出版社,2019:3.
② 波兹曼. 娱乐至死 [M]. 章艳,译. 桂林:广西师范大学出版社,2005:11.
③ 周宪. 视觉文化的转向 [J]. 学术研究,2004(2):111.
④ 陈晓明. 视听文明时代的到来:新的美学与感知世界的新方式 [J]. 文艺研究,2015(6):16-17.
⑤ 麦克卢汉,秦格龙. 麦克卢汉精粹 [M]. 何道宽,译. 南京:南京大学出版社,2000:421.
⑥ 波兹曼. 娱乐至死 [M]. 章艳,译. 桂林:广西师范大学出版社,2005:18.

一概念进行解读——当时的科学或文化看待现实的方式。"① 在这种意义上，作为现代信息技术和互联网发展的产物，艺术类短视频显然已成为一种具有独特"话语符号"的媒介和"看待现实"的新方式。在丰富实践中，近年来，伴随创作生产的蓬勃发展，一批优秀短视频作品受到人们的好评。比如，2021—2023年，入选国家广电总局优秀网络视听作品目录的有《三星堆"黄金面具"咋搞出来的？》《大山里的音乐课》《现代版"富春山居图"》《2021年版清明上河图·藏了一年的彩蛋》《Mitch和他的东方博物馆》《了不起的宝藏·探宝上博（第二季）》《好久不见！沉浸式重温70、80、90回不去的童年》《"人民"江山图、绿水青山卷》《大足石刻：跨越时空与历史对话》《听见烟火三千年》《根·脉》《时光·影》等。② 这些作品贴近生活，以短视频的独特方式生动、形象地表征人们的体验、感受和思想感情。尤其是，在文化传承发展的时代潮流中，一批以传统文化艺术为题材的优秀作品，既展现中华优秀传统文化的丰富内涵，又彰显中华优秀传统文化与现实生活紧密关联的现代性。

不仅如此，在当前新的媒介生态、艺术生态和产业生态中，短视频日益呈现强大的搭载能力，或者说，"短视频+"使诸多传统的文化艺术形态及内容在传播、接受等方面搭上了互联网的快车，比如，短视频+音乐、短视频+舞蹈、短视频+戏曲、短视频+绘画、短视频+摄影、短视频+文物、短视频+非遗，以及短视频+文化。其中，就审美张力来说，首先在内容形态上，"短视频+"如同一部功能强大的制造机器，其所搭建的、灵活多变的表意空间充分体现了互联网"容纳器""融合炉"的特点，并使"意义"在综合性的审美"情境"（Context）中流变和生成，诚如穆尔所说："万维网模糊了形形色色的艺术形式之间的区别，还抹掉了五花八门的传统媒介类型如广告、新闻、娱乐和艺术之间的边界。"③ 比如，"短视频+音乐"使《错位时空》衍生出多种版本的短视频作品。其次在文本形态上，"短视频+"呈现的

---

① 艾柯.开放的作品[M].刘儒庭，译.北京：新星出版社，2005：18.
② 参见国家广播电视总局办公厅：2021、2022、2023年《优秀网络视听作品推选活动优质作品目录》。
③ 穆尔.赛博空间的奥德赛[M].麦永雄，译.桂林：广西师范大学出版社，2007：179.

大多是融汇文字、图片、音乐、音响、视频、动画、漫画等多种表意符号的复合文本：一方面，数字特性使其所用的一切媒介和符号共享着数字编码；另一方面，诚如阿斯科特所说，艺术品不再是某种固定不变的成品，而是创作者与接受者互动行为的矩阵和提供多重意义生成的场域，其中，通过多种表意符号，"意义"在互动和对话中往复抛掷，并"处在流动状态，连续地变化与转换"。① 比如，《中国》第三季面向全球开放"二创"版权，极大激发了视频博主的创作热情，并诞生了一批播放量百万、千万级的二创短视频。② 进一步说来，在审美效果上，"短视频+"不仅以其容纳性、融合性赋予作品艺术性、审美性，还造就了"短视频+文艺"的可供性（Affordance）和能产性（Productivity），并不同程度地影响、改变着人们的生活习惯、趣味爱好、思想情感等。

基于以上分析，我们可以看到，作为一种形态多样、实践丰富、活力充沛的网生内容形态，短小精干的艺术类短视频犹如互联网时代的轻骑兵，它可以迅捷突入现实生活，敏捷感知和表现时代发展中人们的情感、意志、愿望，以及趣味爱好、思想观念等。尤其是，对那些优秀的艺术类短视频来说，借助对时代生活的敏锐感觉，并通过对其间诸多片段、偶然、瞬间的捕捉，可以反映社会情绪的变化，形成社会想象、集体无意识的形象图谱，进而成为流行时尚的晴雨表、文化影响的倍增器。实践表明，艺术类短视频具有短视频的优点和特长，同时又处于艺术审美与视觉表意的的交接点上，这使得那些具备优秀潜质的作品频繁掀起一波波引人瞩目的时尚热点或潮流。比如，《Mitch 和他的东方博物馆》《了不起的宝藏·探宝上博（第二季）》《听见烟火三千年》《中国画·中国意》《北京的声音》等以传统文化艺术为题材的作品广受欢迎且屡屡引发热议；《可可托海的牧羊人》《早安隆回》《孤勇者》《向

---

① 阿斯科特. 未来就是现在：艺术，技术和意识[M]. 周凌，任爱凡，译. 北京：金城出版社，2012：49.
② 湖南卫视. 纪录片《中国》第三季从"破圈"到"出海"，再引中式审美新潮流[EB/OL].（2023-12-05）[2024-03-16]. https://baijiahao.baidu.com/s?id=1784374961749302779&wfr=spider&for=pc.

云端》《罗刹海市》等在短视频的加持下火爆全网；作为一种新型舞蹈，"科目三"凭借门槛低、风格多样、效果好等优势引发无数年轻人的追捧，并在短视频的助推下，"走出了一条从'低俗''通俗'到'雅俗共赏'的变身之路"，成为年轻人娱乐、审美、交流的新方式；①越剧《新龙门客栈》因陈丽君短视频的推波助澜而"出圈"，并使"小剧场模式、打破'第四堵墙'的舞台、大胆且新颖的原作改编、优美动人的唱段，以及演员独特的个人魅力"呈现一种独特的"趣味"。②可以说，在热点、潮流和流行时尚的意义上，透过短视频的加持和赋能，我们可以进一步深入阐述、揭示以上作品的风行在"时尚底色"与"情感本色"上所蕴含的典型意义。

二、时尚底色：审美趣味的契合、生成机制的缝合

时至今日，"时尚"不再是服饰的代名词，作为个性化的流行表达，其内涵已通达、渗透到生活品位、美学观、价值观等诸多层面，诚如西美尔所说："时尚能够吸收所有外表上的东西并把任何选择了的内容抽象化：任何既定的服饰、艺术、行为形式或观念都能变成时尚。"就内在规定来说，它具有"普遍"与"特殊"交织的双重性，作为"既定模式"的模仿，"它满足了社会调适的需要：它把个人引向每个人都在行进的追路，提供了一种把个人行为变成样板的普遍性规则，同时它又满足了对差异性、变化、个性化的要求"。③如此说来，作为一种社会行为和审美风尚的现实表现，时尚具有"求新"与"变化"的显著特点，或者说，在持续的更迭、交替中，它不仅与社会阶层密切相关，还成为大众审美趣味的一种突出表征。

在互联网时代的审美文化语境中，一方面，时尚的魅力在于它成为现代性体验的符号化表达，用波德里亚的话说，即它"解除了符号的一切价值和

---

① 王欣."科目三"舞蹈的审美解析与文化研究［N］.中国艺术报，2024-4-19（7）.
② 李美洋.越剧《新龙门客栈》出圈背后的探究与反思［J］.中国戏剧，2024（2）：7.
③ 西美尔.时尚的哲学［M］.费勇，吴蓓，译.北京：文化艺术出版社，2001：72，91.

一切情感，但它又重新成为一种激情——人为的激情"；①另一方面，作为与特定社会历史阶段经济、文化、政治、艺术、道德等紧密相连的审美哲学，时尚的哲学与人们的日常生活、社会存在息息相关，以至透过时尚，人们可以深入理解自我与他人的趣味、观念和行为。特别是，从感觉社会学的维度看，威廉斯认为：某一社会文化中的成员对其生活方式有一种独特的感觉结构，这种"感觉结构"是社会群体中一种广泛、深刻的独特力量，它"在占支配性地位的生产性群体那里表现得最为突出"；②从参与式文化（Participatory Culture）的维度看，詹金斯等指出：在互联网时代的文化逻辑中，"重要的不是媒介形式，而是人们如何参与到媒介中"。③概言之，参与式文化突出、强调了用户的角色变化——他/她们不再是传统意义上的被动"受"众，而是融汇"Producer"与"Consumer"的"Prosumer"，并与"被动型媒体观看行为"所形成的文化相区隔。④由此观之，"感觉结构"的独特性、"参与式文化"的互动性突破了"时尚"作为社会阶层审美趣味分化的原有意义，并为互联网时代的流行时尚注入了新内涵，也为分析、阐释一些代表性作品的典型意义，以及优秀艺术类短视频之"优"提供了新视角。

就第一种形态的艺术类短视频来说，在深入推进"第二个结合"的时代背景下，一批以传统文化艺术为题材的短视频引发观众强烈情感共鸣，带来良好审美传播效果。这些作品之所以备受欢迎不仅在于其内容上深厚的文化内涵和自觉的历史意识，还在于其艺术形式的创新性和审美表现上备受年轻观众喜闻乐见的生动性、活泼性。比如，《Mitch和他的东方博物馆》将博物馆里的展品拟人化，讲述40年来Mitch走遍中国各地、收购"老物件"的经历，并于趣味盎然中呈现文物背后的生动故事和寓意；《了不起的宝藏·探宝

---

① 波德里亚.象征交换与死亡[M].车槿山,译.南京：译林出版社,2012：125.
② 威廉斯.漫长的革命[M].倪伟,译.上海：上海人民出版社,2013：74.
③ 詹金斯,伊藤瑞子,博伊德.参与的胜利：网络时代的参与文化[M].高芳芳,译.杭州：浙江大学出版社,2017：12-13.
④ 詹金斯.融合文化：新媒体和旧媒体的冲突地带[M].杜永明,译.北京：商务印书馆,2012：2-31.

上博（第二季）》通过新颖的表达方式和赏心悦目的视觉呈现，多维展示中国人的技艺、审美、文化和生活方式，以及国宝中蕴含的文明基因、文化精神和价值观；《听见烟火三千年》让一支"因盛世而生，为盛事而奏"的古代宫廷乐队从石刻中"走"出来，共襄"大运会"盛事；《中国画·中国意》将岁序更迭、四时之韵映现于古人的水墨丹青、传世画作之中，在生生不息的时间美学中呈现中国人的诗意栖居与生活意趣；《北京的声音》系列短视频则多维度、立体化展现北京中轴线的历史意义、人物故事和文化内涵……在流行时尚的意义上，此类短视频植根中华优秀传统文化，其风行的典型意义在于以新颖、活泼的形式和风格化的视听语言彰显中华文化主体性，展现传统文化的现代性，或者说，在传统与现代生活的紧密关联及所呈现的现实意义中，有效"推动中华优秀传统文化创造性转化、创新性发展"，有力"推进中国特色社会主义文化建设，建设中华民族现代文明"。① 就第二种形态的艺术类短视频而言，在"短视频+舞蹈"的审美张力中，作为一种时尚的新型舞蹈，"科目三"被人们贴上了丝滑、魔性、妖娆等标签：在音乐特征上，其电音曲风简单、奔放，具有强烈的律动感；在舞姿形态上，伴随鲜明的音乐节奏，摇花手、扭腰、摆胯，还有半崴不崴的脚……虽然谈不上翩若惊鸿、婉若游龙，但丝滑、洒脱的小连招让人情不自禁翩翩起舞。

那么，面对琳琅满目、丰富多彩的短视频，透过以上代表性作品，我们可以看到优秀艺术类短视频具有怎样的时尚底色，以及通过怎样的方式或生成机制使这种"底色"显影？

就以传统文化艺术为题材的短视频而言，丰富的历史内涵往往使其蕴含厚重的意义负载，但通过新颖、活泼的艺术形式和风格化的审美表达，此类作品呈现趣味盎然的风貌。就"短视频+文艺"的突出代表"科目三"来说，作为社会摇之一，其全称是"广西科目三"，据说始于广西某婚礼现场多人欢歌起舞的场景。此后在坊间流传，广西人一生中要经历三场考试：科目一是唱山歌，科目二是嗦米粉，科目三是跳舞。在话语多元、趣味多样的赛博空

---

① 习近平.在文化传承发展座谈会上的讲话[J].求是，2023（17）：5.

间,"唱山歌"回荡着传统文化的浪漫乡愁,"嗦米粉"深藏着街头巷尾的味觉记忆,随风摇摆、配上《一笑江湖》国风 BGM 的"科目三"更是蕴含着青年文化的趣味密码、快乐胚芽和时尚潜能。由此观之,在流行时尚的意义上,这些短视频的备受欢迎直指艺术类短视频时尚底色的核心——审美趣味。在中国古典诗学中,"趣"有兴趣、灵趣、理趣、意趣、真趣等,袁宏道说,诗以趣为主,"世人所难得者唯趣,趣如山上之色、水中之味、花中之光","虽善说者不能下一语,唯会心者知之"。[①] 在当今丰富多样的艺术类短视频中,"趣"之真义更是备受推崇:一方面,感性直观、时尚靓丽、轻松愉悦等是青年文化的鲜明特征;另一方面,契合年轻受众的审美趣味既吻合艺术规律,也符合市场规律。尤其是,基于数量庞大的年轻用户群体,可以说,正是"审美趣味"铸就了艺术类短视频的时尚底色。

在艺术类短视频的生产中,创作者极力把握用户的审美趣味显然有其合理性,但"把握"不是"迎合",也不是开心快乐、赏心悦目的演绎或浅层次表达。这意味,优秀艺术类短视频之"优"及其时尚底色的显影,最终还有赖于通过合理的生成机制将人们的审美趣味呈现出来。

首先,在优秀艺术类短视频的生成机制中,被有机缝合起来的"要素"大致有如下四个方面。一是"年轻态"的风格。作为一种总体性的特征描述,年轻态意味着以年轻用户为中心,并受其审美趣味、爱好等影响而呈现鲜明的网感特点和形象风貌。实践表明,在网生内容生产中,它不仅是一种主导话语,还隐含着强大的建构力量。二是"参与式文化"的基调。在互联网时代的艺术传播和接受中,参与、参与性、参与式文化等突显、强调了用户的角色变化,即由被动的消费者转变为主动的生产者,以至于兼具消费者和生产者的双重含义。三是"视觉文化"的张扬。相比之下,对语言文字主因型的印刷文化来说,其抽象性、联想性更多地崇尚阅"文"的爱好和意趣,而在视觉图像主因型的数字文化中,其直观性、具体性更倾向于读"图"的快感和乐趣。在丰富实践中,艺术类短视频显然强化了后者。四是"快乐"的主题。在热情、活泼

[①] 陈志扬,李斌.中国古代文论读本:第四册[M].开封:河南大学出版社,2019:190.

的青年文化中,快乐存在于人们具体实践的时刻,尤其是,在对网生内容的生产性使用中,用户通过消费"生产"出自己的意义和快感。

其次,优秀艺术类短视频的趣味生成和底色显影蕴含着大众文化生产的普遍性逻辑,体现了契合社会文化心理和观众审美需求的艺术特质。在学理上,"社会文化心理"举足轻重。比如,普列汉诺夫说:"任何一个民族的艺术都是由它的心理所决定的,在一定时期的艺术作品和文学趣味中都表现着社会文化心理。"① 在分析好莱坞类型电影时,巴赞指出:美国电影那最值得钦佩的不只是这个或那个电影制作者的才能,更重要的是"那个系统的天才,它那始终充满活力的传统的丰富多彩,以及当它遇到新因素时的那种能产性"。② 换言之,所谓"能产性",即通过"惯例化""观众中心化""艺术叙事与社会叙事同构化""创新化"四种机制,表征社会文化心理与观众审美需求的能力。③ 类似地,就优秀艺术类短视频生产来说,其普遍性逻辑及其内蕴的艺术特质在于:一方面,作为与"窄播符码"相对的"广播符码",它必须处理公众普遍关心的议题,诚如费斯克所说,"在广播的讯息中,所传达的是一个文化内在的情感、态度和价值等模式,而这些讯息会重新融入它们所来自的文化中,再度塑造出同样的思想与情感模式,因此,可以说,在广播、阅听人(作为来源)、阅听人(作为目的地)三者之间有个恒常而动态的互动关系";④ 另一方面,在生产、传播、接受等的紧密关联中,正是通过类似以上类型电影的"四化"生产机制,优秀艺术类短视频之"优"突出体现为将特定历史时期的社会文化心理和观众的审美需求有效呈现出来,进而促进了文化热点的形成和审美时尚的生成。

---

① 普列汉诺夫.普列汉诺夫美学论文选[M].程代熙,译.西安:陕西人民出版社,1983:350.
② 沙兹.旧好莱坞/新好莱坞:仪式、艺术与工业[M].周传基,周欢,译.北京:北京大学出版社,2013:17-18.
③ 彭文祥,赫蓉.论影视剧的"类型"观念与"类型化"生产机制[J].现代传播(中国传媒大学学报),2007(5):88-89.
④ 费斯克.传播符号学理论[M].张锦华,译.台北:远流出版公司,1995:102.

三、情感本色：愉悦中的审美分享、认同中的价值共享

在现代生活中，"时尚"意味着流行，"流行"则意味着众人喜爱，乃至奔走相告，诚如史文德森所说："唯有当一个事物扮演了独特的社会角色，且隶属于一个系统，而该事物在系统内所担任的角色能够用其他的新事物来较快替换，只有这样，该事物才成其为时尚。"① 具体就艺术类短视频来说，其中蕴含着两变：其一，什么样的网生内容能成为"时尚"是变化的；其二，已成"时尚"的网生内容也是变化的，且两者还常常交织、渗透在一起。当然，不管哪种情形，时尚、流行的文化逻辑始终存在着"变"与"不变"的辩证统一关系。在这种意义上，就优秀艺术类短视频的审美潜能而言，如果说，"底色"显影，那么，"本色"保真，而其"内容"之"真"的基座即是情感。

在艺术活动中，"情感"自古以来就备受推崇。比如，刘勰在《文心雕龙·知音》中说："夫缀文者情动而辞发，观文者披文以入情，沿波讨源，虽幽必显。"别林斯基强调："情感是诗的天性中一个主要的活动因素——没有情感就没有诗人，也没有诗。"② 在苏珊·朗格那里，"艺术，是人类情感的符号形式的创造"，"把艺术符号化的作用就是为观众提供一种孕育感情的方法"。③ 在当今的互联网时代，情感取向依然是审美表征的核心取向。就优秀艺术类短视频而言，正如上述一波波热点短视频所显示的，一方面，在流行的时尚特质上，它们契合消费者的情感需求，体现了愉悦中的审美分享，比如，从起初的"五四特别版"到"建党百年版""国家记忆版""奥运版"，重新填词的《错位时空》在风行中衍生多种版本及多种版本的短视频，"它之所以'火'是因为契合了时代情感，许多年轻的奋斗者通过这首歌找到了精神上的

---

① 史文德森.时尚的哲学[M].李漫,译.北京：北京大学出版社,2010：7.
② 别林斯基.别林斯基论文学[M].梁真,译.北京：新文艺出版社,1958：14.
③ 朗格.情感与形式[M].刘大基,傅志强,译.北京：中国社会科学出版社,1986：51,458.

"同路人'"。① 又如，陈丽君短视频、"科目三"短视频感性生动、赏心悦目，以至类似康德所说，"无利害的愉悦"使人们"相信他自己会获得普遍赞同并且对每个人提出同意的要求"。② 另一方面，就审美潜能的释放而言，它们不仅带给用户艺术感染、思想启迪，还使人们于共情、共鸣中体会文化认同的价值共享，比如，以丰富多样、底蕴深厚的传统文化艺术为题材的短视频接引开新、融通化育，并作为"世界语言"在海外传播上发挥了情感沟通、文化交流的良好作用。

进一步说来，从艺术价值论的维度看，艺术不属于（或主要不属于）"认知—真理"的范畴，而属于（或根本上属于）"价值—感情"的领域，换言之，情感是人之性情中普遍、本真的内容，且情感的小视角可以折射社会生活的大视域。具体说来，优秀艺术类短视频"内容"之"真"的情感本色蕴含着真切的审美体验和深刻的文化内涵。就审美体验而言，作为短小精干的网生内容，艺术类短视频可视为特定阶段、特定人群思想情感和精神状况的审美表征。而那些优秀艺术类短视频之"优"正在于：借助对时代生活的敏锐感觉，并通过对其间诸多片段、偶然的形象表达，可使片段牵挂整体、生活表层的偶然折射内在的光辉，乃至如西美尔所说，"从独一无二中发现典型，从偶然中发现规律，从表面和稍纵即逝中发现事物的本质和意义"。③ 就文化内涵来说，艺术类短视频与人们的日常生活息息相关。而在那些优秀艺术类短视频中，诚如列斐伏尔所说，日常生活不是被那些专业化的高级活动挑选后的杂碎角料，相反，"日常生活与一切活动有着深层次的联系"，它是"一切活动的汇聚处，是它们的纽带，它们共同的根基。也只有在日常生活中，造成人类的和每一个人的存在的社会关系总和，才能以完整的形态与方式体现出来"。④ 在这种意义上，可以说，优秀艺术类短视频的"内容"之"真"突显了时代生活中人们本真的生存样态和精神风貌，而其审美潜能正在

---

① 许诺.因契合时代情感而"火"[N].人民日报，2021-12-10（20）.
② 康德.判断力批判[M].韦卓民，译.北京：商务印书馆，1985：53.
③ 张一兵，等.现代生活的审美[M].南京：南京大学出版社，2001：279.
④ 刘怀玉.现代性的平庸与神奇[M].北京：中央编译出版社，2006：103.

于通过敏锐的感觉,把握、彰显审美体验和社会文化中那些不断创新的动力所标识的发展脉络和趋向,以至于在高标的意义上成为时代生活中"精神季风"流转、变迁的风向标。

综上所述,作为互联网时代的轻骑兵,丰富多样的艺术类短视频可视为社会生活的生动写照、时代发展的审美表征,特别是,在各种艺术门类互融互通、各种表现形式交叉融合的当下,流行时尚自有其存在的道理,但优秀艺术类短视频之"优"更有其"底色"显影的机制和"本色"保真的要义。在这种意义上,透过优秀艺术类短视频之"优"的艺术特质和审美潜能,其内在机理和文化逻辑可为短视频发展提供有益参考,亦可为微短剧、微综艺、微纪录片、微电影、影视作品"二创"等类似网生内容的生产、传播、接受等提供有益借鉴。此外,特别值得一提的是,面对当前"短""微"网生内容的风行,时尚底色与情感本色突显优秀内容之"优",但也映现"短""微"之惑。比如,"短""微"的新形式带来正负混杂双重效应。显然,精简化、碎片化、娱乐化等适应人们快节奏的生活方式和接受方式,但就效果来说,选材好、技巧新、品质优或"微"而不弱、"短"而不浅的作品自成高格,其简洁性、趣味性、互动性亦可成为吸引用户的流量密码,然而,内容"爽""酷""萌"、见事不见人,或有"消费"无"审美"的数字咸菜难以替代文化主餐,增香提味的电子榨菜亦有钝化人们审美感觉之弊。在这种意义上,所谓"微文化是'美好的'也是'令人不安的'",[①]并非耸人听闻。又如,视觉文化的阅"图"快感往往因碎片化、浅表化或浅欣赏、浅理解、浅审美而让渡思考的能力、过滤意义的深度;在"短、平、快"的生产机制和质量标准的矛盾交织中,艺术表征的"概念化""口号化"难以呈现时代发展的真实风貌,也难以满足人们日益提升的审美需求。凡此种种庶几都表明:唯有新颖形式与优质内容的有机结合才是打开"高质量发展"的正确方式。换言之,就未来发展来说,身处新技术、新媒介、新消费等构建的文艺新空间,"我们必须明白一个道理,一切创作技巧和手段都是为内容服务的。科技发

---

① 周宪. 微文化是"美好的"也是"令人不安的"[N].新华日报,2015-12-4(14).

展、技术革新可以带来新的艺术表达和渲染方式,但艺术的丰盈始终有赖于生活。要正确运用新的技术、新的手段,激发创意灵感、丰富文化内涵、表达思想情感,使文艺创作呈现更有内涵、更有潜力的新境界"。①

---

① 习近平.在中国文联十一大、中国作协十大开幕式上的讲话[N].人民日报,2021-12-15(2).

让短视频与现实生活同频共振 *

在数字化、网络化、智能化深入发展的大背景下，近年来我国短视频行业发展迅速，成为互联网文化产业新的重要增长点。中国互联网络信息中心发布的《中国互联网络发展状况统计报告》显示：截至 2022 年 12 月，我国手机网民规模 10.65 亿，而短视频用户规模已达 10.12 亿。

制作成本低、内容轻量化、用户参与多等特征，使得短视频的制作和传播生机勃勃、潜力巨大。

短视频是展示美好生活的数字载体。拥抱每一种生活，具有鲜明的大众性，短视频成为许多人数字生活和工作的重要舞台。包罗万象的题材来源、多元并存的制作主体，让短视频成为展示日常生活的新型叙事方式。同时，在技术、媒介、用户、平台等合力作用下，短视频也让呈现日常生活之美成为可能。

短视频是赋能千行百业的有效手段。随着产业新形态、新业态等蓬勃发展，短视频多元的内容生态连接起直播电商、本地生活、企业服务等新场景新应用。在当前媒介生态和产业生态中，短视频在展现社会文化新风尚、激发经济发展新活力等方面，也发挥着独特的作用：发掘非遗的文化与市场价值、助力城市形象的传播和推广、用"绿水青山"带动乡村旅游等。尤其在促进地区经济发展方面，近年来短视频平台开展的"福苗计划""幸福乡村带头人计划""百城县长直播助农"等项目，从多方面打造"短视频、直播+"

---

* 本文原载于《人民日报》2023 年 6 月 29 日第 13 版，收入本书时略有删改。

新模式，助力乡村振兴，取得良好成效。

作为网络视听领域的重要内容，短视频将文化、生活与商业在屏幕中不断汇聚，也成为广大网民的交流沟通平台。比如，经历12年的发展后，仅2023年第一季度，快手应用的平均月活跃用户就达6.544亿。当然，仅有数字是不够的，优质内容的生产与传播，成为短视频更好贴近现实生活、与时代同频共振的关键因素。

同时，短视频行业的持久发展，有赖于切实贴近日常生活、与时代同频共振，深度释放生产要素潜能。因此，短视频行业在价值导向上，应以社会主义核心价值观为引领，把社会效益放在首位，实现社会效益与经济效益有机统一；在题材选择上，要强化现实关注、人文关怀，反映中国式现代化生动场景；在传播上，要进一步把握科技发展、技术变革新趋势。

因"网"而生、向"网"而盛，短视频已成为人们畅享和体验美好数字生活的载体。期待短视频行业规范有序发展、传播正向社会价值，为塑造风清气正的数字化时代贡献新的力量。

一个"熟悉的陌生人"*

从发展现状和趋势来看,"二次元"正在进行一场由弱到强、由边缘到主流、由文化到产业的漂移运动。但对许多人来说,这一新事物仍像是一个"熟悉的陌生人",乃至这种陌生本身,反过来成了"二次元"特征、气质、趣味的一种识别标准。尽管在其内部,关联与分离、转折与断裂的力量同样存在,但"二次元"发展动力十足、建构潜力巨大。同时,不可遏制的创新冲动,又使其具有极大的流动性和可塑性。

一、梦想与现实移情置换的"文化飞地"

从外在形态看,源于美国、产于日本、蔓延全球的"二次元",以ACGN[Animation(动画)、Comic(漫画)、Game(游戏)、Novel(小说)的缩写]为中心,辐射、涵盖了文化产业链的各个环节;从内在特质看,作为当下网络文艺、青年亚文化有机组成部分的"二次元",不仅形成了"二次元世界""二次元族群""二次元文化""二次元产业"等意义交织、关系复杂的词丛式语境,而且以主体意识独特的情感体验、认识方式、表意系统等,形成了一套特色鲜明的理念。

"二次元"的二维世界,是相对"三次元"的现实世界而言的。但事实上,ACGN所创造的世界,本质可概括为,在梦想与现实移情置换中建构的

---

* 本文原载于《光明日报》2017年6月27日第8版,收入本书时略有删改。

一块"文化飞地"。具体来说，它以数字技术抹平日常经验和视觉符号之间的分野；以各种元素的杂糅，融通"传统与现代""东方与西方""科技与灵异""虚与实"等之间的界限；在诸如爱、正义、拯救、牺牲、超越等新型宏大叙事中，着力刻画完美、类型化的人物形象，渲染种种超凡脱俗的强烈情感。进而，熔铸一个以真情、有爱为纽带，能够投射和代偿个人情绪、自我意识的自洽世界，并将这一自洽世界叠合到现实世界的延长线中。

二、生活体验与时代征候想象性投射的景观

近年来，文艺作品所呈现的艺术世界，既有对社会生活的生动反映，对传统文化的审美观照，也有"二次元"世界的影像表意，"二次元"因子、趣味、倾向等的渗透。以此为参照系，或在"传统与现代"的张力结构中，我们可以更好地理解"二次元"的审美表意。

身处现代化、国际化浪潮中，年青一代自有其生活体验、思想情感、趣味爱好的新天地，也有其伦理观念、价值存在、审美表达的新方式。尤其是在"二次元"族群的青葱岁月中，现代性体验是独特和鲜明的。在这种情况下，ACGN营造的自洽世界，便成为投射思想情感的良好载体。

在社会学和心理学意义上，"二次元"族群的现代性体验，因混合了"时代征候"的沉重因子而显得多样和庞杂。例如，社会文化转型的震荡感、传统情感纽带的断裂感、人际交流的孤独感、伦理关系的疏离感、真实诉求的挫折感、社会进步的正义感等，在时代变革的浪潮中叠加在一起。这一方面使他们保有敏感、脆弱而又珍贵的独立自我；另一方面，又使他们有着寻找情感归属、心灵慰藉和存在价值的强烈愿望。而在ACGN营造的自洽世界中，人物的塑造、叙事的起伏、趣味的唯美及逻辑上的说服力、情感上的召唤力等，都与"二次元"族群的超越性需求、替代性满足有着高度契合。因此，一些优秀的ACGN作品，能够引发强烈共鸣、狂热追捧。

应该说，"二次元"移情置换的世界和想象性投射的审美表意，在带有抹不去的青葱印记的同时，也有着时代精神、气质和脉动的折射闪光。

三、用户中心与质量为王相辅相成的资本逻辑

在政策、社会、经济、技术等因素的助推下，中国"二次元"产业步入了快速发展的轨道。就产业发展而言，其经济学范畴中的首个要素是用户——作为互联网时代的稀缺资源，用户是产业发展的基石，也是制约发展的脉门。

中国互联网络信息中心发布的第 39 次《中国互联网络发展状况统计报告》显示，截至 2016 年 12 月，中国网民规模达 7.31 亿，手机网民数量达 6.95 亿。其中，10~39 岁群体占整体网民的 73.7%，网络游戏用户规模达 4.17 亿。这些，无疑从数量上反映了用户的重要性。

在生产机制上，"二次元"产业发展的"用户中心"与好莱坞类型电影生产的"观众中心"有着相似的资本逻辑。不同的是，"二次元"产业充满活力的"能产性"聚焦于"二次元族群"，且借助大数据，可以勾勒出精准的用户画像。进一步说，以"用户中心"为基础，"二次元"产业发展的第二个要素是商业模式。以优质 IP 为核心，实现 ACGN 上、中、下游全产业链变现，是打造成熟、多元联动（动漫、游戏、小说、影视、音乐等）的产业体系的发展道路和趋向。

当然，不管是"内容为王"，还是"渠道为王"，最核心的还是"质量为王"。所谓"质量为王"，第一个标准是政治原则、伦理道德、社会安全；第二个标准是艺术、审美；第三个标准是规避资本逻辑和急功近利。归根结底，只有精耕细作才能得到高品质，只有高品质才能得到用户认可，只有得到用户认可才能真正带动全产业链的繁荣发展。

AI 艺术：科技与审美的接引开新[*]

龙年春天，随着《千秋诗颂》《中国神话》《AI 看典籍》《白狐》《西游记》等数部 AI（Artificial Intelligence）作品的密集播出和上线，AI 艺术像朱自清先生《春》中的花草树木，展现清新明丽、别开生面的景致。只是春风春雨中的物象属于大自然的作品，AI 艺术则是人工的产物，或是经由 AI 的类人化生产而呈现的艺术新形态。当前，尽管 AI 艺术仍处于发展的初级阶段，且其刚显山露水还伴随着褒贬不一、喜忧参半，但蕴含着蓬勃的生机、丰富的潜能，尤其是，科技与审美的接引开新使艺术的表意实践拓展新的空间、呈现新的意境。

一、AI 艺术现代性之"新"的现实言路

所谓"AI"，简言之，它指由人类创造的智能，其实质是人类智能的模拟和扩展，其要义在于能以一种类人的方式对外在刺激作出反应，并生成智能策略、行为、方案、文本等的信息生态机制。与之相应，所谓"AI 艺术"，它可视为一种以人类的艺术观念、审美范式为参照，在人机共创中借助 AI 技术生成多样态文本的审美艺术形式。近年来，作为 AI 的重要分支和 AI 进入 2.0 时代的标志，具有创造能力的生成式人工智能（Generative Artificial Intelligence，GAI）逐渐渗透到艺术活动之中。尤其是，在视听艺术形态的创

---

[*] 本文原载于《中国艺术报》2024 年 6 月 28 日第 3 版，收入本书时略有删改。

作生产中，伴随应用场景的丰富化、具体化、本土化，AI 与艺术的两相结合开花结果，多样的探索使愿景变现实、实践见成效。其中，作为 AI 艺术发展、进步的显著标识，近期一些代表性作品的涌现不仅展现了 AI 艺术如雨后春笋般的生长景象，还于视觉文化风行和各大网络平台、传统主流媒体等纷纷入局的潮流中使人们生发出"AI 影视元年"的既视感。

事实上，在人们的生产、生活中，AI 有广泛的关联域，其作用和影响日益显现，并带来一系列深刻变革；在艺术和审美的领域，人工智能生成内容（Artificial Intelligence Generated Content，AIGC）逐渐被应用到艺术创作、传播、接受的诸多环节和层面，乃至正在重塑、构建新的艺术生态和产业生态。就 AIGC 的科技面相来说，其大模型可分为文本驱动型、图像驱动型、复合驱动型等组别，以及文本生成图像、文本生成音频、文本生成视频、文本生成三维场景等类别，其典型代表有语言大模型 GPT-4o、Astra、文心一言，有文生视频大模型 Sora、Veo 和央视听媒体大模型，以及 AI 作曲的 Suno、AI 绘图的 Midjourney、AI 编剧的 Dramatron 等。与之紧密相连，就 AI 艺术的审美特征而言，其外表具有探索、实验、拓维的显著特点，其内质基于数字化向数智化加速演进中艺术发展的多样潜能而具有鲜明的先锋性和创新性，并呈现 AI 诗歌、AI 绘画、AI 音乐、AI 广告、AI 游戏、AI 短片、AI 微短剧、AI 动画片、AI 电影等多种表现形态。当前，GAI 和 AI 艺术正处于快速生长之中，且具有高科技"玄奥"或前卫性的面相。为此，我们需要一种比较性的思维架构和相对可见、可感、可识的言说方式，以免泛泛而谈、人云亦云，或言过其实、凌空蹈虚。更重要的是，"比较性"的思考、言说方式有益于我们在一般与典型、传统和现代的张力结构中更好地理解 AI 艺术及其生产方式，以及科技与审美的紧密结合所展现的特点和风貌，尤其是，过去的"传统"经受了哪些"新元素"的刺激和冲击而发生改变，并呈现怎样的结果及变化后的"现代"。在这种意义上，综观当前 AI 艺术发展的实际状况，动画片、纪录片、剧集、电影等视听艺术形态及创作生产的典型性得以凸显，亦可成为我们切入 AI 艺术现代性之"新"的现实言路。

二、视听艺术形态成为 AI 开疆拓土的重点领域

在 AI 艺术的创新发展中，视听艺术形态及创作生产的"典型性"有现实的依据，更有深厚的社会、文化和艺术、美学背景。在话语的有效性上，其中蕴含"视觉文化""视听艺术""AI 艺术"三个关键词及其内在的紧密联系。首先，就文化的性质和特征来说，相比过去以语言文字为主导的印刷文化，当代文化展现的是一幅以视听影像为主导的视觉文化图景，并形成了与之相应的感知世界的新方式和新美学。其次，在艺类地位升降的意义上，相比传统的文学、绘画、音乐等，视听艺术后来居上，尤其是在当今的互联网时代，其创作生产风生水起、如火如荼。尽管引起变化的原因多种多样，但传播力、影响力无疑是重要的因素。据第 53 次《中国互联网络发展状况统计报告》：截至 2023 年 12 月，我国网民规模 10.92 亿，而网络视频、短视频、网络直播的用户规模分别达 10.67 亿、10.53 亿、8.16 亿。显然，对文化艺术的生产、传播、接受来说，庞大的数量蕴含引发质变的强劲动能，亦从一个侧面为视觉文化的风行、视听艺术的繁盛提供了一个明证。所谓"一个时代有一个时代的文艺"，实践表明，视听艺术因其特性与潜能在成就自身的同时，还形塑着一个时代的文艺格局与风貌。最后，就 AI 艺术发展来说，衡量其进步和成就的显著标志无疑是"作品"，换言之，无论技术如何先进、愿景如何美好、蓝图如何瑰丽，AI 艺术终归要以作品的"落地"乃至优秀作品的诞生来见证其存在、推动其发展。这意味着，AI 艺术必然有基于自身特性的出场方式和展示方式：如果说，科技与审美的紧密结合是其出场方式，那么，融汇多种表意符号的视听艺术形态则是其展示自我的方式。简要说来，在社会、文化背景上，诚如上文所述，视觉文化、视听艺术是当今时代的典型镜像；在艺术和美学的维度，近年来，伴随技术进步并基于一切媒介、符号的数字化编码，AI 艺术在文本形态上由单一表意符号文本快速进阶为融汇文字、图片、音频、视频、动画、漫画等多种表意符号的复合文本，并通过复合符号表意，使文本在流动、变化和互动、对话中成为意义生成与增殖的场域。

AI艺术的这种特点与艺术创作由单一符号向复合符号、由简单表意向复杂表意发展的规律相吻合，也与视听艺术的综合性特征相契合，且喻示了AI艺术发展的主流趋向，即，符号多元、表意丰富、叙事创新等是AI艺术进一步发展、成熟的标志。实践表明，相比动画片、纪录片、剧集、电影等视听艺术形态，AI诗歌、AI音乐、AI绘画的创作生产越发显得简便易行，重要原因在于：后者是单一符号文本，其审美表意相对简单、容易；前者是复合符号文本，其审美表意相应复杂、困难得多。在这种意义上，视听艺术形态成为AI开疆拓土的重点领域和增长极，与其说是偶然，还不如说是必然，而所谓AI赋能影视创作只是两者双向奔赴的外在表征。

就现实依据来说，龙年春天"忽然"间涌现的数部AI艺术作品让人们眼睛一亮，感觉到数字化向数智化演进的步履真切、实在，见识了惊艳的AI艺术不是远在天边而是近在眼前，也滋生了"AI影视元年"的观感。其中，作为国内首部文生视频AI系列动画片，《千秋诗颂》首批推出的《春夜喜雨》《咏鹅》《过故人庄》等作品，以特色鲜明的国风审美展现中华经典诗词中的家国情怀和人间情义；作为国内首部AI全流程微短剧，《中国神话》的美术、分镜、视频、配音、配乐全由AI完成，重新讲述的《补天》《逐日》《奔月》等故事，融汇神话与科幻元素，体现了AI影像生成技术与中华优秀传统文化的新结合；系列微短剧《AI看典籍》以传统史志、文学、茶学、医药学等典籍为蓝本，借助AI演绎源远流长、博大精深的中华文明。此外，广为言说的短片还有CMG的《二月二龙抬头》、SMG的《因AI向善》、触飞瑞拓公司的《白狐》《华裳》、博主"AI疯人院"的《西游记》等；在第十四届北京国际电影节"AIGC电影短片单元"评审中，《致亲爱的自己》《冰火之春》《颅内花园》分获最佳影片、最佳人气、最佳视效奖；国内首部AI全流程大型动画电影《愚公移山》也于2023年12月开机制作……

当然，就"整体性"的AI艺术来说，除了以上的典型性考察，我们还需有进一步的综合考量。具体说来，有三个相互交织、叠合的维度。一是艺类层面的考量，即，除视听艺术形态外，还有文学、绘画等形态，比如，小冰的诗集《阳光失了玻璃窗》（2017）、杰森·艾伦的AI绘画《太空歌剧院》

（2022）等。二是国别层面的考量，即，除了中国，还有国外的诸多先锋性、前卫性探索与实践，比如，AI电影《阳春》（*Sunspring*，2016）、AI动画片《乌鸦》（*The Crow*，2022）和《犬与少年》（*The Dog & The Boy*，2023）、剧情短片《气球脑袋》（*Air Head*，2024），以及时长达90分钟、被称为全球第一部AI长片的《我们的终结者2重制版》（*Our T2 Remake*，2024）等。三是意蕴层面的考量，即，鉴于AI在人机共创中发挥作用的程度，AI艺术有狭义和广义之分：前者指AI在创作生产中发挥重要作用乃至全流程介入的艺术形态和作品，比如，上述一系列文本，以及Dramatron的AI编剧（2022）、SunoV3的AI作曲（2024）、徐冰的"人工智能无限电影（AI-IF）项目"（2021）等；后者则泛指AI参与或辅助创作生产的艺术形态和作品，比如，纪录片《来龙去脉》（2024）、AI动画片《咏鹅》（2024）的外语译制，AI生成的音乐、解说词、视效、动画，以及AI辅助的虚拟拍摄、影视剧中的配音、模拟歌手声线的翻唱、网络文学"出海"中的AI翻译等。此外，在应用的层面，除了"创作生产"这一核心环节，作为新质艺术生产力，GAI、AIGC还被应用到艺术传播、接受、管理等诸多环节，比如，宣发片制作、频道包装、内容审核、AI搜片等，并发挥着有别于传统的作用和功能。

显然，在现代性之"新"的考量中，"狭义"的、聚焦"创作生产"的AI艺术更具实践的典型意义和创新的现实意义。那么，基于视听艺术形态的多样探索和实践，当前的AI艺术创作生产具有哪些显著特点？相较传统，它有哪些优点和不足？在远行中，AI艺术还需跨越哪些沟坎？

三、接引开新：AI艺术创作生产的特点与发展前景

基于AI技术的升级迭代，视听形态的AI艺术因其复合符号表意而具备了有别于一般的典型性，但若是从艺术形式和内容的有机统一，或从更高的艺术标准来检视，上述视听形态的AI艺术文本仍存在诸多不足。当然，将聪明的儿童与成年的艺术家相比似不恰当，但对一种新兴艺术形态来说，艺术史表明，"比较"是必然的思维方式和架构，换言之，基于一定的艺术标准和

审美范式，比较视域中的思考和评价只有准确与不准确的情形，而不存在行与不行的问题。比如，面对早期的活动影像，人们很难预见，如今的电影竟成为了不起的叙事艺术；在发轫期，是否存在"电视艺术"曾是一个热议的话题。目前，AI 艺术仍处于探索发展阶段且难以准确预知其发展前景，但可以肯定的一点是，AI 艺术是人机共创的产物，因此，其创作生产特点是相较具身性的人类艺术创作生产的存在。

在发生、发展的意义上，GAI、AIGC 催生了 AI 艺术，AI 艺术的新实践又呼唤、催促 AI 与艺术的进一步融通化育。从中可见，AI 艺术有科技与审美两个"原点"，由此，总体上看，科技与审美的接引开新是 AI 艺术创作生产的鲜明特征。具体说来，在科技的维度，AI 艺术具有数智技术先进的特点。诚然，艺术与技术向来如影随形，但铸就 AI 艺术根基的是数智技术。就突出表征来说，AI 艺术具有鲜明的赛博格作者（Cyborg Author）身份，换言之，成就 AI 艺术的作者是赛博格作者。其中，作为"人—机"一体化的新型作者，GAI、AIGC 建基在数据抓取、深度学习和神经网络等技术之上；作为艺术家的"助手"，相比计算机、互联网，其"新"不仅在于它是一种明显的进阶，更在于它具有更多的主动性和创造性，并在 AI 艺术中留下了深深的可供性（Affordance）和能产性（Productivity）烙印。在实践中，基于创造性的生成能力，GAI、AIGC 犹如多才多艺的艺术家和高效的生产车间，给出一定的主题、关键词或元素、风格提示，它便能创作诗歌、绘画、音乐，生成独特的角色、场景、故事等。比如，依托央视听媒体大模型，《千秋诗颂》通过 AI 赋能美术设计、动效生成、后期编辑，呈现中国古典诗词中的人物造型、场景、道具和意境；借助文生图、文生视频、文生音乐、文生配音等的全流程 AI 制作，《中国神话》展现传统故事的新风貌；*Our T2 Remake* 以经典科幻片《终结者 2》为蓝本，但全部镜头、对话、音乐等却是由 50 位创作者利用 Midjourney、Runway、Pika、Kaiber 等多个 AIGC 工具制作完成的。

在审美的维度，基于人机共创的生产方式，AI 艺术的形式探索不断拓展、进化，内容生成由浅入深、由简入繁，其中既见优点，又显不足。简要说来，在优点上，AI 艺术创作生产具有表现形态多样的特征，以至但凡人类艺术已有的表意方式、生产要素和环节、文本形态等均可成为 GAI、AIGC 生发性渗透、嵌入的用武之地。比如，图像、对话、音乐、脚本等的多模态生成与转换，编剧、美术、服装、拍摄等的多工种辅助，以及 AI 诗歌、AI 音乐、AI 绘画、AI 视听艺术等的多样态文本呈现。不仅如此，基于 GAI、AIGC 的特性和潜能，诚如上述代表性作品所显现的，想象力丰富、影像清晰逼真、生产效率高几乎是 AI 艺术创作生产与生俱来的特点。就不足来说，当前的 AI 艺术创作生产存在内容篇幅短小、幻想类题材居多等局限，以及视觉形象生硬、蒙太奇含糊其词、细节表现失真等问题，即使在 AI 长片 *Our T2 Remake* 中，机械的动画画风、僵硬的人类气质、经不起推敲的细节、不协调的人物动作与面部表情、错位的台词与口型、粗糙的场景设计等每每招致非议。当然，若用更重要的标准、更严格的尺度来衡量，上述问题只是阶段性的不足，而叙事方式单一、人物塑造乏力、思想情感表达简单等则是 AI 艺术创作生产需超越的领域、补齐的短板，因为这不仅涉及艺术的质量与水准，更关乎艺术创作生产中的个性、独创性、情感性、思想性，以及艺术形式和内容、艺术表现力与审美关系的统一等核心问题。比如，就《中国神话》《AI 看典籍》等微短剧而言，观众恐难以为其靠旁白来推动的叙事方式、扁平的人物形象点赞；对《白狐》《华裳》《西游记》等短片来说，闪亮的形式恐难拯救潦草的故事，或者说，新的形式尚未与新的思想情感交相辉映。

当然，用发展的眼光看，被人苛求的领域恰是 AI 艺术创作生产需跨越的沟坎，也是人们寄寓的憧憬、向往之所。如果说，AI 艺术是科技与审美接引开新的产物，那么，跨越这些沟坎仍需两者进一步的掘进。这意味着，AI 艺术的创新发展需回归科技的"认知"本性与审美的"情感""意志"本性，并在两者相辅相成中突破科技的界限、切近审美的渐近线。当然，与人类的优秀作品相比，AI 艺术一时恐难以达到想象丰富、叙事细腻、场面壮阔、情感真挚、思想深刻的境界，但我们也不能低估其潜能。无疑，人为艺术立法：若仅将 AI 视为辅助性的工具，那么，所谓"君子生非异也，善假于物也"，AI 已然展现了强大的功能；如果人类对 AI 有更高的期许，保不齐 AI 艺术会呈现别样的光景，何况人类对"艺术"的认知从未定于一尊，而艺术的新实践常常会倒逼人类的修法。在这种意义上，尽管 AI 艺术还有很长的路要走，但它已展现了生长性的广阔前景。在《春》的末尾，朱自清先生写道："'一年之计在于春'，刚起头儿，有的是工夫，有的是希望。"庶几可以说，AI 艺术的"希望"就蕴含在科技与审美的接引开新之中，并通过运用新的技术和手段，激发创意灵感、丰富表现形式，使艺术创作生产进入更有内涵、更有潜力的新境界。

虚拟在场与审美幻象的价值畸变 *
——粉丝文化、"饭圈"乱象的审美文化分析与反思

在大众文化的发展进程中，偶像崇拜、追星等粉丝文化现象一直存在，且因其感性与直观性突出、审美吸引力和渗透力显著，以及参与主体年轻化、流动性与带动性强、社会作用和影响力大等鲜明特点成为现代社会醒目的文化景观。不仅如此，在技术、媒介、文化、社会心理、经济等多元因素的矢量合力作用下，粉丝文化与流行文化、时尚文化、青年亚文化、大众文化等存在诸多交集，并成为一种复杂的思想情感表达方式和精神文化象征行为。当前，伴随互联网技术、新媒介快速发展，粉丝文化、"饭圈"文化呈现出"网络化"的新面相和虚拟在场的新特点，同时，其表现方式、意义生产机制、作用和影响力等也呈现出诸多新特征，由此引起了文化学、艺术学、传播学、社会学、心理学、教育学、经济学等众多学科的阐释介入和深入研究。其中，价值论维度的审美文化分析与反思尤为必要：一是价值论是人文社会科学研究的基本维度和方法，有益于透过现象考察事物发展中的一些深层次问题；二是在粉丝文化、"饭圈"文化的"投射—交互"机制中，其主体间性（Intersubjectivity）的结构"形式"固然重要，但投射、交互的"内容"及其价值评价标准更重要；三是针对粉丝文化、"饭圈"文化中存在的诸多乱象，价值论的审美观照有益于兴利除弊，促进其健康、有序发展。对此，本文拟从外在表现、审美特征、运行方式、动力机制、审美取向、价值导向等方面

---

* 本文原载于《当代电视》2021年第10期，收入本书时略有删改。

来展开分析和阐述。

一、虚拟在场:"饭圈"乱象与粉丝文化的审美特征

从宏观的发展背景来看,人们对大众文化、粉丝文化的认知呈现出阶段性特征。比如,阿多诺、霍克海默用"文化工业"一词取代"大众文化",并指出:"尽管文化工业针对的是大众,尽管它毋庸置疑地在对芸芸众生的意识与无意识状态进行投机押宝",但"他们仅仅是被算计的对象,是整个运转机制的附属物"。[①] 与之相比,在本雅明、费斯克等人的文化研究中,曾被视为"附属物"的大众,其主动性与能动性得到突显。比如,费斯克指出:大众通过"消费"生产出"意义/快感",并拥有决定"意义/快感"的"符号的权力",其中,"大众文化的创造力与其说在于商品的生产,还不如说在于对工业商品的生产性使用"。[②] 而在对于"盗猎者""游牧民""参与式文化"等的论述中,詹金斯进一步突出、强化了受众、消费者的主动性和能动性:作为"积极的阅读","'盗猎'是一种'挪用'而不是'误读'",而且,"读者不单单是'盗猎者',他们还是'游牧民',总是在移动,不断向其他文本挺进,挪用新的材料,制造新的意义"。[③] 由此观之,在人们的认知中,"受众"的作用和地位经历了一个由隐而显、由弱而强的过程。不必赘述,突出和强化受众、消费者的主动性、能动性无疑具有重要的意义,但就当前粉丝文化、"饭圈"文化的实际情形而言,如果要进一步认识活动主体的特性和文化运行的特点,其间仍有一些要素和环节需要补足和阐明。择要说来,一是互联网发展中的"虚拟化";二是主体间性中的"规则意识"。

半个多世纪前,即使脑洞大开,人们也难以想象:从星星之火到燎原之势,互联网的影响呈指数级增长,并水银泻地般渗透到人们生产、生活的各

---

① 阿多诺.文化工业述要[J].赵勇,译.贵州社会科学,2011(6):42.
② 费斯克.理解大众文化[M].王晓珏,宋伟杰,译.北京:中央编译出版社,2001:34-61.
③ 詹金斯.大众文化:粉丝、盗猎者、游牧民——德塞都的大众文化审美[J].杨玲,译.湖北大学学报(哲学社会科学版),2008(4):65.

个领域和层面,其革命性伟力已成为一种巨大的塑造性力量。时至今日,互联网发展带来一系列深刻后果,如果说,以广播电视为代表的电子文化是对以语言文字为代表的印刷文化的超越,那么,以互联网为代表的数字文化则带来了更剧烈、更深刻的范式嬗变。在这样的社会、文化语境中,粉丝文化、"饭圈"文化的网络化特点和虚拟在场性日益突出,恰如穆尔所说,"发生于现代性中的空间解魅化在此辩证地转变成一种数码再魅化",以至我们"栖居在一个混杂的空间内,日益按照虚拟现实的标准生活"。① 当然,更重要的是,网络化、虚拟化深入发展进一步带来了主体间性中交流沟通的"疏离化":一方面,各种数字设备和网络的运用使我们不再依赖于身体与世界、与他人进行交流沟通,或者说,身体的直接交流已让位于通过数字化编码的、虚拟的中介的交流,而这种"让位"在某种程度上也就意味着身体的剥离或数字的异化,特别是,那些以唯美、夸张、模拟、表演等"超真实"形象表现出来的"景观"(spectacle)成为"人与人之间关系分离和疏远的实质性表达";② 另一方面,诚如哈贝马斯的"规则观"所表明的,主体间性是形成"规则意识"并从"规则意识"中发展出"原则意识"、分化出"价值意识"的基础,③ 然而,当规则意识模棱两可、进退无据之时,失序、分离、疏远、僭越等就在所难免。在某种意义上,当前粉丝文化、"饭圈"文化中的诸种乱象是虚拟在场、规则缺席的外在表现。比如,在2021年6—8月开展的"清朗·'饭圈'乱象整治"专项行动中,中央网信办围绕明星榜单、热门话题、粉丝社群、互动评论等重点环节,全面清理"饭圈"粉丝互撕谩骂、拉踩引战、挑动对立、侮辱诽谤、造谣攻击、恶意营销等各类有害信息,重点打击"诱导未成年人应援集资、高额消费、投票打榜""'饭圈'粉丝互撕谩骂、拉踩引战、造谣攻击、人肉搜索、侵犯隐私""鼓动'饭圈'粉丝攀比炫富、奢靡享乐""以号召粉丝、雇用网络水军、'养号'形式刷量控评""通过'蹭热点'、

---

① 穆尔.赛博空间的奥德赛[M].麦永雄,译.桂林:广西师范大学出版社,2007:29.
② 德波.景观社会[M].王昭凤,译.南京:南京大学出版社,2006:17.
③ 童世骏.没有"主体间性"就没有"规则"[J].复旦学报(社会科学版),2002(5):25-28.

制造话题等形式干扰舆论，影响传播秩序"等行为。①事实表明，针对网上"饭圈"突出问题，类似的整治措施和行动显然有益于引导青少年理性追星、推动"饭圈"文化良性发展，有益于探索形成规范"饭圈"管理的长效工作机制，营造文明健康的网上精神家园。

当然，在当代审美文化语境中，作为青年亚文化、粉丝文化的一种表现形态，"饭圈"并非一无是处，或者说，诸多的"饭圈"乱象在很大程度上遮蔽了其正面效应。比如，2019年8月14日，"为国出征"在饭圈打响，并让大家记住了"国家面前无偶像"；新冠肺炎疫情暴发后，众多粉丝团积极行动起来，"为爱加油""为爱发电"……在一些公益行动中，"饭圈"的强大力量得到展现，同时也体现了正能量追星、理性追星的良好方式。②如此说来，从文化心理学的意义上审视，粉丝文化、"饭圈"文化的核心特征可概括为"投射—交互性"，即在偶像及其生成中，粉丝将其作为主体性的代言人和想象性的他"我"，同时，作为理想伴侣，偶像的发展之路成为粉丝自我实现和确证的交互过程。当然，和以往的散粉追星、买专辑、看演唱会等相比，伴随粉丝群体扩大、粉丝经济发展，互联网时代的"饭圈"基于相近或相同的审美趣味、审美爱好等而形成了有组织的共同体，并在"投射—交互"的表现方式、意义生产、作用和影响力等方面呈现出诸多新特征，而其间的是与非、利与弊等都与特殊的运行方式和动力机制紧密相关。

二、审美幻象：视觉文化中的 show 场隐喻与资本逻辑的僭越

从文化影响的角度看，美国、日本、韩国等的 show 场之风、娱乐热潮等给"饭圈"文化的发展带来了不小的负面作用。比如，20世纪80年代以来，日本的杰尼斯事务所、韩国的 SM 公司等在艺人塑造、营销、推广等各个方面和环节形成了一整套的造星模式和盈利产业链，其中，颜值担当、男性娘

---

① 中央网信办启动"清朗·'饭圈'乱象整治"专项行动［EB/OL］.（2021-06-15）［2024-03-01］.https://www.cac.gov.cn/2021-06/08/c_1624735580427196.htm.
② 林焕新.饭圈文化：从哪来往哪去？［N］.中国教育报，2020-09-01（04）.

化、拜金主义、社会达尔文主义等突出体现了此一造星模式、盈利产业链的畸形审美。当然，就深层次原因来说，"饭圈"乱象的产生与视觉文化偏倚的运行方式、资本逻辑僭越的动力机制紧密相关。

在《娱乐至死》中，波兹曼认为："某个文化中交流的媒介对于这个文化精神重心和物质重心的形成有着决定性的影响"，并指出，"我们的文化正处于以文字为中心向以形象为中心转换的过程中"。① 所谓"转换"，指的是"视觉文化转向"，用海德格尔的话来说，即"世界图像时代"的来临——"从本质上看，世界图像并非意指一幅关于世界的图像，而是指世界被把握为图像了"。② 在当今的互联网时代，视觉文化的主导地位已鲜明可见。简要说来，在文化类型上，原来以"文字"为主因的文化已被以"图像"为主因的文化所取代；在文化活动主体的维度，大众更倾向于读图的快感，而大大降低了对语言文字阅读的爱好和乐趣。相比之下，图像和文字特性不同、功能有异：图像以直观性、具体性见长，文字则以抽象性、联想性著称；文字在解析现象的深刻内涵和思想的深度方面有着独特的表意功能，而图像则在感性化、直观化等方面给人以新的意趣和快感。就影响而言，视觉文化主导带来了一系列深刻转变。尽管"观看"（包括"去看"和"被看"）是人类最普通、最常见的行为，但它同时也是一种复杂的心理过程和文化行为，诚如贡布里希所说，"观看的过程是人类心理图式的整合过程，是对一种有结构的宇宙的把握"，"是我们把规则强加给了自然界的宇宙，因为我们不是消极被动的观看者"。③ 在这种意义上，如果视觉文化发生偏倚，或者说，当图像、形象、影像等被利用并演绎为"奇观"或成为德波意义上的"景观"表演和作秀，正如我们在粉丝文化、"饭圈"文化中清晰可见的，"show 场"就成了时尚、流行、即时消费、感性愉悦等的隐喻——从表面上看，它向粉丝许诺快乐、幸福、自由、民主等诸如此类的华美约言，但实际上，它只是消费社会的一系

---

① 波兹曼.娱乐至死［M］.章艳，译.桂林：广西师范大学出版社，2004：11.
② 海德格尔.世界图像时代［M］//孙周兴.海德格尔选集.上海：上海三联书店，1996：899.
③ 贡布里希.艺术与错觉［M］.林夕，李本正，范景中，译.长沙：湖南科学技术出版社，2000：357.

列审美幻象,其中,人们只是消费了一种"被消费的意象"、一种"被制造出来的符号价值的幻境",①而粉丝文化、"饭圈"文化的感性与直观性、审美吸引力和渗透力、流动性与带动性等均与之紧密相关,并使视觉文化、景观、商品、审美幻象等交织、嵌合在一起,形成了一套内在的运行方式。对此,德波指出:当今社会是一个"景观"无所不在的社会,"生活本身展现为景观的庞大堆积,直接存在的一切全都转化为表象",其中,囿于主体性欲望的幻想,真正的消费者变成了幻想的消费者,同时,"景观的弥撒形式与商品的丰裕联系在一起",商品成为实在的幻觉,而"景观是幻觉的最普遍形式",于是乎,"在不由分说汹涌而来的各种影像之中,景观将过去意识形态那看不见的隐性霸权变成了看得见的虚假影像世界强制,通过制造人之欲望、通过向我们施以无处不在的对象性诱惑,景观不可思议地实现了在深层无意识层面上对人的直接控制"。②

与之相表里,就动力机制来说,在诸多"饭圈"乱象中,资本逻辑僭越是一种醒目的存在。在关于形象文化、类象等的讨论中,詹姆逊指出:"在后现代主义中,由于广告,由于形象文化、无意识,以及美学领域完全渗透了资本和资本的逻辑,商品化的形式在文化、艺术、无意识等领域无处不在。"③所谓"资本逻辑",它不简单地等同于资本、金钱,而是指形象文化、无意识和艺术、美学领域渗透了逐利的思维逻辑、价值判断和行为方式,或者说,文化活动的各个方面和环节都渗透了商品逻辑,"逐利"既是起点又是终点。诚然,面对不同的社会、文化语境,我们不能将粉丝文化、"饭圈"乱象与后现代主义简单、机械地联系起来,但伴随经济全球化、文化多元化、社会信息化的深入发展,尤其是在视觉文化的偏倚中,"饭圈"乱象的背后有着资本逻辑"无形手"的操控。就实际情形来说,当前的"饭圈"产业链大多有粉头、艺人工作室、资本公司等的多方运作,比如,作为职业粉丝,粉头负

---

① 鲍德里亚.消费社会[M].刘成富,全志钢,译.南京:南京大学出版社,2000:218.
② 德波.景观社会[M].王昭凤,译.南京:南京大学出版社,2005:3-36.
③ 杰姆逊.后现代主义与文化理论[M].唐小兵,译.西安:陕西师范大学出版社,1987:147.

责组织粉丝为艺人打榜、投票、做数据、引攀比，艺人工作室找话题、买流量、带节奏、上热搜，而作为幕后受益者——资本公司安排整体运营。对此，在中央网信办发布的《关于进一步加强"饭圈"乱象治理的通知》中，诸如取消明星艺人榜单、优化调整排行规则、严管明星经纪公司、规范粉丝群体账号、严禁呈现互撕信息、清理违规群组版块、不得诱导粉丝消费、强化节目设置管理、严控未成年人参与、规范应援集资行为等措施，① 其剑锋所指对遏制资本逻辑的蔓延、整治"饭圈"乱象具有正本清源的作用。事实上，在社会主义市场经济条件下，文化发展与经济资本之间"目的"与"手段"的关系是明确的，而种种急功近利、缘木求鱼的想法和"伐根而求木茂、塞源而欲流长"的做法都是虚妄的。对此，针对文艺、审美领域中的诸种弊端，习近平总书记深刻指出："文艺不能当市场的奴隶，不要沾满了铜臭气"；"文艺不能在市场经济大潮中迷失方向，不能在为什么人的问题上发生偏差，否则文艺就没有生命力"；"同社会效益相比，经济效益是第二位的，当两个效益、两种价值发生矛盾时，经济效益要服从社会效益，市场价值要服从社会价值"。②

三、审美取向：当代艺术场中的意义生产与价值导向

在当今互联网时代的社会、文化语境中，面对粉丝文化、"饭圈"文化呈现的新特点、新特征，以及诸多为人诟病的新症候，推动其健康、有序发展需要我们多个方面积极作为。特别是，要坚持以社会主义核心价值观为引领，坚决抵制造星炒星、泛娱乐化等不良倾向和流量至上、拜金主义等畸形价值观，强化正能量的审美取向和向善、向上、向美的价值导向。

伴随互联网的快速发展，在技术、媒介、文化、社会心理、经济等多元因素的矢量合力作用下，粉丝文化、"饭圈"文化的"投射—交互"机制日益

---

① 中央网信办秘书局.关于进一步加强"饭圈"乱象治理的通知［EB/OL］.（2021-08-27）［2024-05-01］.https://www.cac.gov.cn/2021-08/26/c_1631563902354584.htm.
② 习近平.在文艺工作座谈会上的讲话［N］.人民日报，2015-10-15（2）.

呈现出数字现代主义的文化逻辑。在阿兰·科比看来,作为"一种文化逻辑主导",数字现代主义"不是对当前一切文化产品的整体性描述,而是指一个角斗场,在那里各种不同的文化力量……包括'残余的'和'新兴的'文化生产方式……必须寻找它们的出路",为此,我们"要为一个崭新的文化规范系统提供某些设想"。①尽管科比所论,强调的是数字现代主义对后现代主义的取代,以及数字现代文化给我们带来了新的文本形式、内容、价值和文化结构、行为、意义,但对我们聚焦当代艺术场中粉丝文化、"饭圈"文化的意义生产及其审美取向、价值导向富有启示意义。首先,从当代艺术社会学的维度看,阿瑟·丹托、乔治·迪基、霍华德·贝克尔等人关于"艺术世界"(Art World)的论述突出了"艺术体制"(Institutionsof Art)的重要性。比如,迪基指出,"艺术世界是若干系统的集合,它包括戏剧、绘画、雕塑、文学、音乐等。每一个系统都形成一种制度环境,赋予物品艺术地位的活动就在其中进行";"艺术世界的中坚力量是一批组织松散的却又互相联系的人,这批人包括艺术家(画家、作家、作曲家之类)、报纸记者、各种刊物上的批评家、艺术史学家、文艺理论家、美学家等。就是这些人,使艺术世界的机器不停地运转,并得以继续生存"。②在这种意义上,促进粉丝文化、"饭圈"文化健康、有序发展需要我们高度关注"观念"和"机构"两个层面,以及"制度"结构和在这个结构中活动着的"互相联系的人"两个要素。其次,从"艺术场"(Artfield)的维度上看,布迪厄指出:在艺术领域,真正的艺术价值并不是直接由艺术家创造出来的;艺术场乃是一个信仰的空间,它不只是生产出特定的艺术作品,更重要的是它通过种种体制来生产艺术观念、艺术信仰、艺术崇拜和价值观。③在这种意义上,促进粉丝文化、"饭圈"文化健康、有序发展需要我们自觉彰显"审美"和"价值"的重要性,特别是,要带着价值意识、价值分析和价值判断来审视、思考诸如时尚、流行、娱乐、资本、

---

① 科比.数字现代主义导论[J].陈后亮,译.国外理论动态,2011(9):77-78.
② 迪基.何谓艺术[M]//李普曼.当代美学.何鹏,译.北京:光明日报出版社,1986:109-111.
③ 布迪厄.艺术的法则[M].刘晖,译.北京:中央编译出版社,2001:276-277.

流量、粉丝等关键词，以及从生产传播、营销推广到接受评价等各环节、各层面的意义生产，切实以社会主义核心价值观为引领，释放粉丝文化、"饭圈"文化的正能量，以免粉丝、"饭圈"在冠冕堂皇的幻象中陷入商品拜物教的泥淖，也避免艺术和审美在舍本逐末的夹击中沦为蛋糕上的酥皮。

　　凡益之道，与时偕行。在当前大众文化、审美文化的发展中，针对"饭圈"乱象，强化综艺节目、榜单产品、粉丝消费、粉丝互动、明星经纪管理、强化明星自我约束、打击违法违规行为、限制未成年人非理性追星等措施势在必行；针对流量至上、畸形审美、违法失德等文娱领域突出问题，规范市场秩序、压实平台责任、严格内容监管、强化行业管理、加强教育培训、完善制度保障、加强舆论宣传、强化组织领导等方面的工作要求和措施及时有效。① 其中，坚持社会主义核心价值观的引领为粉丝文化、"饭圈"文化发展奠定了价值基础，坚持问题导向、综合施策、标本兼治为遏制行业不良倾向、廓清文娱领域风气、形成长效工作机制提供了条件和路径。唯其如此，作为当代社会醒目的文化景观和流行文化、时尚文化、青年亚文化的聚集之地，粉丝文化、"饭圈"文化才能健康、有序发展，进而营造更好网络环境和文化生态，引导、促进青少年健康成长。

---

① 中央宣传部印发通知，部署文娱领域综合治理工作［EB/OL］.（2021-09-02）［2024-05-01］. https://www.xinhuanet.com/2021-09/02/c_1127821939.htm.

中华优秀传统文化在 VR 艺术创作中的审美转化及表征*

中华文化源远流长，中华文明博大精深。在历史长河中，中华优秀传统文化以其诸多重要元素共同塑造出中华文明的"连续性""创新性""统一性""包容性""和平性"。① 在艺术和审美的领域，"中华优秀传统文化中很多思想理念和道德规范，不论过去还是现在，都有其永不褪色的价值。我们要结合新的时代条件传承和弘扬中华优秀传统文化，传承和弘扬中华美学精神"。② 长期以来，在丰富实践中，艺术家传承中华文化基因、展现中华审美风范，运用文学、音乐、舞蹈、绘画、戏剧、影视等艺术形式创作了琳琅满目的优秀作品。时至今日，如何秉持中华文化立场，充分挖掘、利用中华优秀传统文化资源，并在现代发展中展现其独特、深厚的历史文化价值，是文艺创作生产的重要议题。其中，现代技术与艺术的深度融合是推动中华优秀传统文化创造性转化、创新性发展的有益尝试，也是促进艺术自身创新发展的有效路径。近年来，作为新兴艺术形式，VR（Virtual Reality）艺术在探索、创新中呈现两方面的突出特点：一是 VR 艺术创作不断从中华优秀传统文化中汲取丰厚滋养，并将其转换、生成为鲜活、生动的内容；二是在探索、创新中，VR 艺术创作不断优化形式、提升品质，有效拓展了传承、弘扬中华优

---

* 本文原载于《现代传播（中国传媒大学学报）》2023 年第 12 期，与张丁祺合作，收入本书时略有删改。
① 习近平.在文化传承发展座谈会上的讲话[J].求是，2023（17）：5-6.
② 习近平.在文艺工作座谈会上的讲话[N].人民日报，2015-10-15（2）.

秀传统文化的新方式和新路径。对此,基于 VR 艺术沉浸、交互的鲜明特征及其蕴含的可供性和能产性,本文结合创作实际,从"审美转换"与"审美表征"两个层面考察其审美表意实践所展现的新特点和新风貌,并由此进一步揭示其所蕴含的、深刻的审美现代性意义和启示。

一、沉浸与交互:VR 艺术的鲜明特征及其蕴含的可供性和能产性

就 VR 技术的发生、发展来说,早在 19 世纪初期,人们便尝试运用"立体镜"来营造三维视觉效果,为 VR 技术的现代发展埋下了种子。伴随计算机技术的突飞猛进,以及仿真模拟器、头戴式显示器等设备的更新换代,VR 技术逐渐走向成熟,并于 20 世纪八九十年代被运用到娱乐、艺术、文化、产业等多个领域。其中,它与艺术的深度融合,催生了 VR 艺术的新形式,并使 VR 艺术创作逐渐展现其有别于传统艺术的鲜明特征和独特风貌。

从技术维度看,作为一种堪比电影、电视的新型再现或表征(Representatuon)媒介,"VR 被其倡导者设想为一种'由计算机生成的沉浸交互体验',其核心概念是存在",参与者能够通过自己的肢体动作或语音命令修改模拟环境,并感知、体验由计算机创建的仿若"真实存在"的图像,其中,存在或在场(Presence)的概念"意味着计算机理应从主动意识中消失,并被模拟的对象所取代"。①伴随虚拟现实技术的发展,关于"虚拟现实艺术",有研究者认为:它是一种"以'虚拟现实'(VR)、'增强现实'(AR)等人工智能技术作为媒介手段加以运用的艺术形式",简称"VR 艺术"。②也有研究者指出:它意指"以虚拟现实技术为媒介的艺术内容",具有叙事艺术的一般特点,尤其是在故事、角色、交互系统、画面质量、声音质量等"内容质量"方面;其中,虚拟现实技术的沉浸式交互特点需要艺术家

---

① 瑞安.虚拟现实叙事:一个重生之梦? [J].李轩,译.北京电影学院学报,2021(5):4-5.
② 李怀骥.主体的终结:VR 艺术的游戏性体验[J].东方艺术,2010(21):109.

在创作时"具备与创作传统艺术不同的思路",体验者则是"通过虚拟现实头盔、数据手套、动作捕捉服装或体感交互设备、动力设备等"来感知这种艺术。① 在发展的意义上,"故事讲述者有朝一日能把 VR 变成一种主要的叙事媒介,并与文学、电影、漫画和电视并驾齐驱",但另一种可能同样醒目,即"VR 独特的可供性并不一定在于擅长讲故事",其最令人震惊的尝试更多在于"体验"。② 实践表明,VR 这一新型再现媒介给艺术创作、审美接受等带来了新的表现方式和感知体验,也使 VR 艺术这一新兴形式在丰富实践和探索、创新中逐步展现其审美表意的新特点和新风貌。

当然,就虚拟现实叙事而言,在发展的层次和梯度上,"理想"和"现实"之间存在着剪刀差,换言之,寄寓了 VR 开发者愿景的"全息甲板"(Holodeck)叙事——作为实时叙事生成的比喻性说法——至今仍未有效实现,因而,目前关于 VR 叙事潜力的讨论大多还得限定在实际存在的应用程序上。具体说来,在《星际迷航》(*Star Trek*)系列的艺术构想和"理想"设定中,作为一种虚拟技术或可以想象的 VR 高级形式,"全息甲板"是一个由计算机在其中投射三维拟像的空立方体——用户可以进入这一世界并与人工智能操控的合成角色进行互动,其中,无论用户说什么或做什么,"系统"都会一一作出回应,且将用户信息输入整合至一个能够维持用户兴趣的叙述弧中。但当前的现实状况是,VR 叙事像大多数电脑游戏那样依赖于固定的故事,或者说,它还离不开预先编写的场景脚本和预先录制的数据。尽管如此,在探索、创新中,VR 叙事仍呈现清晰可见的沉浸、交互特征。对此,玛丽-劳尔·瑞安分析了"技术效果""精神状态"两种实现沉浸的方式,并在与书面叙事、电影、戏剧、音乐、电子游戏的比较中,阐述了 VR 在空间、时间、情感、游戏四个方面的具体特点,即 VR 的空间沉浸"高"、时间沉浸"低"、情感沉浸"中等偏高"、游戏沉浸"中等"。③ 就此而论,相比传统艺术形式,

---

① 黄心渊,陈柏君.基于沉浸式传播的虚拟现实艺术设计策略[J].现代传播,2017(1):87.
② 瑞安.虚拟现实叙事:一个重生之梦?[J].李轩,译.北京电影学院学报,2021(5):13.
③ 瑞安.虚拟现实叙事:一个重生之梦?[J].李轩,译.北京电影学院学报,2021(5):7–12.

VR 艺术不仅展现了新兴艺术的显著特征，还展现了新兴艺术蕴含的可供性和能产性。

在媒介变革和发展的意义上，麦克卢汉认为：电视"为人类打开了通向感知和新型活动领域的大门"，而"电脑之类的技术没有它固有的无能为力的事情。这种技术使我们的意识延伸，成为一种普世一体的环境"。[①] 事实上，在当今的互联网时代，艺术和审美领域的"意识"延伸或"人"的延伸突显了一个关节点——虚拟。相比之下，虚拟不同于虚构，虚构多是将现实作为存在的依据和参照，虚拟则在现实之外再造一个世界；虚构总是受到现实经验及其逻辑的制约，因而"真实性构成了它的审美要义"，但虚拟的世界不需要现实的投射来建立起实在性，它属于另一种存在机制，一种属于科技的、想象的机制，以至"虚拟"成为"视听艺术的审美本质的概念"。[②] 进一步说来，伴随信息通信技术发展，数码影像、虚拟空间等的出现展示了视觉技术进步带来的实质性变革，或者说，虚拟现实技术的出现导致了传统观念的深刻变革——"'虚拟现实'提供一个全新的视觉世界，它意在创造一种体验，使人们在感官水平上感到自己好像真的处于一个所呈现的世界之中"。[③] 如此说来，在 VR 沉浸、交互特征的深层隐伏着艺术创新、发展的多样可能性，或者说，VR 叙事的潜能与艺术创作的可供性、能产性成正比，乃至如穆尔所说："也许虚拟现实的本质不在于技术而在于艺术，它也许是最高级的艺术。虚拟现实不是去掌控、逃避、娱乐或者交流，它的终极承载，或许是要改变和补救我们的现实感——这是最高级的艺术曾经尝试去做的事情。"[④]

就我国的 VR 艺术实践来说，在审美认知上，特别值得一提的是，钱学森先生 1998 年提出：中华传统文化中的"灵境"一词适合作为 VR 的中文翻

[①] 麦克卢汉，秦格龙. 麦克卢汉精粹［M］. 何道宽，译. 南京：南京大学出版社，2000：422，411.

[②] 陈晓明. 视听文明时代的到来：新的美学与感知世界的新方式［J］. 文艺研究，2015（6）：23.

[③] 周宪. 视觉文化的转向［J］. 学术研究，2004（2）：115.

[④] 穆尔. 赛博空间的奥德赛［M］. 麦永雄，译. 桂林：广西师范大学出版社，2007：138.

译。在《用"灵境"是实事求是的》一文中，他说："Virtual Reality 是指用科学技术手段向接受的人输送视觉的、听觉的、触觉的，以至嗅觉的信息，使接受者感到如亲身临境"，但"这临境感不是真的亲临其境，而是感受而已，所以是虚的"，而"我们传统文化正好有一个表达这种情况的词：'灵境'。这比'临境'好，因为这个境是虚的，不是实的。"① 这体现了钱老对 VR 的深刻见解，同时也在传统和现代的交接点上折射出 VR 与中国古典诗学、中华美学精神等的内在关联。在具体的创作实践中，一方面，VR 带来的视觉感知、动态效果、交互方式、沉浸体验等与中华传统文艺"情景交融""虚实相生""韵外之致"等艺术特点和美学追求存在某种契合，且这种"契合"于无形中深层次影响着艺术家的心智结构和题材选择、艺术趣味、审美判断；另一方面，在丰富实践中，创作者纷纷将审美视点投诸中华优秀传统文化及其经典文本，并以之为重要文化资源和创作素材，形成了一种引人瞩目的"中国风"现象和发展趋向。从世界范围内审视，这种"中国风"的 VR 艺术创作具有鲜明的中国特色或"地方性"（localness），它不仅生动、直观地展现了中华优秀传统文化的丰富内涵、深刻意蕴，还以其探索、创新中的审美转换彰显了新兴艺术形式的深厚潜质和良好前景。

二、中华优秀传统文化在 VR 艺术创作中的审美转换

20 世纪 90 年代以来，VR 艺术在我国备受关注并掀起艺术创作的热潮，涌现出一批附丽在中华优秀传统文化之上的优秀作品。在文化资源和创作素材的意义上，中华优秀传统文化蕴含着中华民族深厚的文化软实力，丰富多样、博大精深的历史文化、传统艺术经典等为 VR 艺术创作、发展提供了丰厚滋养。其中，作为文化资源，中华优秀传统文化可简要概括为历史文化遗址、文献、器物、艺术表演、技能技艺、节庆活动等主要形态。② 作为创作

---

① 涂元季. 钱学森书信 10（1996.4—2000.11）[M]. 北京：国防工业出版社，2007：377-378.
② 钱光培. 传统文化资源的形态与开发 [J]. 人民论坛，2005（5）：44.

素材，这些文化资源种类繁多、内涵丰富，比如，北京、西安、南京、洛阳等古都的历史文化遗址，文化典籍中蕴藏的民族历史、社会生活等，园林、建筑、服饰、陈设、饰物等器物，各种民族民间音乐、歌舞、戏曲等艺术表演，刺绣、蜡染、剪纸、皮影等技能技艺，春节、元宵节、清明节、端午节、中秋节等节庆活动。可以说，它们是VR艺术创作取之不尽、用之不竭的丰富滋养和宝贵财富。在VR艺术创作中，从审美转换的维度看，那些被誉为"中国风"的作品依其来源主要可分为三大类。第一类是对中国传统经典绘画、文学作品等的重构，其突出特点是通过VR技术赋予传统艺术经典以新的动态交互、沉浸效果。比如，2016年由乐视VR平台制作的《清明上河图》、2017年世界互联网大会·互联网之光博览会上展出的《汉宫春晓图》以及多种版本的《山海经》VR作品等。第二类是以交互游戏为主要模式，其突出特点是在游戏中融入传统文化艺术元素。比如，2019年亮相中国艺术博览会的《田忌赛马》VR皮影游戏，2021年上线Steam平台的《墨之韵》VR书法游戏，以及动作类VR游戏《水浒传之醉铁拳》、解谜类VR游戏《方寸幻境》等。第三类是通过具象设计和艺术创新，建构、营造或复原传统文化中的典型场景，展现中华优秀传统文化的丰富含义和当代价值。比如，2023年春节期间的"央博新春云庙会"，以及2017年故宫博物院推出的VR畅游体验作品、2019年在上海豫园开幕的"敦煌秘境——宋潮VR互动展"等。尽管这三类作品在题材来源、制作方式、语言符号、艺术修辞等方面各有千秋，但VR技术赋能使它们呈现新颖的沉浸、交互形式与方式，并带给参与者别样的审美体验。其中，艺术经典、人文历史、风俗习惯、道德观念、人生智慧等中华优秀传统文化的丰富内容经过新形式的审美转换，生成为VR艺术文本中生动、直观的内容，并在文本形态、表意方式、生成机制等方面形成了一些突出特点。对此，我们结合一些代表性作品，着重从以下三个方面作简要分析。

（一）跨文本拟像呈现

在艺术创作中，VR艺术以数字技术为基础，综合运用三维图形技术、多媒体技术等高科技手段,为接受者营造一个身临其境的虚拟世界。在文本形态上,它以三维拟像的形式铺展开来,并通过刺激主体感知系统而获得沉浸、交互的审美体验。在中华优秀传统文化的审美转换中,"跨文本"拟像呈现是当前 VR 艺术创作的突出特点,尤其是,通过强化设计方法、呈现方式等的针对性,这一"审美转换"取得了良好的审美效果。

就以中国传统经典绘画作品为原本的 VR 艺术创作来说,其设计主要从"立体化"和"现代化"两方面着力。我们知道,中国古典绘画题材多样、内容丰富,山水、人物、花鸟等各有千秋、特色鲜明。在"跨文本"的拟像呈现中,尽管如何更好呈现 3D 视觉效果迄今仍存在不小的挑战,但伴随 VR 技术的日益成熟,将传统经典绘画的"内容"跨文本转化为生动、直观的影像已不是高不可攀的难题。比如,在 VR《汉宫春晓图》中,作品以明代画家仇英的绢本重彩仕女画为蓝本,栩栩如生地展现了汉代宫女的生活情景。尤其是,在 VR 艺术的审美转换中,创作者恰当借助绘画原作的斜轴透视技法,有效建构了一系列建筑和场景。其中,作为一种富有特色的技法,"斜轴透视"是中国传统绘画常见的表意手段,它意味着事物没有固定焦点,不依照近大远小的规律呈现。与之相应,在虚拟场景中,VR 艺术创作的三维建模可以等比例立体还原绘画中的对象群,而无须调节模型大小以匹配绘画纵深。可以说,这种技法的现代转换为 VR 设计奠定了基础、拓宽了思路,同时也有效提升了跨文本拟像呈现的审美效果。

就以中国传统经典文学作品为原本的 VR 艺术创作而言,创作者着重在"想象力"和"具象化"上下功夫。比如,作为备受 VR 艺术创作者青睐的传统文化底本,《山海经》蕴含着一个光怪陆离、摇曳多姿的世界,尤其是其中的奇珍异兽凝聚着天马行空的想象,因而具有跨文本拟像转换的多样潜能和广阔空间。在 bilibili、腾讯视频、好看视频等平台,不少博主发布了以"山海异兽"为主题的 VR 艺术设计。这些作品以《山海经》故事的现代阐释和意义阐发为基础,在强化艺术构想合理性的同时,融汇创造性联想和想象,最终使刑天、帝江、鯈鱼、凤凰、天狗、鸾鸟等一个个艺术形象、文化符号跃然"屏"上。当然,在跨文本艺术创作中,相较其他类型的文本转化,以

195

传统经典文学作品为蓝本的 VR 演绎往往面临更多的挑战，主要原因在于缺乏具象性的参考资料，因而需要创作者有大量的文化涉猎、丰厚的艺术素养和非凡的创造能力。也正是想象力、具象化、艺术设计等方面的高要求为成就优秀作品奠定了坚实基础。

实践表明，在跨媒介叙事（Cross-Media Narrative）的意义上，无论是平面图像的立体还原，还是语言文字的视觉重构，VR 艺术创作都不是简单的直译和移植，换言之，VR 艺术创作的跨文本拟像呈现和审美转换不仅要在尊重艺术规律的基础上强化"互文性"或"文本间性"（Intertextuality），还要将媒介特征、文化语境、期待视野等重要因素纳入考量，以便充分彰显 VR 艺术的技术优势和审美特性，更好推动中华优秀传统文化的创造性转化和创新性发展。

（二）传统文化与现代技术相辅相成

在传统的艺术观念中，不同艺术形式有不同的时空属性，并凝聚着它们探索世界、表征时空的不同方式，比如，绘画是空间的艺术、文学是时间的艺术。然而，伴随现代科技的发展，艺术的探索和创新拓展了审美表意的形式与方法，并带给人们新的时空审美体验。在 VR 艺术创作中，技术赋能使传统绘画经典呈现新颖的动态艺术效果，并使观众在沉浸、交互中感受、体会新的审美时空。其间，传统文化与现代技术的相辅相成激发创新的动能，并使空间艺术具有了时间的拉伸、使时间艺术具有了空间的延展，或者说，现代技术使传统文化的经典文本以新异的时空特征展现在人们面前。

在《清明上河图》的 VR 演绎中，熙熙攘攘的街道车水马龙，桥下水面荡漾着涟漪，牧者牵牛行进在山间……动态的视觉影像使张择端的"静态"叙事更加生动形象、更具艺术感染力。在审美诠释的意义上，相比抽象的文字解释，尽管它也可以为静态的"故事"提供某些方面的说明，却难以呈现丰富的细节和有机的整体，VR 的艺术演绎则以其立体、动态的拟像呈现使体验者更加细致、完整地感受和体会传统经典的文化底蕴和艺术魅力。就

VR《清明上河图》来说，作品虽不改变原作的色彩、风格和基调，但经过现代技术了无痕迹的修辞和表意，体验者可在原作蕴藉之中生发新的感知和美感，乃至品味、体认本雅明式的"灵韵"或"气息"（Aura）——它是"在一定距离之外但感觉上如此贴近之物的独一无二的显现"，[①] 而且，在这"非意愿回忆之中自然地围绕其感知对象的联想"中，"气息的经验就建立在对一种客观的或者自然与人之间的关系的反应的转换上"。[②] 事实上，面对VR《清明上河图》，张择端的"静态"叙事在体验者那里像电影般流动地敞开，并生动展现原文本丰富、完整的细节与意蕴。在这种意义上，VR《清明上河图》不应被视为对张择端"静态"叙事的"复述"，而应被视为一种表意方式的"创造"——尽管它无法替代原文本，但它显然会强化、加深熟悉该故事的人的深层体验与文化认知。

当然，现代技术的"了无痕迹"之说，是对VR艺术创作水平的一种褒奖。事实上，现代技术对传统文化的创新激发有其必不可少的审美转换。具体说来，相比西方传统绘画注重立体关系与焦点透视，中国传统绘画讲究形神关系和意境营造。然而，在VR艺术创作的审美转换中，创作者必须建构三维立体模型——这无疑会与中国传统绘画的特性和风格产生龃龉、形成矛盾。对此，在VR《汉宫春晓图》中，创作者在构建人物脸部的三维立体模型时作了大量测试，并在写实的同时，适当削弱细节勾勒，尽量把握两者的平衡，最终达成理想的效果——一如体验者所见，作品生动展现了汉代宫女的生活情景，并使林木、奇石等与华丽的宫阙穿插掩映，进而铺陈宛如仙境般的瑰丽景象。就此而论，这种"审美转换"突显了VR艺术创作的一个显著特点，即最大限度保留原作的色彩、风格和基调，同时又积极借助数字技术、VR技术等放大、升华原作精细、生动的特性和品质，并使传统文化与现代技术在相辅相成、相得益彰中呈现诗情画意的中式审美意蕴。

---

① 本雅明. 机械复制时代的艺术作品[M]. 王才勇, 译. 北京：中国城市出版社，2002：90.
② 本雅明. 发达资本主义时代的抒情诗人[M]. 张旭东, 魏文生, 译. 北京：生活·读书·新知三联书店，1989：159-161.

（三）多样文化艺术形态复合生成

中华优秀传统文化丰富多样、摇曳多姿，但作为"整体"，其内容不是以分门别类、条块分割、孑然独立的形态出现，而是有着交织、渗透、融汇的"复合"特征。在 VR 艺术创作的审美转换中，一些优秀作品常常使意蕴深厚的历史内容与多样态的文化艺术形式、元素等融会贯通、有机生成，进而多维度呈现中华优秀传统文化的深刻内涵和丰富面相。

"田忌赛马"是人们耳熟能详的历史故事，出自《史记·孙子吴起列传》。故事的主角有田忌、孙膑和齐威王，讲述的是孙膑和田忌通过对上马、中马、下马的策略性安排，从而善用自己的长处赢得对战胜利的故事。这一历史故事人物少、情节简单，但在 VR 游戏创作中，《田忌赛马》通过创设合适的文化契口和载体，搭建充满张力的设计框架，将相对"扁平"的历史故事"扩充"为一个意趣饱满的 VR 游戏作品。从游戏比赛的形式看，这一 VR 游戏与电玩上的赛车没有本质上的区别，但在艺术表现的方式、内容和生成机制上，创作者将传统的皮影元素融入游戏环节，并营造了别具一格的风格化场景。其中，人物、车马、环境等均采用皮影样式，使作为非物质文化遗产的皮影艺术在 VR 的审美转换中获得了充分表达，并赢得了玩家的一致好评。就中华优秀传统文化的审美转换来说，在多样文化艺术形态复合生成的意义上，VR 皮影游戏《田忌赛马》可视为一部典型文本。简要说来，它将历史文化的"语境"转化为游戏沉浸的"场景"，将历史叙事的"情节"转化为赛马游戏的"路径"，将皮影艺术的"符号"转化为游戏展开的"张力"，进而将历史故事、皮影艺术、VR 游戏等不同形态的历史内容和文化艺术形式、元素等有机整合、融汇在同一文本之中。进一步说来，就"复合生成"的典型、普适意义而言，在 VR 艺术创作的审美转换上，正如 VR《田忌赛马》所显示的，它既使历史故事、经验智慧等在当今时代绽放新的光彩，又使艺术的形式、语言、文本等在"整合""融汇"中获得丰富的表现力；在审美体验和效果上，它既有效展现了中华优秀传统文化的多样性和深刻性，又充分体现了新兴 VR 艺术探索、创新的可供性与能产性。

从以上三个方面的分析和阐述中，我们可以看到，在 VR 艺术创作的审美转换中,一方面,借助 VR 技术,博大精深的中华优秀传统文化在当今时代以人们喜闻乐见的形式、饶有趣味的方式得到展现;另一方面,中华优秀传统文化的"挖掘"和"阐发"使 VR 艺术这一新兴艺术形式获得了丰厚的内容支撑和强大的发展后劲,甚至,如马克思所说"希腊神话不只是希腊艺术的武库,而且是它的土壤",① 中华优秀传统文化亦可视为 VR 艺术乃至当代中国艺术发展的"武库"和"土壤"。事实上,"博大精深的中华文明是中华民族独特的精神标识,是当代中国文艺的根基,也是文艺创新的宝藏",因此,要"把中华美学精神和当代审美追求结合起来,激活中华文化生命力"。② 基于此,我们可以进一步从"审美表征"的层面探讨 VR 艺术创作在中华优秀传统文化的传承、弘扬中所呈现的新方式和新路径。

三、VR 艺术创作对中华优秀传统文化的审美表征

作为新兴艺术形式,VR 艺术的发生、发展是技术、艺术、媒介、产业等矢量合力作用的结果和产物。特别是,在媒介和文化艺术的关系上,尼尔·波兹曼指出:"每一种媒介都会对它进行再创造……和语言一样,每一种媒介都为思考、表达思想和抒发情感的方式提供了新的定位,从而创造出独特的话语符号。"③ 诚如上文所述,中华优秀传统文化可视为新兴 VR 艺术的"武库"和"土壤",与此同时,在 VR 艺术创作中,新的艺术"媒介"和"话语符号"必然会发挥重要作用并带来深远的影响。对此,结合一些代表性文本,我们可从如下三个主要方面就 VR 艺术创作中"审美表征"的显著特点作简要分析和阐述。

---

① 马克思.《政治经济学批判》导言 [M]//马克思,恩格斯.马克思恩格斯选集:第 2 卷. 北京:人民出版社,1995:28.
② 习近平. 在中国文联十一大、中国作协十大开幕式上的讲话 [N]. 人民日报,2021-12-15(2).
③ 波兹曼. 娱乐至死 [M]. 章艳,译. 桂林:广西师范大学出版社,2004:12.

（一）审美主、客体之间关系的重构

在 VR 艺术中，虚拟现实技术营造、展现"拟像"空间。与传统的艺术形式和观念相比较，这蕴含着一种深刻的变革。简要说来，在视觉技术进步的美学意义上，有学者指出：无论是古代的模仿论，还是文艺复兴时期的透视说，抑或现代的影像复制，形象符号总是在追求与实在世界的相似性，然而，虚拟现实技术的出现导致了传统观念的深层转变，即"从实在论（美学上的模仿论、再现论或现实主义）向超实在论的转变"。[①] 如此说来，当虚拟世界与现实世界的联系从感官层面上被阻断，接受者的沉浸体验便随着交互的深入而走向细致、具体，或者说，在 VR 艺术的审美体验中，审美主体处于文本的内部空间，并与文本共享时间的维度。在这种意义上，VR 艺术便突破了传统艺术中审美主体与审美客体（艺术文本）的"分离"状态，实现了审美主体与审美客体的关系重构。具体说来，相较传统艺术，文本之于接受者，多是被欣赏的"客体"，但 VR 艺术的交互性重塑了这种审美主体与审美客体的关系：当主体置身虚拟现实的"拟像"文本之中时，他/她并不是在单一地观看或欣赏，而更多的是在与影像、声音等艺术信息进行交流、互动。不仅如此，在操控 VR 设备的过程中，媒介带来的人的"延伸"使人的身体在拟像世界里形成了与自身感官相对应的行动轨迹，并使其变成了被再现的客体而化为文本的一部分。于是，当体验者在拟像中穿梭，就仿佛脱离了现实世界，并于沉浸、交互中获得了人既在画外又在画中的审美体验。

可以说，这种新型主、客体关系是 VR 体验中深度沉浸感的重要来源，同时，也是 VR 艺术审美表征的重要方式。比如，2021 年在 Steam 平台上线的 VR 书法游戏《墨之韵》就充分体现了这种特点——它为玩家在沉浸体验中练习、品味书法提供了生动的场景。其中，练习者不再需要准备笔墨纸砚，只需戴上 VR 眼镜就可以在虚拟世界临摹挥洒。就游戏设计来说，创作者尽可能地设计出逼真的毛笔笔触，把现实的运笔效果最大限度地呈现给玩家，使玩家在体验过程中清晰地感受到下笔轻重对书写产生的影响。在学理上，

---

① 周宪.视觉文化的转向[J].学术研究，2004（2）：115.

玛丽-劳尔·瑞安指出：面对"真实存在"的图像，沉浸、交互体验使计算机从主动意识中的"消失"。这意味着，高度的沉浸、交互感得益于体验者意识不到媒介的存在，而媒介的不断透明化使所呈现的"世界"于浑然一体的交互状态中更显真实化。由此而论，伴随VR再现媒介在意识或人的"延伸"中的作用不断扩展，VR艺术形成了多方位的感官延伸，并因虚拟现实技术带来的强交互效果而超越了其他艺术形式。就VR艺术创作对中华优秀传统文化的审美表征来说，伴随新型主、客体关系渗入深层次的境界，人们便能在沉浸、交互体验中更好感受和领会以形写神、形神兼备的艺术意趣和美学旨趣。

（二）交互游戏、趣味体验作为新型交流方式

在VR艺术实践中，其"整个创作、接受的过程，自始至终表现为艺术家与参与者之间交流与回应的扩展性活动，其生产过程因而是艺术创想、技术制作和观众参与再创造的一体化过程，很显然，这是一种动态的过程，也是一个多元组合的综合性工程，该过程打破了传统的一元化行动思维"。① 在《作为体验的艺术：遭遇活跃的受众》一文中，博斯玛（Josephine Bosma）认为："与相对可访问的网络相结合的消费技术意味着观众和艺术家变得难以区分彼此；受众解放到合作者、参与者的水平，艺术最终将艺术家与受众之间的距离降低到前印刷的联系。"② 尽管当前VR艺术仍处于发展变化之中，但就潜力、前景而言，这些论述强化了参与者与文本之间交流方式的重要性。事实上，由于交流方式与VR作品的审美体验紧密相连，因此，它可视为VR艺术作品取得良好效果的重要审美之维。

基于"交流方式"的重要性，就VR艺术对中华优秀传统文化的审美表征而言，交互游戏、趣味体验的意义和价值得到突显：一方面，作为VR艺术的显著特征，交互性、趣味性为艺术创作提供了美学张力和丰富潜能；另

---

① 李怀骥.主体的终结：VR艺术的游戏性体验[J].东方艺术，2010（21）：110.
② 黄鸣奋.新媒体与西方数码艺术理论[M].北京：学林出版社，2009：178.

一方面，作为创作者、接受者、文本三者之间的一种有效联通方式和载体，游戏为文本的传播、接受注入了强大驱动力和审美意趣，诚如麦克卢汉所说："游戏是我们心灵生活的戏剧模式，给各种具体的紧张情绪提供发泄的机会。"① 比如，就动作类 VR 游戏来说，2021 年上线的《水浒传之醉铁拳》以一百零八好汉为游戏角色，让玩家置身古代开封的历史场景，深度体验宋代的"武侠世界"。其突出特点是：以体验者之间的动作竞技为交互方式，添加丰富传统文化元素，营造浓厚的传统文化氛围，让体验者在竞技过程中感受游戏娱乐的同时，沉浸式了解、体会传统文化。此外，就解谜类 VR 游戏来说，它以"解谜"作为主要交互方式，并循此引导玩家深入感受、领会传统文化的丰富内涵。比如，在以《红楼梦》"太虚幻境"为底本的 VR 游戏《方寸幻境》中，VR 技术交融虚拟与现实的能力恰好契合太虚幻境既"真"又"幻"的要求，特别是，在作品营造的虚拟世界中，空间可切换、信息可交互的特性突显了"人在画中游"的艺术构想，并使玩家在挑战过程中体会一种妙趣横生、轻松惬意的游园魅力。在学理上，"游"意味着自由无拘的精神境界，它不仅带来"畅神"的审美体验，而且，人们的积极参与和沉浸、交互还可以形成一种叙事动力，并使艺术文本体现出"一种连续流变的生命力"。② 由此观之，在 VR 艺术创作的审美表征中，作为激发人们兴趣和热情的有效方式，交互游戏、趣味体验与中华优秀传统文化的两相"结合"既有效发挥了现代技术的优势和功能，又使人们在寓教于乐中感悟中华优秀传统文化的底蕴和魅力。

（三）艺术想象空间与虚拟现实空间的相连相通和情感共鸣

在艺术和审美的领域，"想象空间"存在于每一个创作者和接受者的心中和脑海里。就其特点而言，巴什拉在《空间的诗学》中指出，"被想象力所把握的空间不再是那个在测量工作和几何学思维支配下的冷漠无情的空间"，作

---

① 麦克卢汉.理解媒介［M］.何道宽，译.北京：商务印书馆，2000：293.
② 德勒兹，加塔利.资本主义与精神分裂：千高原［M］.姜宇辉，译.上海：上海书店出版社，2010：718.

为"被人所体验的空间","它不是从实证的角度被体验,而是在想象力的全部特殊性中被体验"。① 其中,神思可以在瞬间翻越万山、跨越千载,诚如刘勰在《文心雕龙·神思》中所说:"寂然凝虑,思接千载;悄焉动容,视通万里……思理为妙,神与物游……登山则情满于山,观海则意溢于海。"② 在 VR 艺术创作的审美表征中,虚拟现实空间具有类似的特点,只是在 VR 艺术的审美体验中,审美主体对于空间的认知不是通过"物质",而是通过"拟像"带来一种空间感。其中,相比现实世界里的距离"跨越"体现为一种通过时间来抵达的线性模式,虚拟世界中的场所"转换"则是通过视觉的瞬移和时空的压缩达成。在这种意义上,"艺术想象空间"与"虚拟现实空间"的相连相通为 VR 艺术创作的审美表征和创新表达搭建了新桥梁、开辟了新路径。

2023 年新春之际,中国中央广播电视总台"央博新春云庙会"正式上线。从正月初一到正月十五,在这一全球首个"元宇宙庙会"中,体验者可以通过数字分身,进入东西南北中不同文化风物荟萃、交融的主题场景,还可以在互动街区沉浸式参与写福字、放烟花、舞狮子、踩高跷、捏泥人、猜灯谜、游花车等传统节庆活动。投身这一"想象"与"虚拟"相连相通的、强交互的"世界",一系列节日氛围浓郁的场景、活动让体验者流连忘返。不仅如此,虚拟"街道"上熙熙攘攘、川流不息的人群还增强了现实生活中喜庆的氛围,使参与者在沉浸体验中感受"在场"的情感流动,并使传统文化的拟像空间转化为富有情感的艺术文本。在这一 VR 艺术文本中,如果说,沉浸、交互体验奠定了艺术想象空间与虚拟现实空间相连相通的基础,那么,情感共鸣则进一步升华了此一"相连相通"的意义。事实上,伴随虚拟公共空间的搭建,一种想象的"情感共同体"于无形中被建构起来,同时,源远流长的传统节庆文化所蕴含的丰富意义也于情感、价值同构中被充分展现出来。在学理上,作为一种复杂的精神象征行为,艺术的本性可视为一种情感表达形式。诚如别林斯基所说:"情感是诗的天性中一个主要的活动因素——

---

① 巴什拉. 空间的诗学 [M]. 张逸婧,译. 上海:上海译文出版社,2018:27.
② 范文澜. 文心雕龙注 [M]. 北京:人民文学出版社,1958:493.

没有情感就没有诗人,也没有诗。"① 或如苏珊·朗格所言,"艺术是人类情感的符号形式的创造","把艺术符号化的作用就是为观众提供一种孕育感情的方法"。② 在这种意义上,就 VR 艺术对中华优秀传统文化的审美表征来说,"情感"和"情感共鸣"无疑是一个重要的因素和环节,或者说,突显"情感"和"情感共鸣"的重要性有益于 VR 艺术创作借助集体的艺术想象和共同的文化记忆建构富有价值的审美空间,并为传承、弘扬中华优秀传统文化作出积极贡献。

综上所述,对 VR 艺术创作来说,面对历史悠久、博大精深的中华优秀传统文化,新兴的叙事媒介和艺术形式展现了它值得称道的可供性和能产性。当然,不论是"审美转换"还是"审美表征",其所涉内容无疑还有其他的方面,尤其是从艺术创作、传播、接受和再生产紧密关联的大视域中来看,我们还可以从思想观念、人文精神、道德规范、中华美学的维度,以及传承与创新、中外比较、审美价值与审美取向等方面来审视和考察。但鉴于中华优秀传统文化的丰富性、深刻性和新兴 VR 艺术发展的可供性、能产性,以上两大方面的简要分析勾勒、呈现了当前 VR 艺术审美表意实践的显著特点和风貌。事实上,基于那些优秀作品积累、沉淀的经验和价值,在发展进程中,VR 艺术创作的探索和创新突出、强化了如下三方面深刻的审美现代性(Aesthetic Modernity)意义。简要说来,第一,新时代的文艺繁荣发展离不开中华优秀传统文化的丰厚滋养。就艺术实践来说,"文艺创作不仅要有当代生活的底蕴,而且要有文化传统的血脉",③ 同时,在文化自信和艺术自觉中,"中华文化延续着我们国家和民族的精神血脉,既需要薪火相传、代代守护,也需要与时俱进、推陈出新。要加强对中华优秀传统文化的挖掘和阐发,使中华民族最基本的文化基因同当代中国文化相适应、同现代社会相协调"。④

---

① 别林斯基.别林斯基论文学[M].梁真,译.北京:新文艺出版社,1958:14.
② 朗格.情感与形式[M].刘大基,傅志强,周发祥,译.北京:中国社会科学出版社,1986:51–458.
③ 习近平.在文艺工作座谈会上的讲话[N].人民日报,2015-10-15(2).
④ 习近平.在中国文联十大、中国作协九大开幕式上的讲话[N].人民日报,2016-12-1(2).

第二，在艺术高质量发展中，技术赋能与艺术创新辩证统一、相辅相成。一方面，"今天，各种艺术门类互融互通，各种表现形式交叉融合，互联网、大数据、人工智能等催生了文艺形式创新，拓宽了文艺空间"；另一方面，"要正确运用新的技术、新的手段，激发创意灵感、丰富文化内涵、表达思想情感，使文艺创作呈现更有内涵、更有潜力的新境界。"① 第三，作为当代中国艺术的"武库"和"土壤"，中华优秀传统文化的魅力与活力不在其"传统性"，而在其"现代性"。马克思曾说，古希腊神话和艺术及其所处的时代"作为永不复返的阶段而显示出永久的魅力"，② 类似地，对以活化态存续于今的中华优秀传统文化而言，它也可视为"一种凝固的意识形式，只有当它与现实生活经验建立某种联系时，它才呈现出具体的意义。这个'意义'的根源在于现实经验和现实关系"。③ 可以说，这三点深刻的审美现代性意义是对 VR 艺术创作特点与优势的进一步声张和强化，同时，也可为 VR 艺术发展乃至当代中国艺术发展提供有益参考和借鉴。

---

① 习近平. 在中国文联十一大、中国作协十大开幕式上的讲话 [N]. 人民日报, 2021-12-15(2).
② 马克思.《政治经济学批判》导言 [M] // 马克思, 恩格斯. 马克思恩格斯选集：第 2 卷. 北京：人民出版社，1995：29.
③ 王杰. 审美现代性：马克思主义的提问方式与当代文学实践 [J]. 文艺研究, 2000（4）：9.

充分发挥网络文艺在中国式现代化中的审美功能*

伴随数字化、网络化、智能化深入发展，网络文艺形态多样、活力充沛、前景繁盛。当前，作为新兴文艺，网络文艺与传统文艺的创新性融合、与国外类似文艺实践的交流互鉴持续增强，并于丰富实践、规范发展、质量提升中彰显其影响力；作为审美意识形态，网络文艺守正创新、风正帆悬，在创作、传播、接受和产业发展、功能发挥等方面呈现新特点、新风貌。在时代发展、社会进步的历史潮流中，网络文艺要进一步高举旗帜、开拓进取，自觉运用丰赡艺术形象表征中国式现代化生动实践，充分发挥新兴文艺强大的审美功能。

一、发展现状：社会主义文艺百花园中的鲜艳花朵

习近平总书记在文艺工作座谈会上的讲话中指出，"互联网技术和新媒体改变了文艺形态，催生了一大批新的文艺类型，也带来文艺观念和文艺实践的深刻变化"，并强调"要适应形势发展，抓好网络文艺创作生产，加强正面引导力度"。这一重要讲话正式提出了普适、规范的"网络文艺"概念，并极大促进了网络文艺实践的繁荣发展。时至今日，伴随数字文化范式转换和"互联网＋文艺"深入发展，网络文学、网络剧、网络综艺、网络电影、网络

---

* 本文原载于《中国艺术报》2023年3月17日第3版，收入本书时略有删改。

纪录片、网络音乐、网络动漫、网络游戏等网络文艺的典型形态在创新发展中涌现一大批优秀作品,同时,"云文艺"的丰富化与常态化、文艺性短视频和网络直播等"泛"网络文艺的风行,以及互动艺术、虚拟艺术、AI艺术的前沿探索等,共同展现了新兴文艺之"新"的诸多特征、品质和良好的发展前景。尤其是,经过新时代十年显著的、全方位的快速生长,网络文艺已发展成社会主义文艺百花园中的鲜艳花朵。

据中国互联网络信息中心发布的第50次《中国互联网络发展状况统计报告》显示:截至2022年6月,我国网民规模达10.51亿,手机网民规模达10.47亿;在网络文艺相关方面,网络视频、网络文学、网络音乐、网络游戏的用户规模/使用率分别为9.95亿/94.6%、4.93亿/46.9%、7.28亿/69.2%、5.52亿/52.6%。对网络文艺发展来说,庞大的数量"硬核"蕴含引发质变的强大动能,换言之,庞大的数量及其引发的一系列连锁反应为网络文艺发展奠定了坚实基础,并带来创作、传播、接受等方面深刻的变化。特别是,从数字文化范式转换的维度看,互联网大发展为网络文艺创作生产提供了源源不断的动力;从纵向比较和横向参照的维度看,情感体验、思想观念、价值理念和艺术形式等方面的新变化、新特征体现了网络文艺有别于传统文艺的审美现代性,也突显了有别于国外类似文艺实践的中国特色和中国经验。

实践表明,网络文艺快速发展得益于技术、艺术、媒介、社会、文化、传播、产业、用户等的矢量合力作用,更离不开党和国家的大力支持和推动。比如,2015年出台的《中共中央关于繁荣发展社会主义文艺的意见》指出:"大力发展网络文艺。网络文艺充满活力,发展潜力巨大。"2021年发布的《中华人民共和国国民经济和社会发展第十四个五年规划和2035年远景目标纲要》在"社会主义文化繁荣发展工程"中将"网络文艺创作传播"列入"文艺精品创作"重大项目;2022年中共中央办公厅、国务院办公厅印发的《"十四五"文化发展规划》提出"鼓励引导网络文化创作生产",实施"网络文艺创作传播工程"。这体现了党和国家对网络文艺繁荣发展的高度重视,也彰显了网络文艺日益增长的影响力。与此同时,在丰富的实践中,广大网络文艺工作者自觉弘扬社会主义核心价值观,积极释放生产要素潜能,并以清新的青春语态、昂扬的创新姿态不断推动网络文艺发展迈上新台阶，充分展现了网络文艺蓬勃发展的朝气与活力。

二、感应时代：与社会进步同声相应、同气相求

习近平总书记在中国文联十大、中国作协九大开幕式上的讲话中指出："古今中外，文艺无不遵循这样一条规律：因时而兴，乘势而变，随时代而行，与时代同频共振。"对网络文艺来说，新时代的十年是蓬勃发展的十年。一方面，中国式现代化实践为网络文艺发展奠定了坚实基础，习近平新时代中国特色社会主义思想为网络文艺发展提供了科学指导，中华优秀传统文化为网络文艺发展提供了丰厚滋养，中国的对外开放为网络文艺发展拓宽了国际视野。另一方面，作为与时代生活紧密关联的艺术形态，网络文艺贴近生活、贴近人民，敏锐感应时代要求，热忱描绘新时代社会生活的生动图景，在积极满足人民群众多样化、个性化审美需求的同时，也迎来自身发展的"高光时刻"。换言之，网络文艺表征时代，时代也成就了网络文艺，网络文艺在与时代的同频共振中彰显了中国特色社会主义文艺发展的典型意义。

实践表明，艺术的丰盈源于生活。伴随时代发展、社会进步，网络文艺在技术赋能、艺术新变、质量提升、产业发展、艺术传播、责任担当等方面展现新风貌。尤其在如火如荼的实践中，网络文艺突出创作生产的中心地位，呈现鲜明的审美现代性特征。比如，在价值导向上坚持以人民为中心，弘扬主旋律、提倡多样化；在题材、类型上不断探索创新，表征生活的能力日益增强；在创作上稳量提质，精品化生产促进品质提升；在技术上升级迭代，深层次融合持续赋能创新发展；在产业发展上强化 IP 开发，全产业链运营提升价值效益；在文艺"出海"上稳步推进，从原初较单一的内容"出海"逐步进阶为内容、版权、平台、模式、文化等复合"出海"；在审美取向上强化有意义、有价值，让有温度、有质感的内容赢得口碑和市场；在责任担当上创先争优，积极助力社会主义文化强国建设。此外，在发展版图中，新文艺组织和新文艺群体迸发新活力，新形态与新业态不断涌现，中华优秀传统

文化创造性转化和创新性发展焕发新风采,现代传播格局和体系日益完善,社会效益与经济效益相得益彰,综合治理营造清朗网络空间。这些鲜明特征展现了新兴文艺蓬勃向上的发展图景,也为网络文艺的功能发挥奠定了坚实基础。

一个时代有一个时代的文艺,一个时代有一个时代的精神。作为社会主义文艺的重要组成部分,网络文艺以介入生活的自觉性和主动性、表征时代的广泛性与深入性,热忱描绘时代气象、讲好中国故事。特别是伴随中国式现代化显现于当代中国经济建设、政治建设、文化建设、社会建设、生态文明建设中,以及当代中国人日常生活、思想情感、审美趣味等各个方面,网络文艺以富有创造力的审美话语全景式地展现了时代生活的"精神地形图"。借由艺术表征的丰富信息,我们可以更好地"读懂中国",并从这一色彩斑斓的"精神地形图"中更好地感受和体会中国式现代化所包含的深刻意旨、价值意蕴和强大力量。

三、功能发挥:中国式现代化的审美表征、价值彰显

半个多世纪前,即使"脑洞大开",人们也难以想象,从星星之火到燎原之势,互联网的影响呈指数级增长,并水银泻地般渗透到生产、生活的各个领域和层面,业已成为一种巨大的塑造性力量。其中,如果说以广播电视为代表的"电子文化"是对以语言文字为代表的"印刷文化"的突破,那么,以互联网为代表的"数字文化"则带来了更剧烈、更深刻的范式转换。而作为数字媒介革命带来的重要后果,网络文艺因"网"而生、向"网"而盛。时至今日,在与传统文艺的关系中,网络文艺既从传统文艺中不断汲取丰厚滋养,又给传统文艺带来日益明显的反向影响。我国网络文艺尽管起步晚,但发展快,尤其是新时代十年来,网络文艺在跻身当代中国文艺主流行列的同时,还以生产规模、题材类型、艺术特征、创作实绩、价值观念、评价标准、发展前景等方面鲜明的中国特色而彰显出特殊的存在意义和价值。当前,在新的媒介生态、艺术生态和产业生态中,可以说,网络文艺与传统文艺创

新性融合、与国外类似文艺实践交流互鉴的过程，是其审美现代性日益展现的过程，也是其审美功能充分发挥的过程。

在党的二十大报告中，习近平总书记深刻阐述了中国式现代化的中国特色、本质要求和重大原则，初步构建了中国式现代化的理论体系。中国式现代化是中国特色社会主义现代化实践的思想结晶，蕴含经济、政治、文化、社会、生态等多方面的丰富、深刻内容，充分体现了马克思主义现代化理论的当代发展和新飞跃。在文艺领域，中国式现代化所蕴含的特性、要求、价值等必然要通过审美转换，投射、凝聚在审美表意系统之中。这意味着，网络文艺的繁荣发展必然要积极表征中国式现代化的丰富内涵和深刻意蕴，充分发挥求真、向善、尚美的独特功能。

在以中国式现代化全面推进中华民族伟大复兴的历史进程中，网络文艺的审美表征和功能发挥蕴含紧密关联的三重逻辑。简要说来，一是科学理论的逻辑。中国式现代化是我们党领导全国各族人民在长期探索和实践中历经千辛万苦、付出巨大代价取得的重大成果，是党的二十大的一个重大理论创新。对网络文艺来说，其审美现代性与中国式现代化一脉相承、义理相通，换言之，中国式现代化铸就了审美现代性的价值规定，蕴含着文艺发展的规律和使命，是网络文艺创作生产的指导思想，也是新兴文艺彰显其表征未来能力的精神引领。二是艺术实践的逻辑。中国式现代化植根中华沃土，是中国特色社会主义现代化实践的思想结晶。如果说，时代生活是一条滔滔奔涌的河流，那么，中国式现代化即是网络文艺创作生产的航标。在艺术创作与时代生活的关系上，伴随中国式现代化的推进和拓展，网络文艺必然要多方位展现新时代的丰富场景和精神气象。在审美关系和现实关系的关联中，中国式现代化的特征、属性、本质要求、价值取向、实践品格等必然要呈现在形象表意系统之中，并作为时代生活的审美镜像，对人们的日常生活、思想观念、审美趣味、价值理想等带来深刻影响。三是价值取向的逻辑。中国式现代化有各国现代化的共同特征，更有基于自己国情的中国特色。中国式现代化打破了"现代化＝西方化"的迷思，展现了现代化的另一幅图景，是一种全新的人类文明形态。对网络文艺来说，作为历史性范畴的审美现代性具有不同于西方的内涵和规定性。特别是，在价值、功能的维度，西方语境中的审美现代性多指一种与社会现代性相对的张力性存在，具有鲜明的"批判性"，而中国式审美现代性突出表现为"协同性"，其艺术表征是现实生活关系在审美关系维度的显现和表达，维护和促进社会主义经济基础发展是其基本要求。可以说，以上三重逻辑体现了基础、路径、目标的有机统一，是新时代网络文艺审美表征和功能发挥的现实要求，也是新时代网络文艺自身又好又快发展的必由之路。

新时代、新征程，新文艺、新风貌。习近平总书记在中国文联十一大、中国作协十大开幕式上的讲话中指出："中国特色社会主义新时代是中国人民在新的考验和挑战中创造光明未来的时代，也是中国人民拼搏奋斗创造美好生活的时代。"在以中国式现代化全面推进中华民族伟大复兴的历史进程中，网络文艺创作生产要进一步向着丰富多彩的社会生活敞开，从时代之变、中国之进、人民之呼中提炼主题、萃取题材，全方位、全景式呈现新时代的恢宏气象，并用跟上时代的精品力作，用情用力讲好中国故事，充分发挥新兴文艺的审美功能，为中国式现代化注入丰沛的精神力量。

文艺报告篇

2021中国艺术发展报告之"网络文艺篇"*

在我国全面建成小康社会、开启全面建设社会主义现代化强国新征程的形势下,作为社会主义文艺的有机组成部分,网络文艺与时代发展同声相应、与社会进步同气相求。2021年,基于以往的经验和成绩,网络文艺在丰富多样的实践中锤炼品质,在与传统文艺的创新性融合中凝聚特性,社会影响力进一步提升、文艺功能得到进一步发挥,充分展现了新兴文艺的蓬勃朝气与生机活力。

一、发展概观

伴随信息化、数字化、网络化、智能化深入发展,面对技术、艺术、媒介、文化、产业等多方面的新变化及多种力量相互作用带来的新影响,网络文艺在传承中创新、在创新中发展,进一步优化创作、传播、接受和再生产机制,释放生产要素潜能,推进发展、管理、引导有机统一,积极满足人民群众多样化、个性化审美需求,总体上呈现稳步发展的特点。

(一)党和国家高度重视,发展基础、条件等进一步优化

作为新兴文艺,网络文艺实践丰富、活力充沛、前景繁盛。这得益于技

---

* 本文原载于《2021中国艺术发展报告》,中国文联出版社2022年版;与谢力、冉茂金、彭宽等合作,收入本书时略有删改。

术进步、媒介变革、艺术发展等的综合作用,也得益于党和国家的时代把握和积极推动。在中国文联十一大、中国作协十大开幕式上,习近平总书记指出,"今天,各种艺术门类互融互通,各种表现形式交叉融合,互联网、大数据、人工智能等催生了文艺形式创新,拓宽了文艺空间",并强调,"要正确运用新的技术、新的手段,激发创意灵感、丰富文化内涵、表达思想情感,使文艺创作呈现更有内涵、更有潜力的新境界"。①《中华人民共和国国民经济和社会发展第十四个五年规划和2035年远景目标纲要》在"社会主义文化繁荣发展工程"中将"网络文艺创作传播"列入"文艺精品创作"重大项目。②可以说,以习近平同志为核心的党中央关于文艺事业、网信事业的一系列新思想、新观点、新论断,为网络文艺发展奠定了基础、指明了方向。在具体路径、举措等方面,中国文联党组书记李屹在中国文联第十一次全国代表大会上的工作报告中强调:要积极探索网络文艺创作生产传播规律,"紧盯技术前沿,大力发展数字艺术、网络文艺等新业态"。③不少省市在"十四五"规划和2035年远景目标中纷纷加大力度,促进网络文艺发展。比如,北京市提出,"实施网络文艺品质提升工程,推动传统文艺与网络文艺创新性融合"。④上海市提出,"聚焦'网生内容'整合产业链,鼓励原创精品创作生产"。⑤实践表明,在多种利好政策、举措的促进下,网络文艺进一步走上繁荣发展的快车道。

---

① 习近平.在中国文联十一大、中国作协十大开幕式上的讲话[N].人民日报,2021-12-15(2).
② 中华人民共和国国民经济和社会发展第十四个五年规划和2035年远景目标纲要[N].人民日报,2021-3-13(2).
③ 李屹.开启新征程 奋进新时代 为建设社会主义文化强国作出更大贡献:在中国文联第十一次全国代表大会上的工作报告[N].中国艺术报,2021-12-17(1).
④ 北京市国民经济和社会发展第十四个五年规划和二〇三五年远景目标纲要[EB/OL].(2021-01-28)[2024-05-01].http://www.bjrd.gov.cn/zyfb/zdgz/jyjd/202101/t20210128_2234904.html.
⑤ 上海市国民经济和社会发展第十四个五年规划和二〇三五年远景目标纲要[EB/OL].(2021-01-27)[2024-05-01].https://www.shanghai.gov.cn/2035nyjmbgy/index.html.

（二）高举精神之旗、突出主题主线，文艺功能有效发挥

作为社会主义文艺的有机组成部分，网络文艺高举中国特色社会主义伟大旗帜，坚持以习近平新时代中国特色社会主义思想为指导，传播当代中国价值观念、体现中华文化精神、展现新时代人们的审美追求。在庆祝中国共产党成立 100 周年、抗疫防疫、脱贫攻坚等重大活动中，网络文艺与其他文艺一道，围绕中心、服务大局，与时代同频共振，有效发挥凝聚人心、汇聚力量、催人奋进的文艺功能。特别是，围绕建党百年，新兴的网络文艺多形态参与、多形式展现，在生活的真实中辉映历史，热情讴歌党、讴歌祖国、讴歌人民。《血与火》（网络动画）、《百炼成钢》《见证初心和使命的"十一书"》（网络纪录片）、《幸存者1937》《浴血无名川》《我们的新生活》（网络电影）、《约定》《在希望的田野上》（网络剧）、《红色文物100》（网络音频节目），以及网络文学的"百年百部"系列、网络歌曲《错位时空》（"建党百年版""国家记忆版"）、"党在我心中"系列短视频等，一批网络文艺作品彰显理想信仰之光，因展现历史风采而豪迈、因契合时代情感而真诚，并在思想深度、文化厚度、精神高度上实现了新突破，既在主旋律作品创作生产机制的探索上迈出了新步伐，又体现了网络文艺的艺术自觉和使命担当。

（三）网民规模稳步增长，发展动能持续增强

截至 2021 年 12 月，我国网民规模达 10.32 亿，互联网普及率达 73.0%，网民使用手机上网的比例达 99.7%，人均每周上网时长达 28.5 小时；在网络文艺相关方面，网络视频（包括网络剧、网络综艺、网络电影、网络纪录片等）、网络文学、网络音乐、网络游戏、网络直播等的用户规模和使用率进一步增长，尤其是网络视频、短视频的用户规模 / 使用率分别达 9.75 亿 /94.5%、9.34 亿 /90.5%。① 庞大的数量是促进网络文艺发展的有力推手，也是促进我国成为网络文艺大国的能动性要素。特别是在网民结构中，10-39 岁网民占

---

① 中国互联网络信息中心 . 第 49 次《中国互联网络发展状况统计报告》[R/OL].（2022-02-25）[2023-12-10].https://www.cnnic.net.cn/n4/2022/0401/c88-1131.html.

比高达50%，这表明，"年轻态"日益成为网络文艺创作生产的风格趋向和价值取向，并作为一种泛在特性体现在创作、传播、接受等各个层面，成为一种引领发展的主导话语。在这种意义上，积极把握年轻受众的审美趣味和爱好成为网络文艺发展的重要维度，比如，越来越多的主旋律作品积极向年轻态靠拢，让正能量获得大流量、高声量。从总体上看，网民规模的稳步增长、年轻态风格的日益彰显、发展动能的持续增强有力促进了网络文艺的发展，也进一步展现了新兴文艺的活力和影响力。

（四）创作生产"稳量提质"，"精品化"打造核心竞争力

经过近年来的丰富实践和经验积累，网络文艺总体上已告别跑马圈地、大水漫灌式的粗放型生产方式。从宏观上看，这是网络文艺走向成熟的显著标志，并使其在展现时代生活丰富内涵的同时，有效促进了自身审美特性的生成。具体说来，网络文艺各典型形态大多在数量上小幅增长、质量上稳步提升，其中，作为红线和主轴，"质量为王"意识、"精品化"生产带来显著成效。比如，在题材、类型上多元探索，增强表征时代生活的能力；在技术上赋能，让作品越来越具有创新特质；在制作上精益求精，提升审美品质；在产业上强化IP价值，推进全产业链运营……使有品位、有文化的优质内容既赢得口碑又赢得市场。实践表明，伴随内容竞争、同行竞争、中外同类文艺竞争的加剧，以及受众欣赏能力和需求的不断提高，稳量提质成为生产的主基调，精品化成为发展的关键词，换言之，"质量为王"导向下的稳量提质、精品化生产是网络文艺发展的共识共行之路。

（五）数字技术持续赋能，多层次"融合"倍增创新力量

时至今日，"数字技术正以新理念、新业态、新模式全面融入人类经济、政治、文化、社会、生态文明建设各领域和全过程，给人类生产生活带来广

泛而深刻的影响"。① 伴随信息化、数字化、网络化、智能化深入发展，诸如大数据、云计算、区块链、5G、人工智能等的持续赋能促进了网络文艺的多层次"融合"发展与创新发展。具体说来，一是媒体融合向纵深推进，"全程媒体、全息媒体、全员媒体、全效媒体"发展带来舆论生态、媒体格局、传播方式等的深刻变化；二是网络文艺加速与前沿科技深度融合，互动视频、虚拟艺术、沉浸体验等新业态、新场景呈现新气象；三是网络文艺内部诸要素相互渗透，跨媒介叙事、短视频+、直播+、全产业链营销等呈现相互借力、取长补短的新态势；四是网络文艺与传统文艺的融合日益深入，不仅顺应了"互联网+文艺"的发展大势，还使创新性融合迸发新生机；五是文字、图片、视频、音乐等多种符号杂糅，"复合符号"文本展现艺术新形态；六是创作者、传播者、接受者的身份多元一体，传播、接受方式激发新活力；七是数字化向"数智化"转型，不仅带来创作、传播、接受和经营管理模式等的深刻变革，还有力推动了数字艺术、虚拟艺术、AI艺术等的新发展。

（六）事业、产业相辅相成，"两个效益"相得益彰

经过有力、有效的政策引导、市场调节和行业自律，网络文艺发展中数量与质量、效益追求与人文审美、技术强势与艺术优势等的落差进一步缩小。其中，网络文艺创作、传播主体进一步贴近生活、贴近时代，讲品味、讲格调、讲责任，积极用正能量引导发展；平台、企业逐渐破除"流量为王""技术优先""娱乐至上"的迷思，积极培育和弘扬向上向善的网络文化；广大受众尤其年轻受众网络媒介素养和艺术修养、审美品鉴能力进一步提升；科学、合理的评价标准和体系进一步完善；普及与提高、满足与引导协调发展；艺术传播、审美接受进一步规范有序，网络文艺空间日益清朗。从总体上看，网络文艺发展呈现出事业与产业相辅相成、社会效益和经济效益相得益彰的局面。

---

① 习近平向2021年世界互联网大会乌镇峰会致贺信[EB/OL].（2021-09-26）[2024-05-01]. https://www.gov.cn/xinwen/2021-09/26/content_5639378.htm.

（七）"文艺两新"活力充沛，为发展注入强劲动力

当前，在网络文艺创作、传播的各个领域，随处可见新文艺组织、新文艺群体的活跃身影。截至2021年6月，在全国文艺家协会会员中新文艺群体总数约3万人，占比22%。① 作为有生力量，"文艺两新"涉及面广、影响面大，其综合素养、艺术水准的不断提升和创造力、传播力、影响力的不断增强为网络文艺发展注入了强劲动力。特别是很多从业者是网生代，他们思维活跃、视野开阔，能敏锐捕捉时代生活的丰富信息、反映文艺发展的前沿动态；他们了解年轻受众的审美趣味和爱好，接地气、懂市场、有活力；他们创新意识强，善用新技术、新机制，能在创作方式、传播手段、推送平台等方面积极适应、调动多种生产要素的新动能。"文艺两新"的发展得益于时代的馈赠，也得益于各级文联、作协发挥组织优势，为其搭建发展平台，用事业激励人才，也让人才成就事业。

（八）加强网络综合治理，深化职业道德和行风建设

"近年来，我国积极推进互联网内容建设，弘扬新风正气，深化网络生态治理，网络文明建设取得明显成效。"② 在网络文艺相关领域，一是法律体系不断健全，法律层级显著提升，并在平台治理、内容管理、数据安全、未成年人网络保护、版权保护开发和利用等方面取得新成效；二是综合治理体系日益规范化、科学化，相关内容审核通则、平台管理规范、内容审核标准细则等为平台、制作机构提供了有效指导；三是聚焦关键领域、重点问题，强化全流程引导与管理，逐步建立起涵盖事前、事中、事后全流程监督与服务的管理体系；四是坚持网上网下统一标准、统一尺度、统一导向。其中包括一系列法律法规、规定、通知、意见等，比如，2020年3月1日正式施行的《网络信息内容生态治理规定》，2021年6月1日正式施行的《中华人民共和

---

① 李屹.开启新征程 奋进新时代 为建设社会主义文化强国作出更大贡献：在中国文联第十一次全国代表大会上的工作报告［N］.中国艺术报，2021-12-17（1）.

② 习近平致首届中国网络文明大会的贺信［EB/OL］.（2021-11-19）［2024-05-01］.http://www.cac.gov.cn/2021-11/19/c_1638918493890638.htm.

国著作权法》、8月25日中央网信办发布并于当时施行的《关于进一步加强"饭圈"乱象治理的通知》、8月30日国家新闻出版署发布并于9月1日施行的《关于进一步严格管理切实防止未成年人沉迷网络游戏的通知》、9月初中央宣传部印发的《关于开展文娱领域综合治理工作的通知》等。凡此种种为培育向上向善的网络文化、促进网络文艺健康发展奠定了基础、提供了保障。与此同时,在职业道德建设、文艺界行风建设方面,和其它文艺领域一样,网络文艺领域贯彻落实党中央重要决策部署,坚决抵制违法违规、失德失范等不良风气,大力弘扬新风正气,努力倡导健康清朗的文艺生态,在成风化人的同时促进网络文艺事业与产业的健康发展。

二、创作生产状况

习近平总书记指出:"衡量一个时代的文艺成就最终要看作品,衡量文学家、艺术家的人生价值也要看作品。"[①]2021年,网络文艺围绕优秀作品的创作生产在诸多方面呈现新特点、新气象,展现出蓬勃发展的生机与活力。

(一)题材、类型丰富多样,表征社会生活的能力进一步增强

在鲜活、生动的实践中,网络文艺的题材、类型进一步丰富多样,同时,针对不同人群、不同圈层和日益细分的市场,内容深耕和创新发展成为创作生产的显著特点,进一步增强了表征社会生活的能力。

在网络文学领域,随着年轻作家的不断涌入,其题材、类型有相对稳定的一面,也有发展变化的一面。据《2021阅文年度好书榜单》,通过"热度、阅读消费、IP价值、破圈、专家评分"五个维度的综合评价,在男频TOP10中,首先吸睛的是科幻畅想类、东方幻想类、冒险悬疑类作品,比如,《长夜余火》《夜的命名术》《我们生活在南京》《大奉打更人》《我的治愈系游戏》等;在女频TOP10中,古代情缘类、现代言情类、悬疑推理类表现突出,同

---

① 习近平. 在中国文联十一大、中国作协十大开幕式上的讲话[N]. 人民日报,2021-12-15(2).

时,国风、传统文化元素和女性独立精神得到突显,比如,《你的来电》《辞天骄》等。① 不仅如此,不少头部网文还体现出类型元素杂糅的特征。比如,科幻网文《夜的命名术》利用赛博朋克元素混搭"时间行者"穿越,现代言情作品《你的来电》融合了电竞、甜宠、公益等诸多要素。

在网络视听文艺方面,2021年上线网络剧200部、网络综艺452档(含多版本和衍生综艺)、网络电影531部、网络纪录片377部、网络动画359部。② 在题材、类型方面,既有延续又有突破。就网络剧来说,整体上呈现类型多元态势,同时,古装、甜宠、悬疑等呈现为高热度类型,比如,《赘婿》《风起洛阳》等古装剧在各类TOP榜中表现出色,《你是我的荣耀》《一生一世》《御赐小仵作》等甜宠剧成为主要剧集类型与话题担当,《八角亭谜雾》《致命愿望》《谁是凶手》等悬疑剧获得了较高热度。在网络综艺方面,基于求新求变的特质,其创作生产总体呈现"纵向"以细分为主、"横向"以延展为辅的显著特点。特别是就前者而言,在占据网综市场80%以上份额的真人秀中,养成类、竞演类、观察类是主要类型,题材既涵盖传统的音乐、舞蹈、情感、职场、美食,又包括新兴的国风、推理、社交、电竞游戏、拳击等,并体现出鲜明的多样化、融合化、分众化、年轻态特征,比如,舞蹈竞演类的《这!就是街舞4》(优酷视频)、《舞蹈生》(爱奇艺),音综类的《中国潮音》(优酷视频)、《披荆斩棘的哥哥》(芒果TV)、《少年Z说唱企划》(爱奇艺)、《黑怕女孩》(腾讯视频)。在网络电影方面,其突出特点是以往那种以玄幻、悬疑题材为主的格局被打破,取而代之的是科幻、电竞、喜剧、爱情等题材、类型的积极探索,以及类型杂糅的主动推进,体现出在细分赛道中瞄准空白题材、开辟票房新蓝海的新现象,其中,《扫黑英雄》《幸存者1937》《绝地狙杀》《硬汉枪神》《重启地球》等获得了票房、口碑的双丰收。

此外,网络音乐拓展小众类型、强化创新发展,类型化、圈层化趋势显

---

① 裘晋奕.2021年网络文学哪部"强"?[EB/OL].(2021-12-24)[2024-05-01].https://www.cqcb.com/entertainment/2021-12-24/4690263_pc.html.

② 国家广电总局监管中心,广电时评.重要发布|一图看懂2021网络视听文艺主要数据[EB/OL].(2022-01-20)[2024-05-01].https://www.sohu.com/a/517966178_121106869.

著,比如,在ACG音乐潮流中以二次元吸引Z世代,"国风音乐"从优秀传统文化中吸取养分并赋予音乐新的风貌;网络纪录片数量进一步增长,社会现实类、文化艺术类作品体现浓厚的现实关怀和鲜明的人文色彩;网络动画"中国风"特色进一步彰显,制作水平进一步提升。从总体上看,网络文艺创作在题材、类型的丰富多样,并进一步促进了传播、接受等的持续活跃。

(二)辉映时代发展,现实题材创作成绩显著

受时代发展召唤、政策措施引导、成功作品激励、审美趣味变换等的综合影响,接地气、有温度、正能量的现实题材创作进一步繁荣发展,并在现代性体验的审美表达中激发人们对时代发展、社会进步的情感认同和敬意。

在丰富多样的现实题材创作中,有的作品从大处着眼,展现改革开放、精准扶贫、乡村振兴等生动画卷,有的作品从小处着笔,书写各行各业人民群众勤劳奋斗的篇章。比如,《北斗星辰》《三万里河东入海》《奔腾年代》《与沙共舞》等一批反映现实、充满正能量的网文受到网民的热捧;《扫黑风暴》《启航:当风起时》《你是我的荣耀》《乔家的儿女》《爱很美味》《女心理师》等网剧热情拥抱现实,网感与美感兼备,并呈现出题材细分各具千秋的特色;《我们的新生活》《排爆手》《中国母亲》等网络电影作品通过讲述新时代平凡人物追求美好生活的奋斗故事,展现国家的发展进步和民生变化;在网络音乐方面,重新填词的网络歌曲《错位时空》从最初的"五四特别版"到"建党百年版""国家记忆版""奥运版",作品因契合时代情感而使许多年轻人找到了精神上的同路人;在短视频的风行中,生活化、日常化的文艺性短视频在记录时代生活、展现人们精神风貌上体现真实、共情的鲜明特征。此外,还有不少网络纪录片、网络综艺等作品纷纷将镜头聚焦现实生活,在情感和价值表达上强化与现实的审美关系,并以内容丰富、网感鲜明的形象表现人们的真切体验,多方位、多层面展现时代生活的生动画卷。特别值得一提的是,在推崇现实题材创作的大潮流中,具有现实主义风格的"生活流"元素日益渗透到其他题材的创作之中,比如,古装商战题材剧《赘婿》、奇幻悬爱剧《司藤》等,并使观众在新异的故事中获得情感的共鸣。

（三）精品化生产导向明确，艺术品质稳步提升

在新的媒介生态、艺术生态和产业生态中，网络文艺创作在数量和质量上协调发展，"质量为王"观念深入人心、"精品化"生产成为主基调，并通过一批优秀作品有效促进了网络文艺整体品质的提升。这在网络视听文艺的创作生产中有突出的表现。

在国家广播电视总局公布的2021年网络视听节目精品中，《冰球少年》《排爆手》《山水间的家》《2021最美的夜》等18部作品在"精品化"提升新品质方面具有典型意义。① 具体说来，一是网络剧的"短、精、新"。据艺恩《2021国产剧集市场研究报告》，高质量网络剧占比越来越高，在全年播映指数TOP50中，30部为网剧，② 其中，"短剧化"特点鲜明，在全年上线的200部网剧中，30集以内的163部，重点网络微短剧58部，③《八角亭谜雾》《谁是凶手》《云南虫谷》《爱很美味》《我在他乡挺好的》等精品短剧凭借轻快的节奏和高质量内容受到了用户广泛欢迎。究其原因，网络剧创作"短、精、新"特点的形成，既有近年来成功经验的积累，也是平台、制片方积极破解"优质内容依旧匮乏"的迷思、大力推进创新发展的结果。④

二是网络电影的"优质化"。2021年，稳量提质和精品化是网络电影扭转口碑、打开市场的关键。其突出表现有五个方面："蹭IP""擦边球"现象减弱，新类型探索成为发展主流；平台加码精品生产，多形态分账推进品牌化建设；主旋律题材创作成为实现突破的重要选择；打破院网壁垒，对标院线电影、提升制作水平；传统影视力量（包括知名公司、演员等）极大提升作品质量。事实表明，"优质化"生产带来显著效益，比如，分账票房突破千万

---

① 国家广播电视总局.关于公布2021年网络视听节目精品创作传播工程评选结果的通知［EB/OL］.（2022-01-14）［2024-05-01］.http://www.nrta.gov.cn/art/2022/1/14/art_113_59328.html.

② 艺恩：2021国产剧集市场研究报告［R/OL］.（2022-01-05）［2024-05-01］.https://finance.sina.com.cn/tech/2022-01-05/doc-ikyamrmz3177527.shtml.

③ 国家广电总局监管中心，广电时评.重要发布｜一图看懂2021网络视听文艺主要数据［EB/OL］.（2022-01-20）［2024-05-01］.https://www.sohu.com/a/517966178_121106869.

④ 王涵.2021网剧发展报告［R/OL］.（2022-01-09）［2024-05-01］.https://www.sohu.com/a/515436601_697084?spm=smpc.author.fd-d.9.1646624701654QXS9A6O.

元的作品达68部，前十位作品的豆瓣评分平均达5.47分，①《浴血无名川》《扫黑英雄》分账分别达3280万元、2418万元；《重启地球》《火星异变》《太空群落》等作品可喜的播放量和集中爆发态势让人们十分期待网络科幻电影的后续发力。

三是网络综艺的"精致化"。作为竞争激烈、创新特征突出的形态，网络综艺以季播综艺为主、以中短综艺丰富节目生态，并在突出年轻态、女性向的整体风貌下，积极推进精品生产。比如，爱奇艺的《登场了！洛阳》《戏剧新生活》《一年一度喜剧大赛》、优酷视频的《中国潮音》《念念青春》、芒果TV的《披荆斩棘的哥哥》《我们的滚烫人生》、腾讯视频的《忘不了农场》《令人心动的Offer3》、哔哩哔哩的《屋檐之夏》《2021最美的夜》等，充分体现了网络综艺在节目制作、审美品位等方面的提升。

四是网络纪录片的"人文化"。在近年的大发展中，作为热点的社会现实类、文化艺术类作品不仅以写真、写实的审美特性彰显了其反映时代生活的能力，还以真切的现实关怀和鲜明的人文色彩引人瞩目。比如，哔哩哔哩的《小小少年》《人生一串3》《但是还有书籍2》等质量上乘，优酷视频的《中国，我们的故事》《奇妙之城》《我的时代和我》等涉及人文、历史、教育等多个领域，并通过题材深挖，有效推动了创作的创新发展。

特别值得一提的是，在中华优秀传统文化的创造性转化和创新性发展方面，不少作品从中华文化资源宝库中汲取养分、获取灵感，并结合时代精神彰显中华文化的持久魅力，进一步强化了精品化生产的文化厚度。比如，《中秋奇妙夜》、"最美的夜"跨年晚会等视听作品以鲜明的美学风格和文化意蕴受到好评；网文《登堂入室》将中国传统瓷器文化编进故事，《锦衣玉令》融合中华医药和探案元素；网络动画《两不疑》《伍六七之玄武国篇》等因"中国元素"的独特魅力受到年轻观众的喜爱。

---

① 犀牛娱乐.网络电影2021：打开视野，放慢脚步［EB/OL］.（2021-12-21）[2024-05-01]. https://baijiahao.baidu.com/s?id=1719722933538173989&wfr=spider&for=pc.

（四）新形态新业态不断涌现，创新发展突显新动能、展现新活力

创新是网络文艺的鲜明特性。在技术、媒介、艺术、政策、市场等因素的综合作用下，网络文艺的创造力持续释放，新形态、新业态不断涌现，展现出创新发展的新活力和新气象。

一是元宇宙带来虚拟文娱新潮流。"元宇宙"（Metaverse）是2021年热门的话题之一，甚至有人将2021年称为"元宇宙"商业元年。就其内涵来说，有人指出，它是集成与融合现在与未来全部数字技术的终极数字媒介，是对各项互联网相关技术的全面融合、连接与重组，它将实现现实世界和虚拟世界的连接革命，进而成为超越现实世界的、更高维度的新型世界。① 就其特征而言，Roblox概括了社会标签方面的"身份、朋友、虚拟经济、文明"、技术标签方面的"沉浸感、低延迟、跨越空间、内容多样性"八个特征。元宇宙的未来发展将带来虚拟文娱的新潮流：在内容方面，包括游戏、电影、剧集、纪录片、互动影视、虚拟会议等；在场景方面，包括虚拟演播室、虚拟电台、虚拟影院等；在产业方面，包括虚拟社交、虚拟体育、虚拟文旅等；在职业方面，包括虚拟主播、虚拟主持人、虚拟演员、虚拟歌手、虚拟偶像等。比如，乐华娱乐的A-SOUL以虚拟偶像团体名义出道，2022年爱奇艺将推出真实场景和虚拟世界相结合的音综《元宇宙唱将》。

二是文艺性短视频蓬勃发展。截至2021年12月，短视频用户规模达9.34亿，使用率90.5%。伴随短视频的快速发展，影视、游戏、综艺、音乐等文艺性短视频繁荣兴旺。不仅如此，凭借强大的加载、兼容能力，它还与多种文艺形态深入融合，不仅成为广大用户日常娱乐的重要选择，还以其生动、新颖、便捷的特性成为文化传播的良好载体。

三是中视频成为新风口，微短剧大爆发。② 在长、短视频的激烈竞争中，一方面，长、短视频平台逐渐相向而行，即长视频平台向下兼容进行内容占

---

① 喻国明.未来媒介的进化逻辑［J］.新闻界，2021（10）：54.
② 一般说来，"长视频"主要指网络剧、网络综艺、网络电影等，其时长一般在30分钟以上；"短视频"一般在5分钟以内；"中视频"一般在30分钟以内。"微短剧"是指网络影视剧中单集时长不足10分钟的剧集。

位，短视频平台向影视制作上游跃进；另一方面，各大平台纷纷发力"中视频"，2021年，中视频内容日益多元化、专业化，涌现出不少制作精良的作品。其间有两个突出现象：一是随着用户内容消费上的整体偏"短"和质量提升，30集以内的短剧市场发展逐渐成熟并趋于稳定，作为传统季播综艺和短视频之间的一种新综艺形态，中短综艺强调年轻化及丰富的内容生态；二是与微综艺、微纪录片、知识科普类视频等相比，微短剧市场关注度高且因商业模式清晰成为新的赛道，对此，各大平台纷纷予以大力扶持，比如，腾讯视频的"微剧场"布局六大类型，快手的《这个男主有点冷》《权宠刁妃》等作品热播，抖音的《做梦吧！晶晶》《别怕，恋爱吧！》等播放量巨大，其中，都市、爱情、古装类型居多，悬疑、动画等新题材不断涌现，呈现多元发展的态势。

四是互动视频潜质突显。在互联网企业一站式创作平台的积极支持和5G商用技术的推动下，爱奇艺、腾讯视频、哔哩哔哩、优酷视频等在互动剧、互动电影、互动游戏、互动综艺等领域实现多点开花。尽管受制作成本限制，互动视频的商业模式和技术形态仍处于探索阶段，但因其契合互联网时代的文化特性，以及在审美分享、价值共享中的重要意义，互动视频具有良好的发展前景。

五是NFT（non-fungible token，非同质化通证）艺术大爆发。NFT是一种应用区块链技术验证的数字资产。NFT艺术是一种通过区块链技术来生产和流通的数字艺术品，它可以是一幅画、一首歌、一段影片、一张照片或其他的知识产权。与传统艺术品相比，NFT无须鉴别真伪，作为数字资产也减少了维护费用，其近年来的迅猛发展体现了数字艺术等新气象。

六是网络文艺内部各形态相互渗透、融合发展。特别是，伴随短视频、网络直播的快速发展，"短视频+""直播+"成为融合发展的新模式。比如，短视频+音乐在某种程度上成为网络"神曲"的孵化场，"直播+综艺"的"边看边买"模式为文艺和产业的双重发展开拓了新空间。

七是"云文艺"常态化。受新冠肺炎疫情影响，传统文艺危中寻机、开辟新路，同时也充分挖掘利用了网络的潜能。2021年，传统文艺的网络呈现与展演,尤其是"云演出""云晚会""云观影"等,纷纷突破线下场地限制,成为后疫情时代一道亮丽的风景线。比如,爱奇艺的沉浸式虚拟"云演出"、腾讯视频聚焦互动体验打造的"云首发"、爱尔兰男子组合"西城男孩"为中国歌迷举办的线上演唱会等。

(五)回应时代馈赠,"文艺两新"的创作生产日益增强

随着"文艺两新"的蓬勃发展,其捕捉受众需求的敏捷性、感受时代变化的适应性,以及内容、形式上的创新性等为网络文艺创作生产注入了新活力、带来了新风貌。择要说来,有如下突出表现。

一是95后崛起,多元职业作者成为网络文学创作的有生力量。从《2021阅文年度好书榜单》可见,登榜者都是实力、人气的双重代表,包括头部作家和新人,并形成了资深作家、中生代、新生代"三驾马车"并驾齐驱的格局。另据阅文集团发布的《2021网络文学作家画像》,95后增长最快且占比超36%,90后、85后紧随其后,分别以26.4%、19.3%位列三甲,同时,网文作者构成日益多元化,各行业高层次、高学历作者成为突出现象。[1]这些有生力量不仅为讲述"中国故事"增添了年青一代的鲜明色彩,带来了紧贴生活脉搏的时代强音,也带来了网文创作题材、类型、趣味、风格等的诸多变化。

二是网络音乐人快速成长,作品原创呈现新局面。2021年,各大音乐平台纷纷推出原创计划,比如,网易云的"云梯计划"、腾讯的"亿元激励计划4.0"从线上专属主页、原创榜单、歌曲推荐、线下Live巡演、专辑制作、激励机制等多方面服务音乐人、促进精品创作。视频平台也纷纷入局网络音乐赛道,比如,哔哩哔哩的"音乐UP主培养计划"、字节跳动的"抖音音乐人亿元补贴计划"、快手的"快手音乐人计划"等为网络音乐的创新带来了积极影响。据《腾讯音乐人2021年度报告》,入驻人数超30万,同比增长51%,

---

[1]《2021网络文学作家画像》出炉:95后作家崛起,多元职业作者掀起现实题材创作风潮[EB/OL].(2021-11-22)[2024-05-01]. http://sh.people.com.cn/n2/2021/1122/c134768-35016781.html.

其中，95 后、00 后占比超 50%。①

三是短视频的全民创作，促进日常生活审美化。基于制作、传播等的便捷、有效，短视频渐成人们日常生活的表达工具。据统计，有 46.1% 用户上传过短视频，其中，日常生活类短视频最为常见，占比达 42.3%。② 可见，短视频全民创作的氛围正在形成，并使短视频这一传播形式逐渐成为人们记录生活、表达自我的重要方式。

（六）IP 开发多样化，资源优势和价值效益进一步彰显

在如今的信息时代，精品 IP 是宝贵资源。随着实践的深入发展，作为网络文艺创作生产的重要内容，IP 开发的方式、模式等日益优化。择要说来，一是 IP 开发出现结构性突破。除影视剧 IP 开发进一步巩固、深化外，短视频、有声书、广播剧、网络动漫、竖屏短剧等轻量级、高产能的 IP 改编作品拥有越来越广阔的市场，并使进一步细分和普惠的 IP 产业链逐渐成型。二是 IP 开发的类型、源头发生新变化。在类型上，一些现实题材网络剧的火爆引发了人们对 IP 价值的重估，并呈现改编的新热点；在源头上，除传统的文学类 IP 开发，还有依据电竞 IP、日漫改编的作品。这既体现了 IP 开发的丰富性，也强化了 IP 开发的多种可能性。三是全品类开发日益主流化、普及化。其中，每一种细分内容都彼此影响、互为补充，并通过联动效应促进 IP 价值的发挥和提升。四是 IP 开发的精细化日益加深。相比以往，IP 开发在把握原著精髓、改编策略、语言转换、技术应用、制作水准等方面渐趋成熟，特别是，受精品化生产驱动，原来的"IP+ 流量"模式向 IP 内容核心下沉、转移。

---

① 读娱. 腾讯音乐人年度报告 | 00 后原创力量蓬勃，群声闪耀助推华语乐坛发展［EB/OL］.（2021-12-27）［2024-05-01］. https://cj.sina.com.cn/articles/view/6013963217/16675cbd101900yefm.

② 中国网络视听节目服务协会. 2021 中国网络视听发展研究报告［R/OL］.（2021-06-02）［2024-05-01］. https://wenku.baidu.com/view/729964039b8fcc22bcd126fff705cc1754275ff5.html.

（七）头部平台差异化、特色化发展，行业引领、产业促进作用显著

受多种因素的作用和影响，网络文艺产业继续保持较快发展势头。其中，文字、视频、音频、动漫等相互交织、激励的内容建设深入发展，以优质内容为核心的创作、传播、接受全产业链日益成熟，会员付费、版权交易、直播带货等商业模式多样并存，运营方式和机制、发展策略等呈现新特点。实践表明，在产业发展进程中，头部平台优势突出、促进和带动作用明显，其特色化、差异化发展为产业繁荣注入了强劲动力。

在网络文学领域，阅文集团、掌阅科技、中文在线等充分挖掘、发挥自身优势，同时加强与视频平台的合作，寻求新的机遇、打造新的增长点。在网络音乐行业，酷狗音乐、QQ音乐、酷我音乐、网易云音乐、咪咕音乐等在版权经营、音乐社区打造等方面深挖市场潜能、推动内容原创，积极构建充满活力的发展生态。在网络视听文艺中，各大平台依托内容自制体系和工作室在内容布局、品牌标识、赛道竞争、特色打造等方面八仙过海、各显其能，比如，在内容制作、播放上，爱奇艺、优酷视频、腾讯视频的独播剧、网络电影，腾讯视频、芒果TV、爱奇艺、优酷视频的网络综艺，腾讯视频、优酷视频、哔哩哔哩的网络纪录、网络动画片等。可以说，这种差异化、特色化发展既丰富了网生内容，也增强了平台的辨识度，促进了网络文艺产业的进一步发展。比如，在"剧场化"方面，爱奇艺的"恋恋剧场"、优酷视频的"宠爱剧场"、芒果TV的"芒果季风"、腾讯视频的"十分剧场"表现亮眼；在综艺方面，爱奇艺对Z世代和垂类新节目的重视、腾讯视频基于综N代和语言类节目的"欢乐向"打造、优酷视频对人文和时尚文化的深耕、芒果TV的女性赛道内容创新和社交益智、短视频平台的微综艺创作等。

（八）文艺"出海"持续推进，新格局突显新成效

随着跨文化交流与传播的日益频繁、深入，生动、新颖的网络文艺日益展现其力量和影响，更好地担负起传播、展现当代中国文艺之美和文化之美的使命。其突出特点表现为：从以往单纯的"内容出海"到如今的"多样化出海"，网络文艺在内容输出、海外版权出授、平台搭建、海外原创、IP内容

联动等方面进入新阶段、呈现新格局。其中，网络文学、网络动漫、网络游戏、网络视听文艺等表现亮眼，尤其是网络文学，经过多年的发展，"网文出海"已由"版权出海""文本出海"而进阶为"内容出海"与"生态出海"相互加持的阶段，出海市场涵盖五大洲，东南亚、欧美地区影响最大，2021年市场规模突破30亿元，用户规模达1.45亿，呈进一步增长态势，[①]其中所积累的经验、取得的成效不仅具有典型意义和借鉴价值，还有力促进、带动了网络文艺创作生产国内、国外两方面的相辅相成。在网络动漫方面，2021年国漫出海势头强劲。比如，快看公司通过"哥伦布"计划推动国漫大规模出海，像《超能立方》《狄奥多之歌》《哑奴》等作品分发至全球70家海外平台，覆盖诸多国家和地区。[②]在网络游戏方面，其出海渠道不断拓宽、类型不断丰富，海外市场收入、影响力进一步提高，米哈游的《原神》及游族网络的《狂暴之翼》《权力的游戏》（PC版）等取得骄人成绩。在网络视听文艺领域，网络剧、动画剧集、短视频等的海外使用率不断攀升，市场表现良好。这些特点突出体现了网络文艺"出海"版图的新景象、新风貌，不仅因其创作实绩和创新性、能产性而扩大了中华文化的影响范围，还因其反映当代中国发展的现实性和人们精神风貌的丰富性彰显了文艺发展的中国特色和中国经验。

三、问题与反思

2021年，网络文艺的社会影响力得到进一步提升、审美功能得到进一步

[①] 艾瑞咨询.2021年中国网络文学出海报告［R/OL］.（2021-09-03）［2024-05-01］.https://report.iresearch.cn/report/202109/3840.shtml. 一般说来，"内容出海"是指出海企业在自有平台上输出国内头部作品，随着翻译技术的进步，该模式在出海规模上得到了一定提升；"生态出海"是指出海企业在海外搭建"创作—运营—消费"全链条的原创网文生态，并通过签约作者或内容提供商，以及开展征文活动等本土化运营，吸引海外网文爱好者进行创作，达到输出网文产业生态的目的。

[②] 三文娱AniSpark.第三届原创条漫大赛举行，快看为漫画创作者打造职业进阶之路［EB/OL］.（2021-11-19）［2024-05-01］.https://baijiahao.baidu.com/s?id=1716782875088650975&wfr=spider&for=pc.

发挥，呈现稳步发展的特点，但在发展进程中，网络文艺领域仍存在一些问题。简要说来，有如下几个方面。

（一）艺人失德、粉丝失范等现象频发，职业道德和行风建设、青少年网民价值引领需进一步加强

在文娱行业大发展的进程中，过度商业化、资本化的不良倾向引人注目，明星天价片酬、阴阳合同、低俗信息炒作等沉渣泛起，流量至上、畸形审美、"耽改"之风等新问题频出，一些从业人员政治素养不高、法律意识淡薄、道德观念滑坡，违法失德言行时有发生，"饭圈"失范行为频现，诸如此类现象严重污染了社会风气，对社会和青少年产生了不良影响，人民群众反映强烈。对此，中央宣传部印发《关于开展文娱领域综合治理工作的通知》，针对突出问题进行综合治理并推进长效工作机制建设，规范市场秩序，遏制行业不良倾向，廓清文娱领域风气；中央网信办重点围绕重点环节，开展"清朗·'饭圈'乱象整治"专项行动，提出十大工作措施，加大治理力度，压紧压实网站平台主体责任，切实突破重点难点问题；中国文联印发《关于大力推进文艺工作者职业道德建设和文艺界行风建设的意见》，发布《新时代文艺工作者"讲品位、讲格调、讲责任，抵制低俗、庸俗、媚俗"倡议书》等，坚决抵制违法违规、失德失范等不良风气，大力弘扬新风正气，加强文艺工作者思想道德建设和行业引领。这些举措在整治文娱行业乱象、培育向上向善网络文化等方面取得了实际成效，也有力促进了网络文艺的健康发展。

（二）数量与质量的落差、内容的同质化难题依然醒目，立足精品生产的高质量发展需进一步强化

在新的媒介生态、艺术生态和产业生态中，得益于媒介、技术、产业等的促进，网络文艺持续快速发展、影响力日益提升，但数量与质量、规模生产与创新发展等的落差有待进一步缩减。特别是，在网络文学、网络剧、网络综艺、网络电影等大众化程度高、影响力大的领域，数量庞大、质量总体不高的问题仍然突出，内容同质化、类型跟风、模式复制等问题仍不同程度存

在。比如，幻想类网文的过度饱和、寻宝类网剧的类型复制、网络电影的"蹭IP""擦边球"现象、网络综艺的内卷、短视频的同质化泛滥等，特别是在网络视听文艺领域，优质内容依旧匮乏成关键难题。究其原因，流量为王的平台恶性竞争有之、挣快钱的商业逻辑有之、创意贫乏和原创力不足有之、受众市场的快餐式消费亦有之，这不仅给受众带来了审美疲劳，还造成了资源的巨大浪费。对此，网络文艺要进一步健康发展，就需走稳量提质之路，并切实围绕精品生产，"要把提高质量作为文艺作品的生命线，内容选材要严、思想开掘要深、艺术创造要精，不断提升作品的精神能量、文化内涵、艺术价值"。①

（三）审美与娱乐、艺术与经济的关系仍不平衡，良好行业生态需进一步健全

在社会主义市场经济条件下，网络文艺创作生产要受到艺术规律、传播规律、市场规律等多重制约，网络文艺具有审美性、娱乐性等属性和艺术品、商品等特点。近年来，审美与娱乐、艺术与经济等的关系日益辩证，但在持续的快速发展中，市场化程度加深、娱乐属性突出等常常使两者在冲突中出现价值偏倚和不平衡现象。比如，各种围绕"流量"的、似是而非的思维方式和运作方式仍然存在，以致数据掩盖艺术、娱乐僭越审美、经济效益凌驾社会效益。实践和事实都表明："文艺要通俗，但决不能庸俗、低俗、媚俗。文艺要生活，但决不能成为不良风气的制造者、跟风者、鼓吹者。文艺要创新，但决不能搞光怪陆离、荒腔走板的东西。文艺要效益，但决不能沾染铜臭气、当市场的奴隶。"② 可以说，在审美与娱乐、艺术与经济之间，目的和手段的关系是明确的，换言之，唯有将审美的价值、艺术的品质放在首位，进一步加强和改进行业生态建设，才能促进网络文艺在社会效益与经济效益的有机统一中行稳致远。

---

① 习近平. 在中国文联十一大、中国作协十大开幕式上的讲话[N]. 人民日报, 2021-12-15(2).
② 习近平. 在中国文联十一大、中国作协十大开幕式上的讲话[N]. 人民日报, 2021-12-15(2).

（四）算法推荐、信息茧房的弊端日益凸显，技术优势的艺术转化需进一步增强

在发展进程中，技术、媒介、传播等的变革与创新极大促进网络文艺的进步，并在很大程度上铸就了网络文艺的审美特性。时至今日，信息化、数字化、网络化、智能化深入发展为网络文艺持续提供强劲动能，然而，算法推荐、信息茧房等的弊端也日益凸显。特别是，各大平台利用算法技术，根据用户偏好推荐相应产品或服务，以期最大限度迎合用户需求。这在提升用户黏性的同时，也加速了信息茧房的形成，并给用户、社会和网络文艺发展带来了不可忽视的负面影响。比如，受众视野固化、群体极化现象频发，知识鸿沟加深、反思批评能力降低等。对此，就网络文艺发展而言，技术与艺术的和谐统一，或者说，历史理性与人文关怀的双重烛照是不可或缺的。

当然，除了以上方面，网络文艺发展中还存在其他一些问题，比如，短视频和网络音乐等领域的版权保护、网络视频平台的规范化、网络游戏的监管与净化，以及视觉文化风行中的浅阅读、浅理解、浅欣赏等。凡此种种都需要我们在实践中坚持守正创新，牢固树立审美价值标准，进一步强化综合治理、提升受众素养，并通过符合艺术规律、传播规律和市场规律的精品化生产，更好促进网络文艺健康、可持续发展。

四、时代使命与发展趋向

在时代发展、社会进步的历史潮流中，作为新生力量，网络文艺朝气蓬勃、前景繁盛。其中，新时代的历史方位和新媒介生态、艺术生态、产业生态中的文化定位形成了网络文艺的发展语境，并在某种程度上决定了网络文艺的发展方向。据此，我们可从以下几个方面来观测其发展的脉络和趋向。

（一）高举精神之旗、坚持人民至上，在讴歌新时代新征程新气象中彰显文艺价值

党的十八大以来，习近平总书记在关于文艺的一系列重要讲话、指示批

示中高度肯定了文艺在民族复兴伟业中的重要地位和独特作用，并擘画了新时代新征程文艺事业发展的美好蓝图。在中国文联十一大、中国作协十大开幕式上的讲话中，习近平总书记深刻阐明了文艺工作面临的新形势新任务，向广大文艺工作者提出了新希望新要求，也为网络文艺发展提供了根本遵循，指明了前行道路。实际上，作为社会主义文艺事业的有机组成部分，网络文艺发展要高举习近平新时代中国特色社会主义思想的旗帜，广大网络文艺工作者要深刻领会习近平总书记关于文艺工作的一系列新思想、新观点、新论断，自觉肩负起举旗帜、聚民心、育新人、兴文化、展形象的使命，坚持人民至上，把对人民的深情厚意转化为艺术的诗情画意，用心用情用功创作高质量作品，并在讴歌新时代、新征程、新气象中发挥网络文艺的功能、彰显网络文艺的价值。

（二）精品化生产的重要性日益凸显，高质量发展成为主轴

"高质量发展"是根据我国发展阶段、发展环境、发展条件变化作出的科学判断，也是新时代的深刻主题。与文艺事业、网信事业发展一致，网络文艺发展必然要立足新发展阶段、贯彻新发展理念、构建新发展格局，不断推动网络文艺高质量发展。无疑，推动高质量发展是一项系统工程，而其中的要义在于以"质量为王"为导向标，大力推进和"精品化"生产，创作出更多思想性和艺术性兼备、传播力与影响力俱佳的作品；主动顺应数字文化发展的新形势、新任务、新要求，推进内容、科技、产业、服务等全领域创新；着力强化文化自觉、坚定文化自信，弘扬民族精神、展现中国力量，更好满足人民群众的审美需求；积极传递正能量、传播真善美，以优质内容建设推进网络文化建设、促进社会主义文艺繁荣发展。

（三）网络文艺与传统文艺交织渗透，创新性融合向纵深推进

在网络文艺与传统文艺的关系中，一方面，后者为前者提供了发展支撑和丰富滋养；另一方面，前者又给后者带来日益明显的反向影响乃至引领、示范作用。伴随"互联网＋文艺"深入发展，互联网艺术思维日益渗透艺术生产的各个环节和层面，并促进新型艺术生产方式的生成与发展。而传统文艺与

网络文艺的创新性融合恰是新型艺术生产方式的生成与发展的结果和延伸。具体说来，在新型艺术生产方式的推动下，传统文艺与网络文艺在实践形态上的分野日益弥合。特别是在网络视听文艺领域，网络剧与电视剧、网络综艺与电视综艺、网络电影与院线电影、网络纪录片与电视纪录片、网络动画与电视动画等之间的渗透、融合程度日益提高。比如，在广义上，网络剧涵盖网络首播电视剧、网台同播剧集，网络电影涉及龙标网络电影、网播院线电影，网络综艺、网络纪录片、网络动画包括网播电视综艺、网播电视纪录片、网播电视动画等。① 此外，随着网络视听文艺备案数量的增加，"台网统一"的播出模式已成常态。可以说，在发展进程中，网络文艺与传统文艺的创新性融合意味着"新共性"的凝聚、"新美学"的建构正在向更深、更高的层次迈进，还折射出当代中国文艺新生态的构建所呈现的新风貌和新特色。

（四）中外文艺交流互鉴日益深入，进一步用心用情用功讲好"中国故事"

当今时代，世界多极化、经济全球化、文化多样化、社会信息化深入发展，全球交流合作多层次、全方位展开。从这一大背景看，一方面，中国特色社会主义伟大实践创造了经济快速发展、社会长期稳定的奇迹，展现了人类文明的新形态；另一方面，国际社会希望解码中国的发展道路和成功秘诀，了解中国人民的生活变迁和心灵世界。由此而论，文化艺术的交流互鉴具有特殊的意义和价值，正所谓"以文化人，更能凝结心灵；以艺通心，更易沟通世界"。在这种意义上，作为新兴文艺形态，网络文艺蕴含着新的生产力动能、预示着新的发展方向，同时，在与传统文艺相融合、与国外类似文艺相参照的双轮驱动中，作为一种现代艺术形态，网络文艺因其生动、新颖等特点有利于在日益频繁、深入的交流互鉴中讲好中国故事、传播好中国声音、彰显出中国力量；作为一种审美意识形态，网络文艺因其互联网特性和优势有利于促进中华文化的海外传播、增进中外文化艺术的交流和对话。因此，

---

① 国家广电总局监管中心，广电时评.重要发布 | 一图看懂 2021 网络视听文艺主要数据［EB/OL］.（2022-01-20）［2024-05-01］.https://www.sohu.com/a/517966178_121106869.

作为网络文艺"发展"的题中要义,广大网络文艺工作者需自觉地"立足中国大地,讲好中国故事,以更为深邃的视野、更为博大的胸怀、更为自信的态度,择取最能代表中国变革和中国精神的题材,进行艺术表现,塑造更多为世界所认知的中华文化形象,努力展示一个生动立体的中国,为推动构建人类命运共同体谱写新篇章"。①

(五)社会责任和担当进一步增强,积极助力网络强国、文化强国建设

当前,以信息技术为代表的科技革命和产业变革加速推进,逐渐形成了以数字理念、数字发展、数字治理、数字安全、数字合作等为主要内容的数字生态,同时,作为伴随互联网发展产生的文明形态,网络文明逐渐成为现代社会文明进步的重要标志。就网络文艺发展来说,诸如网络文艺、网络文化、网络文明等"家族相似"(Family Resemblance)概念具有内在的紧密关联。在这种意义上,作为社会主义文艺的新兴力量,网络文艺理应在营造开放、健康、安全的数字生态中发挥重要作用,特别是,在网络文明建设中,面对提高社会文明程度的时代要求、满足亿万网民对美好生活向往的迫切需要、全面建设社会主义现代化国家的重要任务,网络文艺理应积极参与到培育网络文化新风尚、拓展道德建设新空间、构建网络行为新秩序、营造综合治理新生态等中来。为此,广大网络文艺工作者要进一步明确使命、勇于担当、开拓进取,用跟上时代的精品力作开拓文艺新境界,为网络强国、文化强国建设作出新的更大的贡献。

文化是民族的精神命脉,文艺是时代的前行号角。不论是网络文艺,还是广大网络文艺工作者,有幸生逢一个伟大的新时代,就要顺应历史发展潮流、回应时代进步召唤,树立大历史观、大时代观,承百代之流、会当今之变,强化文化自觉、坚定文化自信,培育和弘扬社会主义核心价值观,努力推动中华优秀传统文化的创造性转化、创新性发展,并通过审美转换把文艺力量转化为全面建设社会主义现代化国家、实现中华民族伟大复兴的强劲动力。

---

① 习近平. 在中国文联十一大、中国作协十大开幕式上的讲话[N]. 人民日报,2021-12-15(2).

2022中国艺术发展报告之"网络文艺篇"*

伴随数字化、网络化、智能化深入发展，网络文艺与传统文艺的交织、渗透和创新性融合进一步增强，并于丰富实践、规范发展、质量提升中彰显影响力。广大网络文艺工作者固本培元、守正创新，运用生动艺术形象表征中国式现代化伟大实践，努力化解新冠肺炎疫情带来的负面影响，促进网络文艺创作生产取得新成绩，推动新兴文艺发展迈上新台阶。

一、发展状况

在技术、艺术、媒介、社会、文化、经济等的综合作用下，网络文艺与时代发展同声相应、与社会进步同气相求，在创作、传播、接受和产业发展、功能发挥等方面呈现新风貌。特别是，从新时代十年的时间节点上回望，作为社会主义文艺的重要组成部分，网络文艺的蓬勃发展呈现引人瞩目的典型意义。

（一）网民规模持续增长，发展动能进一步增强

截至2022年6月，我国网民规模达10.51亿，手机网民规模10.47亿；在年龄结构中，10-49岁网民占比达70.1%；在使用时间上，人均每周上网

---

* 本文原载于《2022中国艺术发展报告》，中国文联出版社2023年版；与郝向宏、冉茂金、彭宽等合作，收入本书时略有删改。

29.5小时；在网络文艺相关方面，网络视频（网络剧、网络综艺、网络电影、网络纪录片、网络动画和短视频等）、网络文学、网络音乐、网络游戏的用户规模/使用率分别为9.95亿/94.6%、4.93亿/46.9%、7.28亿/69.2%、5.52亿/52.6%，①维持庞大的数量，且总体呈增长态势。对网络文艺发展来说，以上数据所反映的事实具有基础性、先导性的重要意义。概言之，庞大的数量及其引发的一系列连锁反应为网络文艺发展奠定了坚实基础、提供了强大动能，其间蕴含的巨大能量乃至决定性作用和影响渗透到创作、传播、接受和再生产等诸多方面。尤其是，从数字文化范式转换的维度看，互联网十年大发展为网络文艺提供了源源不断的动力；从纵向比较和横向参照的维度看，这种基础性、先导性意义深刻体现了网络文艺有别于传统文艺的现代性，也突显了有别于国外类似文艺实践的中国特色。

（二）与时代同频共振，发展形势持续向好

"古今中外，文艺无不遵循这样一条规律：因时而兴，乘势而变，随时代而行，与时代同频共振。"②新时代十年恰是网络文艺蓬勃发展的十年：一方面，中国式现代化实践为网络文艺发展奠定了坚实基础，习近平新时代中国特色社会主义思想为网络文艺发展提供了科学指导，中华优秀传统文化为网络文艺发展提供了丰厚滋养，中国对外开放为网络文艺发展拓宽了国际视野；另一方面，网络文艺贴近生活、贴近时代，在表征中国式现代化实践、满足人们多样审美需求的同时，也迎来自身发展的高光时刻。艺术的丰盈源于时代生活。在十年历程中，网络文艺已发展成社会主义文艺百花园中的亮丽风景。其间，技术赋能、社会进步、文化繁荣等的促进作用清晰可见，网络文艺创作、传播、产业发展等发生深刻变化，新时代文艺生力军的作用充分显现。具体说来，在快速发展中，网络文学、网络剧、网络综艺、网络电影、网络纪录片、网络音乐、网络动漫、网络游戏等典型形态在创新发展中涌现

---

① 中国互联网络信息中心．第50次《中国互联网络发展状况统计报告》［R/OL］．（2022-08-31）［2023-12-10］．https://www.cnnic.net.cn/n4/2022/0914/c88-10226.html．
② 习近平．在中国文联十大、中国作协九大开幕式上的讲话［N］．人民日报，2016-12-1（2）．

出一大批优秀作品，同时，云文艺的丰富化与常态化、文艺性短视频和网络直播等泛网络文艺的风行，以及互动艺术、虚拟艺术、AI艺术的前沿探索等，共同突显了新兴文艺之"新"的诸多特征、品质和能产性，以及良好的发展形势与前景。

（三）创作生产提质增效，艺术品质稳步提升

时至今日，网络文艺总体上已告别粗放的发展方式。这是走向成熟的显著标志。不仅如此，在表征时代生活丰富内涵的同时，网络文艺创作生产呈现一些鲜明特征。比如，坚持以人民为中心的创作导向、加强现实题材创作、提升创新创造能力、构建现代传播格局和市场体系、推进文艺"出海"等。在丰富实践中，创作者大力推进网络文艺于精品生产中提质、在功能发挥中增效，努力用跟上时代的作品开拓文艺新境界。其中，题材、类型上不断探索创新，增强表征社会生活的能力；制作上精益求精，提升审美品质；技术上赋能，让作品越来越"懂"受众；价值上强化有意义、有文化，让有温度、有质感的内容赢得口碑和市场；产业发展上强化IP开发，推进全产业链运营。实践表明，围绕"思想精深、艺术精湛、制作精良"，网络文艺创作生产数量与质量协调发展、社会效益与经济效益相辅相成，一批作品在思想深度、文化厚度、精神高度上实现新突破。这表明，以往那种粗放的发展方式已成历史，而提质增效、品质提升成为网络文艺创作生产的主基调。

（四）政策、举措强劲有力，多部门规范、护航发展

在丰富实践中，网络文艺形态多样、成绩显著。这得益于技术进步、艺术创新、文化发展等的综合作用，也少不了国家和相关主管部门的积极推动。比如，国家《"十四五"文化发展规划》提出：鼓励引导网络文化创作生产，实施"网络文艺创作传播工程"；①《关于国产网络剧片发行许可服务管理有关

---

① 新华社．中共中央办公厅 国务院办公厅印发《"十四五"文化发展规划》[EB/OL]．(2022-08-16)[2023-09-21]．http://www.gov.cn/zhengce/2022-08/16/content_5705612.htm.

事项的通知》2022年于6月1日正式实施,"网标"新政极大促进网络视听文艺高质量发展;①《关于推动短剧创作繁荣发展的意见》适应媒介传播新特点,深化供给侧结构性改革;中办、国办印发《关于推进实施国家文化数字化战略的意见》、中央网信办召开全国网络文明建设工作推进会等,促进网络文艺成为网络文化、网络文明建设的重要力量。同时,网络综合治理进一步得到加强和完善。比如,中央网信办发起"清朗行动";《网络主播行为规范》进一步加强职业道德建设,促进行业健康有序发展;国家广电总局加强管理、实施微短剧创作提升计划,引导其规范、有序发展;《关于加强网络视听节目平台游戏直播管理的通知》强化游戏直播监管,规范网络游戏传播;国家版权局等部门开展打击网络侵权盗版的"剑网2022"专项行动,等。这些政策、举措及时、有效,为网络文艺发展营造了良好环境。

(五)"文艺两新"蓬勃发展,强队伍、促发展呈现新风貌

作为积极、能动的主体力量,新文艺群体、新文艺组织在网络文艺发展中日益展现审美、创美的活力与创造力。在丰富实践中,一方面,"文艺两新"如雨后春笋般生长,其不断增强的影响力为网络文艺发展注入了强劲动力;另一方面,"文艺两新"中的从业者多属网生代,他们不仅凭借开阔的视野、活跃的思维,积极反映时代生活,还借助新技术、新机制,在创作方式、传播手段、产业发展等方面推进网络文艺取得新成绩。与此同时,置身新时代、面对新任务,全国文联强化系统观念、创新工作思路、采取务实举措,进一步加强顶层设计、健全工作机制,加强培训力度、组织职称评审,全方位助力"文艺两新"健康发展,尤其是,聚焦"做人的工作"、聚力"优秀作品"创作,加强思想政治引领,坚持团结使用和培养管理并重,多方面调动生产要素新动能,进一步增强了"文艺两新"的归属感、创造力,促进网络文艺在新时代展现新力量。

---

① 网络视听节目管理司.国家广播电视总局办公厅关于国产网络剧片发行许可服务管理有关事项的通知[EB/OL].(2022-12-27)[2023-09-21].http://www.nrta.gov.cn/art/2022/12/27/art_113_63073.html.

（六）丰富实践推动类别独立，"三大体系"建设日益自觉

经过新时代十年全方位的快速生长，网络文艺已发展成令人瞩目的文艺形态。对此，全国两会期间，有代表建议将网络文艺确定为专门文艺类别，并着重从创作、传播、学术研究、人才培养等方面加大支持力度，进一步完善中国文艺发展格局，促进网络文艺又好又快发展。[1]事实上，与如火如荼的实践相呼应，人们对网络文艺作为专门文艺类别的共识日益增强，并在学科体系、学术体系、话语体系建设方面做了大量工作。比如，多种研究机构纷纷成立，并把促进网络文艺学科的系统化、建制化列入"十四五"发展规划；中国作协的"中国网络文学影响力榜"、江苏作协的"金键盘奖"等评优、评奖活动蓬勃开展；《网络文学研究》和"中国网络文学研究名家论丛"等学术阵地建设、成果出版加快步伐。此外，还有不少高校适应社会需求，积极开设相关专业和课程，加强人才培养、科学研究，推进产学研一体化。同时，中国文联相关部门主动作为、积极推动，建立网络文艺发展高端智库、召开网络文艺创新发展座谈会，大力促进网络文艺学科建设与发展。网络文艺的类别独立和"三大体系"建设是网络文艺实践发展到一定阶段的必然结果，也是网络文艺实践进一步发展的客观要求。

二、发展特点与主要成就

2022年，在喜迎党的二十大、全面贯彻落实党的二十大精神的氛围中，广大网络文艺工作者热忱描绘时代生活、书写中国式现代化故事，积极释放生产要素潜能，以鲜活清新的审美话语、昂扬向上的创新姿态促进网络文艺展现新风貌、呈现新气象。

---

[1] 李想.两会专访蒋胜男代表：确定网络文艺为专门文艺类别，完善中国文艺发展格局［EB/OL］.（2022-03-06）［2023-09-21］.http://www.cflac.org.cn/xw/bwyc/202203/t20220306_585227.html.

（一）突出主题主线，文艺功能有效发挥

作为社会主义文艺的重要组成部分，网络文艺与其他文艺形式一道，围绕年度重大活动，聚焦主题主线，突显价值引领，有效发挥凝心聚力、催人奋进的审美功能。比如，《中国梦·我的梦——2022中国网络视听年度盛典》集中展现2021年网络视听创作成果，唱响"共筑中国梦、奋进新征程"的主旋律；2022年"弘扬社会主义核心价值观 共筑中国梦"主题原创网络视听节目征集推选和展播活动汇聚百部优秀网络视听作品，反映时代精神、传播正能量；"礼赞新时代 奋进新征程"优秀网络文艺作品展示活动以优秀作品反映新时代取得的历史性成就。还有，中国作协2022年网络文学选题指南暨重点扶持作品围绕党的二十大和"中国梦"提出十周年，突出新时代山乡巨变、优秀历史传统、中华民族复兴等五大主题；[①] 国家新闻出版署开展2022年优秀现实题材网络文学出版工程评选；等等。推动网络文学描绘新时代、新征程。

就典型文本来说，网络剧《大山的女儿》《幸福到万家》《狮子山下的故事》、网络纪录片《这十年》《这十年·幸福中国》《最美中国（第六季）》、网络综艺《这十年·追光之夜》、网络音频节目《见证新时代·新物心声》、网络电影《金山上的树叶》《特级英雄黄继光》《勇士连》等一批作品用喜闻乐见的艺术语言激发爱国爱党热情，唱响新时代主旋律。此外，《冰球少年》《超有趣滑雪大会》《冬梦之约》等网络剧、网络综艺助力"三亿人上冰雪"；《国医有方》讲述抗击新冠肺炎疫情的真实故事；《声生不息·港乐季》用音乐的力量营造庆祝香港回归25周年的喜庆氛围；《血战松毛岭》以年轻化的表达致敬历史，传播正能量；《敬长风》《明日起航》《我们，正青春》等"网络文明主题歌曲"传播网络文明理念、推动网络文明新风尚。这些作品应和时代共同发展、彰显文化自信、反映人民对美好生活的向往，在积极发挥文艺功能的同时，还蕴含丰富、深刻的示范、引领作用。

---

① 2022年度中国作家协会网络文学选题指南暨重点作品扶持征集通知［EB/OL］.（2022-03-03）［2023-09-21］.http://www.chinawriter.com.cn/n1/2022/0303/c403937-32364892.html.

（二）题材、类型丰富多样，创作生产活力充沛

延续近年来的发展势头，网络文艺的题材、类型进一步多元发展，尤其是，现实题材创作进一步增强，并以美感与网感兼备的内容和形式表现人们真切的生活体验，展现时代发展的生动画卷。

在网络文学中，言情、历史、幻想、科幻、现实等题材、类型丰富多彩，尤其是，科幻、现实类作品表现出色。比如，在《夜的命名术》《道诡异仙》《灵境行者》《深空彼岸》《异维度游戏》等科幻作品中，反套路、类型融合成为创作新范式。《小心说话》《穿越星河热爱你》《我家的四个男人》《我的黄河我的城》《老兵新警》《国民法医》《敦煌：千年飞天舞》等一批现实类作品的繁盛折射有意味的审美趋向：一是网络文学创作进一步贴近现实，尤其是，强国文、时代文浓墨重彩书写社会发展的主调；二是以往的穿越、重生、系统、异能等被引入现实题材创作之中，成为营造双重视角的有效方式；三是行业文创作中的知识、阅历、专业素质等备受重视。在《2022网络文学十大关键词》中，中国故事、科幻、克苏鲁、无限流、重生、龙傲天、女强、斗破苍穹、副业、跨界等热词上榜。[①] 我们可以从中看到网络文学的创作生态、内容发展和文娱行业热点，还可以看到，新的探索不仅拓展了创作者的眼界广度和思维深度，还带来作品风格的转变和品质的提升。

鉴于视觉、听觉有机合一的特点和传播—接受上的优势，网络视听文艺呈现如火如荼的繁盛景观。从国家广电总局的推选活动看，作品类别涵盖网络剧、网络微短剧、网络电影、网络微电影、网络纪录片、网络动画、网络综艺节目、网络音频节目、网络直播节目、短视频等。[②] 在题材、类型的比较优势上，网络剧中有都市、传奇、青少、公安、司法、农村、科幻等；网络电影中有都市、公安、武打、科幻、农村、青少、军事等；网络动画中有传

---

① 澎湃新闻.2022网络文学十大关键词出炉，中国故事、科幻等上榜［EB/OL］.（2022-03-06）［2023-01-06］.http://www.chinawriter.com.cn/n1/2023/0116/c404023-32607584.html.
② 网络视听节目管理司.国家广播电视总局办公厅关于公布2022年第三季度优秀网络视听作品推选活动评审结果的通知［EB/OL］.（2023-01-20）［2023-09-21］.http://www.nrta.gov.cn/art/2023/1/20/art_113_63267.html.

奇、科幻、武打、都市等，网络微短剧中有都市、农村、宫廷等；①在网络综艺中，爱优腾芒继续深耕各自优势赛道，并在音综、喜剧、恋综、舞蹈、职业综艺、亲子节目等类型中推出重磅节目。特别值得一提的是，截至2022年6月，短视频的用户规模/使用率达9.62亿/91.5%，②其中，文艺性短视频持续火爆，不仅带来了丰富的审美内容，还在与主流媒体的双向赋能、与电商的深度融合中极大激发了产业活力。

此外，作为备受用户喜爱的网生内容，网络音乐的风格进一步多元发展。比如，在"礼赞新时代 奋进新征程"优秀网络文艺作品展示活动中，其体裁涵盖独唱、对唱、重唱、齐唱等，风格包含民族、流行、通俗等，在突出民族韵味的同时，还融合了摇滚、节奏布鲁斯、说唱等流行音乐元素。在网络游戏中，国家新闻出版署实施"网络游戏正能量引领计划"，着力打造一批主题好、创意佳、质量高的原创游戏。此外，红色题材网游首获版号，呈现发展的新导向；中华优秀传统文化的创造性转化、创新性发展为网络游戏提供了源源不断的滋养。总的说来，题材、类型的丰富多样是网络文艺繁荣发展的显著表征，同时也有效促进了网络文艺的创作、传播等向纵深发展。

（三）质量意识持续增强，精品化生产成绩显著

在丰富实践中，广大网络文艺工作者牢固树立质量意识，把创作生产优秀作品作为中心环节，以丰赡的艺术形象表现社会生活，以富有创造力的审美话语表达思想情感。概括说来，如下三类作品的创作生产特征突出、成绩显著。

第一，反映新时代十年发展进程，书写奋斗者精神风貌。许多作品以小切口反映大主题、以小故事折射大时代，展现新时代十年伟大变革，描绘社会进步生动画卷。比如，《这十年》主题系列节目涉及脱贫攻坚、乡村振兴、

---

① 网络视听节目管理司.国家广播电视总局办公厅关于2022年6月—8月全国国产网络剧片发行许可情况的通告［EB/OL］.（2022-09-08）［2023-09-21］.http://www.nrta.gov.cn/art/2022/9/8/art_113_61575.html.

② 中国互联网络信息中心.第50次《中国互联网络发展状况统计报告》［R/OL］.（2022-08-31）［2023-12-10］.https://www.cnnic.net.cn/n4/2022/0914/c88-10226.html.

生态文明建设、强军爱国、大国重器、载人深潜、载人航天等主题，讲述不同领域奋斗者砥砺奋进的故事；《这十年·幸福中国》以"人民的幸福感"为切入点，从科技、法治、社会、民生、体育、文化等角度，展现时代生活的发展变化。

第二，用心感受新生活，热忱礼赞新发展。面对中国式现代化带来的巨大变迁，创作者立足各行各业的大踏步前进、大跨度攀升，塑造时代新人形象，奏响时代发展主旋律。比如，网络文学中的强国文、时代文关注大时代、追求大格局、展现大境界，网络电影《藏草青青》《黑鹰少年》《排爆手》等突显时代热点，网络纪录片《精彩中国》《最美中国：四季如歌》《国宝里的新疆（第一季）》《梯田守望者》等多维度展现新时代的魅力中国。

第三，描摹人间百态，书写平凡人生。相比大国强音的主调，平凡人生的情感聚焦突显合奏齐鸣，并借助近距离的人、事观察，在时代远景速写之外，反映人们的生活实况和真切体验，表现人们生活方式、思想情感等的深刻嬗变。比如，网络剧《江照黎明》《你安全吗？》《罚罪》《对决》、网络电影《围头新娘》《烧烤之王》《生死速递》、网络动漫《上海故事》《下姜村的绿水青山梦》、网络纪录片《守护解放西（第三季）》《真实生长》《与丝路打交道的人》《中国暖流》《一次远行》、微短剧《大妈的世界》《大海热线》、微电影《林海三代人》等，一批作品通过生活化、平民化的艺术叙事，多方位展现时代生活的丰富内涵，描绘新时代人们精神历练的诗意轨迹。

除了以上三方面的优秀作品，像网络剧《开端》《猎罪图鉴》《重生之门》《星汉灿烂》《月升沧海》《苍兰诀》《唐朝诡事录》《请君》《昆仑神宫》《卿卿日常》《梦华录》、网络电影《青面修罗》《勇士连》《以青春之名》、网络综艺《一年一度喜剧大赛（第二季）》《脱口秀大会（第五季）》《2022"中国节日"系列节目》《半熟恋人》《乘风破浪（第三季）》、网络微短剧《"中国节气"系列节目》、网络纪录片《闪耀吧！中华文明》《但是还有书籍（第二季）》《最美中国（第六季）》《中国医生》、网络动画《无敌鹿战队（第二季）》《三体》《狐桃桃和老神仙（第二季）》《敦煌仙子和她的朋友们》等，一批作品尽管形态不同，但都因高质量深受好评。

(四)多方面探索深入推进,艺术创新取得新成绩

探索、创新是网络文艺发展的不竭动力。在多样实践中,创作者把创新精神贯穿艺术活动全过程,努力推动观念和手段相结合、内容和形式相融合、各种艺术要素和技术要素相辉映。概括说来,在如下六个方面有突出的表现。

第一,文艺形态的创新。伴随新技术、新场景、新应用的发展,网络文艺形态呈现新面貌。比如,《人生海海》《困扰你的这件人生大事,我们帮忙问了》《凯叔红楼梦》等网络音频节目拓展新市场;李健"向往"线上演唱会、韩红"钢铁之翼"线上演唱会等不仅展现文艺新业态,还在新赛道上为音乐的传播、推广提供新可能;以"东方甄选"为代表的直播带货平台因兼顾文化传播、知识习得而成为人们的关注热点。尤其是,文艺性短视频凭借强大加载、兼容能力,与音乐、舞蹈、文学等的融合不断深入,并借助叙事上的新招数、有趣与有益兼顾的新样态、传播场景的扩大而持续拓展文艺的新版图。

第二,题材、类型的创新。在网络文学中,伴随创作队伍的年轻化,作品的题材和叙事视角发生转变,其中,现实题材创作的热点有职场、时代、婚姻,以及现代乡土、红色文化、大运河主题等,比如,《开更》《一念觉醒》《与沙共舞》。同时,伴随专业化创作的增强,基于知识、技艺、经验等的创作渐成潮流,并使知识的有机化、集约化和考据流、技术流等成为网文精品化创作的新路径,比如《警探长》《与云共舞》《智游精英》等。就网络综艺来说,青春、时尚依旧是其鲜明标识,但各大平台在积极探索新模式的同时,着力推进音乐综艺、情感综艺、职场综艺等的创新,并强化多种元素的融合,比如,《音乐野生活》开启音乐"绿皮火车"之旅,《无所不在的蓝》突出消防体验,《知遇之城》则汇聚美食、音乐、情感等元素,其内容也从侧重观察转向社交体验。

第三,艺术叙事的创新。就网络文学来说,以往在幻想类作品中常见的穿越、重生、系统等被运用于现实题材创作之中。比如,在《手术直播间》《中医许阳》等作品中,虚构元素的运用不仅为创作者提供了新的表现方式和方法,还有效增强了作品的趣味性。在网络剧中,《开端》利用"时间循环"

让故事发展层层递进、叙事动能层层叠加,《天才基本法》采用平行时空的叙事结构,《一闪一闪亮星星》在言情剧中插入奇幻元素,《庭外》则开创性地运用系列剧形式,以双剧时空交叉的模式讲述律政悬疑故事。这些探索、创新给观众带来耳目一新的审美感受。

第四,博采众长的创新。在多样探索中,网络文艺既广泛借鉴其他门类艺术的经验,又于融会贯通中激发创意灵感、在推陈出新中丰富文化内涵。比如,《一本好书》引入戏剧表现手法,通过还原经典作品的场景,让好书在舞台上"活"起来;《邻家诗话》以诗词为切入点,将画、乐、舞、演融为一体;系列短视频《诗歌里的厦门》突出"一杯茶、一首诗、一座城",让观众在诗意涌动、文脉流深中感受城市之美。

第五,艺术风格的创新。网络文艺与当代青年有天然的亲近性,加之拥有近7亿的年轻用户,以至"青春语态"日益渗透到创作生产的各个环节和层面。比如,2022年央视网络春晚以"青春正好 当燃开新"为主题,在新与旧的碰撞、融合中折射现代审美时尚;《血战松毛岭》以年轻化的审美表意突显"主旋律"意旨,在致敬历史、致敬先辈的同时,也备受年轻人青睐。

第六,科技赋能的创新。伴随技术发展,科技赋能使网络文艺在策划、创作、产业发展等方面呈现新特点。比如,基于"控量投放"研发模式,抖音将大数据应用于创意、制作之中,推出《百川综艺季》;《这十年·幸福中国》发挥"艺术+技术"优势,将沉浸式剧情和纪实故事相结合;《这!就是街舞》通过3D重建与渲染技术,为用户提供360°的观看新体验。此外,还有互动剧、互动综艺、互动电影等实现多点开花,元宇宙在内容、场景、产业等方面带来虚拟文娱新潮流,NFT应用于网络文艺创作、传播、消费和虚拟空间展示与交易之中,3D化实景替代绿幕成为视听作品制作的新场景,传统阅读借助智能终端从数字化有声阅读走向沉浸化的视听阅读,等等。

此外,伴随新技术、新场景、新应用等发展,虚拟艺术、AI艺术等前卫性文艺现象展现新风貌。比如,寄生熊猫、星瞳、永雏塔菲、量子少年等虚拟偶像融入网络综艺节目,谷爱凌"虚拟形象"Meet Gu进行直播互动与解说,QQ音乐与罗布乐思合作推出游戏《QQ音乐星光小镇》,还有虚拟艺人夏南屿及其歌曲《我们的 AI》、"动漫＋元宇宙"虚拟人点赞仙和她的《不只孙悟空》、微电影《姑苏琐记·懒画眉》通过人工智能推动方言回归，AIGC（AI Generated Content，人工智能生成内容）拓展艺术创作新领域，等等。总的说来，形式、内容等方面的探索、创新不仅催生新的文艺形态和业态，还进一步促进了网络文艺创作、传播、接受和体制机制、经营管理等的深层变革。

（五）产业发展稳中求进，结构优化升级、类型化生产、IP 开发特征鲜明

尽管受到新冠肺炎疫情的冲击，但在技术、媒介、政策、市场等的推动下，网络文艺的创造力持续释放，产业发展稳中求进，并呈现如下三方面的突出特征。

第一，新形态、新业态促进产业结构优化升级。择要说来，一是微短剧数量剧增。除抖音、快手抢占先机外，不少新机构也纷纷入局，推出了《大妈的世界》《大海热线》《中国节气》《北庄青春》《念念无名》《虚颜》等作品。二是微综艺快速发展。抖音、快手、哔哩哔哩、知乎、小红书等平台纷纷进入此赛道，并通过差异化发展强化各自属性、增强用户黏性。比如，抖音的《为歌而赞》《点赞达人秀》、小红书的《我们一起推理吧》《我就要这样生活（第二季）》、知乎的《荒野会谈》《我的高考笑忘书》等。三是线上音乐会、戏剧表演等火力全开。各平台、机构纷纷把线上演艺作为新产品来策划和运营，并通过更有品质的定制化内容创造更多"出圈"爆款，比如，罗大佑、刘德华、刘若英、后街男孩、张亚东等纷纷举办线上音乐会。四是网络电影生产日趋规范化。华谊兄弟、欢瑞世纪、华策影视等影视头部公司纷纷涉足，主创团队专业性大幅提升，作品质量向院线看齐，同时，拼播、档期化、云影院、单片付费等日益常态化，在新分账规则下，《阴阳镇怪谈》《大蛇3：龙蛇之战》《开棺》《张三丰》《东北告别天团》等作品票房分账破千万元，其中，爱奇艺、腾讯视频、优酷视频是供给和消费大户。[①]

[①] 网视互联编辑部.2022 网络电影年中盘点：市场总规模超 10 亿，24 部破千万分账 4.47 亿[EB/OL].（2022-07-12）[2023-09-21].https://www.thepaper.cn/newsDetail_forward_18966897.

第二,分众化发展促进类型化生产向纵深发展。经历实践的磨炼和市场的检验,题材进一步细分强化了针对不同圈层、人群的类型化生产,其突出表现在两个方面。一方面,垂直品类内容深耕。比如,在网络剧中,《风起陇西》等历史传奇剧回归古朴凝重的东方审美,《星汉灿烂》《苍兰诀》《梦华录》等古装偶像剧强化品质竞争,《开端》《猎罪图鉴》《天才基本法》等悬疑剧通过多样探索推进类型叙事创新。在网络电影中,《我不是酒神》《依兰爱情故事》等喜剧类作品持续发展,《雪山飞狐之塞北宝藏》以武侠风格讲述悬疑故事;《龙云镇怪谈》《阴阳镇怪谈》《开棺》等惊悚类影片引发较高讨论热度;《大蛇》的"怪兽宇宙"蕴含多元的类型融合和探索。就网络综艺来说,题材拓展、垂类深耕更为丰富,说唱、剧本杀、密室逃脱、恋综、职场综艺,以及竞演类、情感观察类、喜剧类、推理类等呈现新特点,同时,各大平台兼顾传统赛道和新赛道,既强化垂直细分,又突出差异化发展。比如,恋爱类不局限于建立关系,还关注自我重建;职场观察类综艺在横向上纳入更多行业,在纵向上开始往职场晋升拓展;社交观察类突出"细分题材+社交属性",既放大节目话题性,又增强垂类用户黏性。另一方面,女性向作品持续走强。比如,《观鹤笔记》《青云台》《女商》等网文从历史中汲取营养,着力表现女性智慧;《小敏家》《二十不惑2》等网络剧投射当下"她"的共性,洞察女性集体的情绪变化,具有鲜明的时代感;《上班啦妈妈》《乘风破浪的姐姐(第二季)》《姐妹俱乐部》等网络综艺的内容和形式强化年轻态,市场向熟龄高知女性偏移。

第三,优质资源的价值效益促进 IP 开发进一步发展。依托优质 IP,文学、影视、动画、游戏、漫画、有声读物等的跨媒介叙事和全产业链开发体现了不同形态间的广泛联动,并有力推动了产业发展。据《新华·文化产业 IP 指数报告(2022)》,头部 IP 的价值效应依旧显著,改编成功率更高。其中,网文 IP 的地位稳固:在综合价值指数中,现实、古言、科幻题材等新赛道崛起,形成了多元化内容格局;在改编潜力价值榜中,科幻、玄幻、仙侠、古言类 IP 在动漫、游戏、影视方向占主流地位。此外,影视的"IP 放大器"作用依旧显著，动漫则成为"新型 IP 的价值助推器"。① 在丰富实践中，IP 开发的强化呈现四个显著特征。一是 IP 开发的源头、类型、模式发生新变化。在源头上，除文学 IP，还有依据游戏、动漫、影视等改编的作品，比如，《原神》《明日方舟》《阴阳师》《一人之下》《狐妖小红娘》《两不疑》《唐人街探案》《梦华录》等。在类型上，一些现实题材网络剧的火爆引发人们对 IP 价值的重估，并呈现为改编的新热点。在模式上，网络文学 + 短剧成为热门赛道，比如，《别跟姐姐撒野》《念念无明》《今夜星辰似你》《唐诗薄夜》等；网络文学 + 音频成为增长点，比如，字节跳动的"番茄畅听"、网易云的"声之剧场"、腾讯音乐的"懒人听书"等。二是 IP 开发的结构性优化。除影视 IP 改编进一步强化外，短视频、广播剧、竖屏短剧、有声书等轻量级、高产能改编产品拥有越来越大的市场，并使进一步细分和普惠的 IP 产业链逐渐成型。三是全品类开发日益主流化、普及化。比如，通过联动效应和 IP 价值提升，网文的 IP 运营带动了影视、游戏、动漫、音乐、音频等约合 3037 亿元的市场，特别是，在影视和动漫领域，近年来网络小说改编影视剧目超 600 部，热播率不断攀升。② 四是 IP 开发日益精细化。相比以往，IP 开发在把握原著精髓、改编策略、语言转换、技术应用、制作水准等方面日益成熟，特别是，受精品化生产驱动，原来的"IP+ 流量"模式逐渐向 IP 核心内容下沉。

（六）中华优秀传统文化提供丰厚滋养，创造性转化、创新性发展展现新风貌

"博大精深的中华文明是中华民族独特的精神标识，是当代中国文艺的根基，也是文艺创新的宝藏。"③ 在丰富实践中，广大网络文艺工作者自觉把艺术创造力和中华文化价值融合起来，把中华美学精神和当代审美追求结合起来，既有效提升了作品质量，又有力促进了中华优秀传统文化的创造性转化、创

---

① 中国经济信息社.新华·文化产业 IP 指数报告（2022）[EB/OL].（2022–12–16）[2023–09–21].https://www.sohu.com/a/617785838_121406416.
② 赖尔.网络文学 IP 产业现状与方向预判[N].文艺报，2022-8-17（5）.
③ 习近平.在中国文联十一大、中国作协十大开幕式上的讲话[N].人民日报,2021-12-15（2）.

新性发展。

就典型文本来说，网络纪录片《闪耀吧！中华文明》以推理解谜的方式，带领观众领略璀璨的中华文明；《海派百工（第二季）》聚焦优秀传统工艺，记录代表性传承人的生活故事和精湛技艺。网络动画《狐桃桃和老神仙》将民俗文化和传统建筑内容融入水墨画风之中；《敦煌仙子和她的朋友们》以轻松、有趣的形式传达敦煌文化丰富内涵。网络综艺《2022"中国节日"系列节目》借助虚拟技术，采用"网剧+网综"的编排方式，呈现传统节日文化的深厚内涵和迷人魅力。网络游戏《逆水寒》《剑侠情缘》等将历史故事、传统哲学等融入任务和剧情，并于史实与虚构的交织中推动游戏进程。此外，网络文学、网络剧、网络电影等的创作纷纷汲取古典文化艺术滋养，同时融入时代精神，使作品富有独特的文化意蕴；在网络音乐中，国潮风行，"华流"成顶流；借助短视频，书法、戏曲、传统乐器、文博典藏、珍本字画、非遗技艺、茶艺曲艺、服饰饮食、中医中药等成为新晋网红和"流量密码"。可以说，网络文艺与中华优秀传统文化相互赋能，后者为前者插上文化之翼，前者为后者的传播提供了多元路径，在当下生活与传统之美的结合中，网络文艺呈现底蕴深厚、朝气蓬勃的新局面。此外，值得一提的是，网络文艺与中华优秀传统文化的互动、相融需要创作者具备良好的审美领悟力和艺术表现力，也需要相关部门的支持和推动。比如，《中国奇谭》《仓颉传奇》《老子传说》《阳明先生传奇》《细说国宝（第二季）》《长城戍边人》等作品就得到了中国经典民间故事动漫创作工程（网络动画片）的重点扶持。

（七）文艺"出海"深入推进，中外文化交流互鉴日益频繁

伴随跨文化交流与传播的进一步深入，网络文艺"出海"取得新进展。其突出表现是：从以往较单一的内容"出海"，逐步进阶为内容、平台、模式、文化等的复合"出海"或生态"出海"，并在内容输出、海外版权出授、平台搭建、海外内容原创、IP内容联动等方面迈上新台阶、呈现新格局。尤其是，网络文学、网络视听文艺、网络游戏等的海外影响力持续攀升，取得了新成效、积累了新经验。

在网络文学方面，通过多种形式，中国网文触达海外上亿用户，覆盖美国、英国、新加坡、印度尼西亚等 200 多个国家和地区。比如，阅文集团向多国出授 800 多部作品的数字和实体出版权，其中，起点国际（WebNovel）最受欢迎的作品阅读人次达 1.2 亿，培育超 30 万名海外原创作家。在影响力不断增大、海外圈粉无数的同时，中国网文还"登堂入室"，《赘婿》《大国重工》《大医凌然》《赤心巡天》《地球纪元》《复兴之路》等 16 部网文被大英图书馆收录。① 特别是，在内容"出海"与生态"出海"相互加持中，起点国际的"2022 全球作家孵化项目"（GAIP）、全球年度有奖征文品牌活动（WSA）等取得新成效。就网络视听文艺来说，在作品方面，网络剧"出海"以优质古装剧居多，且国内外平台联动日益成熟，比如，韩国流媒体平台 Watcha 获《赘婿》真人版翻拍授权，《开端》发布韩国版预告片并在 Netflix 播出；《这！就是街舞》越南版（*Street Dance Việt Nam*）亮相 HTV（胡志明市电视台）等，实现了网综节目模式出海"零的突破"。在平台方面，优酷视频 App 上线国际，《沉香如屑》国内外同步播出，并首次实现海外多语种配音的同步上线。在网络游戏方面，我国自主研发游戏的海外市场、认可度继续扩大、提升：在内容上，融会中华文化的游戏产品成为"出海"利器；在品类上，由早期的策略游戏类发展为包括角色扮演类、休闲类等多品类；在代表作上，《原神》获"TGA2022 玩家之声"奖和"最佳移动游戏""最佳持续运营游戏"双奖提名；在平台上，腾讯、网易、米哈游、完美等已形成出海"集团军"，并通过加大投资力度、完善产业布局，在东南亚、日韩、欧美、南美、中东等海外市场取得良好成绩。

此外，网络综艺、网络纪录片、网络动画、网络音乐、文艺性短视频等的"出海"持续扩大，共同呈现网络文艺"出海"的繁盛景象，既彰显了网络文艺的中国特色和中国经验，还提升了中华文化的影响力。时至今日，对新兴的网络文艺来说，"讲好中国故事、传播好中国声音，展现可信、可爱、

---

① 澎湃新闻.2022 网络文学十大关键词出炉，中国故事、科幻等上榜［EB/OL］.（2022-03-06）［2023-01-06］.http://www.chinawriter.com.cn/n1/2023/0116/c404023-32607584.html.

可敬的中国形象","深化文明交流互鉴,推动中华文化更好走向世界",[①] 无疑是其发展的重要议题。

(八) 文艺评论蓬勃开展,助力文艺创作生产健康发展

"文艺批评是文艺创作的一面镜子、一剂良药,是引导创作、多出精品、提高审美、引领风尚的重要力量。"[②] 与风生水起的网络文艺实践相呼应,网络文艺评论蓬勃开展。其中,评论内容涉及网络文艺各形态中创作、作品、热点、难点和现象等诸多方面,评论主体有传统的专业评论,有多种媒体评论,还有多样的数字自媒体评论,评论形式有学术性的细致分析,也有文艺微评、短评、快评等,同时,相较传统文艺评论,网络文艺评论贴近创作、紧扣作品、把握趋向,拓展新视野、探索新标准、采用新方法,褒优贬劣,激浊扬清,开展富有朝气锐气的新型评论,有力发挥了确保方向、固本开新、引导创作、提高审美、引领风尚的作用。特别是,中国文联主管部门积极践行《关于加强新时代文艺评论工作的指导意见》,重视网络文艺评论队伍建设,培养新时代文艺评论新力量,贯穿落实《"十四五"文化发展规划》要求——"加强和创新网络文艺评论,推动文艺评奖向网络文艺创作延伸"。[③] 实践表明,在促进网络文艺走好新时代新征程发展道路中,网络文艺评论的有效开展发挥着越来越重要的作用。

三、问题与反思

总体上看,网络文艺呈现蓬勃发展的良好态势,但其间仍存在一些问题。对此,着眼于高质量发展,问题导向的反思需要反身性(Reflexivity)思维的

---

① 习近平. 高举中国特色社会主义伟大旗帜 为全面建设社会主义现代化国家而团结奋斗——在中国共产党第二十次全国代表大会上的报告[M]. 北京:人民出版社,2022:46.

② 习近平. 在文艺工作座谈会上的讲话[N]. 人民日报.2015-10-15(2).

③ 新华社. 中共中央办公厅 国务院办公厅印发《"十四五"文化发展规划》[EB/OL].(2022-08-16)[2023-09-21]. http://www.gov.cn/zhengce/2022-08/16/content_5705612.htm.

积极介入,即分析网络文艺发展中诸要素、关系、环节等的内在关联和相互作用,并于流转和生成中辨识、把握网络文艺自我加强与修正的主流趋向。诚然,网络文艺仍处于发展变化之中,唯其如此,反身性的观照更显必要,并因发展的多样性被加强、因创新的强力驱动被放大。

(一)"短"与"微"的风行带来正、负混杂的双重效应

当前,不少网络文艺新形态具有"短""微"的鲜明特征。比如,文艺性短视频、网络微短剧/微电影/微综艺、影视剧的二次创作等。短、微文艺的风行有深层的社会、文化原因,比如,在哈特穆特·罗萨所说的"加速社会",或茱蒂·威吉曼所言的"缩时社会"中,短、微文艺的短、快、简洁、碎片化、娱乐化等适应现代人快节奏的生活方式,而快节奏的生活方式又助长短、微文艺的发展。但就审美效果来说,它具有双重性:一方面,其简洁性、趣味性、互动性等突显用户的主体性,同时,借助传播主体的多元化、传播内容的生活化等特点,选材好、技巧新、格调高的作品可成为传播优秀文化的有益载体;另一方面,内容爽、故事又土又甜的"数字咸菜"难以替代"文化主餐",速食式的二创影视剧难有原版的魅力,增香提味的"电子榨菜"有钝化审美感觉之虞,时间短、娱乐至上的内容往往导致深层体验的放逐……尤其是,相比印刷文化的精密叙事、严谨语言、精致结构,短、微文艺的浅阅读、浅欣赏、浅理解、浅审美等常常因碎片化、浅表化等抑制了思想文化的深度,让渡了独立思考的能力。因此,唯有新形式与优质内容的有机结合,才是打开短、微文艺的正确方式,也是其行稳致远的生命力和价值之所在。

(二)"形式"大于"内容"的误区不同程度地存在

当前,日新月异的科技进步极大丰富、拓展了艺术发展的方式和空间。比如,大数据、区块链、虚拟现实、AI、5G等促进艺术创新,使多种艺术门类交互融通、多种表现形式交叉融合。然而,对网络文艺来说,技术应用、技巧翻新、方式转换等多属艺术"形式"的范围,时代精神、思想观念、情感体验、价值意旨等才是艺术作品的"内容"和灵魂。在两者的辩证关系中，形式大于内容无益于艺术品质的提升，只有内容和形式的深度融合方才增强文艺生命力。概言之，一切创作技巧和手段都是为内容服务的，科技发展、技术革新可以带来新的艺术表达和渲染方式，但艺术的丰盈始终有赖于生活，有赖于形式负载的高品质内容。事实表明，过度沉迷于技术手段的翻新、片面追求绚丽的感官体验而罔顾内容的乏味，或放弃对意义、价值的深度探寻，都不利于网络文艺的高质量发展。由此而论，网络文艺必然"要正确运用新的技术、新的手段，激发创意灵感、丰富文化内涵、表达思想情感，使文艺创作呈现更有内涵、更有潜力的新境界"。①

（三）文艺生态重构突显价值坚守的重要性

伴随数字化、网络化、智能化深入发展，网络文艺生态发生深刻变化。其中，文艺与互联网的联姻迸发强劲活力、展现无限潜能，新形态、新业态、新模式等不断呈现，尤其是，"互联网+文艺"的开放性极大促进了创作主体的多元化，艺术传播的多向性、互动性带来更加宽松、自由的创美、审美空间。然而，数字新生态中的艺术发展在带来新活力、呈现新气象的同时，也伴生诸多不良现象。比如，在创作生产中，有的缺乏生活根基，违背生活常理，以致海量信息中夹杂臆造幻象；有的受困于商业炒作，而将艺术审美、社会规范等抛之脑后；有的陷入技术主义的泥淖，表面上炫酷，实则华而不实；有的让算法决定内容，阻碍有效的沟通和交流。凡此种种都提醒我们，在文艺生态的重构中，网络文艺创作生产要坚持以社会主义核心价值观为引领，并于价值之维彰显艺术之美，展现新兴文艺应有的思想深度、价值追求和审美风范。此外，值得一提的是，针对新技术条件下的场景化发展，要进一步加强伦理道德建设，协调、规范网络空间中人的关系和行为，强化高技术与高人文的有机结合。

---

① 习近平.在中国文联十一大、中国作协十大开幕式上的讲话[N].人民日报，2021-12-15(2).

（四）投机取巧、急功近利的心态导致侵权问题频发

在网络文艺快速发展的进程中，一些新型盗版行为给"侵权—维权"的老问题增添了新麻烦。比如，短视频、二创影视剧、网络文学、网络音乐等创作、出版、交易中的侵权行为不仅令创作者蒙受损失，还让市场、行业遭受严重侵扰。这与互联网的媒介特点相关，更与盗版者投机取巧、急功近利的心态相连。毋庸置疑，在知识经济时代，保护版权就是保护创新；在社会主义市场经济条件下，版权保护不仅是对原创最起码的尊重，更在促进艺术质量提升、产业良性发展等方面具有重要的现实意义。就未来发展来说，良好版权生态的营造须进一步切实提升全社会的版权意识、系统推进版权保护工作，包括压实搜索引擎、应用市场等平台的主体责任，加大判赔和处罚力度，健全完善侵权举报平台，加强反盗版的科技含量，建构多元化的维权体系，完善版权行政保护体系，进而多管齐下、多方参与，共同建设和完善版权保护生态，形成"政府主导、行业自律、技术赋能"的新格局。①

（五）文艺工作者自律、文艺行风建设仍需加强

文艺是铸造灵魂的工程，文艺工作者是人类灵魂的工程师。实践表明，网络文艺工作者的自身修养不是个人私事，其一言一行对青少年影响极大，同时，文艺行风的好坏影响整个文化领域乃至社会生活的生态。无疑，网络文艺取得的成就离不开广大网络文艺工作者的创新、创造，但快速发展中的一些乱象也对文艺发展造成负面影响。比如，少数艺人突破社会道德底线和国家法律红线，偷税漏税、涉黄涉毒、虚假代言、行帮陋习等行为不仅有损于个人、集体、行业形象，还污染了文艺生态，引发社会和公众的批评。这就从反面彰显了弘扬正道、德艺双馨的深刻价值和修身守正、立心铸魂的重要意义：对个人来说，网络文艺工作者要心怀对艺术的敬畏之心和对专业的赤诚之心，自觉遵守法律、遵循公序良俗，抵制拜金主义、享乐主义、极端

---

① 中国新闻出版广电报. 中国版权协会发布《2021年中国网络文学版权保护与发展报告》［EB/OL］.（2022-05-27）[2023-09-21].http://www.ynsxwcbj.gov.cn/html/2022/banquanguanli_0527/4085.html.

个人主义；对行业而言，要进一步加强职业道德和行风建设，弘扬行风艺德，树立良好社会形象，营造自尊自爱、天朗气清的行业风气。

在丰富实践中，除了以上发展中的新弊端，还存在一些久为诟病的老问题。比如，数量与质量的不平衡，内容的同质化、模式化，艺术与商业、审美与娱乐等的冲突，信息茧房、算法推荐的误区，以及大众文化、粉丝文化等带来的诸多乱象等。无疑，这些问题和不足需要我们高度警醒并着力修正，并切实通过符合艺术规律、市场规律、传播规律的精品化创作生产，促进网络文艺健康、可持续发展。

四、发展趋向

时至今日，在社会主义文艺百花园中，网络文艺鲜艳夺目，并在当代中国文艺艺术样态、文化形态、行业生态的重塑中发挥越来越重要的作用。从中国式现代化的美学维度看，网络文艺既是现代化的重要成果，也是现代化的显著体现。在数字文化的范式转换中，透过网络文艺与时代发展、社会进步的紧密关联，以及审美话语发生、发展的实际状况，我们可以通过分析其创作生产中矢量合力作用的动态性、多要素相互作用的促进性，把握那些不断创新的动力所标识的发展趋向。

（一）热忱表现时代生活，用心抒写中国式现代化绚丽华章

一个时代有一个时代的文艺，一个时代有一个时代的精神。党的二十大描绘了全面建设社会主义现代化国家、以中国式现代化全面推进中华民族伟大复兴的宏伟蓝图。作为社会主义文艺的重要组成部分，网络文艺自然要通过对人们生活体验、思想情感、价值观念等的审美表征，多方位展现中国式现代化实践的丰富场景和精神气象。概言之，在以中国式现代化全面推进中华民族伟大复兴的历史进程中，网络文艺要坚持以人民为中心的创作导向，以时代发展、社会进步为坐标谋划精品创作，热忱描绘新时代，抒写人们追梦、筑梦、圆梦故事，更好激励人民群众奋进新征程、建功新时代。广大网

络文艺工作者要心系民族复兴伟业，书写生生不息的人民史诗、描绘新时代新征程的恢宏气象，用跟上时代的精品力作开拓网络文艺新境界，向世界展现可信、可爱、可敬的中国形象。

（二）牢固树立精品意识，坚持走高质量发展之路

在新的媒介生态、艺术生态和产业生态中，以优质内容为依托的高质量发展具有决定性意义，其中，精品化生产是核心环节。在具体实践中，作为网络文艺发展的内在要求，精品化生产一方面要充分发挥新兴文艺的优点和特长，以小切口反映大主题、以小故事折射大时代，用精彩瞬间、感人细节等表征社会生活的发展律动；另一方面要切实将质量标准贯彻到产、供、销等各个环节，并以精耕细作获得高品质、以高品质获取用户认可，并推动网络文艺高质量发展。诚然，面对新时代的新形势、新要求，推动网络文艺高质量发展是一项系统工程。这需要内容、科技、产业、服务等全领域、各环节的创新，更意味着要创作出更多思想性和艺术性兼备、传播力与影响力俱佳的优秀作品。事实表明，走高质量发展之路的实质即是在创作生产中牢固树立精品思维，大力强化质量意识，并通过不断提升内容品质，用优秀作品反映时代发展、弘扬民族精神、展现中国力量，更好满足人民群众多样化的审美需求。

（三）创新性融合、中外交流互鉴持续深入，内生动力进一步增强

在网络文艺的发展进程中，它与传统文艺的创新性融合、与国外类似文艺实践的交流互鉴日益深入，并激发内生动力不断增强。在网络文艺与传统文艺的关系中，前者为后者提供丰厚滋养，后者给前者带来反向影响。伴随两者创新性融合向纵深推进，"新共性"的凝聚促使互联网艺术思维渗透到艺术活动的各个环节和各个层面，促进新型艺术生产方式的形成和发展，并使网络文艺向更高层次迈进。在网络文艺与国外类似文艺实践的互动中，中外交流互鉴的日益频繁、深入既有效提升网络文艺的海外影响力、彰显网络文艺的"中国特色"，还使网络文艺在比较、参照中强化主体意识、增强文化自信，并于特色发展中迈出新步伐、书写新篇章。就未来发展而言，创新性融合、中外交流互鉴的要义在于通过创造性转化和潜能激发，促进网络文艺创作生产在内部与外部、自我与他者等的辩证关系中始终保持一种生成性的活跃态，并于内生动力的不断增强中攀升艺术水准和质量的新高度。

（四）传承与创新迈上新台阶，系统推进文艺创作生产

面对新时代文艺发展的新形势、新任务和新要求，网络文艺要深化传承与创新，特别是，要聚焦创作生产，不忘本来、吸收外来、面向未来，进一步把握科技进步、艺术变革、产业发展等新趋势，积极推进题材、体裁、风格、样式等的创新：在创作导向上，深入生活、扎根人民，遵循文艺规律，讲品位、讲格调、讲责任，满足人民审美需求、增强人民精神力量；在题材、类型和主题上，深刻把握历史进程、时代大势和民族复兴的主调，面向中华历史之美、山河之美、文化之美打开视野、提升高度，展现在全面建设社会主义现代化国家新征程上人民群众的伟大奋斗、丰富多彩的社会生活；在创作主体上，坚持百花齐放、发扬艺术民主，营造健康、和谐氛围，激发广大网络文艺工作者创新、创造的积极性；在传播格局和市场体系的构建上，确保好作品进好平台、好时段，形成立体多元的传播体系，发挥规模、数据、技术等的优势，积极探索新的运营模式。概言之，进一步激发网络文艺创作生产各要素动能，推出人民群众喜闻乐见的优秀作品，打造精神文化生活新亮点，促进创作、传播、接受良性循环，在系统性推进中构建新时代网络文艺发展新格局。

（五）进一步增强社会责任和历史担当，积极助力社会主义文化强国建设

党的二十大报告指出："全面建设社会主义现代化国家，必须坚持中国特色社会主义文化发展道路，增强文化自信，围绕举旗帜、聚民心、育新人、兴文化、展形象建设社会主义文化强国，发展面向现代化、面向世界、面向未来的，民族的科学的大众的社会主义文化，激发全民族文化创新创造活力，

增强实现中华民族伟大复兴的精神力量。"①文艺是时代前进的号角,最能代表一个时代的风貌,最能引领一个时代的风气。在以中国式现代化全面推进中华民族伟大复兴的新征程中,作为后起之秀,网络文艺必然要从火热的时代生活和人民的丰富情感中提炼故事和形象,不断创新艺术方法、丰富表现手段,讲好中国故事,创作更好更多的文艺精品;广大网络文艺工作者要全面贯彻落实党的二十大精神,进一步明确使命、勇于担当、开拓进取,不断提升作品的时代温度和历史厚度、思想价值和美学境界,为奋进新征程、建功新时代增添丰沛精神力量。

综上所述,在我国全面建成小康社会、开启全面建设社会主义现代化强国新征程的形势下,作为活力充沛、前景繁盛的文艺形态,网络文艺要进一步适应媒介变革、艺术发展、社会进步等带来的新变化、新特点和新趋向,以蓬勃朝气、创新锐气奏响时代主旋律,并通过更多精品力作,发挥其在互联网由"最大变量"向"最大增量"转换进程中的独特作用,积极推动新时代社会主义文艺繁荣发展。

---

① 习近平.高举中国特色社会主义伟大旗帜 为全面建设社会主义现代化国家而团结奋斗——在中国共产党第二十次全国代表大会上的报告[M].北京:人民出版社,2022:44.

2023中国艺术发展报告之"网络文艺篇"*

伴随浩荡前行的信息革命潮流，网络文艺坚持以习近平新时代中国特色社会主义思想为指导，牢牢把握习近平文化思想的丰富内涵和实践要求，贯彻落实党的文艺方针和政策，广泛践行社会主义核心价值观；自觉强化以人民为中心的创作导向，提升网络空间审美意境；坚持以高质量引领发展，在跨界融合中积极推进艺术活动迈上新台阶、在守正创新中着力以文艺之美展现中华民族现代文明之美、在丰富实践中以优秀作品满足人民群众精神文化需求。年度创作生产总体上进一步繁荣发展，呈现新特色、展现新风貌。

一、发展状况

作为附丽在互联网上的文艺新样式，网络文艺伴随数字化、网络化、智能化深入发展而呈现日益活跃、有效的能产性（Productivity）与创造性。在丰富实践中，网络文艺的典型形态（网络文学、网络剧、网络综艺、网络电影、网络纪录片、网络音乐、网络动漫、网络游戏等）、泛化形态（文艺性短视频、网络直播、网络音频等）、前沿形态（互动艺术、VR艺术、AI艺术等）百花竞放、活力充沛，涌现出一批优秀作品。尤其是，在与传统文艺、国外类似文艺实践的相互作用、影响和推动下，网络文艺三类形态在探索、创新

---

* 本文原载于《2023中国艺术发展报告》，中国文联出版社2024年版；与郝向宏、冉茂金、彭宽等合作，收入本书时略有删改。

中共同凝结、突显了新兴文艺之"新"的鲜明审美特性,并在价值导向、文化主体性、发展基础、精品化生产、技术赋能、审美取向、"文艺两新"、网络生态等方面呈现丰富、深刻的中国式审美现代性意义。

(一)全面贯彻党的二十大精神,让"正能量"凝聚、澎湃"大流量"

在全面贯彻党的二十大精神的开局之年,网络文艺以习近平文化思想为引领,自觉承担举旗帜、聚民心、育新人、兴文化、展形象的使命任务,积极落实宣传思想文化工作"七个着力"要求,弘扬主旋律、提倡多样化、传播正能量。在互联网时代的审美文化语境中,网络文艺充分发挥新质艺术生产力优势,找准选题、讲好故事,以题材丰富、类型多样的作品推动新型文化消费、满足人民群众多样化审美需求。在"非凡十年"文艺成就的基础上,网络文艺积极表征中国式现代化生动实践中人们的现代性体验、思想情感,热情抒写新征程上奋楫扬帆的"中国故事",在高质量发展中让社会进步的"正能量"凝聚、澎湃网络空间的"大流量",成为推动文化强国建设、增强民族精神力量的重要一翼。

(二)赓续中华文脉、表征中华文化之美,彰显"第二个结合"的深刻意蕴

马克思主义基本原理同中华优秀传统文化相结合"让马克思主义成为中国的,中华优秀传统文化成为现代的,让经由'结合'而形成的新文化成为中国式现代化的文化形态"。[①] 实践表明,一方面,源远流长、博大精深的中华优秀传统文化凝结着中华民族最深沉的美学精神,为文艺创新、创造提供了取之不尽的丰富宝藏;另一方面,网络文艺已成为赓续中华文脉、推动中华优秀传统文化创造性转化和创新性发展、促进中华文化"走出去"的重要渠道和载体。在创作生产中,网络文艺立足文化主体性,充分挖掘中华优秀传统文化资源,把艺术创造力与中华文化价值融合起来,将中华美学精神和

---

① 习近平.在文化传承发展座谈会上的讲话[J].求是,2023(17):8.

当代审美追求结合起来,以生动的形象、清新的形式、深刻的思想内容表征中华文化之美,在推出一批充满中国韵味又富有时代特色精品佳作的同时,也使自身成为以新兴文艺样式、现代文化形态传承发展中华文化、建设中华民族现代文明的重要新锐力量。

(三)互联网发展形塑审美特征,文艺类型和文艺观念、实践进一步深刻变化

在当代审美文化语境中,互联网日益成为推动发展的新动能、文艺创新的新疆域、文明互鉴的新平台。在快速发展进程中,互联网的"基础"地位和内驱动力不断显现。它不仅催生了"网络文艺",还逐步形塑了其视觉化、移动化、年轻化等鲜明特征。据统计:截至2023年12月,我国网民规模达10.92亿,在网络文艺相关领域,网络视频、网络文学、网络音乐、网络直播、网络音频的用户规模/使用率分别为10.67亿/97.7%、5.20亿/47.6%、7.15亿/65.4%、8.16亿/74.7%、3.32亿/30.4%。此外,在移动互联方面,我国手机网民规模10.91亿,占比达99.9%,这意味着"一机在手、走遍神州",还深层次影响着网络文艺的创作、传播和接受等。在年龄结构方面,10~49岁网民合计占比达63.6%,这意味着"年轻态"已成为网生内容生产中用户画像的鲜明特征,还对网络文艺生产中的题材选择、叙事方式、审美趣味等带来偏倚性的深刻影响。[①] 实践表明,在以数字化为表征的信息革命和以互联网为代表的媒介革命中,庞大的用户规模和鲜明的视觉化、移动化、年轻化审美特征不断催生文艺的新形式、新场景和新应用,还以其内蕴的、引发质变的强大动能推动文艺观念和实践进一步发生一系列的深刻变化。

(四)"质量为王"意识日益自觉,规范化、精品化推动发展行稳致远

在当前新的媒介生态、艺术生态和产业生态中,网络文艺快速发展中的

---

① 中国互联网络信息中心.第53次《中国互联网络发展状况统计报告》[R/OL].(2024-03-22)[2024-04-21].https://www.cnnic.net.cn/n4/2024/0322/c88-10964.html.

经验和教训使得"质量为王"意识日益自觉,同时,质量标准也日益渗透到文艺创作、传播、接受等的各个环节和层面。其运作的主旨即是以优质内容为基础、核心,寻求艺术价值、社会价值与商业价值的契合、实现现实需求和审美旨趣的融合。比如,在网络文艺的重镇,"网标"新政自 2022 年 6 月 1 日正式实施以来,[①] 便以"品质"和"多元"带动创作生产,极大促进了网络视听文艺的内涵式发展。就具体表现来说,在质量标准面前,一度屡试不爽的"大 IP+ 大流量"模式经受着自下而上的"去流量化"考验;一部剧作若是人物反常规、故事反类型、冲突人为、尺度擦边,或人物情感、故事走向与剧迷所想、所要有差距,则会被称为"癫剧"。在另一个维度,鉴于艺术品质的提升,一些优秀品类被纳入传统文艺奖项,比如,继网络剧被纳入"飞天奖""金鹰奖"之后,"白玉兰奖"把网络视听内容纳入全板块评选。在实际操作中,"质量为王"意识的自觉推动规范化与精品化相辅相成,并成为网络文艺发展的主旋律。其中,"规范化"意味着遵循艺术规律、符合市场规律,"精品化"则强化了思想精深、艺术精湛、制作精良。实践表明,在优质网生内容竞争日益激烈的情势中,过硬的品质是第一竞争力,同时,高品质的背书是对"劣币逐良币"现象的有效否定,概言之,做"好内容"并做"好"内容成为网络文艺行稳致远的基础。

(五)技术赋能持续增强,审美表征呈现新方式、文艺发展敞开新空间

伴随大数据、云计算、区块链、虚拟技术、人工智能、大模型等深入发展,网络文艺在创作、传播、接受等各方面不断强化技术赋能,主动适应新技术形式、新媒介手段和新场景应用、新业态发展等更新迭代的形势,突显科技与文化同为生产要素的化合作用与创新功能,强化多种艺术门类互融互通、各种表现形式交叉融合,在审美表征的方式、文艺发展的空间上呈现新风貌。特别是,作为新质艺术生产力,生成式人工智能(Generative Artificial

---

[①] 网络视听节目管理司.国家广播电视总局办公厅关于国产网络剧片发行许可服务管理有关事项的通知[EB/OL].(2022-12-27)[2023-12-26].http://www.nrta.gov.cn/art/2022/12/27/art_113_63073.html.

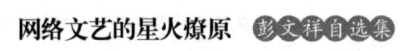

Intelligence，缩写为 GAI）日益渗透到创作生产的各个环节和层面，并在文本生成图像、视频、音频、三维场景等不同应用中，基于 AI 的漫画、动画、诗歌、剧本、音乐创作和影视配音，还有网文"出海"中的 AI 翻译、模拟歌手声线的歌曲翻唱，以及 AI 音乐创作平台 Xstudio、智能音乐创作助手 TME Studio 等，不断为网络文艺内容制作和传播注入创新思路，提供实现路径。就实际情形来说，尽管 AI 的敲门让人喜忧参半，但面对势不可当的 AI 浪潮，抓住新机会、跃上新舞台似乎是无法回避的选择。广而言之，就艺术表现力、传播力、影响力和发展空间而言，伴随"数字化"向"数智化"加速演进，以智能化技术为先导的"数智文艺"日益呈现网络文艺发展的新景象。

（六）"文艺两新"持续发展壮大，组织化程度进一步增强

作为网络文艺繁荣发展的生力军，新文艺组织、新文艺群体在丰富实践中进一步壮大，创新创造潜能不断释放，影响力和作用不断提升。特别是在传承发展中华优秀传统文化方面，新文艺组织接地气、汇人气，新文艺群体活力强、力量大。伴随文艺实践深入发展，中国文联通过建设"文艺两新"集聚区实践基地、推进职称评审工作、组织系列网络文艺人才培训班等，创新工作方式，延伸工作手臂，加强团结引领。各协会、地方文联多方面搭桥铺路，通过建立健全联络服务、教育培训、活动引导、创作扶持、人才推介等机制，进一步明确"文艺两新"工作抓手；通过打造展示展演、宣传推介、组织机构、权益保护等平台，厚植"文艺两新"发展沃土。思想观念、政策举措、方式方法的与时俱进、开拓创新，使得新文艺组织的活力进一步增强、新文艺群体的力量进一步凝聚、社会责任和使命担当进一步强化，为网络文艺发展注入了源源不断的主体性力量。

（七）表征中国式现代化生动实践，呈现中国式审美现代性丰富意蕴

作为一种现代大众艺术样式，网络文艺以丰赡、生动的艺术形象反映社会发展、时代变迁的风云际会，表征中国式现代化生动实践中人们生产生活、现代性体验、思想感情、审美趣味等的深刻嬗变，同时，借助网络媒介及其

强大的渗透力、影响力，网络文艺发挥其独特优势，给当今的时代风尚、审美文化、思想观念、价值理想等带来深刻的影响。中国式现代化是中国共产党领导的社会主义现代化，是"人口规模巨大""全体人民共同富裕""物质文明和精神文明相协调""人与自然和谐共生""走和平发展道路"的现代化。① 在创作生产中，一方面，中国式现代化所蕴含的特性、要求、规定等必然要通过审美转换，投射、凝聚在网络文艺的审美表意系统中；另一方面，在审美关系与现实生活关系紧密关联的表意实践中，网络文艺呈现与中国式现代化一脉相承、义理相通的中国式审美现代性，并在艺术创新、价值规定、使命任务、表征未来的能力、交流互鉴的基础等方面呈现丰富、深厚的美学意蕴。

（八）柔性引导与刚性约束相结合，政策护航、综合治理促使发展空间日益清朗

网络文艺以其现代性体验的基调、"年轻态"的主调将网络空间点染为风格清新的审美空间，但同时也仍存在一些杂音。对此，相关部门、行业协会将正面倡导与负面惩戒、柔性引导与刚性约束相结合，在行风建设、版权保护、文娱治理、行业自律等方面加大工作力度，尤其是聚焦热点、难点，强化问题导向，突出针对性。比如，继 2022 年年底印发《关于推动短剧创作繁荣发展的意见》②《关于进一步加强网络微短剧管理 实施创作提升计划有关工作的通知》以来，③ 国家广电总局持续开展治理工作，加强规范管理，有效净化网络微短剧行业生态。④ 2023 年国家广电总局印发《广播电视和网络视听

---

① 习近平. 高举中国特色社会主义伟大旗帜 为全面建设社会主义现代化国家而团结奋斗——在中国共产党第二十次全国代表大会上的报告［N］. 人民日报，2022-10-17（2）.
② 电视剧司. 国家广播电视总局印发《关于推动短剧创作繁荣发展的意见》的通知［EB/OL］.（2022-12-26）［2023-12-16］.https://www.nrta.gov.cn/art/2022/12/26/art_113_63041.html.
③ 网络视听节目管理司. 国家广播电视总局办公厅关于进一步加强网络微短剧管理 实施创作提升计划有关工作的通知［EB/OL］.（2022-12-27）［2023-12-16］.http://www.nrta.gov.cn/art/2022/12/27/art_113_63062.html.
④ 新时代视听. 广电总局多措并举 持续开展网络微短剧治理工作［EB/OL］.（2023-11-15）［2023-12-21］.https://gbdsj.gd.gov.cn/zxzx/hydt/content/post_4284493.html.

标准化管理办法》,①进一步发挥标准化在推进行业治理体系和治理能力现代化中的基础性、引领性作用;国家版权局等四部门联合开展"剑网2023"专项行动,打击网络侵权盗版;②国家网信办、教育部、广电总局等七部门联合公布《生成式人工智能服务管理暂行办法》,③积极促进生成式人工智能健康发展和规范应用;针对自媒体乱象、网络戾气、生活服务类平台信息内容、短视频信息内容等,中央网信办开展"清朗"系列专项行动。实践表明,一系列政策、举措的出台和实施有力营造了清朗的发展环境、良好的文艺生态,有效促进了网络文艺健康、有序发展。

二、特点与成就

2023年,网络文艺发展突出"创作生产"的中心地位,强化创作、传播、接受及产业发展等的"整体"联动,着眼传播当代中国价值、体现中华文化精神、反映人们审美追求,在减量提质中前行、于降本增效中迈进,在题材类型、富矿开掘、艺术特征、跨界融合、传播格局、产业发展、文艺"出海"等方面呈现百花竞放、开拓创新的鲜明特点和崭新气象。

(一)题材、类型丰富多样,一批优秀作品脱颖而出

经过近年来的持续努力,网络文艺创作生产在精品化发展中日益成熟并取得可圈可点的实绩。尤其是,就网络文艺的典型形态来说,网络文学、网络视听文艺在题材、类型上丰富多样且不断拓展新领域,在艺术形态、成就上呈现魏紫姚黄、争奇斗妍的局面。简要说来,在网络文学中,热门原创题材有东方玄幻、年代重生、总裁豪门、异术超能、都市高手、都市生活、玄

---

① 科技司.国家广播电视总局关于印发《广播电视和网络视听标准化管理办法》的通知[EB/OL].(2022-08-16)[2023-12-16].http://www.nrta.gov.cn/art/2023/9/8/art_113_65494.html.
② 国家版权局等四部门启动"剑网2023"专项行动[EB/OL].(2023-08-29)[2023-12-16].https://www.ncac.gov.cn/chinacopyright/contents/12227/358298.shtml.
③ 中国网信网.国家网信办等七部门联合公布《生成式人工智能服务管理暂行办法》[EB/OL].(2023-07-13)[2023-12-16].http://www.cac.gov.cn/2023-07/13/c_1690898326795531.htm.

幻仙侠、古代情缘等，其类型涉及玄幻、科幻、言情、悬疑、穿越等，其中，《道诡异仙》《深空彼岸》《我的治愈系游戏》《全军列阵》《我在精神病院学斩神》《洛九针》《星际第一造梦师》《大国蓝途》《拥抱星星的天使》《向上》等作品入选2023年度中国好小说。①

在网络视听文艺领域，网络剧、网络电影、网络动画片、网络微短剧的主要题材涉及都市、公安、科幻、宫廷、传奇、武打、青少、农村等，②同时，除传统热门类型外，硬核科幻、生活悬疑、古装喜剧、新武侠、奇幻漫改等新赛道持续拓维且新增不少破圈之作。其中，网络剧《漫长的季节》《青春正好》《不完美受害人》《正好遇见你》《长相思（第一季）》《云襄传》《繁城之下》《那些回不去的年少时光》《一念关山》等，网络电影《抬头见喜》《大喜事》《吹吧，徒弟》《红色特工》《浴血无名·奔袭》《穷兄富弟》等，网络动画片《画江湖之不良人（第六季）》《雾山五行·犀川幻紫林篇》《中国奇谭》《银河之心》《神奇图书馆》《怪兽小馆》《完美世界（第四季）》等，网络微短剧《逃出大英博物馆》《招惹》《亲爱的乘客，你好》《婚事》《追捕者》《我是名角儿》《消失的痕迹》《反诈风暴》《风月变》等，网络综艺《2023元宵奇妙游》《种地吧》《闪闪发光的少年（第二季）》《山海奇幻夜》《声生不息·宝岛季》《当燃青春》《登场了！北京中轴线》《乘风2023》等，网络纪录片《不止考古·我与三星堆》《国道巡航》《惟有香如故》《奇妙中国》《大运河》《于青

---

① 中国出版传媒商报.中国小说学会2023年度中国好小说发布，狐尾的笔《道诡异仙》等10部网络小说入选[EB/OL].（2023-12-25）[2024-01-06].https://news.chenggua.com/detail/35913.html.

② 网络视听节目管理司.国家广电总局办公厅关于2023年1月至3月全国国产网络剧片发行许可情况的通告[EB/OL].（2023-04-24）[2024-01-26].https://www.nrta.gov.cn/art/2023/4/24/art_113_64078.html；网络视听节目管理司.国家广电总局办公厅关于2023年4月至6月全国国产网络剧片发行许可情况的通告[EB/OL].（2023-07-19）[2024-01-26].https://www.nrta.gov.cn/art/2023/7/19/art_113_64954.html；网络视听节目管理司.国家广电总局办公厅关于2023年7月至9月全国国产网络剧片发行许可情况的通告[EB/OL].（2023-11-01）[2024-01-26].https://www.nrta.gov.cn/art/2023/11/1/art_113_65985.html；网络视听节目管理司.国家广电总局办公厅关于2023年10月至12月全国国产网络剧片发行许可情况的通告[EB/OL].（2024-01-26）[2024-01-26].https://www.nrta.gov.cn/art/2024/1/26/art_113_66687.html.

山绿水间》《那时他们正青春》《中国（第三季）》等入选国家广电总局优秀网络视听作品目录。①

此外，在网络游戏中，奇幻题材的《钢岚》《崩坏：星穹铁道》《星球：重启》《元气骑士前传》《元尊》《重返未来：1999》《战斗法则》《雾境序列》、国风题材的《桃源深处有人家》《神仙道3》，以及科普题材的《我是航天员》、真人互动游戏《完蛋！我被美女包围了！》等受到玩家欢迎。在音乐领域，国风音乐《明歌》《红马》《精卫》等在社交平台上引发广泛关注，《向云端》《乌梅子酱》《罗刹海市》等因激发听众强烈情绪而破圈。

（二）融入时代生活、汲取传统文化滋养，"双源"富矿开掘成果显著

观照生活是现实主义精神的基本内涵、传承发展中华优秀传统文化是文化主体性的自然外显。在"两个结合"的时代背景和"双源汇通"的审美观照中，② 网络文艺创作生产积极融入时代生活、不断从中华优秀传统文化中汲取丰厚滋养，"双源"富矿开掘取得丰硕成果。其中，在近年来整体崛起的基础上，现实题材创作进一步扎根生活沃土，见天地、见众生乃至"致广大而尽精微"，关注视野大幅拓宽，并在对芸芸众生的人文关怀、对人性人情的深层掘进与温馨着色中展现真切、广远的审美境界。《慷慨天山》《洞庭茶师》《春风里》《走刃》《大国蓝途》《航向晨曦》《秦川暖阳》《翠山情》《山花烂漫时》等网络文学作品，《青春正好》《不完美受害人》《漫长的季节》《抬头见喜》《于青山绿水间》《亲爱的乘客，你好》《外婆的新世界》《故乡，别来无恙》等网络视听文艺作品，带有鲜明的时代烙印，成为社会生活变化和思想情感嬗变的生动写照，充分表明"古今中外，文艺无不遵循这样一条规律：

---

① 参见国家广播电视总局2023年第一至四季度优秀网络视听作品推选活动优秀作品目录：https://www.nrta.gov.cn/art/2023/7/5/art_113_64802.html；https://www.nrta.gov.cn/art/2023/10/26/art_113_65944.html；https://www.nrta.gov.cn/art/2023/12/14/art_113_66377.html；https://www.nrta.gov.cn/art/2024/2/28/art_113_66870.html.

② 王一川．"两个结合"背景下的双源汇通与文艺创作［N］．中国艺术报，2024-1-3（3）．

因时而兴，乘势而变，随时代而行，与时代同频共振"。①

就中华优秀传统文化资源的审美开掘来说，在唱响"第二个结合"的时代强音中，《2023元宵奇妙游》《国风·无双》《登场了！北京中轴线》《惟有香如故》《奇妙中国》《大运河》《中国奇谭》《长月烬明》《正好遇见你》《异人之下》《逃出大英博物馆》《中国（第三季）》等网络视听文艺作品、《明歌》《红马》《精卫》等国风音乐、《桃源深处有人家》《神仙道3》等国风游戏，这些作品有的以文艺之美阐释历史之源，有的以"中国味""世界范"呈现中华美学内涵，有的以写意的视觉效果、细腻的叙事风格、青春潮流的传播方式彰显中国风格，形象地表明了"只有立足波澜壮阔的中华五千多年文明史，才能真正理解中国道路的历史必然、文化内涵与独特优势"。②值得一提的是，伴随数字化、网络化、智能化深入发展，在"泛"网络文艺的意义上，数字化让传统文化焕发时代活力：我国迄今已累计在线发布古籍数字资源13万部（件）、全国博物馆藏品数量4665万件/套。③其中，通过保护、整理、传播层面的"焕新"，中华典籍的数字化以数字科技赓续中华文脉；通过内容、形态、体验层面的"活化"，中华典籍的数字化融古于今绘就现代文明。④

（三）艺术特征日益鲜明，百花竞放展现新风貌

伴随艺术实践的日益丰富化、多样化，网络文艺主要典型形态呈现摇曳多姿、特征鲜明的面相。择要说来，在网络文学中，玄幻、言情、悬疑、科幻、穿越等类型依然风行，但创作者拥抱现实的意识不断增强，现实题材、现实主义创作方法日益受到重视，且叙事技巧的优化、叙事能力的提升使现实题材创作于自出机杼中别开生面。

就网络剧来说，在高品质的追求中，其叙事具有鲜明的类型化、平民化、

---

① 习近平.在中国文联十大、中国作协九大开幕式上的讲话［N］.人民日报，2016-12-1（2）.
② 习近平.在文化传承发展座谈会上的讲话［J］.求是，2023（17）：6.
③ 央视网.数字文化建设让传统文化焕发时代活力［EB/OL］.（2024-01-05）［2024-01-08］.https://tv.cctv.cn/2024/01/05/VIDE8q8SAUm2jvkOi5bFdEoy240105.shtml.
④ 光明日报联合调研组.激活中华典籍的"数字生命"［N］.光明日报，2024-1-25（7）.

垂直化、年轻化特征。比如,在"类型化"上,《漫长的季节》于"悬疑"中展开生活化叙事,《异人之下》融都市、奇幻、武侠于一体,《一念关山》呈现"传奇+冒险"的新气象,《长相思(第一季)》在常规古装赛道上突显内容新品质,《外婆的新世界》则用公路片形式、轻喜剧的风格展现老年女性群像。在"平民化"方面,《故乡,别来无恙》《不完美受害人》等在温暖现实主义的氛围中关注、思考诸多社会话题,并于平民叙事中表达现实生活中的真善美。就"垂直化"而言,《繁城之下》《莲花楼》《消失的痕迹》等以"悬疑+"为底色,并在积极感知圈层受众情绪需求中深挖垂类赛道的潜在价值。在"年轻化"方面,《偷偷藏不住》《当我飞奔向你》《那些回不去的少年时光》等作品在青涩、懵懂的爱情中融入沉甸甸的人生议题,《莲花楼》《长月烬明》《为有暗香来》《破事精英(第2季)》等则于生活化、轻喜剧化的叙事中契合年轻人迭代求新的审美需求。

在形态多样的网络综艺中,《剧好听的歌》《说唱巅峰对决2023》《乐队的夏天3》《我想和你唱4》《时光音乐会2》等突显了音综的主流地位,并在音乐自身品质的追求中强化情感共鸣;《毛雪汪》《欢迎来到蘑菇屋》等熟人综艺迭代出新,并使"熟人局"更加多彩;《哎呀好身材》《我可以47》《势不可挡》等体竞综艺纷纷入局,呈现"身体"与"精神"审美交织的新面相;《少年特别企划》《集合!浪花们》《封神训练营》《大荒奇遇记》等衍生综艺则助推剧综联动,积极放大长尾效应。

在网络电影方面,相较前些年的井喷式发展,经历了必要的大浪淘沙、去芜存菁后,回归常态、平稳前行成为创作生产的主调。具体说来,一方面,上线量及流量均有所下降,且头部作品票房表现低于预期,"回落"态势明显;另一方面,规范化、标准化和专业化助推提质升级,比如,《奇门遁甲2》《东北球王》《二龙湖往事:黄金劫》《三线轮洄》《奇门遁术2》等表现亮眼。这再次表明,在优质网生内容日益激烈的竞争中,精品化是网络电影走出拐点、实现高质量进阶的关键。

就被称为"时代影像志"的网络纪录片来说,贴近生活、反映时代是许多优秀作品的鲜明标识。比如,《守艺人·指上江湖》《敦煌岁时节令·二十四节气》等立足现实,传承弘扬中华文化;《中国梦 365 个故事(第五季)》《不止考古·我与三星堆》等多角度呈现当代中国社会发展;《逐梦》《闪闪的儿科医生》《守护解放西(第四季)》等作品聚焦日常生活,展现当代青年精神风貌。值得一提的是,《激流时代》《十三邀(第七季)》《奇妙之城 2》《惟有香如故》《这货哪来的》等在表现手法上给人以创作"脱轨"的疑惑,但因内容亲近大众,却也带来了不错的审美效果。

在短剧领域,网络微短剧、小程序剧风生水起,成为迅猛发展的"风口"。头部网文、视频、音频平台等纷纷介入此赛道,尤其是,快手、抖音、哔哩哔哩、咪咕视频等短视频平台精准布局,并与国内头部免费阅读平台深度合作,打通 IP 版权运营链路。在作品方面,《逃出大英博物馆》《招惹》《我回到十七岁的理由》等微短剧、《无双》《闪婚后,傅先生马甲藏不住了》《哎呀!皇后娘娘来打工》等小程序剧,因成本低、时长短、体量轻、情节强、节奏快等特点而契合互联网时代的创作、消费逻辑,受到了不少用户的喜爱。但在大体量的作品中也有不少引发了人们对其制作水平、思想观念、艺术质量、审美品位等方面的质疑。

概括说来,在创作生产的意义上,可以说,以上典型形态日益"鲜明"的艺术特征折射出它们发展进程中的一步一履和创新突破,也大体勾勒了网络文艺逐步发展成熟的剪影。同时,作为发展进阶的标识,日益鲜明的艺术特征还彰显了新兴网络文艺有别于传统文艺的审美特性。

(四)跨界融合形式多样,探索创新呈现新气象

"创新是文艺的生命。要把创新精神贯穿文艺创作全过程,大胆探索,锐意进取,在提高原创力上下功夫,在拓展题材、内容、形式、手法上下功夫,推动观念和手段相结合、内容和形式相融合、各种艺术要素和技术要素相辉映,让作品更加精彩纷呈、引人入胜。"[1]就新兴的网络文艺来说,"创新"是其与生俱来的基因使然,更是实践发展的必然。尤其是在跨界融合上,一方

---

[1] 习近平.在中国文联十大、中国作协九大开幕式上的讲话[N].人民日报,2016-12-1(1).

面,"电脑之类的技术没有它固有的无能为力的事情,这种技术使我们的意识延伸,成为一种普世一体的环境";①另一方面,"每一种媒介都为思考、表达思想和抒发情感的方式提供了新的定位,从而创造出独特的话语符号"。②其中,基于互联网的"容纳器"特点和跨媒介特性,网络文艺的跨媒介叙事突显了媒介之间转化、汇通的关系,并呈现"随着媒体融合应运而生的一种新的审美意境"。③实践表明,在符号、艺术、平台等诸要素的相互作用中,网络文艺创作生产中的跨界融合形式多样,并呈现艺术发展的新气象。

一是表意符号的跨界融合。在文本形态上,相比传统文艺,网络文艺的审美表意载体不再只是单一性的符号,更多是融汇文字、图片、音乐、音响、视频、动画、漫画等多种表意形式的复合符号。其中,一方面,"数字特性"使其所用的一切媒介共享数字编码;另一方面,通过多种符号的审美表意,"意义"在互动和对话中往复抛掷。这在琳琅满目的文艺短视频中有突出的表现。

二是题材、类型的跨界融合。比如,在武侠剧中,"武侠+"开启了老树发新芽的叙事新模式,像武侠+二次元(《少年歌行》)、武侠+谍战(《山河之影》)、武侠+奇谋(《云襄传》)、武侠+探案(《莲花楼》)、武侠+喜剧(《鹊刀门传奇》)、武侠+公路(《一念关山》),还有像《漫长的季节》《繁城之下》《不完美受害人》《消失的痕迹》等"悬疑+"作品,其跨界融合不仅带来了艺术创新,还使作品兼具好口碑与高流量。

三是艺术表现形式的跨界融合。比如,在网络纪录片中,《农谚中国》《守艺人·指上江湖》等以快叙事、"微"形态讲述中国故事,《守护解放西(第四季)》通过"纪录片+综艺"串联公安民警的日常生活,《古籍寻游记》在"纪录片+互动"中让观众沉浸式体验古籍记载的历史和故事,《我和"大马"的故事》则通过"纪录片+用户参与"的方式生产出系列作品。又如,

---

① 麦克卢汉,秦格龙.麦克卢汉精粹[M].何道宽,译.南京:南京大学出版社,2000:421.
② 波兹曼.娱乐至死[M].章艳,译.桂林:广西师范大学出版社,2005:18.
③ 詹金斯.融合文化:新媒体和旧媒体的冲突地带[M].杜永明,译.北京:商务印书馆,2012:53.

在网络游戏中，《异度行者》《激斗王》《MR全息绘本－熊猫》等MR游戏、《跳球》等XR游戏突出强化了性能演进和交互提升，为玩家提供了更生动、更立体的沉浸式体验。

四是艺术类型、形态的跨界融合。此一"融合"的典型形态是IP的全产业链开发，此外还有一些亮点。比如，在剧综联动中，《少年歌行》《后浪》《封神：朝歌风云》《长相思》衍生出综艺节目《少年特别企划》《集合！浪花们》《封神训练营》《大荒奇遇记》;《说唱巅峰对决2023》《乐队的夏天（第三季）》在收官后分别推出《说唱巅峰对决音乐节》《再见夏天演唱会》线下演出活动。又如，伴随实践的深入发展，"互联网＋"在赋能文艺创新发展的同时，还重塑着传统文艺生态。比如，VR化的《清明上河图》《千里江山图》等带给人们沉浸、互动的新体验;《中国（第三季）》面向全球开放"二创"版权，极大激发了视频博主的创作热情，并诞生了一批播放量百万、千万级的"二创"短视频；国粹京剧"牵手"线上直播而扬帆"出海"；线上演唱会、云展览等催生文化消费新业态；聚焦"新内容、新表达、创精品"的网络直播引来无数演艺人员、名人名家、艺术团体涌向新空间、跻身新阵地；等等。

（五）精品化运营催生新机制，立体化传播构建新格局

相比以往，互联网时代的艺术运营和传播日益呈现独特性。在丰富实践中，伴随审美特性的日益彰显，网络文艺的运营和传播聚焦优质内容，不断探索、优化方式、方法，在运营机制、平台竞合、台网联动等方面呈现新特点、形成新格局。

一是剧场化运营彰显品牌集聚效应。"剧场化"是平台为突显特色、形成优势而将题材、类型相似的作品相对归类，并进行统一排播、打包宣发的策略和模式。比如，优酷视频的"悬疑剧场""港剧场"、爱奇艺的"迷雾剧场""恋恋剧场"、腾讯视频的"X剧场""板凳单元"、芒果TV的"季风剧场"等。比如，《漫长的季节》《繁城之下》《鹊刀门传奇》等均有其剧场身份。实践表明，"剧场化"运营带来了诸多好处：其一，有益于形成垂直内容的精准用户定位，培养观众群体、增强用户黏性；其二，有益于同类或相近

资源的整合带来品牌集聚效应，进而形成品牌积淀与相对稳定的商业价值；其三，有益于同类资源的聚集和细分内容矩阵的搭建，使前推内容的影响力延续、后推内容的影响力接续，增强平台多元变现、商业盈利的能力。

二是平台竞合推进差异化、互补式发展。其中的参与者包括网文平台、视频平台、音频平台等。比如，作为网络视听文艺生产与传播的主阵地，长、短视频的差异化发展、互补式合作成为行业发展的氧化剂和加速器。其中，除了"爱、优、腾、芒"和"抖、快、哔"，喜马拉雅、咪咕等也纷纷入局。就成效来说，一方面，差异化内容有益于强化特色、加深用户整体印象，比如，腾讯视频的"板凳单元"主打喜剧、优酷视频的"悬疑剧场"主打悬疑；另一方面，围绕特定内容的二次创作、联合推广等有益于在相互作用中实现优势互补。此外，阅文的"短剧星河孵化计划"通过自制、联合开发等方式加速高品质短剧孵化，还以 AIGC 的方式涉足互动短剧，以期为受众带来更具沉浸、交互的审美体验；中文在线打造的海外产品"ReelShort"成为短剧在欧美市场上的闪亮新星，其中，短剧与网文相辅相成，两者的互为引流不仅相得益彰，还契合了互联网时代"各种艺术门类互融互通，各种表现形式交叉融合"的主流趋向。①

三是台、网联动助推优质内容传播。互联网时代的网络文艺传播除了网络平台间的竞合发展，还有网络平台与电视平台的跨界联动。尽管受众不同、口味相异，网播热度与收视率的相互转化一时难以正向一致，但基于艺术品质的传播效果最大化促使台、网同播或台、网相继播出已成常态。比如，《狂飙》《三体》《我们的日子》《人生之路》《向风而行》《无间》《问心》《后浪》《梦中的那片海》《情满九道弯》等电视剧在网络播出，同时，在视频平台逐渐主控剧集发行、播出的新形势下，网剧同步、二轮或多轮"上星"亦成为一道风景，比如，《风起洛阳》《不完美受害人》等逐步开启了网台同播的新局面。

---

① 习近平.在中国文联十一大、中国作协十大开幕式上的讲话[N].人民日报，2021-12-15(2).

（六）产业发展整体向好，力量消长带来新变化

《"十四五"文化发展规划》指出：要加快文化产业数字化布局、健全现代文化产业体系、建设高标准文化市场体系，推动文化产业高质量发展。[①] 在丰富实践中，作为网络文化创作生产的重要组成部分，网络文艺顺应数字化发展大势，深化供给侧结构性改革，强化创新驱动，产业发展呈现欣欣向荣的景象，并具有如下显著特点。

第一，产业生态持续优化，文化影响力和产业价值有效释放。在丰富实践中，网络文艺产业结构持续升级、产业规模不断扩大、产业生态更趋优化。其中，作为产业重镇，网络视听文艺数量上增长放缓、质量上进阶提质、生产上竞合发展。特别是，伴随技术更新迭代和内容要素升级，文艺性短视频、网络直播等新形态的产业规模迅速扩大，在有效拓展优质内容传播空间的同时，成为文化艺术产业发展的新高地，比如，抖音、快手等积极推进线上直播、线上和线下演出的互动，以及知识的分享、文化的共享等。从总体上看，商业属性的不断突显使得网络文艺产业广泛连接数字经济的上下游，与此同时，在供给方和需求方、生产者与消费者的深入联通中，其文化影响力和产业价值也得到了有效释放。

第二，IP 开发的形式、来源和深广度发生新变化，全链路的思维和产业逻辑激发新活力。比如，作为网络文艺产业乃至文化产业 IP 的重要源头，网文 IP 的开发形式除影视改编外，还有动画、漫画、游戏、小说、有声书、文创、衍生品、线下实景主题空间、文旅、民宿等多种形式和可能；在 IP 来源上，除晋江文学城、起点中文网，豆瓣阅读、知乎专栏、哔哩哔哩等后起之秀也为 IP 开发提供了新鲜血液。就 IP 开发的深度和广度而言，除网文 IP 转化，伴随跨媒介多元化版权开发热潮渐起，网络视听文艺中的 IP 开发也风生水起，特别是，在头部平台"大而全"、新锐力量"小而专"的格局中，IP 开发的产业逻辑、探索创新的商业模式在诸如剧综联动、短剧风行、内容衍生、

[①] 新华社.中共中央办公厅 国务院办公厅印发《"十四五"文化发展规划》[EB/OL].（2022-08-16）[2023-12-16].http://www.gov.cn/zhengce/2022/08/16/content_5705612.htm.

长尾拓展等新赛道、新领域中开花结果。不仅如此，在全球视野中，全链路IP开发的思维盘活国内外优质资源，并形成了顺畅回路。比如，《庆余年》《全职高手之巅峰荣耀》《斗破苍穹：怒火云岚》等 IP 经多元改编，深受海外用户欢迎，而历届 WSA（WebNovel Spirity Awards）获奖作品有约四成已实现实体出版、有声、漫画、影视等形式的 IP 开发。①

第三，产业形态迭代转型，力量消长带来新变化。伴随网生内容生产发生位势转移，产业格局呈现新的变化。比如，在网生内容生产之"内"，伴随网络微短剧"爆发"，在入局和抽身中，更多的人选择了前者，而面对网络电影的"式微"，在撤退、坚守、转型的彷徨中，更多的人选择了回归理性，重整行装再出发；在网生内容生产之"外"，网络剧"上星"意味着剧集市场中生产、发行关系正发生深刻变化，或者说，剧集生产、发行的"视频平台主导"时代正在到来、"卫视主导"时代正在远去——从先台后网、台网联动到如今的先网后台，其间的变迁折射出视频网站与电视台的博弈，亦给产业发展带来了深刻影响。②

（七）文艺"出海"稳步推进，发展生态步入新境界

文明因交流而多彩、因互鉴而丰富。在文明交流互鉴日益深化的今天，文明之美集中体现在文艺作品之中。就功能而言，作为世界名片，文艺的民族性突显民族的文化辨识度，同时，文艺是世界语言，"以艺通心，更易沟通世界"。③当前，作为文艺"出海"的重要组成部分，网络文艺依托优质内容，以年轻化、专业化、国际化的艺术语言多形式、全方位展示真实、立体、全面的中国，呈现中华文化、中华文明之美，有力促进了文化、文明间的交流沟通。其中，融内容、平台、模式、文化等为一体的生态"出海"进一步完

---

① 虞婧.第二届上海国际网文周开幕，网文出海进入全球共创 IP 新阶段［EB/OL］.（2023-12-06）［2023-12-16］.http://www.chinawriter.com.cn/n1/2023/1206/c404023-40133231.html.

② 广电总局：2023 中国剧集发展五大态势［EB/OL］.（2023-10-27）［2024-01-06］.https://new.qq.com/rain/a/20231027A07M2100.

③ 习近平.在中国文联十一大、中国作协十大开幕式上的讲话［N］.人民日报，2021-12-15(2).

善,并在内容输出、海外版权出授、平台搭建、海外内容原创、IP内容联动等方面呈现新格局、步入新阶段。

作为网络文艺"出海"的重镇,网络文学经历了出版授权、翻译出海、模式出海,现已进入"全球共创IP"的新阶段。总体上看,从全球共读到全球共创,再到全球开发,网络文学为全球文化交流互鉴搭建了广阔的舞台,"AI翻译,加速网文'一键出海'""全球共创,海外网文规模化发展""社交共读,好故事引领文化交流""产业融合,打造全球性IP生态"成为网文"出海"四大趋势。① 就具体情形来说,比如,据《2023中国网络文学出海趋势报告》,截至2023年10月,起点国际上线约3600部中国网文翻译作品,推出海外原创作品约61万部,还培养了约40万名海外网络作家。② 又如,在中国作家协会的"网络文学国际传播项目"中,第一期遴选的作品有《雪中悍刀行》《芈月传》《万相之王》《坏小孩》,使用的语言包括英语、缅甸语、波斯语、斯瓦西里语,并通过在线阅读、广播剧(有声剧)、短视频、推广片等形式,向全球推介。③ 实践表明,网络文学"出海"的不只是一部部优秀作品,还有一整套立足数字时代的创作机制和产业生态,同时也为网络视听文艺等其他文艺形态的"出海"提供了经验和借鉴。

就网络视听文艺而言,在视听国际传播走向高质量发展新阶段的大背景下,④ 网文"出海"模式、机制等的影响日益凸显,同时又有自身的显著特点。比如,海外销售发行和传播渠道多元化发展:一是与外国本土电视台或传媒机构合作;二是通过We TV、iQIYI等国内视频平台的国际版实现海外传播;三是与Netflix、Disney+等国际流媒体平台合作,或通过YouTube等

---

① 虞婧.第二届上海国际网文周开幕,网文出海进入全球共创IP新阶段[EB/OL].(2023-12-06)[2023-12-16].http://www.chinawriter.com.cn/n1/2023/1206/c404023-40133231.html.
② 程千千.上海国际网文周发布出海趋势报告,网文迎来新一轮全球化浪潮[EB/OL].(2023-12-05)[2023-12-16].https://www.thepaper.cn/newsDetail_forward_25543564.
③ 2023中国网络文学论坛在石家庄开幕[EB/OL].(2023-12-15)[2024-01-06].https://www.hbzuojia.com/wangluowenxueluntan/610.html.
④ 朱新梅.视听国际传播走向高质量发展新阶段[EB/OL].(2024-01-16)[2024-02-26].https://baijiahao.baidu.com/s?id=1788254831175333487&wfr=spider&for=pc.

视频分享平台实现海外传播。① 又如，微短剧"出海"成为艺术传播的新赛道。其中，视频平台和网文平台是两大主体：前者包括优、爱、腾的国际版 App 和各自在 YouTube、TikTok 上开设的专供频道；后者包括 ReelShort、FlexTV、GoodShort、MoboReels 等网文平台推出的独立 App。就具体情形来说，《正好遇见你》等网剧因融汇中华文化元素在海外市场独树一帜，并与韩国 CNTV、日本 NHK 公共频道达成合作；以《长风渡》为代表的古装剧使用英语、日语、西班牙语等 10 种语言在全球播出，并因鲜明的文化辨识度和共同的文化公赏性引发海外用户的积极讨论；越南版《乘风2023》体现了网综"出海"的典型特点，其"火爆"也预示着网综品质和影响力的进一步提升。此外，以《中国（第三季）》为代表的纪录片，立体展现中华历史、中华文化之美，欧洲通讯社、美联社、德新社等媒体报道2000 多次，相关稿件以 5 种语言传播到 54 个国家和地区。② 总的来看，作为文艺"出海"的有生力量，网络文艺以优质内容联通中国与世界，既有效增强了中华文化的传播力和影响力，也有效推动了中外文化、文明的交流互鉴。

三、问题与反思

在丰富实践中，正反两方面的经验和教训表明：要实现高质量发展，网络文艺就需寻求艺术创作与时代发展、社会进步的叙事耦合，追求审美趣味、思想价值与历史意识的有机融合，达成艺术价值、社会价值与产业价值的审美契合。时至今日，伴随数字化、网络化、智能化的深入发展，网络文艺形态多样、实践丰富、活力充沛、前景繁盛，但在网生内容生产发生深刻变化的审美文化语境中，诸多转型的阵痛和困境给网络文艺高质量发展带来了众

---

① 广电总局：2023 中国剧集发展五大态势［EB/OL］.（2023-10-27）［2024-01-06］.https://new.qq.com/rain/a/20231027A07M2100.

② 吴月玲.纪录片《中国》：立体展现中华历史之美、文化之美［N］.中国艺术报，2023-12-20（1）.

多挑战，尤其是在日益规范化、主流化的趋向背景下，优质内容生产导向下的网络文艺发展仍面临不少不足。

（一）类型化、同质化生产对艺术创新发展形成限制

实践表明，在网络文学、网络剧、网络电影、网络动漫、网络游戏等的创作生产中，诸如东方玄幻、仙侠奇缘、穿越架空、豪门总裁、都市异能、末日求生、异世大陆等题材、类型高热不退，加之竞争激烈、内卷严重，以致"跟风""融梗"甚至抄袭等弊端和问题屡见不鲜。这显然无益于人们的现实思考和人文关怀。更有甚者，在不断垂直的同质化、圈层化生产中，模仿和复制的算法化风格将人们囚禁于艺术传播的"信息茧房"（Information Cocoons）或"回声室"（Echo Chamber）之中。其间，如果说，同质化的信息钝化了人们的艺术敏锐性，那么，圈层化的审美则弱化了人们的体验丰富性。这不仅使作品产出数量和艺术创作质量不成正比，还可能导致艺术品质随同质化、圈层化的加重而滑坡式下降，并极大限制网络文艺的创新发展。

（二）"微""短"风行带来正负混杂双重效应

当前，不少网络文艺新形态具有"微""短"的鲜明特征。比如，文艺性短视频、微短剧、微电影、微综艺、微纪录片、影视作品的二创等。微、短文艺的精简化、碎片化、娱乐化等适应人们快节奏的生活方式和接受方式，但就效果来说，微、短文艺具有双重效应。其中，选材好、技巧新、品质优或"微"而不弱、"短"而不浅的作品自成高格，其简洁性、趣味性、互动性等可成为吸引用户的流量密码，亦可成为传播优秀文化的有益载体，但内容"爽""酷""萌"、故事又土又甜的数字咸菜难以替代文化主餐，增香提味的电子榨菜亦有钝化人们审美感觉之弊。比如，在爆发式增长的微短剧中，内容良莠不齐、同质化严重等问题令人忧虑，特别是，在小程序类微短剧中，色情低俗、血腥暴力、格调低下、审美恶俗等弊端招致人们的强烈不满，也要求相关主管部门加强规范管理，多措并举净化行业生态。

（三）视觉文化的阅"图"快感过滤意义的深度

伴随视觉文化的深广发展，在文化性质上，相比之下，印刷文化多呈现为一种语言文字主因型文化，而当今的数字文化多呈现为一种视觉图像主因型文化。就审美特性来说，前者的抽象性、联想性更多崇尚读"文"的爱好和意趣，而后者的直观性、具体性更倾向于阅"图"的快感和乐趣。在网络文艺中，网络视听文艺因契合视觉文化发展的主流日益显现其重要性，并作为感知世界的主导形式，给人们的生活方式、思考方式等带来了深刻影响。然而，相比印刷文化的精密叙事、严谨语言、精致结构，网络视听文艺中感性直观、娱乐至上的内容往往导致深层体验的放逐，尤其是浅欣赏、浅理解、浅审美常常因碎片化、浅表化等而让渡独立思考的能力、过滤意义的深度。在这种意义上，唯有新形式与优质内容的有机结合才是打开网络视听文艺、视觉文化的正确方式，特别是，面对新技术构建的文艺新空间，"我们必须明白一个道理，一切创作技巧和手段都是为内容服务的。科技发展、技术革新可以带来新的艺术表达和渲染方式，但艺术的丰盈始终有赖于生活。要正确运用新的技术、新的手段，激发创意灵感、丰富文化内涵、表达思想情感，使文艺创作呈现更有内涵、更有潜力的新境界"。①

（四）AI赋能"技巧"但难以赋予"情感"

在时代发展中，科学技术具有其他因素不可替代的重要作用，要言之，作为"历史的有力杠杆""最高意义上的革命力量"，②"科学技术是第一生产力"。③在当前的网络文艺发展中，AI的力量日益彰显。然而，在艺术实践中，作为新质生产力，AI可以优化文艺创作技巧却难以拥有人类的灵魂，可以为文艺评价提供技术性标准却难以产生审美与共情，可以实现精准传播但也限制了信息的广泛获取。特别是，鉴于艺术的"情感"本质，在人工智能带来的新变化与新机遇、艺术创新创造的"技巧"与"情感"之间。一方面，我

---

① 习近平.在中国文联十一大、中国作协十大开幕式上的讲话［N］.人民日报，2021-12-15（2）.
② 马克思，恩格斯.马克思恩格斯全集：第19卷［M］.北京：人民出版社，1963：372.
③ 邓小平.邓小平文选：第3卷［M］.北京：人民出版社，1993：274.

们有必要着力培养能与智能工具良好协作的数字素养，掌握驾驭这一新技术的本领；另一方面，我们有必要恪守艺术的审美本质，强化人类情感、智慧指导艺术原创，避免陷入技术主义的泥淖。

（五）侵权行为、"饭圈"乱象、网络伦理问题等仍不时出现

"网络空间是亿万民众共同的精神家园"，"网络空间乌烟瘴气、生态恶化，不符合人民利益"。[①] 当前，在快速发展中，网络文艺领域仍存在一些顽疾。比如，作品版权"侵权"现象屡有发生，相关侵权人没有严格遵照法律要求参与文艺活动，法治轨道上的版权治理需进一步加大力度；在某些娱乐氛围浓厚的区域，"饭圈"粉丝乱象屡治屡犯，需要我们正确引导、标本兼治，并采取有力措施营造良好娱乐生态；新技术条件下文艺新形式的不断涌现，相关网络伦理问题也随之而来，像虚拟偶像被滥用于软色情视频之类的"新问题"需引起人们的高度重视和警惕。时至今日，以互联网为代表的数字革命带来了深刻的社会、文化影响，但互联网不是法外之地。就网络文艺来说，实践表明，风清气正的网络空间、向上向善的网络文化是其发展的基础。

（六）网络文艺理论研究与实践发展、学科建设仍不匹配

与风生水起的网络文艺实践相对照，网络文艺理论研究仍存在不匹配的情形。当下国内和国外网络文艺本体理论研究都还处于初始阶段，创作、传播、审美等一整套学术体系框架远未建立。在这种意义上，从学科建设、发展的维度看，为及时概括、总结网络文艺实践的经验，深化对网络文艺发展的规律性认识，网络文艺学的理论建构和学科建设势在必行，亟待推进。

总的说来，在当前科学技术发展、艺术创新加快、传播方式变革，以及社会思想多元、文艺思潮丰富、利益诉求多样的大背景中，推动网络文艺发展，需要我们汲取经验、发挥优势，同时也需要我们坚持目标导向与问题导向的相统一，深入、系统分析影响网络文艺发展的各种因素，进一步健全完善

[①] 习近平.在网络安全和信息化工作座谈会上的讲话［N］.人民日报，2016-04-26（2）.

政策引导机制,并聚焦重点、难点综合施策,有效促进网络文艺持续、健康发展。

四、发展趋势

《"十四五"文化发展规划》提出:要"鼓励引导网络文化创作生产",实施"网络文艺创作传播工程"。① 对网络文艺发展来说,这是鼓励、引导,也是肯定、支持。当前,在文化强国的社会历史语境和创新发展的审美文化语境中,媒介新生态、艺术新生态和产业新生态中的网络文艺发展受制于技术、艺术、媒介、传播和社会、文化、经济等矢量合力作用。基于以往的经验和成就,并透过那些不断更新的动力所标示的发展脉络,我们可以观测网络文艺创作生产的一些发展趋向。

(一)以习近平文化思想为引领,抒写中国式现代化生动实践

习近平总书记对宣传思想文化工作作出了"七个着力"的重要指示,为做好文化工作指明了前进方向,为繁荣文艺创作提供了根本遵循。就网络文艺发展来说,作为互联网时代新兴的文艺样式,网络文艺实践必然要以习近平文化思想为引领,牢固树立以人民为中心的创作导向,坚持深入生活、扎根人民的创作方法和作风,创作生产蕴含新时代活力、热情、思想、价值的优秀作品,通过对人们生活体验、思想情感、价值观念等的审美表征,多方位展现中国式现代化实践的丰富场景和精神气象。概言之,在以中国式现代化全面推进中华民族伟大复兴的历史进程中,网络文艺必将以时代发展、社会进步为坐标谋划精品创作,热忱描绘新时代,抒写人们追梦、筑梦、圆梦故事,更好激励人民群众奋进新征程、建功新时代,用跟上时代的精品力作开拓网络文艺新境界。

---

① 新华社.中共中央办公厅 国务院办公厅印发《"十四五"文化发展规划》[EB/OL].(2022-08-16)[2023-12-16].http://www.gov.cn/zhengce/2022-08/16/content_5705612.htm.

（二）以高质量发展为主轴，在中华民族现代文明建设中扩大"中国流量"

近年来，在内部、外部多方面力量的规范和调整下，网络文艺创作生产总体上进入"提质减量"的升级变革关键期。从创作生产和产业发展的实际来看，质量是发展的基础，因而"质量"标准将进一步贯彻到创作、传播、接受的各个环节和方面。网络文艺将充分发挥新兴文艺的优点和特长，以小切口反映大主题、以小故事折射大时代，用精彩瞬间、感人细节等表征社会生活的发展律动，更加充分地展现新兴文艺样式的优势和力量，在社会责任、文化使命的担当中，以独特的气质、旺盛的活力展现丰富、深刻的审美现代性意义。特别是，作为新锐力量，网络文艺将积极致力于展现中华文明生生不息的生命力、创造力、包容力，为文明演进注入奋进新时代、铸就新辉煌的现代性力量，在中外文明交流互鉴中扩大"中国流量"，为命运与共的世界贡献中国文艺的诗情画意。

（三）以数智化应用为契机，推进文艺形式与内容创新加速演进

时至今日，大数据、云计算、5G、VR 技术、人工智能等的发展不断形塑网络文艺创作、传播、接受的生态环境，数智化赋能使网络文艺不断加速文艺形式、内容的演进、创新，体现在艺术生产加速与前沿科技深度融合、网络文艺内部诸要素相互渗透、跨媒介叙事相互借力、网络文艺与传统文艺的融合日益深入等诸多方面。特别是，伴随科技与文化要素相互作用的日益频繁、深入，AI 赋能制播链条优化升级。其中，通过图像识别、音频识别技术等，人工智能对视频、音频进行标记、标签，在精细切片、准确标签的基础上，人工智能提高了内容审核的精度，减少了平台人工审核的成本，同时，也将平台内容更加精准地推送给用户。不仅如此，基于标签对视频、音频切片的重组和再创，用户只需简单的文字输入即可生成和编辑 3D 动画、动漫、卡通和电影，在视频扩展、区域修改、视频风格切换等方面都具有优异表现，极大推动了全球 AI 大模型向多模态升级，能够明显降低视频创作门槛，广泛赋能音乐、影视、游戏、动漫、短视频等细分行业内容生产的降本增效和创

意输出。

（四）以多元创新为驱动，引导"年轻态"风格渗透文艺创作生产全过程

在网络文艺创作生产中，接受者（读者、听众、观众、用户等）的重要性显而易见。尤其是，基于庞大的数量、强劲的消费能力和巨大的影响力，年轻受众日益扮演着带动、示范乃至引领的角色，其作用已覆盖艺术创作、传播、接受和再生产等各个环节，渗透到题材选择、人物塑造、叙事方式、主题意旨、价值取向、风格特色等各个层面，成为艺术创作生产中举足轻重的因素。需要说明的是，网络文艺的年轻化趋向并不意味着创作的单一化。作为一种总体风貌的外在表征和风格化描述，"年轻态"是数字文化范式中文艺发展的一种突出特征、鲜明特性和发展趋向，它突显了年轻化、时尚化、个性化、互动化等在艺术创作生产中的比重与价值。例如，现实题材网文创作和阅读的重要力量是青年；95后导演明显丰富提高了网络电影制作手段和水准，并改变了网络电影的制作观念；哔哩哔哩青年网络社区的经验影响了平台网生纪录片的拍摄和传播思路；年轻人通过网络直播非遗，以短视频传播国风审美等，丰富了传统文化创新实践。在丰富实践中，就创作生产的内在理路和审美判断的价值标准来说，"年轻态"蕴含的深意更在于：把握时代发展的主流，着力提高作品的艺术价值、文化内涵和精神高度，创造丰富多样的中国故事、中国形象，积极展现新时代中国特色现代性体验的诗情和画意。

（五）以审美特性彰显为基础，开启网络文艺"经典化"进程

作为一门随互联网而应运而生的现代文艺样式，网络文艺逐渐步入精品化、主流化发展进程。在推动社会主义文艺繁荣发展的时代潮流中，网络文艺不能缺席，也不应该被忽视，换言之，在丰富实践中，伴随审美特性的彰显，网络文艺已开启"经典化"的进程，并让立得住、传得开、留得下的作品助力网络文艺发展走向进一步的精品化、主流化。当然，"经典化"和"经典"是两个概念，经典靠时间遴选确定，经典化则是一个过程，但两者又有内在的关联。就其要义来说，经典化意味着网络文艺创作生产要立足社会生活、历史文化、情感精神的本体，具备将历史现实化、现实历史化的能力，特别是，基于中国式现代化的历史逻辑和实践逻辑，网络文艺创作生产从历史发展的总体观念来理解、把握现实生活，来探索、揭示社会发展的本质和方向，并将较大的思想深度与艺术表现的生动性、丰富性结合起来。概言之，"表征未来的能力"成为衡量其独特性、创造性和未来性发展程度与水平的审美标识，也是网络文艺"经典化"的必由之路。

综上所述，站在"非凡十年"文艺成就的新起点上，网络文艺发展要进一步在思想开掘上，勇立时代潮头；在题材选择上，回应人民所需；在表达形式上，大胆创新创造；在审美追求上，弘扬中华美学精神；在艺术评价上，坚持社会效益至上。广大网络文艺工作者要坚持以习近平新时代中国特色社会主义思想为指导，深入贯彻落实习近平文化思想，将网络文艺作为中国式现代化催生的文艺新形态、中华民族现代文明的新表达、世界了解中国的新渠道、建设文化强国的新载体、新时代文艺发展的新力量，进一步推动精品化、主流化发展，为全面建设社会主义现代化国家、全面推进中华民族伟大复兴提供坚强思想保证、强大精神力量、有利文化条件。

后语　辉映时代，表征未来

在当代中国文艺场，从"传统"与"现代"、"中国"与"西方"所形成的审美张力结构中看，网络文艺的发生、发展显然是引人瞩目的现代性事件。

在现代人文社会科学的知识域中，"现代性"堪称皇冠上的明珠。与古典学相对，现代学的核心议题是思考何为"现代"及其所具有的诸种品质，或者说，辨析、解说、阐述那个导致全部现代生活世界以如此这般形态呈现于世的本质属性——现代性。在这种意义上，可以说，"关于'现代性'的思考和论说，构成了现代思想文化的'第一主题'，而以反思现代性为基本学理诉求的'现代学'则可以称作现代人文学术界的'第一哲学'"。[①] 在以"现代"一词为中心所构成的概念丛及其纷繁复杂的含义中，所谓"审美现代性"（或文化现代性、艺术现代性），一般说来，它是现代化这一历史进程及其结果在审美维度的显现；作为审美领域的"现代"特征和属性，它指文化艺术和美学上的"现代性"，或"现代性"在文化艺术和美学上的表征。具体就网络文艺来说，在艺术实践的维度，虽然其发展历史简短，但它得天时、地利、人和之便，拥有广阔的发展空间、良好的发展前景。其中，作为"新兴"文艺形态，网络文艺因"网"而生、向"网"而盛；作为"现代"文艺形态，它是技术、艺术、媒介、传播和社会、经济、文化等矢量合力作用的产物，并在多关系交织、多要素叠合的动态发展中，生成有别于传统文艺的艺术特征和审美特性。在艺术理论的维度，一方面，时代是思想之母、实践是理论之

---

① 武汉大学文学院文艺学专业"纯粹现代性"课题组.现代何以成性？（上篇）——关于纯粹现代性的研究［J］.江汉论坛，2020（2）：79.

源，或如马克思、恩格斯所说，"一切划时代的体系的真正的内容都是由于产生这些体系的那个时期的需要而形成起来的";① 另一方面，在逻辑与历史的辩证统一中，"历史从哪里开始，思想进程也应当从哪里开始，而思想进程的进一步发展不过是历史过程在抽象的、理论上前后一贯的形式上的反映"。② 由此而论，就网络文艺研究而言，面对风生水起、如火如荼的艺术实践，"现代性"视域中的审美观照映现、突显诸多新领域、新话题和新热点，但最值得言说和深究的焦点是"时代"。

作为融汇社会实践和社会关系的动态范畴，时代是人们社会实践的产物和结晶，是一定历史时期社会关系的反映和表现，其中，"每一历史时代的经济生产以及必然由此产生的社会结构，是该时代政治的和精神的历史的基础"。③ 就网络文艺创作生产来说，作为审美表意实践的基石，时代反映了特定社会历史阶段生产力水平、社会风尚、文化思潮、精神风貌和价值理想等的总体状况。与之相应，在艺术理论和美学的回应上，时代的三棱镜可以折射丰富、深厚的社会、文化内涵和价值意蕴，并显现事物发展变化的历史逻辑和实践逻辑。黑格尔曾深刻地指出："每个人都是他那时代的产儿。哲学也是这样，它是被把握在思想中的它的时代。"④ 在与时代发展同频共振的意义上，可以说，作为新兴事物，网络文艺同样是时代的产儿，或者说，是通过审美转化，沉淀、凝聚在艺术形象、艺术意境中的时代生活和人们的思想感情。

关于"掌握世界的方式"，马克思曾简要提及并阐述了四种。⑤ 其中，艺术对世界的掌握不同于理论、宗教、实践精神的方式，其独特性和显著特征

---

① 马克思，恩格斯.马克思恩格斯全集：第3卷[M].北京：人民出版社，1960：544.
② 恩格斯.卡尔·马克思《政治经济学批判》[M]//马克思，恩格斯.马克思恩格斯选集：第2卷.北京：人民出版社，1995：43.
③ 恩格斯.共产党宣言·序言[M]//马克思，恩格斯.马克思恩格斯选集：第1卷.北京：人民出版社，1995：252.
④ 黑格尔.法哲学原理[M].范扬，张企泰，译.北京：商务印书馆，1961：12.
⑤ 马克思.《政治经济学批判》导言[M]//马克思，恩格斯.马克思恩格斯选集：第2卷.北京：人民出版社，1995：19.

在于不脱离具体的、感性的形象,是容纳想象、幻想、情感、审美和个性化的思维活动,并于再现与表现、认识与创造的有机统一中实现人的本质力量的对象化。当然,作为掌握世界的方式,所有的艺术样式都具有这样的特点和特性。作为新兴的现代文艺形态,网络文艺有别于其他艺术样式之处不仅在于它应"时代"之运而生,更在于经由"时代"三棱镜的折射,我们可以看到其精神光谱中独特、丰富的内涵。择要说来,有如下五个方面。

第一,时代的三棱镜彰显科学技术和生产力的重要地位。

在时代发展、社会进步中,科学技术具有其他因素不可替代的重要推动作用,要言之,作为"历史的有力杠杆""最高意义上的革命力量",[①]"科学技术是第一生产力"。[②]时至今日,"从社会发展史看,人类经历了农业革命、工业革命,正在经历信息革命"。相比之下,农业革命增强了人类生存能力,工业革命拓展了人类体力,"信息革命则增强了人类脑力,带来生产力又一次质的飞跃,对国际政治、经济、文化、社会、生态、军事等领域发展产生了深刻影响"。[③]在网络文艺的丰富实践中,事实表明,恰是时代发展、社会进步中的"数字化""网络化""智能化"为其发展、繁荣提供了基础性、架构性的三大支柱。

第二,时代的三棱镜突显数字文化范式转换的深刻意义。

在自然科学中,库恩所说的"范式"(Paradigm)意指"一个成熟的科学共同体在某段时间内所认可的研究方法、问题领域和解题标准的源头活水",它"代表着一个特定共同体的成员所共有的信念、价值、技术等构成的整体"。[④]在现代人文社会科学领域,"范式"类似福柯的"知识型"(Episteme),或在考察现代性发展时所说的"思考和感觉的方式"及"行动、行为的方式"。[⑤]在这种意义上,互联网时代的数字文化范式转换不仅使网络文艺创作

---

① 马克思,恩格斯.马克思恩格斯全集:第19卷[M].北京:人民出版社,1963:372.
② 邓小平.邓小平文选:第3卷[M].北京:人民出版社,1993:274.
③ 习近平.在网络安全和信息化工作座谈会上的讲话[N].人民日报,2016-04-26(2).
④ 库恩.科学革命的结构[M].金吾伦,胡新和,译.北京:北京大学出版社,2012:88-157.
⑤ 福柯.何谓启蒙[M]//杜小真.福柯集.上海:上海远东出版社,1998:534.

生产呈现有别于印刷文化、电子文化范式中传统文艺实践的独特风貌，还使中、西类似文艺实践在范式共享中处于创新发展的同一赛道上。

第三，时代的三棱镜强化现代性体验的基础性作用。

在艺术创作中，"体验"具有特殊的地位和功能。它不是指一般心理学意义上的感受或心态，而是指个体对自身在世生存境遇、生存价值的深层体会，是身体、心理状态的深层交融，是"感性与理性、情感与理智、想象与幻想、意识与无意识等的复合体"。① 就艺术创作与体验的关系来说，在中国古典感兴美学中，"体验"是一种以澄明、完整的方式对人之生命存在及意义的感受和领悟。在西方，生命美学、表现主义美学、存在主义美学等也十分强调其重要意义。比如，在海德格尔看来，艺术创作是生存化、在场化、意境化的感受方式；真正的诗、言、思都是从这种缘构性境域生发出来的"声音"和"光亮"，因而，"诗是安居的源始形式"。② 伽达默尔则直言："艺术来自于体验，并且就是体验的表现"，"一部艺术作品就是对体验的移植，而且，这样的移植被归功于某个天才灵感的体验"。③ 伴随现代化深入发展，作为一种"总体转变"，现代性的转变不仅包括社会、经济制度的结构性更新，也包括人的精神气质、生存体验的结构性转型，且后者比前者更为根本。④ 其中，一方面，"全世界的男女们都共享着一种重要的经验——一种关于时间和空间、自我和他人、生活的各种可能和危险的经验"；⑤ 另一方面，"现代性就是过渡、短暂、偶然，就是艺术的一半，另一半是永恒和不变"，在那些变态迭出的因素中，"我们所有的创造性都来自时代加于我们情感的印记"，⑥ 并需要人们"在现时对未来的种种允诺中去理解它——在现时允

---

① 王一川.中国现代性体验的发生[M].北京：北京师范大学出版社，2001：27-28.
② 海德格尔.人，诗意地安居[M].郜元宝，译.上海：上海远东出版社，2011：95.
③ 伽达默尔.真理与方法[M].王才勇，译.沈阳：辽宁人民出版社，1987：100-101.
④ 舍勒.资本主义的未来[M].罗悌伦，译.北京：生活·读书·新知三联书店，1997：7.
⑤ 伯曼.一切坚固的东西都烟消云散了：现代性体验[M].徐大建，张辑，译.北京：商务印书馆，2003：15.
⑥ 波德莱尔.现代生活的画家[M]//波德莱尔美学论文选.郭宏安，译.北京：人民文学出版社，1987：484.

许我们或对或错地去猜测未来及其趋势、求索与发现的可能性中去理解它"。①

在当代中国文艺场,就网络文艺来说,尽管它具有不同于西方的特殊社会语境和文化背景,但由于"文化现代性说到底是人的心理、精神、气质或性格结构的现代性问题,也就是体验的现代性问题",②因而,可以说,现代性体验不仅是网络文艺创作生产的始基,还构成了所有思想观念大厦的坚实地面。诚然,现代性体验具有偶然性、非连贯性、碎片性、浮游不定性等特征,但在与时代生活的紧密关联中,借助敏锐的审美感觉,网络文艺创作生产通过对现代生活中诸多片段、偶然、瞬间的描述,可以捕捉现代人生命体验、心性结构的变迁,洞察时代生活的深刻主题,或如西美尔所说,"从存在表面的每一点看——无论它们多么紧密地独自依附于这表面——人们可以从表面探测进入心灵深处,以至生活的所有平凡的外在性最后都与关于生活意义与方式的终极判断有关联"。这意味着,通过深深地"把探测器放入瞬间",人们可以"在独一无二中发现典型,在偶然性中发现规律,在肤浅和稍纵即逝中发现事物的本质和意义"。③事实表明,对那些优秀的网络文艺作品来说,创作者富有创造性的独特本领正在于通过敏锐的感觉和整体的观照,把握、彰显了现代性体验的脉络和基调,并使片段牵挂整体、瞬间系缚时代、个人生活的外在表象映衬社会发展的内在光辉。

第四,时代的三棱镜折射社会发展中的主流艺术精神与文化逻辑。

历史和实践都表明,"文艺是时代前进的号角,最能代表一个时代的风貌,最能引领一个时代的风气"。④在互联网时代新的媒介生态、艺术生态和产业生态中,网络文艺创作生产与时代发展同声相应、与社会进步同气相求,在要素、环节、过程等诸多方面呈现出有别于印刷文化、电子文化范式中艺术实践的鲜明风貌,并在丰富实践中逐渐沉淀、生成了新的艺术特征

---

① 卡林内斯库.现代性的五副面孔[M].顾爱彬,李瑞华,译.北京:商务印书馆,2002:336.
② 王一川.中国现代性体验的发生[M].北京:北京师范大学出版社,2001:3.
③ 西美尔.时尚的哲学[M].费勇,吴蓓,译.北京:文化艺术出版社,2001:16-189.
④ 习近平.在文艺工作座谈会上的讲话[N].人民日报,2015-10-15(2).

和审美特质。在艺术精神和文化逻辑的意义上,这种"艺术特征"和"审美特质"有参与性、互动性、数字现代性三个方面的突出表现。简要说来,就"参与性"而言,在参与文化(Participatory Culture)的意义上,詹金斯指出:"参与文化并不起源于社交网络,社交网络平台也并不必然带来参与文化","重要的不是媒介形式,而是人们如何参与到媒介中"。① 要言之,在当今的互联网时代,参与、参与性、参与文化等强调的是媒介消费者/用户的角色变化——他/她们不再是传统意义上的、被动的"受众",而是兼具生产者和消费者的双重含义,是由"producer"与"consumer"合成的"prosumer"。

就"互动性"来说,在艺术实践的维度,尤其是透过当前互动艺术(互动剧、互动纪录片、互动电影、互动综艺等)的前沿探索与创新,我们可以看到,它既有传统文艺中渗透于创作、传播、接受、再生产全过程的一般意义,又有新兴文艺实践中更具体、精准的特殊意义。具体说来,在技术进步、用户需求、产业驱动、艺术创新、文化自觉等的综合作用下,"互动"内蕴主体、文本、科技、文化等要素,可视为基于技术的多种显在交互方式、手段和机制,并经由文本的中介而使主体(包括类主体、拟主体)之间关系及思想感情发生积极变化的过程。由此观之,就"互动性"来说,它蕴含现代信息技术、审美需求、经济驱动、创新发展,以及主体性、个性、多样性和参与、对话等一系列重要因素及其相互作用带来的动态生成,其质的规定性可概括为"审美分享"与"价值共享"。与之相应,在艺术理论的维度,一方面,互动、互动性与传统艺术理论、美学和社会学理论等存在内在的相通性,比如,中国古典诗学中的缘情说、情景说、意境论等,西方艺术理论中的接受美学、对话理论、游戏精神理论、类型电影研究、互文性研究、交往行为理论、承认理论、共鸣理论,以及数字媒介诗学、交互诗学、沉浸诗学、跨

---

① 詹金斯,伊藤瑞子,博伊德.参与的胜利:网络时代的参与文化[M].高芳芳,译.杭州:浙江大学出版社,2017:12-13.

媒介叙事理论等;①另一方面,在世界多极化、经济全球化、社会信息化、文化多元化的时代大背景、大趋势中,互动、互动性、互动美学等别开生面,并带来艺术认知、审美观念等的深刻嬗变。尤其是,它们极大突显了艺术价值论的意义和价值——事实上,相较传统的艺术认识论或审美反映论,艺术不属于(或主要不属于)"认知—真理"领域,而属于(或根本上属于)"价值—情感"领域。这意味着,面对互联网时代的艺术新实践,艺术理论确切的打开方式应将其哲学基座安置在价值论而不是认识论之上。

就"数字现代性"而言,在丰富实践中,伴随数字化、网络化、智能化深入发展,以及数字文化的范式转换,一种被称为"数字现代主义"(Digimodernism)的文化逻辑潜滋暗长。对此,有学者指出:自20世纪90年代后半期以来,受快速发展的网络信息技术影响,"数字现代主义正取代后现代主义,并成为当代文化中新的主导范式";它不仅带来了全新的文本形式、内容和价值,还带来了全新的文化结构、行为与意义;作为突出表征,其"新形式的文本性"包括前向性、无序性、短暂易逝性、流动边界的文本、电子数字性、文本角色的重新界定及其中介化,以及匿名、多人参与及社会性的作者身份等。②当然,在当代中国语境中,数字现代性的这些特征不明显,尤其是在网络文艺各典型形态的创作生产中表现不突出,但作为"文化逻辑",它隐伏于数字文化范式之中,因而,我们不可忽视其深藏的潜能和深远的影响。

---

① 托多罗夫.巴赫金、对话理论及其他[M].蒋子华,张萍,译.北京:百花文艺出版社,2001;姚斯,霍拉勃.接受美学与接受理论[M].周宁,金元浦,译.沈阳:辽宁人民出版社,1987;胡伊青加.人:游戏者[M].成穷,译.贵阳:贵州人民出版社,1998;沙兹.好莱坞类型电影[M].李亚梅,译.台北:远流出版公司,1999;萨莫瓦约.互文性研究[M].邵炜,译.天津:天津人民出版社,2003;哈贝马斯.交往行为理论[M].曹卫东,译.上海:上海人民出版社,2004;霍耐特.物化:承认理论探析[M].罗名珍,译.上海:华东师范大学出版社,2018;罗萨.不受掌控[M].郑作彧,马欣,译.上海:上海人民出版社,2022;德勒兹,加塔利.资本主义与精神分裂:千高原[M].姜宇辉,译.上海:上海书店出版社,2010;瑞安.故事的变身[M].张新军,译.北京:译林出版社,2014;瑞安.跨媒介叙事[M].张新军,林文娟,等译.成都:四川大学出版社,2023.

② 科比.数字现代主义导论[J].陈后亮,译.国外理论动态,2011(9):77-83.

通过以上三个特性的简要说明,时代三棱镜的折射让我们清晰看到互联网时代的艺术精神和文化逻辑。在互为表里的意义上,可以说,作为新兴的文艺形态,网络文艺因蕴含文艺发展潮流和趋向多样可能而具有良好、广阔的发展前景,因契合社会发展中主流的艺术精神和文化逻辑而具有丰富、深刻的审美现代性意义。

第五,时代的三棱镜喻示网络文艺实践的发展方向和路径。

自改革开放40多年来,一种由中国特色的经济、政治、文化、社会和生态文明建设所搭建的中国式现代化实践取得了举世瞩目的巨大成就,同时,一种具有鲜明中国风格、中国气派的中国式现代性不断生成、发展,并走上了历史舞台。在审美关系与现实生活关系的紧密关联中,自诞生之日起,网络文艺便随时代而行、与时代发展同频共振。在丰富的艺术实践中,借助现代传媒及其强大的渗透力和影响力,网络文艺积极融入时代发展主流,不断提升作品的艺术价值、文化内涵和精神高度,多方位展现新时代社会发展的精神气象,日益展现新兴文艺的独特优势和强大力量。其中,伴随奔腾不息的时代洪流,一种与中国式现代化一脉相承、义理相通的中国式审美现代性迅速生长,并指明了网络文艺发展的航标。特别是,马克思指出:"进步这个概念决不能在通常的抽象意义上去理解。"[①] 就审美功能而言,这意味着,不同语境中的现代化带来不同的审美现代性,同时,不同语境中的审美现代性又有不尽相同的价值和功能。相比之下,西方现代化语境中的审美现代性多指一种与社会现代性(或工具现代性、资产阶级现代性)相对的张力性存在,具有鲜明的批判、否定色彩,其功能突出表现为"反思—批判性"。然而,在当代中国,中国式审美现代性的意蕴、价值规定性与中国式现代化一脉相承、义理相通,或者说,维护、促进社会主义经济基础发展是其基本要求,其功能则突出表现为"反思—协同性"。进一步说来,在审美现代性与艺术价值论的紧密关联中,如果说,以往的美学多关注"美是什么""美是怎样来的"等

---

① 马克思.政治经济学批判·导言[M]//马克思,恩格斯.马克思恩格斯选集:第2卷.北京:人民出版社,1975:112.

问题，那么，中国式现代化范式中的美学则要求我们着重关注和思考"美有什么用处"或"美的功能是什么"这一关键问题。在这种意义上，中国式审美现代性以其思想、艺术、价值上的"现代"属性和"中国特色"而成为切入网络文艺发展的核心。

鉴往知来，砥行致远。就未来发展来说，"时代"依然是不言而喻的制约性力量，并喻示了网络文艺的发展方向和路径。尤其是，就网络文艺的高质量发展而言，在方向上，中国式现代化和中国式审美现代性铸就了网络文艺的价值规定、突显了网络文艺的使命与任务、蕴含了网络文艺创作生产的特征和规律、彰显了网络文艺表征未来的能力、重塑了网络文艺中外交流互鉴的价值基础。① 在路径上，网络文艺高质量发展的具体内涵突出表现为：基于"精品化"、经由"主流化"、走向"经典化"。就三者的关系而言，精品化是基础、主流化是潮流、经典化是结果，其中，凭借艺术创新的内置特性、优势和潜能，精品化、主流化让立得住、传得开、留得下的作品助力网络文艺开启经典化旅程，而伴随艺术特征、审美特性的日益彰显，经典化的诉求和作为又反推网络文艺创作生产走向进一步的精品化和主流化。在此一动态的良性循环中，伴随"质量"标准渗透到艺术活动的各个环节和层面，精品化成为网络文艺创作生产的主轴；伴随艺术地位和影响力的日益提升，网络文艺日益跻身当代中国文艺发展的主流行列和前沿阵地。基于此，作为那些不断创新的动力所标明的发展趋向，经典化反映了网络文艺发展的必然进程，同时也成为网络文艺成长、成熟的鲜明标志。就其深层寓意来说，其要义在于：从历史发展的总体观念来理解、把握现实生活，并将较大思想深度与艺术表现的生动性、丰富性结合起来，用选出的精品佳作彰显中国式现代化的独特性、创造性和未来性。

文变染乎世情，兴废系乎时序。伴随数字化、网络化、智能化深入发展，网络文艺因"网"而生、向"网"而盛；面对新形势、新要求，网络文艺与时代发展同声相应、与社会进步同气相求。在文化传承发展座谈会上，习近

---

① 彭文祥.中国式现代化的美学意蕴[N].中国艺术报，2023-6-30（3）.

平指出:"在新的起点上继续推动文化繁荣、建设文化强国、建设中华民族现代文明,是我们在新时代新的文化使命。"① 立足现实、放眼未来,作为新兴的现代文艺形态,网络文艺必将在"星火燎原"中继往开来,用丰赡、生动的艺术形象表征时代发展,必将在高质量发展中充分发挥其在互联网由"最大变量"向"最大增量"转变中的独特功能,更好满足人民群众多样化、个性化的审美需求。

---

① 习近平.在文化传承发展座谈会上的讲话[J],求是,2023(17):10-11.